KNAUR

Über die Autorin:
Sheila Bugler, gebürtige Irin, bereiste nach einem Studium der Psychologie Europa und Südamerika. Danach ließ sie sich in London nieder, wo sie heute mit ihrem Ehemann und den beiden Kindern lebt. 2008 wurde sie als Nachwuchsautorin für das renommierte Mentorenprogramm von »Arts Council England« auserwählt. Nach ihrem beeindruckenden Thriller-Debüt *Nebelspiel,* welches euphorische Lobeshymnen aus der Presse erhielt, ist *Schattenfänger* nun der zweite Band um die toughe wie feinfühlige Ermittlerin Ellen Kelly.

SHEILA BUGLER

SCHATTEN FÄNGER

THRILLER

Aus dem Englischen
von Susanne Schädlich

KNAUR

Die englische Originalausgabe erschien 2014
unter dem Titel »The Waiting Game« bei The O'Brien Press Ltd.

Besuchen Sie uns im Internet:
www.knaur.de

Deutsche Erstausgabe Januar 2017
Knaur Taschenbuch

Original Title: THE WAITING GAME
Published in agreement with The O'Brien Press Ltd.
Originally published under the Brandon imprint

Redaktion: Dr. Kirsten Reimers
Covergestaltung: ZERO Werbeagentur GmbH, München
Coverabbildung: © David & Jan Harris / Trevillion Images
Satz: Adobe InDesign im Verlag
Druck und Bindung: CPI books GmbH, Leck
ISBN 978-3-426-51904-2

5 4 3 2 1

Für Seán –
es gibt niemanden, mit dem ich
lieber unrühmlich alt werden möchte.

AUGUST – BRIGHTON

Es machte ihr Spaß, Menschen zu beobachten. Erst recht, wenn diese es nicht merkten. Sie sah ihnen zu, wie sie sich durch ihr mittelmäßiges Leben schlugen und nicht realisierten, wie unbedeutend, unwichtig es war.

Heute war es anders. Heute hatte sie Angst. Sie musste all ihren Mut zusammennehmen, bevor sie die Straße überquerte, denn sie fürchtete sich vor der Zurückweisung. Es war absurd. Das wusste sie. Nach all der Zeit wäre ihre Mutter sicherlich ebenso erfreut wie sie.

Vielleicht lag es an dem Haus. Sie hatte etwas anderes erwartet. So oft hatte sie sich das Leben ihrer Mutter vorgestellt, nachdem sie sie verlassen hatte. Ein besseres Leben mit einem besseren Mann als mit dem, den sie fatalerweise geheiratet hatte. Eine Frau wie sie, die ein Leben mit diesem Versager ertragen musste … konnte man ihr da übelnehmen, was sie getan hatte?

Die schmuddeligen Stores erschwerten die Sicht. Noch mehr von der gegenüberliegenden Straßenseite. Sie erhaschte einen flüchtigen Blick auf etwas, einen Schatten, der an der schmutzigen Scheibe vorbeihuschte. Es war unmöglich, Einzelheiten zu erkennen.

Schweiß lief ihr den Rücken hinunter. Das kitzelte. Es war heiß, selbst für August. Angeblich war es der heißeste Sommer seit Beginn der Wetteraufzeichnungen. Sie suchte Schatten unter den Zweigen eines halbtoten Baumes, das einzige bisschen Natur auf dieser Straße.

Aus dem Haus neben dem ihrer Mutter drang laute Musik durch ein offenes Fenster in der oberen Etage. Ein junger Schwarzer beobachtete sie. Als sie seinen Blick erwiderte, berührte er mit der Zunge seinen Mundwinkel und machte gleichzeitig eine einladende Geste mit der Hand.

Sie stellte sich vor, wie sie über die Straße ging, an die Tür des Wichsers klopfte und ihm eine Lektion erteilte. Bei dem Gedanken musste sie lächeln. Der blöde Wichser lächelte zurück. Hatte es in den falschen Hals gekriegt, wie Männer es immer taten.

Sie sah wieder zum Haus ihrer Mutter. Eines von etlichen identisch aussehenden schmutzig weißen Reihenhäusern. Billig und hässlich. Ganz und gar nicht das, was sie sich für ihre Mutter ausgemalt hatte. Vielleicht hatte sie ja eine plausible Erklärung dafür, was sie an diesem entsetzlich deprimierenden Ort suchte. Bei dem Gedanken richtete sie sich auf, er holte sie aus ihrer düsteren Stimmung, die alles zu ruinieren drohte.

Sie strich ihr Kleid glatt – schwarz, ärmellos, klassisch – und zog den Seidenschal zurecht. Der Schal ihrer Mutter. Das Einzige, was sie ihr dagelassen hatte. Der Schal war mit tausend kleinen Schmetterlingen bestickt. Sie konnte sie fühlen, wenn sie mit dem Daumen über die zarten Fäden fuhr. Sie sah schon die Freude ihrer Mutter, dass sie ihn all die Jahre aufbewahrt hatte.

So oft hatte sie sich diesen Augenblick ausgemalt, ihn all die Jahre in unterschiedlichen Variationen durchgespielt. Jetzt war sie hier, und die verzweifelte Sehnsucht würde keine Sehnsucht mehr sein, sondern Wirklichkeit werden.

Sie trat vom Bürgersteig auf die Straße, ließ das Haus nicht aus den Augen. Plötzlich stand sie vor der Tür, drückte die Klingel, hörte sie von innen. Einen Augenblick später Schritte …

OKTOBER – LONDON

EINS

Hush, little baby, don't say a word,
Mama's gonna buy you …

Jemand war im Haus. Chloë riss die Augen auf. Die Stimme ihrer Mutter wurde schwächer und von anderen Geräuschen übertönt. Rascheln von Seidenpapier. Wasser, das in einen Kessel lief. Ledersohlen auf dem Linoleumboden. Sanftes Brodeln des Wasserkessels.

Er war wieder da.

Sie öffnete den Mund, wollte schreien. Nichts. Ihr Geist war hellwach, aber ihr Körper schlief noch. Sie ballte die Hände zu Fäusten und öffnete sie wieder, bewegte die Zehen. Langsam kam das Gefühl zurück.

Unten fing das Wasser an zu kochen. Das Geräusch war laut, selbst hier oben im Schlafzimmer. Sie riskierte es, warf die Decke zurück, sprang aus dem Bett, griff nach ihrer Tasche und rannte aus dem Schlafzimmer, den Korridor entlang ins Bad. Es gab keinen Riegel. Sie schloss die Tür und lehnte sich dagegen, vielleicht konnte sie mit ihrem Gewicht die Attacke abwehren.

Sie zitterte. Ihre Zähne klapperten aufeinander, vor Angst und vor Kälte. Sie presste die Kiefer zusammen. Eine Diele knarrte, zu laut und zu nah. Sie kannte das Geräusch. Es war die zweite Stufe. Er kam die Treppe herauf, bewegte sich in Richtung Badezimmer.

Leise, sehr leise stieg sie in die Badewanne, zog den Duschvorhang vorsichtig zu. Sie legte sich hin, verschränkte die Arme vor ihrem zitternden Körper, hielt den Atem an und wartete.

Durch die dünne Wand zwischen Schlaf- und Badezimmer konnte sie ihn hören. Das Schlurfen seiner Schritte, das schwere Ein- und Ausatmen. Es klang nicht nach Ricky. Doch dann fiel ihr wieder ein, wie wütend er werden konnte. Hochroter Kopf, das pfeifende Atmen durch die Nase. Wütend, weil sie nicht da war, wo er sie erwartete. In ihrem Bett.

Sie durchwühlte ihre Tasche. Ihre Finger fanden das Handy, konnten es aber nicht festhalten. Es rutschte tiefer in die Tasche. Sie kippte die Tasche aus, der Inhalt fiel laut klappernd in die Wanne.

Ein Lichtblitz auf dem Korridor. Die Schritte wurden schneller. In das kleine separate Schlafzimmer und wieder raus.

Neben dem Lippenstift das Handy. Die Finger drückten die 999. Sekunden später eine Frauenstimme: »Notrufdienst. Wie kann ich Ihnen helfen?«

»Polizei«, flüsterte sie. »Verbinden Sie mich mit der Polizei. Jemand ist in meinem Haus.«

Die Tür zum Badezimmer wurde aufgerissen. Sie hielt sich die Hand vor den Mund, um ihren Schrei zu ersticken. Die Frau am anderen Ende redete weiter, fragte Chloë nach ihrer Adresse. Sie drückte die Auflegetaste.

Er kam näher. Vor dem Duschvorhang war sein Schatten riesig und verschwommen. Er würde sie umbringen, hatte er gesagt, sollte sie ihn jemals verlassen.

Finger umfassten den Duschvorhang.

Jetzt brach der Schrei aus ihr heraus und überblendete alles andere. Sie tauchte am anderen Ende des Vorhangs aus der Wanne, dabei fiel ihr das Handy aus der Hand, egal, sie rannte vorwärts, rutschte mit den nackten Füßen auf dem kalten Boden aus. Eine Hand packte sie am Arm. Sie schüttelte sie ab, schrie, rannte schneller.

Sie stolperte die Stufen hinunter und durch den Flur auf die Haustür zu. Das Schwein hatte sie abgeschlossen. Ruckartig drehte sie sich um. Sein Schatten bewegte sich die Treppe hinunter. Irgendetwas stimmte nicht, aber sie hatte keine Zeit, darüber nachzudenken. Mit beiden Händen schob sie den Riegel der Hintertür zurück. Fast geschafft.

Irgendetwas traf sie am Hinterkopf. Sie taumelte gegen die Tür. Ihre Finger umklammerten noch immer die Klinke. Sie konnte es schaffen. Sie drückte die Klinke hinunter, die Tür öffnete sich.

Noch ein Schlag. Sie fiel. Mit dem Gesicht voran. Das schwarz-weiße Muster des Linoleumbodens raste auf sie zu.

ZWEI

Ellen stand am Schlafzimmerfenster und beobachtete, wie sich die Bäume allmählich schwarz färbten – die Nacht legte sich über die Skyline von Greenwich. Dieses langsame Versinken in der Dunkelheit stimmte sie traurig. Es war verkehrt, das wusste sie, jeden kürzer werdenden Tag in die Länge ziehen zu wollen. Die Bäume waren schuld, beschloss sie. In der herbstlichen Glut waren sie einfach am schönsten. Es war ungerecht, sie nicht ein Weilchen länger betrachten zu dürfen.

»Moo-oom.«

Die Stimme lenkte ihre Aufmerksamkeit von der Schönheit der Natur auf eine andere endlose Faszination. Eilish stand in der Tür und wartete, bis sie sich der vollen Beachtung ihrer Mutter gewiss war.

»Ja, Liebling«, sagte Ellen. »Was gibt es?«

Eilish lief durch das Zimmer und setzte sich auf das Ende von Ellens Bett. Ein ratloser Ausdruck lag in ihrem kleinen Gesicht. Ellen kannte ihn nur zu gut. Ein Stirnrunzeln, die braunen Augen halb geschlossen vor Konzentration, während sie überlegte, wie sie die Frage formulieren sollte, die ihr auf der Zunge lag. War die Entscheidung getroffen, strahlten die Augen plötzlich, und sie legte los.

»Pat sagt, Babys kommen hinten raus. Aber das kann nicht sein, oder? Ein Baby ist viel zu groß und passt nicht durch das Popoloch.«

Sie neigte den Kopf und wartete. Es war die Aufforderung an Ellen, eine zufriedenstellende Antwort zu geben. In diesen Momenten sah sie Vinny so ähnlich, dass es schmerzte. Ein physischer Schmerz; erst in der Brust, dann im Magen, ein Schmerz, der sie auch jetzt noch, fast fünf Jahre nach seinem Tod, aufzehrte.

»Nicht durch das Poloch«, sagte sie. »Frauen haben ein spezielles Babyloch. Das weißt du doch schon, Eilish.«

»Aber das ergibt keinen Sinn«, sagte Eilish. »Ich meine, wie soll da denn ein Baby durchpassen? Und außerdem hast du mir immer noch nicht gesagt, wie das Baby überhaupt in den Bauch reinkommt.«

Zweifellos war Eilish mit ihren gerade mal acht Jahren noch zu klein für die harten Fakten des Lebens.

»Mit dem speziellen Babykuss«, sagte Ellen. »Genau, wie ich es dir gesagt habe. Wenn Mommy und Daddy ein Baby haben wollen, geben sie sich einen speziellen Kuss, und das Baby fängt an, in Mommys Bauch zu wachsen.«

»Gehst du heute Abend noch weg?«

Der plötzliche Themawechsel hätte Ellen eigentlich erleichtern sollen, wenn sie nicht gewusst hätte, was gleich kommen würde.

»Ja«, sagte sie. »Ich werde aber nicht lange bleiben.«

»Mit Jim?«

Ellen nickte. »Ich muss mich wirklich fertig machen. Wollen wir zusammen ein Oberteil aussuchen?«

Sie entzog sich dem fragenden Blick ihrer Tochter und ging zum eingebauten Kleiderschrank.

»Das hier?«, fragte sie. »Oder das? Welches gefällt dir besser?«

»Ist er jetzt so was wie dein Freund?«

Ellen nahm die blaue Leinenbluse mit zum Bett und setzte sich neben Eilish.

»Er ist ein Freund, Eilish. Nicht mehr.«

»Pat sagt, er ist dein Freund und dass du ihn wahrscheinlich heiraten wirst und er hier einzieht oder wir in sein Haus ziehen müssen. Aber das würden wir hassen, denn Jims Haus ist viel kleiner. Das hier ist unser Zuhause, und wir wollen nicht ausziehen. Wirklich nicht, Mom. Es ist nicht fair.«

Lieber Gott, dachte Ellen, gib mir Kraft.

»Eilish. Hör mir zu.« Sie nahm die kleine Hand ihrer Tochter und drückte sie. »Jim ist ein Freund. Weiter nichts.« Lügner. Lügner. »Selbst wenn er mein Freund wäre – doch das wird nicht passieren«, bist ein Betrüger, »würde ich von dir und Pat niemals verlangen, aus diesem Haus auszuziehen. Das ist euer Zuhause. Und es bleibt euer Zuhause. Verstehst du mich?«

Eilish lächelte, und die Spannung fiel von Ellen ab.

»Wirst du ein Baby mit ihm haben?«

»Nein.«

»Aber das wär so süß«, sagte Eilish. »Ihr könntet es heute Abend machen. Du weißt schon, mit einem dieser speziellen Babyküsse.«

Ellen war sich nicht sicher, ob sich ihre Tochter über sie lustig machte.

»Egal«, fuhr Eilish fort. »Es ist gar kein Kuss, Mommy. Maria hat mir verraten, wie es richtig geht.«

»Ach ja?«

Eilish nickte voller Selbstvertrauen. »Ja. Daddy und Mommy müssen sich ausziehen, sich nebeneinanderlegen und Geräusche machen. So werden Babys in echt gemacht, stimmt's?«

Manchmal vermisste sie es so sehr, jemanden an ihrer Seite zu haben, mit dem sie diese Unterhaltungen teilen konnte. Sie stellte sich vor, dass sie Jim später davon erzählte, doch es fühlte sich nicht richtig an. Sie wusste nicht genau, warum. Er war wunderbar zu den Kindern und ehrlich interessiert an ihnen. Doch er war nicht ihr Vater.

Nachdem Eilish davongezogen war, machte sich Ellen für den Abend zurecht. Blaue Bluse zu einer neuen Jeans, Makeup und Lippenstift. Sie hatte ihn heute gekauft. Ein sattes Rot. Sie zögerte und fragte sich, ob das nicht ein wenig übertrieben war für einen unverfänglichen Drink.

Nur war es mehr als nur ein unverfänglicher Drink. Sie fing an, diesen Typen richtig zu mögen. Und es deutete alles darauf hin, dass er dasselbe für sie empfand. Sofern sie überhaupt fähig war, irgendwelche Zeichen zu deuten. Seit ihrem zweiundzwanzigsten Lebensjahr war sie mit Vinny zusammen gewesen. Sie war, was das ganze Dating anging, so aus der Übung, wie jemand nur sein konnte.

Sie betrachtete sich noch einmal im Spiegel. Das Make-up konnte die kleinen Fältchen in den Augenwinkeln nicht kaschieren, abgesehen davon sah sie nicht schlecht aus.

Blaue Augen, klar und hell. Dunkles, kurz geschnittenes Haar umrahmte ihr Gesicht, das einen Hauch zu blass war. Vielleicht mehr Rouge? Nein, besser nicht. Am Ende sah sie aus wie ein Clown.

Genug. Zeit zu gehen. Sie schob den Stuhl vor dem Schminktisch zurück und stand auf. Bevor sie das Schlafzimmer verließ, streifte ihr Blick wie stets noch einmal das Familienfoto auf dem kleinen Nachttisch. Sie, Vinny und die Kinder. Vinny hatte den Arm um ihre Schultern gelegt und lächelte wie der glücklichste Mann auf der Welt.

Sie lächelte zurück und sah den zusammengefalteten Zettel neben dem Bild. Sie wusste, was darauf geschrieben stand. Sie hatte ihn nur zusammengefaltet, damit sie nicht wieder und wieder die Worte lesen musste.

Sie blickte zurück in Vinnys lächelndes Gesicht. »Was soll ich deiner Meinung nach tun?«, fragte sie.

Natürlich kam keine Antwort von ihrem toten Ehemann. Sie sah das Bild noch einen Moment lang an und wandte sich schließlich ab, verließ das Zimmer, schloss die Tür hinter sich. Kaum war sie an der Treppe angelangt, klingelte es. Pat rannte zur Tür. Ellen hörte Jim O'Dwyers Stimme und bekam eine Gänsehaut.

Sie blieb einen Augenblick stehen, sah ihn von oben an. Er blickte zu ihr hinauf, ihre Blicke trafen sich. Sie ging die Treppe hinunter, um ihn zu begrüßen. Ihr wurde schwindelig bei der Aussicht auf den Abend mit ihm. Ihr ganzer Körper kribbelte. Sie grinste wie ein Idiot. Egal. Er grinste genauso. Zwei liebestrunkene Teenager und nicht zwei Menschen mittleren Alters, die sich auf einen Drink verabredet hatten.

Er legte seine Hände auf ihre Schultern, beugte sich vor und küsste sie auf die Wange.

»Du siehst umwerfend aus«, sagte er.

Plötzlich wurde sie verlegen. Sie überlegte krampfhaft, was sie erwidern sollte, irgendetwas Zwangloses und dennoch Amüsantes, da fing ihr Handy an zu vibrieren. Sie hatte es in die Hosentasche gesteckt.

»Sorry«, murmelte sie und trat einen Schritt zurück. »Ich geh da kurz ran.«

Sie erkannte die Nummer nicht. Mit einem leichten Stirnrunzeln drückte sie die Annahmetaste und hielt das Telefon ans Ohr.

»DI Kelly? Martine Reynolds am Apparat. Evening Star. Ich hätte gern ein Statement von Ihnen zu einer Story, die wir Ende der Woche bringen. Eine Frau wird von ihrem gewalttätigen Ex terrorisiert. Sie behauptet, die Polizei – insbesondere Ihr Team – unternehme nichts. Wollen Sie das kommentieren?«

Martine Reynolds. Schmierfink von der Lokalpresse mit etwa so viel Integrität wie ein durchschnittlicher Psychopath. Ellen legte auf und drehte sich zu Jim.

»Entschuldige«, sagte sie. »Ich muss das kurz klären.«

DREI

Das Treffen fand in einem Hotelzimmer statt. Im Novotel in Greenwich. Sie hatten sich für fünf Uhr nachmittags verabredet. Nathan schloss das Büro früher als sonst und fuhr sie dorthin. Im Feierabendverkehr kamen sie nur langsam voran.

Von Lewisham aus dauerte es eine halbe Stunde. Genug Zeit, darüber nachzudenken, was sie vorhatte, und sich zu wünschen, sie hätte dem nie zugestimmt. Sie versuchte, Nathan zu vermitteln, wie ihr zumute war, aber er wollte nichts davon hören, erklärte ihr dauernd, sie habe keine andere Wahl. Nur so konnte sie verhindern, dass alles nur noch schlimmer wurde.

Die Journalistin wartete im Foyer. Groß, dünn und blond mit viel zu gebräunter Haut und einem harten Gesichtsausdruck. Chloë mochte sie nicht. Wäre sie allein hier, sie würde wieder gehen. Aber Nathan schüttelte der Journalistin schon die Hand und sagte, wie gut es war, dass sie dies für sie tat.

Bevor Chloë sich besann, standen sie im Lift und fuhren hoch zu einem beigefarbenen Raum.

»Sind Sie so weit?«, fragte Martine und zog ein kleines digitales Diktiergerät aus der Tasche.

Chloë warf Nathan einen flüchtigen Blick zu. Der nickte. Sie schluckte. »Meinen Sie wirklich, es funktioniert?«

»Es ist die einzige Möglichkeit«, sagte Martine. Sie sprach sanft und langsam wie zu einem dummen Kind. Chloë ließ sich keinen Augenblick etwas vormachen. Die Journalistin war eine Zicke, eine dieser kalten, voreingenommenen Frauen, denen Chloë normalerweise aus dem Weg ging.

»Es ist nur …« Chloë hörte das Zittern in ihrer Stimme und hasste sich dafür. Wusste, die andere hörte es auch und würde die Schwäche ausnutzen.

»Ich frage mich dauernd«, fuhr sie fort, »was, wenn es gar nicht Ricky ist?«

Nathan setzte sich neben sie. Das Bett gab unter seinem Gewicht nach, und ihr wurde übel.

»Das haben wir doch schon besprochen«, sagte Nathan. »Wer soll es sonst sein? Du musst ihm zeigen, dass du keine Angst vor ihm hast. Du schaffst das, Chloë. Ich weiß es.«

»Wir können Ihren Namen rauslassen, wenn Sie wollen«, sagte Martine. »Das Augenmerk liegt auf dem Versagen der Polizei. Wir müssen Ihren Namen nicht erwähnen.«

Chloë fragte sich, warum sie nicht selbst auf diese Idee gekommen war. Sie versuchte, sich zu erinnern, ob Nathan es bereits vorgeschlagen hatte, aber alles lag dieser Tage im Nebel. Es fiel ihr schwer, sich an irgendetwas zu erinnern. Schuld war der Stress. Sie wusste das. Sobald sie gestresst war, funktionierte ihr Hirn nur mit halber Kraft, als sei der Akku zu schwach.

»Welchen Namen möchten Sie denn verwenden?«, fragte die Journalistin.

Ivy. Der Name kam ihr plötzlich in den Sinn. Als sie noch ein kleines Mädchen war, wollte sie immer Ivy heißen. Sie hatte ihre Eltern und jeden anderen bekniet, sie Ivy zu nennen, nicht Chloë. Komisch, das hatte sie vollkommen vergessen.

Na ja, es war lange her. Jetzt wollte sie nicht mehr Ivy sein.

»Nehmen wir meinen richtigen Namen«, sagte sie. »Wenn Ricky die Botschaft verstehen soll, ist es doch das Beste, hab ich recht?«

Das Lächeln der Journalistin und von Nathan verrieten ihr, dass sie die richtige Entscheidung getroffen hatte.

»Steve, unser Fotograf, wird bald hier sein«, sagte Martine. »Wir machen noch ein paar tolle Fotos für den Artikel. Die Polizei soll begreifen, dass sie es mit jemandem zu tun hat, der sich nicht schikanieren lässt.«

»Und Ricky«, sagte Chloë.

»Selbstverständlich.« Martine nickte, aber Chloë sah, dass sie nicht hinhörte. Sie befingerte das Diktiergerät, testete, ob es funktionierte, bevor sie es auf den Tisch legte. Ein rotes Licht blinkte.

Die Aufnahme lief, dachte Chloë. Gab ihr das Gefühl, etwas Besonderes zu sein. Vielleicht hatten die beiden recht. Vielleicht hatte sie keine Wahl.

Martine lehnte sich in ihrem Stuhl zurück und lächelte Chloë an.

»Wollen Sie anfangen? Mal sehen, ob wir die Polizei dazu bringen können, ihre Arbeit richtig zu machen und das Arschloch festzunageln, bevor es echten Schaden anrichtet.«

Chloë hasste Kraftausdrücke, besonders bei einer Frau. Trotzdem zwang sie sich zu einem Lächeln, wollte ihre wahren Gefühle nicht zeigen. Drei Jahre mit Ricky hatten aus ihr eine Expertin gemacht, wenn es darum ging, ihre Gefühle zu verbergen.

»Okay«, sagte sie. »Was wollen Sie wissen?«

Anschließend fuhr Nathan sie nach Hause. In der Nähe von Hither Green schlug er vor, anzuhalten und etwas zu essen.

»Wir könnten zu dem Italiener in Lee gehen«, sagte er. »Auf meine Rechnung. Ich weiß nicht, wie es dir geht, aber ich verhungere.«

Verhungern war übertrieben, dachte sie. Sein Bauch war riesig. Er hätte leicht mehrere Wochen ohne Essen auskommen können. Ihr war nicht nach einem Restaurant. Nach dem Treffen mit der Journalistin fühlte sie sich schmutzig. Als hätte sie etwas getan, was sie nicht hätte tun sollen. So viele persönliche Dinge einer Fremden anzuvertrauen, das war schrecklich. Sie wollte nach Hause, sich in eine volle, warme Badewanne legen und sich vorstellen, es habe diesen Abend nie gegeben.

Doch zu Hause war sie allein, und das ertrug sie nicht. Einen Moment lang überlegte sie, Nathan zu fragen, ob sie bei ihm übernachten könnte. Nur für eine Nacht. Aber sie befürchtete, er könnte es missverstehen, denken, sie wäre auf etwas anderes aus. Und wenn er das dachte, würde es zwischen ihnen unangenehm werden.

Er war nicht interessiert. Das wusste sie. Sie kannte die Männer. Wusste, wie sie sich verhielten, wenn sie eine Frau mochten. Nathan benahm sich nie so. Deutete nie an, mehr sein zu wollen als nur ein Freund. Sie wusste natürlich, warum. Nathan hatte Prinzipien. Ein Mann wie Nathan, ein guter moralischer Mann, was um alles in der Welt sollte er von einer Frau wie ihr wollen? Nathan kannte nämlich die Wahrheit. Wusste, was für eine Sorte Frau sie wirklich war.

Sie hatte es ihm bei ihrem ersten Treffen erzählt. In dem kleinen Haus auf der Nightingale Grove, wo sie jetzt wohnte, war alles aus ihr herausgesprudelt. Er bat um Empfehlungen ihres früheren Vermieters, und sie hatte ihm die ganze Geschichte erzählt, jedes schäbige Detail. Am Ende weinte sie. Er hatte ein blaues Seidentaschentuch aus seiner Brusttasche gezogen und es ihr gegeben.

»Klingt, als ob Sie einen Freund gebrauchen könnten.« Mehr hatte er nicht gesagt. Hatte nie wieder ein Wort über das verloren, was sie ihm anvertraut hatte.

Nur darum lächelte sie jetzt und sagte, essen gehen sei eine gute Idee.

»Aber nur, wenn du mich bezahlen lässt«, sagte sie. »Das ist das mindeste.«

Sie aß wenig, trank dafür mehr Wein als sonst. Sie redeten über alles und nichts. Anschließend war sie erschöpft und entspannt zugleich. Ein solches Gefühl kannte sie gar nicht mehr.

Fünfzehn Minuten später parkte Nathan vor ihrem Haus und fragte, ob er bei ihr auf der Couch schlafen solle. Sie konnte lächeln und ihm ehrlich antworten, ja, das wäre großartig.

VIER

Die Praxis ihrer Therapeutin war in einem hellen Glasanbau hinter dem Lewisham-Krankenhaus. Vom Wartezimmer blickte Ellen über die Ladywell Fields. Wahrscheinlich sollten sich die Patienten bei all dem Licht und der grünen Aussicht weniger schlecht fühlen. Fehlanzeige.

Sie war zu früh gekommen und hoffte, vor zehn wieder draußen zu sein. Die große Bekanntmachung war für zehn Uhr fünfzehn angesetzt. Ellen wollte nicht zu spät kommen. Gott sei Dank glaubte Briony Murray, ihre neuseeländische Seelenklempnerin, noch an Pünktlichkeit.

Um Punkt neun öffnete sich die Tür zu Brionys Behandlungsraum, und die Therapeutin bat Ellen herein. Die beiden Frauen saßen auf ihren angestammten Plätzen, auf niedrigen blassgelben, sich gegenüberstehenden Sofas am Fenster.

»Also«, begann Briony. »Wie geht es Ihnen?«

»Gut«, sagte Ellen. »Glaube ich zumindest. Ja. Es war eine gute Woche. Na ja, die Arbeit war nervig. Abgesehen davon ist alles prima.«

»Warum?«

Briony hatte blaue Augen. Ein Blau, das Ellen an japanische Porzellanmalerei erinnerte. Blaue Augen, klarer Teint und kurze blonde Haare. Ellen wusste nicht, wie alt die Therapeutin war. Vielleicht Mitte dreißig, schätzte sie. Ellen fragte sich, wie jemand so Junges so weise sein konnte.

»Nun ja«, sagte Ellen langsam. »Ich habe Jim ziemlich oft getroffen. Es läuft gut. Ich mag ihn.«

Sie musste an letzte Nacht denken. Er war so einfühlsam gewesen. Hatte geduldig gewartet, während sie telefonierte. Erst mit

Chief Superintendent Paul Nichols, danach mit Jamala Nnamani, der Pressesprecherin. Sie hatten die möglichen Konsequenzen der Story erörtert und wie die Polizei darauf reagieren sollte.

Briony lächelte. »Das erzählen Sie mir bereits seit drei Wochen. Schön, dass es gut läuft. Letzte Woche erwähnten Sie Schuldgefühle. Wollen Sie heute darüber reden?«

Nicht wirklich.

»Das ist doch normal, oder?«, sagte Ellen. »Natürlich fühle ich mich schuldig, dass ich einen anderen Mann treffe. Besonders, da ich anfange, ihn zu mögen.«

»Ist das wirklich normal?«

»Ja«, sagte Ellen. »Ich meine, wer würde sich nicht so fühlen? Ich habe Vinny geheiratet. Ich habe ihm und mir versprochen, dass ich den Rest meines Lebens mit ihm verbringe. Und ich breche das Versprechen, wenn ich mich, kaum dass Vinny fort ist, in einen anderen verliebe.«

»Aber so ist es nicht«, sagte Briony. »Oder?«

»Sie meinen, weil es schon fast fünf Jahre her ist?«, fragte Ellen. »Sie meinen, das macht es vertretbar? Nein. Egal, was Sie sagen, Briony, es fühlt sich noch immer so an, als würde ich ihn betrügen. Und Pat und Eilish? Sie glauben, dass ich Vinny vergessen habe, Jim heirate und Kinder mit ihm bekomme. Was macht das für eine Mutter aus mir, wenn sie die Dinge so interpretieren? Ich bin egoistisch. Na bitte. Jetzt ist es raus. Eine egoistische, dumme Frau, die es gar nicht erwarten kann, sich vor dem erstbesten Mann, der einen Hauch Interesse zeigt, die Kleider vom Leib zu reißen.«

»Wow«, sagte Briony. »Er gibt Ihnen das Gefühl, sich die Kleider vom Leib reißen zu wollen? Den Mann möchte ich kennenlernen. Klingt ziemlich heiß.«

Ellen stöhnte. Wieso passierte ihr das jedes Mal? Sie wusste nicht einmal, dass sie so dachte. Na ja, vielleicht den Teil mit den Kleidern schon. Aber den Rest. Diese wehleidige Schuld. Woher zum Teufel kam das? Sie wusste – wusste –, das Letzte – das Allerletzte –, was Vinny gewollt hätte, war, ihr Leben aufzugeben. Er würde sich freuen, dass sie jemanden kennengelernt hatte. Umgekehrt würde sie ihm genau dasselbe wünschen. Was zur Hölle war nur los mit ihr?

»Ich mache immer alles so kompliziert«, sagte sie leise. »Warum?

Briony langte über den Tisch und klopfte mit der Hand leicht auf Ellens Knie. »Das Komplizierte macht uns interessant, Ellen. Problematisch wird es, wenn Sie diese Gefühle unterdrücken. Darum sind Sie hier. Es soll Ihnen helfen, in Ihr Innerstes zu schauen und sich nicht vor dem zu fürchten, was Sie sehen.«

Das klang beruhigend. Es war beruhigend. Irgendwie. Dann erinnerte sich Ellen wieder, warum sie die Therapie überhaupt machen sollte. Sie hatte einen Mann getötet. Ellen wusste genau, blickte sie zu tief in sich hinein, würde sie etwas finden, das sie zu Tode erschreckte.

Vom Krankenhaus bis zum Polizeirevier von Lewisham waren es zehn Minuten zu Fuß. Ellen schaffte es in fünf. Sie bahnte sich ihren Weg über den vollen Straßenmarkt und rannte das letzte Stück bis zu dem imposanten weißen Gebäude, in dem sie arbeitete. Europas größtes Polizeirevier mitten in Lewisham. Die Gegend war erst kürzlich zur gefährlichsten von England gekürt worden. Keine Überraschung für Ellen und ihre Kollegen. Sie hatten tagtäglich das Gefühl, beim Kampf gegen das Verbrechen auf der Verliererseite zu stehen.

Ellen nahm nicht den Fahrstuhl in den dritten Stock, wo sich ihr Büro befand, sondern ging geradewegs in den Sitzungssaal im ersten Stock, in dem Chief Superintendent Paul Nichols das Treffen anberaumt hatte.

Die vier aus Ellens Team waren schon anwesend, dazu noch einige andere Beamte. Die Stühle waren aufgereiht wie in einem Konferenzsaal. Ellens Team saß in einer der hinteren Reihen. Sie setzte sich neben Abby Roberts, sagte hallo und erkundigte sich nach den jüngsten Gerüchten zu Nichols großer Ansprache. Sie wurde von Raj Patel unterbrochen, der sich vor Abby zu ihr hinüberbeugte.

»Der Star erscheint um elf«, sagte Raj. »Ich habe Malcolm gebeten, ein Exemplar zu besorgen, sobald die Ausgabe in die Regale kommt.«

Ellen nickte. »Gut. Was, glauben Sie, will Chloë damit erreichen?«

»Dass man sie ernst nimmt«, sagte Raj. »Ich kann es ihr nicht verübeln. Aus ihrer Sicht haben wir nichts zu ihrem Schutz unternommen.«

»Bis zu jener Nacht hatten wir nichts in der Hand«, sagte Ellen. »Der Überfall in ihrem Haus hat die Lage verändert. Aber das weiß sie, warum also wendet sie sich an die Presse?«

Bevor Raj antworten konnte, öffnete sich die Tür. Nichols ging in Richtung Rednerpult. Er stand einen Moment lang still da, blickte abschätzig in die Runde und wartete, dass das Geschnatter aufhörte. Er ließ seinen Blick schweifen. Bei Ellen hielt er inne, wanderte dann zu Abby. Flüchtig, so flüchtig, dass niemand außer Ellen es bemerkte, verweilten seine Augen auf Abbys Busen. Dann hob Nichols seinen Kopf und nahm den Rest der im Raum Anwesenden in Augenschein.

Es wurde still. Nichols räusperte sich – vorsichtig – und begann.

»Ich danke Ihnen, dass Sie meiner Einladung heute Morgen so kurzfristig gefolgt sind. Wir alle haben jede Menge um die Ohren. Darum werde ich keinen von Ihnen länger als notwendig festhalten. Ich halte es allerdings für wichtig, Sie heute

Morgen hier zu versammeln, um Ihnen aufregende Neuigkeiten mitzuteilen. Gestern Nachmittag haben wir das Einstellungsverfahren für einen neuen Detective Chief Inspector beendet.«

Nichols legte eine dramatische Pause ein, machte etwas mit seinem Gesicht, das aussah wie ein Lächeln, und fuhr fort.

»Wie Sie alle wissen, ist unser geschätzter Detective Chief Inspector Edward Baxter in diesem Jahr aus gesundheitlichen Gründen frühzeitig in Pension gegangen. Einen geeigneten Ersatz zu finden, hat Zeit in Anspruch genommen. Es war unbedingt notwendig, die richtige Person zu wählen. Sie muss die Polizeibehörde durch die turbulenten Zeiten der finanziellen Überprüfungen und wachsenden Verbrechensraten führen. Wir haben viele Bewerbungen erhalten«, sein Blick fiel erneut auf Ellen, »und den besten Kandidaten aus der Vielzahl der hochkarätigen Bewerber auszuwählen, war eine echte Herausforderung.

Nun bin ich erfreut, Ihnen mitteilen zu dürfen, dass wir eine Entscheidung getroffen haben. Ohne weitere Verzögerung möchte ich Ihnen das neueste Mitglied unserer Abteilung vorstellen …«

Nichols legte wieder eine Pause ein und wandte sich zur Tür. In dem allgemeinen Schweigen sah Ellen eine große blonde Frau hereinkommen, die neben Nichols an das Pult trat.

Wie Nichols ließ sie ihren Blick über die Männer und Frauen im Raum schweifen. Im Gegensatz zu ihm bekam ihr Gesicht bei Ellens Anblick einen weichen, freundlichen Ausdruck. Vielleicht hätte Ellen zurückgelächelt. Sie war sich nicht sicher. Doch der Schock beim Anblick ihrer neuen Vorgesetzten überwog alles andere.

Nichols war ein großer Mann, die Frau neben ihm war genauso groß. Das lag zum Teil an den roten Stöckelschuhen.

Ellen konnte unter den maßgeschneiderten schwarzen Hosen die Schuhspitzen sehen. Vivienne Westwoods, so viel war klar. Ellen hatte sie schon einmal gesehen.

»Hallo«, sagte die Frau. »Mein Name ist DCI Geraldine Cox. Es freut mich, Sie alle kennenzulernen.«

FÜNF

Nathan würde keine zweite Nacht auf dem Sofa überstehen. Sein ganzer Körper tat ihm weh, sein Nacken war steif. Er drehte den Kopf hin und her. Es war die reinste Tortur. Trotzdem, es hatte sich gelohnt, die ganze Nacht lang hierzuliegen und zu wissen, dass sie in seiner Nähe schlief. Er hatte ihren Atem hören können. Der gleichmäßige Rhythmus beruhigte ihn auf dem unbequemen Sofa. Außerdem war er gewohnt, ohne viel Schlaf auszukommen.

Als es anfing zu dämmern, hatte er eine Idee. Eine Überraschung für sie. Eine Alarmanlage. Gleich heute würde er sich darum kümmern. Ohne Widerrede. Eine dieser neumodischen, die direkt mit der Polizei verbunden waren. Wenn das kein Beweis dafür war, wie viel er für sie zu tun bereit war, dann wusste er auch nicht weiter.

Er stand früh auf – eine Leichtigkeit, er hatte ohnehin kaum geschlafen – und machte Frühstück für sie beide. Überlegte noch, eine Blume aus dem Garten auf den Tisch zu stellen. Gott sei Dank fiel ihm rechtzeitig ein, dass sie diese Geste falsch interpretieren könnte. Schlimmer noch, es könnte sie an die Blumen erinnern, die für sie in der Nacht draußen hingelegt worden waren. Auf keinen Fall wollte er sie daran erinnern. Er war hier, damit sie sich besser fühlte, nicht schlechter.

Er briet den ganzen Speck aus dem Kühlschrank und machte ein Käse-Zwiebel-Omelette. Danach hatte er einen Bärenhunger. Ohne sie wollte er aber nicht anfangen. Er klopfte an die Schlafzimmertür. Keine Antwort. Er öffnete die Tür, stand einen Moment lang da, beobachtete sie in ihrem Schlaf. Die Kopfschmerzen hatte sie gestern nicht mehr erwähnt. Er hoffte, dass sie weg waren. Er dachte nur ungern daran.

»Chloë?«

Sie bewegte sich, wachte aber nicht auf. Er ging zu ihrem Bett, berührte sie sanft an der Schulter und trat zurück. Sie sollte nicht das Gefühl haben, er komme ihr zu nahe.

Sie war ein wenig überrascht, ihn zu sehen. Dann hatte sie sich im Griff und setzte sich auf. Sie zog die Decke hoch, bedeckte ihren Körper. Unnötig. Sie hatte ja einen Schlafanzug an. Trotzdem, ihm gefiel diese Geste.

»Ich habe Frühstück für dich gemacht«, sagte er.

Sie lächelte, und sein Herz machte Luftsprünge.

»Frühstück?« Sie kicherte. »Ich frühstücke nie, Dummerchen. Ich habe nie Zeit dafür.«

»Nun, wir haben den ganzen Morgen«, sagte er. »Wir können später mit der Arbeit anfangen. Ein reichhaltiges Frühstück ist eine gute Grundlage für den Tag. Das hat Mom immer gesagt, und sie hatte recht.«

Er verließ das Zimmer, damit sie sich in Ruhe anziehen konnte, ohne dass er ihr dabei zusah. Dafür war später noch Zeit genug.

Ellen hatte geglaubt, Geraldine Cox zu mögen. Vor nicht allzu langer Zeit hatten sie gemeinsam einen Fall bearbeitet. Cox hatte Ellen geholfen, ein vermisstes Kind zu finden. Sie hatten gut zusammengearbeitet, und Ellen hatte Cox als eine Art Freundin betrachtet. Was sie von Cox als ihrer neuen Chefin halten sollte, wusste sie noch nicht recht zu sagen.

Das Überraschungsmoment störte sie am meisten. Vielleicht ging es ihr besser, sobald sie es verwunden hatte. Oder herausfand, warum Cox sie nicht angerufen, sie nicht vorab über die große Neuigkeit informiert hatte. Abgesehen davon wäre Cox kein Zacken aus der Krone gefallen, wenn sie wenigstens erwähnt hätte, dass sie im Rennen für den Job war. Sie hatten erst vor wenigen Wochen miteinander telefoniert. Ger hatte angerufen, wollte »ein wenig plaudern«. Ellen vermutete jetzt, dass weniger der Wunsch nach einer Plauderei hinter dem Anruf steckte als vielmehr ein Aushorchen.

Zurück im Großraumbüro, gab jeder seine ersten Eindrücke über Cox zum Besten. Arrogant. Scharf. Mannweib. Eiskaltes Biest.

»Es reicht.« Ellen hielt die Hand hoch und stoppte den Schwall von Schmähungen.

»Sie ist ein guter Cop«, sagte Ellen. »Darauf kommt es an. Sie ein eiskaltes Biest zu nennen ist genau der sexistische Schwachsinn, von dem ich geglaubt habe, dass ihr ihn hinter euch gelassen habt, seit ihr eure Machoärsche in das einundzwanzigste Jahrhundert gehievt habt. Malcolm.« Sie drehte sich zu dem kleinen gedrungenen Malcolm McDonald um. »Sollte ich noch einmal hören, dass Sie eine weibliche Beamtin ein eiskaltes Biest nennen, sind Sie hier schneller draußen und wieder in Uniform, als Sie sich eine dieser ekelhaften Cornish Pastys in Ihren Mund schieben können, haben Sie mich verstanden?«

Malcolm wurde rot, schob die Pasty unter einen Papierstapel und murmelte eine Entschuldigung. Ellen wollte noch mehr sagen, doch etwas auf ihrem Schreibtisch lenkte sie ab. Raj hatte Wort gehalten und eine Ausgabe des *Evening Star* in die Hände bekommen. Die Zeitung lag mit der Titelseite nach oben auf Ellens Tisch. Chloë Dunbars angsterfülltes Gesicht starrte sie an. Sie wappnete sich gegen das reißerische Geschreibsel, nahm die Zeitung und fing an zu lesen.

Raj zog einen Stuhl heran und setzte sich neben sie. »Was halten Sie davon?«

Ellen überflog die Story noch einmal:

»Es geschah in der Nacht zum Dienstag«, sagt Chloë. »Jemand war in meinem Haus. Ich wachte auf und hörte ihn unten herumlaufen. Ich war zu Tode erschrocken. Wissen Sie, ich wusste, dass er es war.«

»Wer?«

»Mein Ex. Er verfolgt mich seit Monaten. Ein Stalker. So sagt man doch.«

»Und Sie haben es der Polizei gemeldet?«

Bei dieser Frage steigen Chloë Tränen in die Augen.

»Ich weiß, es fällt Ihnen nicht leicht«, sage ich. »Aber es ist wichtig, dass die Leute davon erfahren, Chloë. Denken Sie doch nur daran, wie viele Menschen von jenen im Stich gelassen werden, die dafür bezahlt werden, dass sie uns beschützen.«

»Die Polizei macht gar nichts«, sagt sie. »Natürlich habe ich es gemeldet, aber sie nehmen es nicht ernst. Oh, sie haben so getan, als ob. Haben einen Detective vorbeigeschickt. Er hat gar nichts gebracht.«

»Er?«

»DC Patel. Er war sehr freundlich. Geholfen hat er mir nicht.«

Zur Information für die Leser: DC Raj Patel gehört zum Team der in Ungnade gefallenen Detective Inspector Ellen Kelly. Sie hat ihren Dienst wieder angetreten, als sei nichts vorgefallen.

»Kommen wir noch einmal auf Dienstagnacht zurück«, sage ich.

»Ich habe mich im Badezimmer versteckt«, sagt sie. »Ich konnte ihn hören. Er kam die Treppe rauf. Ich hatte solche Angst, Martine. Sie haben gar keine Vorstellung.«

»Was passierte dann?«

»Ich dachte, er bringt mich um«, flüstert Chloë. »Ich rannte los. Er kam hinter mir her. Ich versuchte, aus dem Haus zu laufen, konnte jedoch die Tür nicht öffnen.«

Sie verstummt, und ich muss sie ermutigen, weiterzureden. Es fällt ihr nicht leicht.

»Er hat mich geschlagen, hat mich k. o. geschlagen und einfach liegen lassen, hat angenommen, ich sei tot. Ich weiß nicht, wie lange ich dort gelegen habe, bewusstlos. Und ich weiß auch nicht, was er mir noch alles angetan hat.«

Sie schweigt, und für einen Moment schweige ich auch. Versuche, mir ihre Todesangst vorzustellen.

»Sie glauben, es handelt sich um Ihren Ex«, sage ich dann. »Sind Sie sicher?«

Sie nickt. »Ich habe es denen gesagt. Aber sie unternehmen nichts. Darum spreche ich jetzt mit Ihnen. Ich weiß nicht, was ich sonst tun soll. Er wird zurückkommen. Und das nächste Mal werde ich nicht so viel Glück haben.«

»Er hat sie nicht umgebracht«, sagte Ellen.

»Vielleicht will er sie gar nicht umbringen«, sagte Raj. »Wenn sie tot ist, ist alles vorbei. Sie kam wieder zu sich. Das ist noch nie passiert. Ich glaube, er hat sie geschlagen, weil er nicht wollte, dass sie ihn sieht.«

»Das bedeutet, sie kennt ihn«, sagte Ellen. »Aber es ist nicht ihr Ex?«

»Wir haben ihn bereits vernommen«, sagte Raj. »Er hat ein Alibi für Dienstagnacht. Er war mit ein paar Freunden unterwegs. Erst in einem Pub, dann in einem Club. Ist nicht vor vier

Uhr morgens gegangen. Glaubt man den Türstehern, war er so besoffen, dass er nicht einmal mehr stehen konnte.«

»Chloë glaubt das nicht?«, fragte Ellen.

»Ich kann sie verstehen«, sagte Raj. »Solange sie davon überzeugt ist, es sei ihr Ex, ergibt die Sache wenigstens einen Sinn. Zu wissen, es ist ein vollkommen Fremder, muss noch beängstigender sein.«

Ellen begriff, worauf er hinauswollte. Opfer eines Verbrechens wollten oft dessen Bedeutung verstehen. Es gab nur ein Problem. Manchmal hatte es keine Bedeutung. Außer, dass man zur falschen Zeit am falschen Ort war.

»Gibt es noch andere Verdächtige?«, fragte Ellen.

Raj schüttelte den Kopf. »Sie arbeitet in einem Maklerbüro. Kommt tagtäglich mit vielen Leuten zusammen. Wir haben ihre beiden Kollegen befragt. Beide männlich. Sie sind noch nicht raus aus der Sache, aber nichts deutet darauf hin, dass einer von den beiden dahintersteckt. Ich bin auch die Liste von Kunden durchgegangen, mit denen sie in den letzten vier Monaten zu tun hatte. Wir haben jeden befragt. Nichts.«

»Reynolds hat das schlau eingefädelt«, sagte Ellen. »Chloë kommt sehr glaubwürdig rüber, und wir stehen total inkompetent da.«

Sie rief sich noch einmal ins Gedächtnis zurück, was sie über Chloë Dunbar wusste. Zweiundzwanzig Jahre alt, ledig, wohnte in Hither Green. In den letzten Monaten war sie ein paarmal bei der Polizei gewesen, hatte sich beklagt, dass jemand nachts, wenn sie schlief, in ihr Haus eindrang. Es gab keine Anzeichen für einen Einbruch, nichts war gestohlen worden. Der Fall hatte keine hohe Priorität. Das änderte sich in der letzten Woche, nachdem Chloë in ihrem Haus niedergeschlagen worden war.

»Das andere hat sie nicht erwähnt«, sagte Raj. »Wieso nicht? Was glauben Sie?«

»Vielleicht hat Martine es absichtlich ausgelassen«, sagte Ellen. »Sie hat den Artikel simpel gehalten, damit die Leute sich mit Chloë identifizieren können. Und damit wir irgendwelche Trittbrettfahrer leichter aussortieren können, die nach der Lektüre zu uns kommen und behaupten, ihnen ginge es wie Chloë.«

»Mag sein.« Raj klang nicht sehr überzeugt. »Wie dem auch sei, Chloë kommt später her. Dann kann ich sie selbst fragen.«

»Gut.« Ellen blickte wieder auf die Zeitung. »Sie wissen, dass das hier ernst ist, oder? Sie könnte wirklich in Gefahr sein.«

»Ich bleib dran«, sagte Raj.

SECHS

Am frühen Nachmittag erhielt Ellen einen Anruf vom Empfang. Eine Frau wollte sie sprechen, bestand darauf, nur sie sehen zu wollen.

»Wie ist ihr Name?«, fragte Ellen.

»Sie sagt, sie heißt Monica Telford«, antwortete der diensthabende Beamte.

Ellen blickte mit Bedauern auf den Stoß Akten auf ihrem Tisch, der darauf wartete, gelesen zu werden. Sie hatte sich die nächsten Stunden dafür freigeschaufelt und konnte eine Unterbrechung jetzt nicht gebrauchen. Aber sie kannte den Namen, und ihr Pflichtgefühl erlaubte es ihr nicht, die Sache jemand anderem zu übertragen.

»Sagen sie ihr, ich bin gleich da«, sagte sie.

Eine große, attraktive Frau, langes dunkles Haar, marineblauer Trenchcoat und roter Seidenschal mit einem hübschen Schmetterlingsmuster, wartete im Empfangsbereich. Monica Telford. Eine Künstlerin. Ellen hatte sie vor ein paar Monaten auf einer Ausstellung kennengelernt. Ihr gefielen Monicas Arbeiten, und sie kaufte eines ihrer Bilder.

Monica erblickte Ellen, erhob sich und lächelte.

»Ellen, danke, dass Sie sich Zeit nehmen.«

Während der Ausstellung waren Ellen und Monica nur kurz ins Gespräch gekommen. Ellen konnte sich nicht daran erinnern, Monica gesagt zu haben, dass sie Polizistin war. Sie sollte sich geschmeichelt fühlen, nahm sie an, dass sie einen bleibenden Eindruck hinterlassen hatte. Schmeichelhaft oder nicht, Ellen hatte keine Lust, das hier in die Länge zu ziehen.

»Was kann ich für Sie tun?«, fragte sie.

Monica sah sich misstrauisch im Wartebereich um.

»Könnten wir irgendwo anders hingehen?«, fragte sie.

Ellen nickte. »Sicher. Folgen Sie mir.«

»Jemand verfolgt mich.«

Ellen wartete. Ihr graute vor dem, was sie gleich hören würde.

»Ich weiß, es klingt verrückt«, sagte Monica. »Wahrscheinlich wäre ich auch nicht gekommen, hätte ich nicht von der Sache im *Star* gelesen. Vielleicht hatten Sie noch nicht die Gelegenheit? Da ist diese Frau …«

Ellen hob ihre Hand. »Ich hatte Gelegenheit.«

»Natürlich«, sagte Monica. »Sorry. Oh, Gott. Sie glauben, ich sei einer dieser bedauernswerten Einfaltspinsel, die sich all das ausdenken, weil sie es in der Zeitung gelesen haben? Scheiße. Ich hätte wissen sollen, dass Sie das denken.«

»Ich denke gar nichts«, sagte Ellen. »Sie haben mir ja noch nichts erzählt.«

Monica lächelte. »Das habe ich nicht, stimmt. Ich mache ein ziemliches Durcheinander. Okay. Ich fang noch mal von vorne an.«

Die Story glich im Wesentlichen dem, was Ellen über Chloë Dunbar gehört hatte und was in der heutigen Zeitungsausgabe für den Rest der Welt zu lesen war. Monica fühlte sich seit Monaten verfolgt.

»Zuerst war es nur ein Gefühl«, sagte sie. »Auf der Straße oder im Park glaubte ich, jemand geht mir nach. Doch wenn ich mich umdrehte, war niemand da. Zumindest niemand, den ich kannte.

Plötzlich bemerkte ich merkwürdige Veränderungen im Haus. Gegenstände bewegten sich. Oh, schauen Sie mich nicht an, als hätte ich den Verstand verloren. Ich meine nicht, dass sie sich von selbst bewegt haben. Sie wurden bewegt. Von jemandem.«

»Was für Gegenstände?«

Ellen heuchelte ihr Interesse inzwischen nur noch. Monicas Bericht ähnelte zu sehr Chloës Geschichte, sie konnte sie nicht ernst nehmen.

»Die Kissen im Wohnzimmer«, sagte Monica. »Ich plaziere sie immer auf eine bestimmte Weise. Sie kennen mein Haus nicht. Wenn ja, wüssten Sie, was ich meine. Ich lege sehr viel Wert auf das Aussehen. Ich habe mein Haus so eingerichtet, wie es mir gefällt. Alles ist wunderschön und hat seinen Platz. Ich merke sofort, wenn etwas anders ist. Das können Sie mir glauben.«

Ellen dachte an ihr kinderfreundliches Zuhause, wo nichts an seinem Platz war, und wurde einen Moment lang neidisch. Ihr Verlangen nach Sauberkeit und Ordnung stand im ständigen Widerstreit zur grenzenlosen Begeisterung ihrer Kinder für Chaos und Unordnung.

»Meine Küche nicht ausgenommen«, sagte Monica. »Eine Packung Nudeln im falschen Schrank, das Salzfass im Kühlschrank. So etwas. Und heute Morgen etwas anderes. Ich war total erschrocken.«

»Ja?«

Monica beugte sich vor, wollte sich Ellens ganzer Aufmerksamkeit vergewissern. Sie sah aufgeregt aus. Als genieße sie das alles hier.

»Er hat etwas für mich dagelassen«, sagte Monica. »Eine Tasse Tee und eine Blume. Eine Rose. Auf der Arbeitsplatte in der Küche. Der Tee war noch warm.« Sie zitterte. »Er war noch nicht lange fort.«

Ellen rekapitulierte Chloës Interview, ging es im Geiste Wort für Wort durch. Wollte sicher sein, dass sie es nicht übersehen hatte. Obwohl sie es schon wusste.

Ein Detail hatte Martine Reynolds nicht erwähnt. Etwas, was niemand wissen konnte. Chloës Stalker hatte eine einzigartige Methode. Jeden Morgen, wenn er im Haus gewesen war, stand eine Tasse Tee auf der Arbeitsplatte und daneben lag eine einzelne, in schwarzes Krepppapier gewickelte Rose.

»Wieso, Chloë?«, fragte Raj. »Das war wirklich dumm von Ihnen. Ich habe Ihnen doch gesagt, kein Wort zur Presse. Was, wenn Ricky das liest? Können Sie sich eine Vorstellung davon machen, wie er reagiert? Ich sagte Ihnen doch, dass nicht er bei Ihnen eingebrochen ist und Sie angegriffen hat. Er war es nicht.«

Raj sah aufgebracht aus, und es tat ihr leid. Alles, was er sagte, ergab Sinn, und sie konnte nicht verstehen, warum sie dem Interview so schnell zugestimmt hatte.

»Es war Nathans Idee«, sagte sie. »Die Journalistin ist eine Freundin von ihm. Er sagte, es wäre eine Ansage an Ricky und die Polizei.«

»Es war eine Ansage, das können Sie laut sagen«, sagte Raj. »Herrgott, Chloë. Wäre ich Ihr Ex, und Sie würden mir so etwas anhängen, wäre ich nicht sonderlich begeistert. Nach dem zu urteilen, was Sie mir über Ricky erzählt haben, ist er nicht gerade der Typ, der das auf die leichte Schulter nimmt.«

Sie wollte, dass er aufhörte. Wenn er nicht aufhörte, fing sie wieder an zu weinen, und sie war es so leid, dauernd in Tränen auszubrechen. In den letzten Tagen ging es ihr etwas besser. Seit Erscheinen des Artikels hatte es keine Vorfälle gegeben. Sie wagte die Hoffnung, dass es nun vorbei war.

»Es tut mir leid.« Ihre Stimme zitterte. Raj tätschelte ihre Hand, sagte, es sei in Ordnung. Nichts war in Ordnung. Sie war so dämlich gewesen. Raj hatte recht.

Sie saßen in der kleinen Küche des Maklerbüros. Sie sah, wie Nathan sich von seinem Tisch erhob und – wieder – zu ihnen herüberwatschelte.

»Alles okay?«, fragte er.

»Ausgezeichnet«, sagte Raj, bevor Chloë antworten konnte. »Nur noch ein paar Fragen. Danach hätte ich gerne ein paar Worte mit Ihnen gewechselt, Mr. Collier.«

»Selbstverständlich«, sagte Nathan. »Will jemand vielleicht eine Tasse Kaffee?«

Chloë und Raj schüttelten den Kopf. Dann mussten sie warten, während Nathan sich mit viel Aufhebens Kaffee brühte.

Normalerweise war Chloë für Tee und Kaffee zuständig. Sie fragte sich, ob Nathan sauer war, weil er sich selbst einen machen musste, oder ob er nur einen Kaffee wollte, damit er ihre Unterhaltung belauschen konnte. Dann hatte er kein Glück. Solange Nathan in der Küche war, sagte Raj nämlich kein einziges Wort. Schließlich schien Nathan kapiert zu haben, dass er unerwünscht war, und ging.

»Warum wollen Sie mit Nathan sprechen?«, fragte Chloë. »Sie glauben doch nicht, dass er irgendetwas damit zu tun hat, oder?«

»Sie haben sicherlich recht«, sagte Raj. »Aber ich muss jede Möglichkeit in Betracht ziehen. Solange wir nicht wissen, wer bei Ihnen eingebrochen ist, kommt jeder in Frage.«

»Ich kann gar nicht klar denken«, sagte Chloë. »Ich weiß nicht mehr, wem ich vertrauen kann. Sie waren sehr freundlich, aber das hilft auch nicht weiter, oder? Wenn es nicht Ricky ist, ist es noch schlimmer. Dann kann es jeder sein, und ich begreife nicht, warum mir jemand weh tun oder mich derart ängstigen will.«

»Wir kriegen ihn«, sagte Raj. »Glauben Sie mir. Aber mit dieser Journalistin zu reden hilft uns nicht weiter. Tun Sie das nicht wieder, okay?«

Sie nickte. Sie hatte diese Frau sowieso nicht gemocht.

»Glauben Sie wirklich, dass Sie ihn finden werden?«, fragte sie.

»Ja«, sagte Raj. »Natürlich.«

Sie glaubte ihm nicht. Es ging schon zu lange, und die Polizei hatte nichts unternommen. Nathan war der Einzige, der ihr geholfen hatte. Vielleicht hatte Raj recht. Es war ein Fehler gewesen, mit der Journalistin zu reden. Aber wenigstens hatte sie etwas unternommen. Das war wesentlich besser, als bloß herumzusitzen und zu warten, bis wieder etwas Furchtbares geschah.

SIEBEN

I'd do anything for love.

Das habe ich nie verstanden. Bis jetzt.

Meatloaf. Der Fettwanst lässt mich nicht los. Der Alte hat Schuld. Meats größter Fan. »Back into Hell« war der Soundtrack zu meinem Leben. Herrgott.

But I won't do that.

Was würdest du nicht tun, Meat? Für mich gibt es nichts, was ich nicht täte. Letzte Nacht war sie verwirrt. Wenn sie so ist, kann man sie leicht hassen. Ich könnte sie niemals hassen. Manchmal wünschte ich, es wäre einfacher, eindeutiger. So, wie die Dinge sein sollen. Wünschte, sie wäre nicht so kompliziert.

Sie kann nichts dafür. Das weiß ich.

Run right into hell and back.

Im Handumdrehen.

Sie scheint nicht zu wollen, dass ich weiß, was sie denkt. Verheimlicht das Beste von sich. Sie hat Angst. Das kann ich nachvollziehen. Verstehe, warum. Wir haben mehr gemeinsam, als sie ahnt. Das möchte ich ihr sagen, aber wie?

Letzte Nacht durfte ich sie berühren. Hätte noch mehr zugelassen. Ich schob meine Hand in ihre Bluse, spürte ihre Haut. Der Schock. Elektrizität durch meinen Körper. Schock auf Schock. Ihr Gesicht ganz nah an meinem. Lächelnd. Sie spürte es auch.

Süßes Leid. Ich wusste, was ich will, hielt mich aber zurück. Will es langsam angehen. Will sie nicht verschrecken.

Du kannst dein ganzes Leben leben und siehst es nicht. Bei mir war es beinahe so. Hätten sich unsere Wege nicht gekreuzt, hätte ich vielleicht weiter so vor mich hin gelebt. Jetzt weiß ich Bescheid. Das ändert alles.

»Eigentlich sollte ich Ihnen gratulieren«, sagte Ellen.

»Nur, wenn Ihnen danach ist«, sagte Ger. »Ich kann verstehen, wenn es Ihnen unangenehm ist. Darum wollte ich Sie auch sehen. Ich dachte, wir könnten alles bereden, Fragen aus dem Weg räumen, bevor sie zu einem Problem werden.«

Sie saßen in Gers Büro. Es war eigentlich Ed Baxters, bis er aus gesundheitlichen Gründen eine Auszeit hatte nehmen müssen. Noch hatte Ger dem Raum keine persönliche Note gegeben. Er war genauso, wie Ed ihn verlassen hatte. Das Einzige, was nicht mehr da war, war das Foto auf seinem Schreibtisch. Ed und seine Frau im Urlaub an der Costa del Soundso.

»Ich kann Unordnung nicht ausstehen«, erklärte Ger. »Gott sei Dank war Ed ähnlich. Es gibt nichts Schlimmeres, als den ersten Tag in einem neuen Job damit zu verbringen, das Gerümpel von jemand anderem wegzuräumen. Kaffee?«

Sie schwang sich vom Stuhl und ging zur Nespresso-Maschine auf dem Regal hinter dem Schreibtisch. Die Kaffeemaschine hatte das Team Ed zu seinem Fünfzigsten geschenkt.

»Die hat er dagelassen«, sagte Ger. »Sagte, sie gehört hierher, nicht zu ihm nach Hause. Ehrlich gesagt, Ellen, ich glaube, die Chemo hat ihn so geschwächt, dass er im Moment gar nichts verträgt.«

»Sie haben Kontakt zu ihm?«, fragte Ellen.

»Natürlich«, sagte Ger. »Sie nicht?«

Weniger, als sie sollte. Eigentlich gar nicht. Die letzten Wochen mit Ed waren nicht einfach gewesen. Er hatte etwas getan, mit dem sie nicht einverstanden gewesen war, und es fiel ihr nicht leicht, ihm zu verzeihen. Sie sollte die Probleme hintanstellen und das Beste aus der Zeit machen, die ihm noch blieb. Aber sie tat sich schwer damit. Irgendwann einmal war er so etwas wie ein Freund gewesen. Jetzt nicht mehr, das war schmerzlich. Darum hatte sie beschlossen, sich von ihm zu distanzieren. Eine Distanz, die ihr mehr zusetzte als ihm.

»Ich sehe ihn ab und zu«, log sie. »Sie wissen ja, wie das ist. Familie, Arbeit …«

Die Ausrede klang erbärmlich. Sie schwieg lieber, unfähig, Cox, die Ellen einen hellgelben Becher hinhielt, in die Augen zu sehen.

»Milch?«

Ellen schüttelte den Kopf. »Schwarz. Ohne Zucker. Perfekt. Danke.«

»Ich habe die laufenden Fälle durchforstet«, sagte sie. »Ich denke, ich bin auf dem aktuellsten Stand. Der wichtigste Fall im Moment ist der Doppelmord auf der Loampit Vale?«

»Richtig.«

»Haben Sie schon jemanden verhaftet?«

Ellen nickte. »Vor einer Stunde wurde Anklage gegen ihn erhoben. Für heute Nacht bleibt er in Gewahrsam, und morgen früh haben wir einen Termin in Mag's Court.«

»Exzellent«, sagte Ger. »Und was hat es damit auf sich?« Sie zog eine Ausgabe des *Evening Star* aus der Schreibtischschublade und legte sie auf den Tisch. »Muss ich mir Sorgen machen?«

»Möglich.« Ellen hatte seit ihrem Gespräch mit Monica kaum an etwas anderes gedacht. »Vorhin war eine Frau hier. Behauptet, ihr widerfahre etwas Ähnliches.«

»Bevor oder nachdem das hier erschienen ist?«, fragte Ger.

»Danach«, sagte Ellen. »Doch es ist nicht so, wie Sie denken.«

Ellen erzählte vom Tee und der Rose, erklärte, das wäre das eine Detail, von dem im Zeitungsbericht nichts geschrieben stand.

»Und diese Frau kann es nicht irgendwie erfahren haben?«, fragte Ger.

»Nur von Chloë«, sagte Ellen. »Das ist möglich. Allerdings habe ich sie gefragt, ob sie Chloë kennt. Sie behauptet, sie noch nie gesehen zu haben.«

»Wir überprüfen das«, sagte Ger. »Gründlich. Patel soll noch einmal mit Chloë reden. Fragen Sie, ob sie Monica Telford kennt. Klappern Sie die Blumenläden in der Nähe ab. Finden Sie heraus, ob in letzter Zeit jemand Rosen gekauft hat. Checken Sie die Online-Verkäufer. Überprüfen Sie, ob jemand regelmäßig nach Southeast London liefert.«

Sie klang irritiert, und das irritierte Ellen. Natürlich ging sie verdammt noch mal allem nach. Sie wäre schon dabei, wäre sie nicht zu einem Plauderstündchen herbestellt worden.

»Was ist mit dieser Journalistin?«, fragte Ger. »Martine Reynolds. Ist sie so übel, wie ich vermute?«

»Übler«, sagte Ellen. »Mehr darauf erpicht, in der Scheiße zu wühlen, als die Wahrheit herauszufinden. Das öffentliche Interesse ist ihr egal. Sie hat nur ein Interesse: sie selbst.«

»Ich werde jemanden aus der Presseabteilung darauf ansetzen«, sagte Ger. »Mal sehen, was wir erreichen. Noch was?«

»Ich habe angeordnet, dass ein Streifenwagen regelmäßig beide Häuser kontrolliert«, sagte Ellen. »Nachts. Tagsüber übernehmen Officers zu Fuß. Ich habe beiden Frauen empfohlen, vorübergehend bei Freunden oder Familie unterzukommen. Sie sollen die Schlösser auswechseln, eine Alarmanlage installieren, die üblichen Ratschläge. Außerdem haben beide die Broschüren bekommen, wie man sich in Stalkingfällen verhält. Die Spurensicherung hat sich Chloës Haus vorgenommen. Hat nichts Ungewöhnliches gefunden. Ich weiß nicht, was wir zu diesem Zeitpunkt noch unternehmen könnten.«

»Rufen Sie beide täglich an«, sagte Ger. »Halten Sie engen Kontakt zu ihnen. Und schicken Sie jemanden zu Chloës Ex.

Noch mal. Ich weiß, er hat ein Alibi. Trotzdem sollten wir auf Nummer sicher gehen, dass er nicht jemanden damit beauftragt hat, bei Chloë einzusteigen.«

»Sollte Monica die Wahrheit sagen, kommt er eher nicht in Frage, richtig?«, sagte Ellen.

»Vielleicht kennt sie ihn auch«, sagte Ger. »Es liegt nahe, dass sie sich all das ausdenkt. Sie hat den Artikel gelesen und behauptet nun, dass ihr dasselbe passiert. Was halten Sie von ihr?«

»Schwierig«, sagte Ellen. »Sehr charmant, sehr attraktiv. Aber irgendwie sonderbar.«

»Sonderbar?«

»Sie schien weniger außer sich, als ich erwartet hatte«, sagte Ellen. »Einen Moment lang habe ich gedacht, sie gefällt sich in ihrer Rolle.«

»Reden Sie noch einmal mit ihr«, sagte Ger. »Sie soll wissen, dass wir sie ernst nehmen. Ich weiß, es klingt übertrieben, aber falls diese Telford das alles erfindet, wird sie bald die Journalistin um ein Exklusivinterview bitten. Das wollen wir verhindern.«

»Und?«, fragte Ellen.

Ger runzelte die Stirn. »Was?«

»Mag's Court. Morgen«, sagte Ellen. »Ich muss dahin. Haben Sie damit ein Problem?«

»Solange es nicht diesem ganzen Mist im Wege steht. Sie können auch Raj zum Gericht schicken. Ich will nicht, dass Sie sich übernehmen, Ellen. Offiziell arbeiten Sie nur dreißig Stunden. Das ist okay. Ich bin für flexible Arbeitszeiten für Eltern. Ich wäre ohne Flexibilität nicht so weit gekommen.«

Das war ein Haufen Bockmist. Niemand wurde mit einem Halbtagsjob DCI. Ja, es war machbar, halbtags als Detective zu arbeiten. Aber in dem Moment, in dem man die Vollzeitanstellung aufgab, konnte man ebenso gut der Geschäftsleitung mailen, man habe kein Interesse daran, jemals befördert zu werden.

»Ich komme klar«, sagte Ellen.

»Ich weiß.« Ger zeigte auf die Zeitung. »Das hier macht mir wirklich Sorgen. Sollte Chloë die Wahrheit sagen, bedeutet der Überfall Freitagnacht eine Eskalation. Ich frage mich, was er als Nächstes tun wird.«

»Nichts«, sagte Ellen. »Weil wir ihn schnappen werden. Richtig?«

»Richtig.«

Ger schaute nicht von der Zeitung auf, und Ellen erhob sich, sie war entlassen. An der Tür, sie wollte sie gerade öffnen, hob Ger wieder an.

»Ellen, es tut mir leid, dass ich nichts gesagt habe.«

»Worüber?«, fragte Ellen, obwohl sie genau wusste, worauf Ger hinauswollte.

»Den Job«, sagte Ger. »Ich konnte es Ihnen bei unserem letzten Gespräch nicht sagen. Mir stand noch eine Runde von Interviews bevor. Hätte ich gewusst, dass ich auch nur die leiseste Chance habe, hätte ich Ihnen mit Sicherheit etwas gesagt.«

»Warum haben Sie dann angerufen?«, fragte Ellen.

Sie wartete, hoffte auf eine Erklärung, damit es zwischen ihnen wieder so war wie vor der Bekanntgabe heute Morgen.

»Ich wollte nur mit Ihnen reden«, sagte Ger. »Ich hatte einen schlechten Tag und wollte eine freundliche Stimme hören. Daran ist doch nichts auszusetzen, oder?«

»Wohl nicht.«

Ger lächelte. »Vergeben Sie mir?«

»Es gibt nichts zu vergeben.«

Sie konnte nicht schnell genug hier rauskommen. Ger lächelte immer noch, und Ellen tat ihr Bestes, das Lächeln zu erwidern. Es fiel ihr nicht leicht. Sie wusste nur zu gut, warum Ger angerufen hatte. Es hatte nichts mit Ellens freundlicher Stimme zu tun (mal ehrlich, sie hatte gar keine), sondern sie wollte Ellen vor ihrem Einstellungsgespräch über den Klatsch und Tratsch im Team von Lewisham aushorchen.

Ger Cox hatte sie benutzt. Das verletzte Ellen mehr, als sie eingestehen wollte. Sogar vor sich selbst.

ACHT

»Alles erledigt, meine Liebe. Hier sind die neuen Schlüssel. Zwei. Ein Ersatz für den Ernstfall. Diese Schlösser sind stark. Die kriegt keiner so schnell auf.«

Monica stand auf und streckte sich. Während der Mann vom Schlüsseldienst die Schlösser an der Vorder- und Hintertür auswechselte, hatte sie bei einem Glas Sauvignon Blanc und mit einer Zeitschrift im Garten gesessen.

Sie nahm ihm die Schlüssel aus der Hand und lächelte. »Ich kann Ihnen gar nicht sagen, wie dankbar ich bin«, sagte sie. »Es ist eine solche Erleichterung.«

Er lächelte zurück. Ein gutaussehender Typ. Dunkles Haar und phantastische grünblaue Augen. Tolle Schultern. Mit Sicherheit ging er ins Fitnessstudio.

»Nun«, sagte er. »Wen wollen Sie denn aussperren? Ihren Ex?«

Sie strich sich das Haar aus dem Gesicht, blickte in diese grünblauen Augen.

»So was in der Art«, murmelte sie. »Alleinstehende Mädels wie ich können nicht vorsichtig genug sein.«

»Wohl wahr«, sagte er ernst, als wolle er ihr beweisen, wie wichtig er seinen Job nahm. »Sie sind jetzt absolut sicher. Diese Babys bricht keiner auf.«

»Außer Ihnen natürlich.«

Herrgott, dachte sie, hör dich an, Monica. Flirtest mit einem Typen vom Schlüsseldienst. Musst es ja nötig haben.

Der Mann wollte etwas erwidern, aber sie unterbrach ihn.

»Ich hole mein Scheckbuch«, sagte sie. »Dann können Sie los. Warten Sie hier.«

Sie schrieb den Scheck in der Küche aus. Zweihundert Pfund. Das Geld derart aus dem Fenster zu werfen kotzte sie an. Sie blickte in den Garten. Der Mann vom Schlüsseldienst wartete, die Hände tief in den Taschen seiner Jeans.

Das Bild erinnerte sie an etwas. Sommer. Greenwich-Union-Biergarten. Sie trug ihren Drink nach draußen. Kam aus dem Pub und trat in einen hellen Sommernachmittag. Da sah sie ihn zum ersten Mal. Er lehnte an einem Baum, Augen halb geschlossen. Cool, entspannt. Als könne nichts in der Welt ihm etwas anhaben. Im selben Moment beschloss sie, dass sie ihm auf den Leib rücken würde. Oh, ja.

Er trug ausgewaschene Jeans und ein schwarzes T-Shirt. Der Look stand ihm. In seiner rechten Hand, die locker herabhing, hielt er eine Zigarette. Während sie ihn beobachtete, führte er sie zum Mund. Im gleichen Augenblick drehte er den Kopf. Ihre Blicke trafen sich. Rauch stieg aus seinem Mund in die heiße Luft. Er lächelte, und sie wusste sofort, dass sie verloren war.

Die Erinnerung verblasste, wurde abgelöst von anderen Bildern, an die sie nicht denken wollte. Plötzlich irritierte sie der Mann im Garten. Wie er dastand und auf sie wartete. Sie wollte, dass er verschwand.

Sie rief ihn durch das offene Fenster zu sich herein, reichte ihm den Scheck und beförderte ihn so schnell wie möglich durch die Eingangstür hinaus. Danach seufzte sie erleichtert und ging zurück in die Küche, holte die Flasche Wein. Sie trug sie in den Garten, füllte ihr Glas und setzte sich. Sie lehnte sich in ihrem Stuhl zurück und schloss die Augen, tankte den letzten Rest Wärme der blassen Herbstsonne. Bald war es zu kühl, um draußen zu sitzen. Sie wollte es so lange wie möglich auskosten. Ihre Gedanken wanderten wieder zu jenem Sommer. Wie so oft in letzter Zeit.

Ellen Kelly hatte gefragt, ob sie sich vorstellen könnte, wer ihr das antat. Natürlich nicht, hatte Monica geantwortet, wer sollte ihr das antun wollen?

Das Treffen mit Kelly heute war eine interessante Erfahrung gewesen. Nicht wie beim ersten Mal. Damals hatte Monica keine Ahnung, wie sehr ihrer beider Leben sich miteinander verflechten würden. Ehrlich gesagt hatte Monica bei ihrer ersten Begegnung an Ellen Kelly nichts Außergewöhnliches gefunden. Kelly war für sie als Kundin interessant, abgesehen davon hatte die Frau keinen starken Eindruck auf sie gemacht.

Heute war das anders gewesen. Heute wollte sie diese Frau einschätzen lernen. Kelly war beeindruckender gewesen, als Monica sich erinnerte. Attraktiv, kein Zweifel, obwohl sich die ersten Anzeichen von Alter bemerkbar machten. Krähenfüßchen und zarte Kummerfalten.

Wirklich widerlich, wie schnell weiße Haut altert. Monica mit ihren Mischgenen war gesegnet mit der glatten makellosen Haut ihrer Mutter. Black don't crack, schwarz knittert nicht, pflegte ihre Mutter zu sagen. Wie wahr. Zumindest bis jetzt. Das schöne Gesicht ihrer Mutter tauchte vor ihr auf. Schwer zu glauben, dass sie dieses Gesicht nie wiedersehen würde. Sie schüttelte den Kopf, verscheuchte die Traurigkeit. Widmete sich wieder Kelly.

Abgesehen von ihrer Haut, achtete Kelly offenbar auf ihr Äußeres. Sie hatte einen schönen Körper – nicht so üppig wie Monica, trotzdem nicht übel –, sie kleidete sich elegant, das dunkle kurze Haar glänzte und war sorgfältig frisiert. Allerdings mangelte es ihr an Persönlichkeit. Monica fand sie kalt und ohne Charme. Anscheinend hatte Kelly keine Lust, sich Mühe zu geben. Monica war es ein Rätsel, warum manche Menschen durchs Leben gingen und nicht realisierten, wie wichtig es war, andere dazu zu bringen, einen zu mögen. Hatte man sie dazu gebracht, konnte man sie leicht zu allem Möglichen überreden.

Sie überlegte, ob sie sich Wein nachschenken sollte, ließ es jedoch sein. Sie brauchte jetzt keinen Wein. Der Tag war jung, und sie hatte später noch etwas vor. Das Treffen mit Kelly hatte sie rastlos gemacht. Wenn sie sich so fühlte, half nur eins.

Sie ging nach oben. Im Badezimmer zog sie sich aus und stellte sich unter die Dusche. Sie ging hastig die Männer in ihrem Leben durch. Welchen sollte sie anrufen? Da war natürlich Harry. Er war die einfachste Option. Doch auf ihn hatte sie keine Lust. Nicht heute Abend. Beinahe entschied sie sich für George, den Anwalt, zog jedoch der Berechenbarkeit die Aufregung vor. George war zu langweilig. Sie hatte fast Mitleid mit seiner Ehefrau.

Eine Stunde später war sie so weit. Sie betrachtete sich im Spiegel. Ihr gefiel, was sie sah. Schwarzes trägerloses Lederkleid, angeschmiegt wie eine zweite Haut. Sie drehte sich zur Seite, bewunderte ihren straffen runden Hintern, rollte die Schultern und liebte es, wie sich die Muskeln unter der Haut bewegten. Sie drehte sich wieder nach vorne, hob beide Arme, prüfte die Haut unter den Achseln. Keine Anzeichen von Winkarmen. Die vielen Stunden im Fitnessstudio machten sich bezahlt.

Sie lächelte. Das Gesicht im Spiegel lächelte zurück.

Es war an der Zeit.

NEUN

Carl telefonierte, laut und angeberisch, wie immer, wenn er mit Kundinnen zu tun hatte. Oder Freierinnen. So bezeichnete er sie. Nathan hasste das Wort. Meinte, es zeuge von Respektlosigkeit. Nur weil sie Makler waren, mussten sie ihrem Ruf nicht gerecht werden.

Chloë gab vor zu arbeiten. In Wirklichkeit surfte sie im Internet. Bei Google hatte sie ihren Namen eingegeben. Ihr Gesicht starrte sie vom Computerbildschirm an. Dasselbe Foto wie in der Zeitung. Das Foto war in Ordnung, aber man konnte den Bluterguss sehen. Sie hatte versucht, ihn abzudecken, aber offenbar nicht sorgfältig genug. Sie wünschte, sie hätte um eine Retusche gebeten.

Sonst sah sie gut aus. Angsterfüllt, ja, aber das stand ihr. Bestimmte Männer fanden das attraktiv. Männer mit Beschützerinstinkt, die fies wurden, wenn sie herausfanden, dass sie gar nicht beschützt werden wollte. Männer wie Ricky. In einer Minute schleimig charmant – und bevor sie sich umsah – Hände an ihrer Kehle. Schlug ihren Kopf gegen die Wand. Nannte sie ein dummes Luder und Schlimmeres. Daran wollte sie jetzt nicht denken.

Sie wusste, dass Carl den Zeitungsartikel gelesen hatte. Er sah sie immer so komisch an. Neugierig und schüchtern zugleich, als wolle er sie etwas fragen, wusste aber nicht, wie. Normalerweise grinste er sie vielsagend an und machte anzügliche Bemerkungen. Natürlich flüsternd, damit Nathan nichts hörte. Nathan würde so ein respektloses Verhalten nicht tolerieren.

Carl und Chloë waren allein im Büro. Chloës Schreibtisch stand vor dem Fenster. Sie war die Empfangsdame. Ihr Job war es, Kunden zu begrüßen, zu fragen, was sie wünschten, und sie an die richtige Person weiterzureichen – Carl für Vermietungen, Nathan für Verkauf.

Es gefiel ihr hier. Die Menschen auf der Straße dabei zu beobachten, wie sie ihren Tagesgeschäften nachgingen, machte ihr Spaß. Sie wussten nicht, dass sie beobachtet wurden, und das gab ihr ein gutes Gefühl. Im Sommer konnte die Sonne das Büro in einen Ofen verwandeln. Die Jahreszeit jetzt mochte sie lieber. Heute schien gerade genug Sonne, das helle Licht fiel ohne die unerträgliche Hitze durch das Fenster.

»Alles in Ordnung?«

Carl hatte aufgehört zu telefonieren und stand neben ihrem Schreibtisch, blickte auf ihren Bildschirm. Sie schloss den Browser, ihr Gesicht verschwand.

»Alles okay«, sagte sie. Er verschränkte die Arme, runzelte die Stirn. Der Duft von Aftershave – stark, herb – erfüllte die Luft. Sie schob den Stuhl zurück und erhob sich, wollte Abstand zwischen sich und ihm.

»Kaffee?«

Er schüttelte den Kopf.

»Chloë, hör mal.« Er seufzte. »Sorry. Ich hab kein Talent für so was. Ich wollte nur, na ja, weißt du, ich wollte nur sagen, das, was dir zugestoßen ist, ist furchtbar. Ja, ich kann manchmal ein echter Klugscheißer sein, aber ich meine das nicht so. Das weißt du doch, oder? Ich meine, wenn ich irgendwas für dich tun kann, sag es mir einfach, okay?«

Er wurde immer röter, während er sprach. Es schien ihm wirklich schwerzufallen. Sie musste ihre Meinung über ihn ändern.

Sie klopfte leicht auf seinen Arm – harte Muskeln unter dem billigen glänzenden Anzug – und lächelte.

»Das ist sehr süß von dir, Carl. Ich weiß das zu schätzen. Wirklich. Nun, willst du wirklich keinen Kaffee?«

Er lächelte auch. Ein ehrlich gemeintes Lächeln. Das hatte sie noch nie zuvor an ihm gesehen. Ihr fiel zum ersten Mal auf, wie attraktiv er eigentlich war. Bei seinem üblichen Gebaren und der schrillen Kleidung war das leicht zu übersehen. Merkwürdig, dachte sie, man glaubt, man kennt jemanden, und hat ihn die ganze Zeit falsch eingeschätzt.

Sie wartete auf seine Antwort, aber er schwieg. Stand nur da, starrte sie mit diesem drolligen Gesichtsausdruck an. Sie kam sich ein wenig albern vor. Dann erinnerte sie sich, wer vor ihr stand. Der vorlaute Carl mit einem Ego so groß wie das Shard, der Wolkenkratzer in Southeast London.

So hatte ihn Nathan an dem Tag beschrieben, an dem er ihr diesen Job anbot. Kaum zu glauben, dass sie jetzt schon sechs Monate hier arbeitete. Und heute hatten sie zum ersten Mal eine ernste Unterhaltung geführt.

Carl starrte sie immer noch an, als habe er vergessen, dass sie ihn etwas gefragt hatte. Fast als habe er vergessen, wo sie waren. Das hier war ihre Arbeitsstelle. Weder der richtige Zeitpunkt noch der richtige Ort, ihr schöne Augen zu machen. Obwohl es ihr gefiel.

Das Telefon klingelte, und beide schraken auf. Dann lachten sie. Taten alles gleichzeitig. Sie eilte zum Telefon. Carl ebenso. Sie griffen beide nach dem Hörer. Ihre Hände berührten sich.

Bei der Berührung erschrak sie.

»Happy Homes. Carl am Apparat. Wie kann ich Ihnen behilflich sein?«

Sie sah einen leicht missbilligenden Ausdruck in seinem Gesicht, während er zuhörte. Dann nickte er, lächelte und reichte ihr den Hörer.

»Für dich«, sagte er.

Ihr erster Gedanke war: Ricky. Er hatte den Artikel gelesen und sie ausfindig gemacht. Sie wollte den Anruf nicht annehmen, doch Carl drückte ihr den Hörer in die Hand. Automatisch hob sie ihn ans Ohr und sagte: »Hallo?«

»Chloë? Ich bin's, Anne.«

Nicht Ricky. Die liebe Anne, gütig und verständnisvoll, mit der sie reden konnte. Erleichterung. Chloë hörte kaum, was Anne sagte. Irgendetwas von einem Umzug und sie brauchte Chloës Rat, welche Gegend erstrebenswert war. Ob Chloë sich mit ihr treffen könne, damit sie sich ausführlich darüber unterhalten konnten. Chloë sagte, klar doch, es wäre ihr eine Freude, ihr behilflich zu sein.

Mittendrin klingelte ein anderer Apparat. Carl nahm das Gespräch an. Als Chloë schließlich auflegte, war Carl wieder in seinem Geschäftsmodus, flirtete derb mit irgendeiner armen Frau, die das Pech hatte, ihn an der Strippe zu haben.

Chloë wartete, ob er sich zu ihr umdrehen würde, doch seine Aufmerksamkeit galt ganz dem Telefongespräch. Was auch immer zwischen ihnen vor einigen Minuten gewesen war, hatte sich verflüchtigt. Vorbei, bevor es anfing. Sie benahm sich töricht, trotzdem war sie enttäuscht.

In der Küche nahm sie eine Tasse aus dem Schrank und goss sich Kaffee ein. Carl konnte sich seinen verdammten Kaffee selbst holen.

Die Straße war ruhig. Und dunkel. Die Finsternis wurde nur von den orangefarbenen Lichtkegeln einiger noch funktionstüchtiger Laternen unterbrochen. Sie lief gemächlich. Die High Heels hallten wider.

Ein Auto verlangsamte die Fahrt. Sie kannte es nicht und lief weiter, den Blick abgewandt. Der Fahrer kurbelte das Fenster herunter, rief etwas, doch sie sah sich nicht um, und er gab es schließlich auf.

Die Nacht war kühl, trotzdem war ihr warm. Sie trug den Mantel offen, hatte ihn an den Schultern heruntergezogen. Glatte weiche Haut war zu sehen. An der nächsten Laterne blieb sie stehen, legte die Hände in die Hüften, lehnte sich mit angewinkeltem Bein an den Laternenpfahl und wartete.

Ein paar Autos fuhren vorbei. Ein schwarzer BMW mit getönten Scheiben wurde langsamer und hielt. Ein Fenster senkte sich. Im Wagen waren mehrere Typen. Neugierig ging sie auf den Wagen zu. Nichts Neues. Junge Männer mit zu viel Geld und wenig Phantasie. Sie schwangen die üblichen Reden. Sie zog ein Messer aus der Manteltasche, hielt es dem Fahrer ins Gesicht und gab ihm zu verstehen, was sie tun würde, sollte er sich nicht sofort aus dem Staub machen.

Das Auto fuhr mit quietschenden Reifen davon, und sie stellte sich wieder in das orangefarbene Licht der Laterne. Eine Weile blieb die Straße ruhig. Dann kam wieder ein Wagen. Das Licht der Scheinwerfer blendete sie. Zunächst konnte sie nichts erkennen.

Der Wagen hielt. Ein grauer Lexus. Volltreffer. Der Fahrer stellte den Motor ab, schaltete die Scheinwerfer aus und wartete. Speichel hatte sich in ihren Mundwinkeln gesammelt. Sie schluckte. Einmal, zweimal, dreimal. Aufregung. Kribbeln am ganzen Körper. Kleine elektrische Schläge. Einmal, zweimal, dreimal. Sie fuhr sich mit der Zunge über die Lippen. Schluckte noch einmal, zwang sich, tief ein- und auszuatmen – einmal, zweimal, dreimal. Und noch einmal. Einmal, zweimal, dreimal.

Monica trat aus dem orangefarbenen Licht in die Dunkelheit.

ZEHN

Ellen nahm eine Flasche Merlot aus dem Küchenregal und betrachtete sie. Öffnen oder nicht, das war hier die Frage. Für ihren Entschluss brauchte sie zwei Sekunden. Es war noch früh. Noch nicht einmal neun Uhr. Ein langer Abend stand ihr bevor und nichts zu tun; außer fernsehen und versuchen, nicht an die Arbeit zu denken. Beides fiel ihr wesentlich leichter mit ein paar Gläsern Wein.

Sie trank ein halbes Glas gleich in der Küche, schenkte nach, ging ins Wohnzimmer und schaltete den Fernseher ein. Zappte durch die Sender, fand aber nichts Sehenswertes.

Ihr Handy lag auf dem Sofatisch. Sie scrollte die Nachrichten durch – mal wieder –, ob Jim sich gemeldet hatte. Abends trafen sie sich nicht. Für gewöhnlich rief er an oder schickte eine SMS. Heute hatte er nichts von sich hören lassen. Es gab jedoch keinen Grund, warum sie ihn nicht anrufen sollte. Es war nur ihr blöder Stolz.

Enttäuscht – eine Kombination aus ihrer Dummheit und seinem Schweigen – legte sie das Handy zurück auf den Tisch und versuchte, sich auf das Fernsehprogramm zu konzentrieren. Kirsty und Paul halfen einem reichen Paar beim Häuserkauf an der Küste von Suffolk. Das Paar zog von London dorthin. Ellen verstand den Sinn nicht, und bald wanderten ihre Gedanken zum kommenden Freitagabend. Wieder einmal.

Ein Schauer überlief sie. Vor Lust, nicht vor Angst. Sie hatten sich Zeit gelassen. Es war ihre Entscheidung, und er schien nichts dagegen zu haben. Freitag würde alles anders werden. Sie würden in ein Hotel gehen. Gemeinsam. Die Nacht dort verbringen. Die Aussicht darauf war beängstigend und aufregend zugleich.

Es klingelte. Er, dachte sie, und rannte zur Tür.

»Ellen! Gott sei Dank. Es tut mir leid, wenn ich störe. Ich wusste mir keinen anderen Rat.«

Monica Telford schwankte unter dem Vordach. Sie war offensichtlich betrunken, und Ellen musste der Versuchung widerstehen, ihr die Tür vor der Nase zuzuknallen.

»Es ist spät«, sagte Ellen. »Was wollen Sie?«

Sie hätte noch mehr gesagt, bemerkte dann aber die blauen Flecken. Und dass Monica mit den Tränen kämpfte. Innerhalb von Sekunden liefen ein Dutzend Szenarien in Ellens Kopf ab. Keines war gut.

»Darf ich reinkommen? Bitte, Ellen. Ich habe sonst niemanden.«

Draußen war jemand, war eilig die Straße entlanggelaufen und vor ihrem Haus stehen geblieben. Chloë hielt den Atem an, wartete, dass er weiterging. Sie stellte sich vor, wie er ihr Haus anstarrte, die Schatten hinter den Vorhängen beobachtete. Das Licht war an. Dämlich. Dämlich! Sie hätte es ausschalten sollen.

Sie kroch unter dem Fenster entlang zum Lichtschalter, den Körper auf den Boden gepresst, damit er sie nicht sehen konnte. An der Wand reckte sie den Arm nach oben und knipste das Licht aus.

Jetzt war es noch schlimmer. Sie konnte nichts mehr erkennen. Er bewegte sich. Die Schritte näherten sich. Sie kauerte sich an die Wand, die Hände vor den Mund gedrückt, um das Schreien zu unterdrücken. Wenn sie sich ganz still verhielt, ging er vielleicht wieder weg.

Die Fernbedienung für die Alarmanlage lag auf dem Tisch in der Küche. Sie kroch zur Tür, stieß sich heftig an der Ecke des Sofas die Schulter, kroch weiter. In den Flur und in die Küche.

Erst dort stand sie auf. Auch hier war es dunkel, aber wenigstens konnte sie sehen, wohin sie sich bewegte.

Sie griff nach der Fernbedienung, hatte jedoch vergessen, wie sie funktionierte. Eine Taste war für den Alarm, die andere stellte sie direkt zur Polizei durch. Sie drückte eine, es war die falsche, der Alarm ging los. Sie wollte ihn ausschalten, doch egal, welche Taste sie drückte, es funktionierte nicht.

Sie presste die Hände an die Ohren, wollte dem Krach entkommen, hatte zu große Angst, vorne rauszugehen, rannte zur Hintertür. Vielleicht war er noch da. Die Tür war verschlossen, und sie konnte den Schlüssel nicht bewegen. Sie fing an zu weinen. Es war ihr egal, ob er sie hörte, sie versuchte es noch einmal mit ihren vor Angst schweißnassen Händen. Endlich, die Tür war offen. Sie rannte in den kleinen Garten.

Es hatte angefangen zu regnen. Die großen Tropfen vermischten sich mit den Tränen auf ihrem Gesicht. Es war ihr gleichgültig. Alles war besser, als länger im Haus in der Falle zu hocken und darauf zu warten, dass er ihr wieder weh tat.

ELF

»Was ist denn passiert?«, fragte Ellen.

»Ein mieses Date«, sagte Monica. »Ich will nicht darüber reden.«

»Wenn er Ihnen etwas angetan hat«, sagte Ellen, »sollten Sie es melden.«

Monica zuckte mit den Schultern. »Eine alte Flamme. Wir treffen uns von Zeit zu Zeit. Haben ein bisschen Spaß. Wissen Sie, was das ist, Spaß?«

Die Art und Weise, wie sie es sagte, machte Ellen ärgerlich. Sie wollte diese Frau nicht länger in ihrem Haus haben. »Warum sind Sie hergekommen?«, sagte sie.

»Ich fürchte mich davor, nach Hause zu gehen«, sagte Monica. »Außerdem haben Sie gesagt, dass ich mich jederzeit bei Ihnen melden darf.«

»Ich meinte anrufen«, sagte Ellen. »Nicht aufkreuzen, wann immer Ihnen danach ist. Woher kennen Sie meine Adresse?«

»Sie haben sie mir gegeben«, sagte Monica. »Als Sie das Bild gekauft haben, erinnern Sie sich?«

»Ich hätte Besuch haben können«, sagte Ellen. »Haben Sie daran gedacht?«

Monica lächelte. »Sie wissen also doch, was Spaß ist. Es tut mir leid, Ellen. Ich mag Sie. Mochte Sie schon bei unserer ersten Begegnung und seit heute noch mehr. Sie waren so nett. Ich wollte Sie sehen. Daran ist doch nichts auszusetzen, oder?«

Sie deutete auf Ellens leeres Weinglas auf dem Tisch.

»Könnte ich vielleicht auch eins haben?«

»Warum hierher?«, fragte Ellen. »Sie haben doch sicherlich Freunde.«

»Alles Männer«, sagte Monica. »Im Moment ist mir nicht danach, das Ego von irgendeinem Kerl aufzublasen, indem ich ihm das Gefühl gebe, dass er mir einen Gefallen tut. Wein? Ein Glas, und ich bin weg. Versprochen.«

Ellen erhob sich.

»Ich hole Ihnen ein Glas Wasser«, sagte sie. »Und rufe Ihnen ein Taxi.«

In der Küche nahm Ellen einen Schluck aus der Weinflasche. Danach fühlte sie sich nicht besser, aber auch nicht schlechter. Der Wein lief ihr die Kehle hinunter und in den Magen. Sie wartete, dass Ärger und Frust verflogen. Es hatte angefangen zu regnen. Tropfen klopften gegen die Glastür und verzerrten Ellens Spiegelbild.

Sobald sie sich sicher war, dass sie mit dem, was sie erwartete, fertig wurde, füllte Ellen ein Glas mit Wasser für Monica und ging zurück ins Wohnzimmer.

Monica stand vor dem Kamin und besah sich die Fotos auf dem Sims.

»Ihre Kinder?«, fragte sie. »Süß. Wer ist das?«

»Mein Mann«, sagte Ellen. »Bitte, fassen Sie nichts an. Ihr Wasser.«

Sie reichte ihr das Glas, setzte sich und hoffte, Monica würde dasselbe tun.

»Gutaussehender Mann«, sagte Monica, ignorierte den Wink. Sie beugte sich vor, näherte ihr Gesicht dem kostbaren Bild von Vinny. Ellen ballte die Fäuste, ihre Nägel schnitten ihr in die Handflächen.

»Er ist tot, nicht wahr?«

Ellen nickte.

»Das muss furchtbar gewesen sein«, sagte Monica. »Wann ist es passiert?«

»Vor fünf Jahren.«

Monica deutete auf das Gemälde in der Nische neben dem Kamin.

»Macht sich gut da«, sagte sie.

Es war das Bild, das Ellen auf Monicas Ausstellung vor ein paar Monaten gekauft hatte.

»Ein schönes Bild«, sagte Ellen.

Monica setzte sich neben Ellen aufs Sofa. Sie roch nach Parfum, Alkohol und Sex. Monica trank einen Schluck Wasser und stellte das Glas auf den Tisch. Dabei beugte sie sich vor, und ihre Brust streifte Ellens Oberschenkel. Ellen versuchte, zur Seite zu rücken, war jedoch schon in der äußersten Ecke des Sofas.

Monica setzte sich auf, lächelte. Ellens Unbehagen schien sie nicht zu bemerken.

»Sie müssen einsam sein«, sagte sie.

Ellen schluckte.

»Sie sollten jetzt gehen. Ich rufe Ihnen ein Taxi.«

Monica streckte ihre Hand aus und strich eine Haarsträhne aus Ellens Gesicht.

»Arme Ellen.«

Ihre Augen, so nah, wirkten riesig. Dunkle, tiefe Teiche. Ihr Geruch war überall.

»Ich weiß, wie sich Einsamkeit anfühlt.« Monica flüsterte so leise, dass Ellen sich anstrengen musste, sie zu verstehen. »Mein Leben lang war ich einsam. Seit meine Mutter weggegangen ist. Ich war noch ein Kind, Ellen. Acht Jahre alt. Sie hat mich mit diesem Schwein sitzenlassen. Wie finden Sie das?«

»War bestimmt nicht leicht«, sagte Ellen. Ihre Stimme zitterte. Gleichzeitig war ihr heiß. Ihr Gesicht glühte, ihre Hände waren verschwitzt. Monicas Hitze, so nah, wie ein Ofen.

»Sie hat mich verlassen«, sagte Monica. »Statt mich vor ihm zu beschützen, musste ich mit ihm allein fertig werden.«

Sie konnte es jetzt stoppen. Monica sagen, sie solle das Glas Wasser austrinken und sich zum Teufel scheren. Hätte sie noch ein Fünkchen Verstand, musste sie das tun. Aber sie wollte mehr wissen. Wollte begreifen, wer diese Frau war, welche Geheimnisse sie hatte. Denn es gab Geheimnisse. Solange sie sie nicht gelüftet hatte, wusste sie auch nicht, ob sie Monica beschützen oder vor ihr Angst haben musste.

»Ich bin in North Kent aufgewachsen«, sagte Monica. »Whitstable. Kennen Sie das?«

»Ein wenig«, sagte Ellen. »Na ja, den Teil der Welt kenne ich sogar ziemlich gut.«

Oft vergingen Tage ohne die Erinnerung daran. Dann, ganz plötzlich, wumm, konnte sie an nichts anderes mehr denken. Das Kreischen der Bremsen. Die zwei Männer, die unter dem Zug begraben wurden. Dais brauner Herrenschuh neben den Gleisen. Ein einzelner Schuh. Später machte sie sich Gedanken darüber. Hoffte, dass derjenige, der seine Leiche barg, ihm den Schuh wieder angezogen hatte. Aus irgendeinem Grund war der Gedanke an Dai ohne Schuh unerträglich. Sie hatte sogar überlegt, ob sie zurückgehen und nachsehen sollte. Aber sie hatte es nicht über sich gebracht und nichts unternommen. Noch etwas, wofür sie sich schuldig fühlte.

»Ein schrecklicher Ort«, sagte Monica. »Jedenfalls früher. Ich habe jede einzelne Minute gehasst. Vielleicht wäre es anders gewesen, wenn es zu Hause besser gelaufen wäre. Aber so war es nicht. Mutter ging weg. Ich habe nie verstanden, warum. Sie wusste, wie er war. Trotzdem hat sie mich zurückgelassen. Mit ihm. Ich habe ihn immer dafür gehasst.«

»Ihren Vater?«, fragte Ellen.

Monica nickte. »Es war seine Schuld. Sie wäre nie weggegangen, wäre er ein besserer Mann gewesen. Er war ein Schwein. Oh, nach außen war er respektabel, eine Säule der Gesellschaft. Doch das war nur Fassade. Er trank viel. Wenn er betrunken war, lief es immer auf dasselbe hinaus. Er fing an zu jammern. Heulte und fragte mich, warum sie ihn verlassen hatte. Er musste doch wissen, was für ein erbärmlicher Loser er war. Keine halbwegs kluge Frau würde bei solch einem Mann bleiben. Dann fing er mit mir an. Ich wäre wie sie. Nur schlimmer, denn ich könne sehen, wie ihn das mitnahm, wie einsam er sei. Und ich unternähme nichts, um ihm zu helfen. Jedes Mal, wenn er mir Liebe zeigte, wies ich ihn zurück.«

Monica schüttelte den Kopf. »Ich war vierzehn, als der Scheißkerl mir zum ersten Mal Liebe zeigte.«

»Gab es denn niemanden, dem Sie sich hätten anvertrauen können?«, fragte Ellen.

»Das habe ich versucht«, sagte Monica. »Meiner Kunstlehrerin. Sie war nett. Ich hab ihr erzählt, was zu Hause los war, doch sie hat mir nicht geglaubt. Danach habe ich beschlossen, allein damit fertig zu werden.«

»Wie?«

»Hab mir einen Job gesucht, Geld gespart und bin abgehauen. Mit siebzehn bin ich von zu Hause ausgezogen und habe seither nicht mehr zurückgeschaut.«

»Er hat nie versucht, Sie zu finden?«, fragte Ellen.

Monica schüttelte den Kopf. »In jener Nacht habe ich sein Auto geklaut. Ich fuhr gerade rückwärts aus der Einfahrt, da kam er angerannt. Er brüllte, schrie, er würde mich nicht gehen lassen. Trommelte gegen die Fahrertür. Versuchte, sie zu öffnen. Ich geriet in Panik, riss das Lenkrad rum, fuhr ihn um. Danach habe ich ihn nie wiedergesehen.«

Monica hob das Glas und trank es aus. Am Glas blieb ein Lippenstiftabdruck.

Vor dem Haus erklang eine Hupe.

»Ihr Taxi«, sagte Ellen.

An der Tür umarmte Monica Ellen.

»Danke«, flüsterte sie. Sie hielt Ellen einen Augenblick zu lange fest, ein weicher Körper presste ihren Unterleib gegen Ellens. Die Bewegung war so urplötzlich und kurz, dass Ellen später nicht mit Sicherheit sagen konnte, ob sie sich das nur eingebildet hatte. Monica ließ sie los, lief den Weg hinunter, durch die Pfützen und sprang ins Taxi.

Ellen wartete, bis der Wagen am Ende der Straße um die Ecke gebogen war. Erst da atmete sie wieder aus. Erleichterung, dass Monica fort war. Dieses Zusammentreffen war höchst unangenehm gewesen. Am Ende war ihr Monica Telford immer noch ein Rätsel. Die Geschichte mit dem Vater hätte ihr Mitgefühl erregen müssen. Stattdessen konnte sie sich des Gefühls nicht erwehren, dass Monica mit ihr spielte. Warum? Ellen hatte keinen blassen Schimmer. Noch nicht. Nur eines wusste sie ganz sicher. In dieser Nacht hatte Monica Telford das letzte Mal einen Fuß in ihr Haus gesetzt.

ZWÖLF

Irgendwann nachts hatte es aufgehört zu regnen. Sonnenstrahlen, die durch die Lücke zwischen den Vorhängen fielen, holten Monica aus dem Tiefschlaf. Sie schlug die Augen auf. Tausende golden leuchtender Staubkörner tanzten im Zimmer. Während sich der letzte Schlaf verflüchtigte, dachte Monica an die vergangene Nacht.

Es war so einfach gewesen. Das Auto, das wie aus dem Nichts aufgetaucht war, war ein Glückstreffer gewesen. Sie hatte es sofort wiedererkannt. Sie kannte den Fahrer und wusste, was er suchte. In weniger als einer Stunde war es vorbei. Dann rüber zu Kellys Haus, solange die Blutergüsse frisch waren.

Sie hätte Kelly nehmen können, auf dem Sofa, wenn sie gewollt hätte. Noch ein Glas Wein, ein paar Vertraulichkeiten, alles wäre möglich gewesen. Monica drehte sich auf den Rücken, presste ihre Finger an die Klitoris und stellte es sich vor …

Dienstagmorgen stand Ellen wieder in Gers Büro.

»Ich hatte letzte Nacht Besuch«, sagte Ellen. »Von Monica Telford. Sie wollte mir weismachen, ihr Vater sei der Stalker.«

»Glauben Sie ihr?«, fragte Ger.

»Ich weiß nicht«, sagte Ellen.

Um ehrlich zu sein, sie konnte nicht sagen, warum Monica zu ihr gekommen war. Ein paarmal hatte sie das Gefühl, dass die Künstlerin sie anmachte. Heute, ohne die benebelnde Wirkung des Weins, war sie sich nicht mehr so sicher.

»Ich würde ihm gerne einen Besuch abstatten«, fuhr Ellen fort. »Wären Sie damit einverstanden? Er lebt in Whitstable. Mittags bin ich wieder zurück.«

»Wir haben zu viel zu tun«, sagte Ger. »Über Nacht ist haufenweise Zeug reingekommen. Das muss alles heute erledigt werden. Und Sie haben in einer Stunde einen Termin beim Gericht, oder?«

»Das ist korrekt.«

»Unsere Jungs wurden letzte Nacht zu Chloë gerufen«, sagte Ger. »Falscher Alarm. Wenigstens glaube ich das. Die Nachtschicht hat den Anruf entgegengenommen. Chloë befand sich im Garten und stand vollkommen neben sich. Kein Anzeichen für einen Einbruch, aber wir müssen sie im Auge behalten. Ich schicke später ein paar Beamte rüber. Sie sollen nachsehen, ob sie okay ist und ob wir irgendetwas für sie tun können. Monicas Vater kann warten. Im Moment. Außerdem wissen wir immer noch nicht, ob Monica die Wahrheit sagt. Bis dahin konzentrieren wir uns darauf, herauszufinden, wer Chloë verprügelt hat.«

Zurück im Großraumbüro, setzte sie das Team in Kenntnis. Raj wartete darauf, sie über Chloë Dunbar auf den neuesten Stand zu bringen.

»Sie ist sich darüber im Klaren, dass es keine gute Idee war, mit der Journalistin zu reden«, sagte Raj. »Dennoch glaubt sie, dass es geholfen hat, denn seit der Artikel veröffentlicht wurde, gab es keine weiteren Vorfälle. Das hat sie jedenfalls gestern gesagt. Vor letzter Nacht.«

»Hat sie durchscheinen lassen, warum sie es gemacht hat?«, fragte Ellen.

»Die Idee hatte ihr Chef«, sagte Raj. »Nathan Collier. Ich habe Ihnen von ihm erzählt, oder? Er ist so etwas wie Chloës Beschützer. Hat es kaum ausgehalten, dass ich mit Chloë alleine gesprochen habe. Kam alle paar Minuten angedackelt.«

»Behält ihn jemand im Auge?«, sagte Ellen.

Raj runzelte die Stirn. »Jedenfalls hat er ein Auge auf Chloë. Sie schwört, sie seien nur Freunde.«

»Sie glauben, er will mehr?«, sagte Ellen.

»Schwer zu sagen«, sagte Raj. »Sie ist definitiv eine Nummer zu groß für ihn. Jeder Idiot kann das sehen. Ich habe mit ihm gesprochen, und er schien ehrlich besorgt um sie. Wirkte auch nicht sonderlich nervös. Sollte er etwas zu verbergen haben, müsste er doch nervös sein, oder?«

»Es sei denn, er ist ein Psychopath«, sagte Ellen. »Was ist mit Carl Jenkins, dem anderen Typen, der für ihn arbeitet?«

»In der fraglichen Nacht war er aus«, sagte Raj. »Freunde haben das bestätigt. Wir wissen auch, dass ihr Ex sie nicht angegriffen haben kann. Wir suchen noch.«

»Hoffen wir, dass Sie bald etwas finden«, sagte Ellen spitz. »Bevor wieder etwas passiert. Was haben die Überwachungskameras ergeben? Irgendwelche Hinweise?«

»Bisher nicht«, sagte Raj. »Auf der Nightingale Grove sind keine Kameras installiert. Die Straße ist in der Nähe des Bahnhofs von Hither Green. Wir gehen die Aufzeichnungen von dort durch, sind allerdings noch nicht fündig geworden. Der Überfall fand zwischen drei Uhr dreißig und vier Uhr statt. Um diese Zeit ist es ziemlich ruhig auf der Seite von Hither Green.

Aller Wahrscheinlichkeit nach ist der Einbrecher nicht durch den Bahnhof gekommen. Wir suchen weiter, ich habe aber keine allzu großen Hoffnungen.«

»Haben Sie sie gefragt, ob sie Monica Telford kennt?«, sagte Ellen.

»Sie hat noch nie etwas von ihr gehört, behauptet sie«, sagte Raj. »Wissen Sie, ich kann mir vorstellen, was in Collier vorgeht. Chloë strahlt so eine gewisse Verletzlichkeit aus, die den Beschützerinstinkt in einem weckt. Mir geht es so. Warum sollte es ihm anders gehen? Ich werde nicht zulassen, dass ihr etwas zustößt, Ellen. Versprochen.«

Ellen hätte ihm gerne gesagt, dass sie ihm glaubte. Das Problem war, er war nicht in der Position, solche Versprechungen zu geben. Ohne Tatverdächtige waren sie demjenigen, der Chloë überfallen hatte, keinen Schritt näher. Und auch keinen Schritt näher, ihre Sicherheit zu gewährleisten.

Monica freute sich auf diese wöchentlich stattfindenden Besuche. Sie führten zu etwas, und das gefiel ihr. Sie ließ es langsam angehen. Kein Grund zur Eile. Irgendwie war das Beste daran das Warten. War das erst einmal vorbei, hatte sie nichts mehr, worauf sie sich freuen konnte.

Sie schaltete das Radio ein und verlor sich in der Musik – peppiger Rock, der zu ihrer Stimmung passte. Sie näherte sich Whitstable. Die Yeah Yeah Yeahs, Cheated Hearts. Sie drehte den Ton lauter, machte die Fenster auf und genoss die kühle Brise in ihrem erhitzten Gesicht.

Ihr Vater lebte in einem überdimensionalen Pseudo-Tudorhaus an der Küstenstraße zwischen Whitstable und Herne Bay. Whitstable selbst war ziemlich hübsch, fand Monica. Es hatte sich seit ihrer Kindheit enorm verändert. Der Zustrom von coolen Londonern sorgte für eine echte Verbesserung. Schade, dass sich das nicht in diesem Teil der Stadt, aus dem sie kam, bemerkbar machte.

Früher hatte sie das als große Ungerechtigkeit empfunden. In einer Vorstadt zu leben, vollgestopft mit viktorianischen Häusern und hübschen Fischerhütten. Sie hatte es damals gehasst, und sie hasste es heute. Die alte Verbitterung kam in ihr hoch, jedes Mal, wenn sie in dieses gottverdammte Nest zurückkehrte.

Sie fuhr an ihrem Haus vorbei, parkte am Strand, stieg aus dem Wagen und blickte versunken über die stille graue See. Früher hatte sie viele Stunden an diesem Strand verbracht. Hatte sich ein anderes Leben vorgestellt. In einem der schönen viktorianischen Häuser bei London, mit anständigen Eltern, die sich liebten und ihr einziges Kind vergötterten. Ein Leben, das sie hätte haben können, wäre ihr Vater nicht so absolut phantasielos gewesen.

Dieser Blick über die See war eines ihrer ersten Bildmotive gewesen. Ihre Kunstlehrerin, Miss Ingham, hatte Monica ermutigt, das Bild in einer Ausstellung in Canterbury zu zeigen. Bei dem Gedanken an Miss Ingham musste Monica lächeln. Diese verrückte alte Ziege war scharf auf Monica gewesen. Sie hatte niemals irgendwelche Anstalten gemacht. Nichts dergleichen. Aber Monica wusste um die Wirkung, die sie auf Miss Ingham hatte, und nutzte sie zu ihren Gunsten.

Das Meer war gelungen. Wem's gefiel. Und vielen Leuten gefiel es. Solchen, die ihre Bilder kauften und über die verflucht entzückende Küste in Begeisterung ausbrachen. Menschen wie Ellen Kelly. Die Bilder brachte sie ohne viel Anstrengung auf die Leinwand. Es war egal, ob sie ihr gefielen oder nicht. Das Wichtige war, dass sie ihr Geld einbrachten. Das konnten nicht viele Künstler von sich behaupten. Die meisten waren ja auch nicht so talentiert wie sie. Oder so clever, wenn es darum ging, die Leute, die wichtig waren, zu manipulieren.

Sie verließ den Strand und fuhr zurück zum Haus ihres Vaters. Es war genauso entsetzlich, wie sie es in Erinnerung hatte. Jede Woche hoffte sie, dass es sich zum Besseren verändert hatte. Vergebens. Der Vorgarten war makellos. Gartenarbeit war eine der vielen langweiligen Dinge, mit denen ihr Vater seine Zeit verbachte. Sie stellte sich das Innere des Hauses vor, die sterile, charakterlose Sauberkeit. Kahle pastellfarbene Wände. Geschmacklose Blumenvorhänge und dazu passende Kissen auf der blassgrünen Couchgarnitur. Alles perfekt. Kein einziger Fleck irgendwo. Ihr schauderte.

Die Haustür war mittlerweile schwarz. Früher war sie gelb gewesen. Sie hatte eine lebendige Erinnerung daran, wie ihre Mutter sie an einem Sommernachmittag strich. Monica war nicht älter als sechs oder sieben. Ihre Mutter hatte den roten Schal um den Kopf gebunden, damit ihr das Haar nicht dauernd ins Gesicht fiel.

Wie die gelbe Farbe war auch ihre Mutter längst verschwunden. Monica hatte nicht eine Sekunde jenes Tages vergessen, an dem ihre Mutter fortgegangen war. Der Verrat schmerzte sie noch immer. Keine Mutter sollte ihr Kind verlassen. Das war nicht richtig. Monica hatte nie aufgehört, ihren Vater dafür zu hassen, dass er es zugelassen hatte. Nicht der Mann zu sein, der eine so schöne Frau halten konnte.

Seit zwei Monaten kam sie jede Woche her. Seit Brighton. Heute war es anders. Heute würde sie aussteigen und mit ihm reden.

Sie klopfte an die Tür. Keine Antwort. Sie versuchte es noch einmal. Wieder nichts. Wie dumm von ihr. Es war ihr nicht in den Sinn gekommen, dass vielleicht niemand zu Hause war. Er war um diese Zeit immer zu Hause. Sie trat auf die Straße und sah sich nach einem Zeichen um. Die Straße hinunter gab es einen Pub. Die Stammkneipe ihrer Mutter. Sie konnte dort nach ihm suchen. Zumindest könnte ihr dort jemand sagen, wo sie ihn finden konnte. Bei dem Gedanken, zu plaudern und zu flirten, Smalltalk mit Männern zu führen, die sie verachtete, wurde ihr übel. Dürre Männer mit Bierbäuchen, die aus ausgeleierten Hosen hingen, Männer, die von sich dachten, sie seien ein Geschenk Gottes. Nein danke.

Sie hatte schon fast wieder den Wagen erreicht, da sah sie ihn. Er humpelte wie ein Krüppel, sein Oberkörper vorgebeugt, wie unter Schmerzen. Ekel übermannte sie. Ihr Atem stockte. Sie stellte sich vor, wie sie ihn zu Boden schlug und ihn in sein hässliches Gesicht boxte. Immer und immer wieder, ihm seine Visage polierte, aus einem Mann eine blutige, matschige Masse machte. Ihr Mund füllte sich mit Speichel, sie musste ein paarmal schlucken.

Er ging auf der anderen Straßenseite, hielt den Kopf gesenkt, sah sie nicht. An der Haustür hielt er inne und blickte sich um. Als spüre er, dass sie da war, genau gegenüber, und ihn beobachtete. Sie duckte sich hinter das Auto, wartete, hörte, wie die Tür geöffnet und zugschlagen wurde. Stand erst dann wieder auf.

Sie klingelte. Stellte sich vor, dass er sich fragte, wer das sein mochte. Sie hatten niemals Besuch bekommen, nachdem ihre Mutter weggegangen war. Er sagte, es wäre ihm so lieber. Mochte keine unerwarteten Unterbrechungen.

Nun, heute würde er eine verdammte Unterbrechung bekommen. Sie lächelte. Lächelte auch noch, als sich die Tür öffnete und er vor ihr stand. Sein Mund öffnete und schloss sich, während er – vergeblich – nach Worten suchte.

»Hallo, Adam«, sagte sie. »Überrascht, mich zu sehen? Ich habe Neuigkeiten für dich. Was dagegen, wenn ich reinkomme?«

Sein Mund bewegte sich immer noch, wortlos. Erbärmlich. Sie tat einen Schritt nach vorn. Sein Blick huschte an ihr vorbei, suchte nach jemandem, der ihm zu Hilfe kommen könnte. Es war niemand da. Das hätte sie ihm gleich sagen können.

DREIZEHN

Sie musste raus aus dem Büro. Weg von Nathan. Er machte sie wahnsinnig mit seinem ewigen Gerede und seinen allzu fürsorglichen Fragen. »Geht es dir gut?« – »Willst du wirklich nicht nach Hause gehen?« – »Wie wäre es mit einer Tasse Tee?«

Wie wäre es, mir Raum zum Atmen zu lassen, hätte sie ihm am liebsten entgegengeschrien. Sie war unfair, das war ihr klar. Er war so gütig und lieb, weil er ein gütiger und lieber Mensch war. Nur manchmal war es ihr eben einfach zu viel.

Um die Mittagszeit sagte sie ihm, sie müsse kurz zur Drogerie. Das war gelogen, weil sie nicht riskieren wollte, dass er sie begleitete. Sie hielt sich die Hände vor den Bauch, spielte darauf an, es sei ihre Zeit im Monat. Er würde sich schämen, wenn sie in seiner Gegenwart eine Packung Tampons kaufte.

Der Trick funktionierte. Er lächelte, sagte, sie brauche sich nicht zu beeilen. Sie war draußen, bevor er es sich anders überlegte. Sobald sie an den Geschäften vorbeilief, wünschte sie, er wäre mitgekommen.

Sie wurde das Gefühl nicht los, dass jemand ihr folgte. Jemand beobachtete sie, durchbohrte sie mit den Augen. Sie hielt inne, drehte sich um, suchte die Gesichter in der Menge nach jemandem ab, den sie kannte.

Es war sonnig, trotzdem kalt. Sie hatte sich warm angezogen. Das Shopping-Center war beheizt. Von der Wärme wurde ihr übel. Sie knöpfte die Jacke auf, lockerte den Schal. Das half nichts. Eine kräftige Frau drängelte sich an ihr vorbei, stieß gegen ihre noch von letzter Nacht schmerzende Schulter. Chloë schwankte, konnte sich gerade noch auf den Beinen halten. Etwas weiter entfernt stand ein Mann in der Nähe der Tür von Holland and Barrett. Vielleicht hätte sie ihn gar nicht bemerkt, wäre ihr seine Jacke nicht bekannt vorgekommen. Hellblaues Ralph-Lauren-Jackett. Plötzlich stand die Welt still. Ihr blieb der Atem weg, die Beine waren wie gelähmt. Sie war wie festgenagelt.

Er lächelte zu ihr hinüber. Ihr Magen krampfte sich zusammen. Sie konnte sich kaum mehr aufrecht halten, versuchte es, doch ihre Kräfte schwanden. Das Shopping-Center neigte sich zur Seite. Nur war es gar nicht das Center, sie war diejenige, die kippte.

In dem Moment, in dem sie fiel, lief Ricky auf sie zu, immer noch lächelnd.

Eine Hand packte sie am Arm, hielt sie. Eine Männerstimme fragte, ob alles okay sei. Carl. Er brachte sie zu einer Bank in der Mitte der Ladenstraße und drängte sie sanft, sich zu setzen.

Sie versuchte zu sprechen, wollte ihm sagen, dass sie von hier verschwinden mussten, damit Ricky sie nicht kriegte. Aber ihr Mund funktionierte nicht. Sobald sie etwas sagen wollte, drehte sich ihr der Magen um, und sie musste innehalten.

»Chloë.« Carl klang eindringlich und ernst. So hatte sie ihn noch nie gehört. Sorgenvoll betrachtete er sie. Sie lehnte sich an ihn, er hielt sie und sagte, es sei alles okay, sie sei okay.

Der Mann in dem hellblauen Jackett stand immer noch da. Lächelte, immer noch. Er war näher gekommen, und sie erkannte ihren Irrtum. Das Jackett war nicht von Ralph Lauren, sondern eine billige Kopie, die noch dazu schlecht saß. Der Mann sah auch nicht aus wie Ricky. Dünn, schütteres Haar und Bierbauch. Ricky würde niemals einen Bierbauch haben.

Carl redete weiter. Leise, sanfte Worte beruhigten sie. Sie war gern mit ihm zusammen. Seit das alles angefangen hatte, fühlte sie sich zum ersten Mal nicht mehr allein.

Wo war Bel?

Sie hatte doch nur kurz zu Sainsburys gewollt.

Bestimmt gleich wieder da. Sie wusste doch, wie sehr er es hasste, wenn sie sich verspätete.

An der Decke war ein Riss. Adam hatte ihn noch nie zuvor bemerkt. Er war leicht zu übersehen. Nicht jedoch aus dieser Position. Ein langer dünner Riss, von der Lampe quer über die Zimmerdecke. Das machte ihn wütend. Das Haus hatte ihn ausgetrickst. All die Jahre hatte er sich bemüht, alles perfekt in Ordnung zu halten, und jetzt war da dieser Riss. Der machte sich über ihn lustig.

Seine rechte Hüfte schmerzte höllisch. Er bewegte sein Bein vor und zurück. Der Schmerz wurde stärker, aber da er das Bein bewegen konnte, war seine Hüfte wohl nicht gebrochen. Er rollte sich auf die linke Seite, stützte sich auf Hände und Knie und kroch zum Sofa. Er quetschte sich dahinter und saß zusammengekauert da. Versteckte sich.

Wo zum Teufel war Bel?

Er zog das Handy aus der Tasche. Vielleicht hatte sie ihm eine Nachricht geschickt. Obgleich er es besser wusste. Er hätte die Vibration gespürt. Er wollte ihr texten, sie solle sich beeilen, doch seine Hand zitterte zu stark. Konnte mit dem Daumen nicht die richtigen Buchstaben treffen. Er gab es auf.

Verfluchtes Schwein.

Die Worte hallten ihm durch den Kopf.

Furchtbare Dinge hatte sie ihm vorgeworfen.

Perverser.

Ihr Gesicht vor seinem. Schreiend. So nah, er spürte den Spuckeregen auf seiner Wange. Hatte ihre Hysterie und ihren Wahnsinn mitgebracht. Machte alles noch schlimmer, wie immer.

Hör auf. Hör auf, an sie zu denken. Sie hat es nicht so gemeint. Sie ist gestört. Er hatte es immer gewusst.

Blowjobs.

Gütiger Gott! Als ob er je … Und all das andere, was sie gesagt hatte. Über Annie. Er würde – er konnte es nicht glauben. Sie dachte sich das alles aus. Sie war krank im Kopf. Adam hatte versucht, mit ihr zu reden. Sagte, er würde bezahlen, egal wofür. Und dann hatte sie ihn gestoßen …

Lange schon hatte er damit gerechnet. Er macht die Tür auf, und eine der beiden steht da. Jetzt war es geschehen. Sie hatte einfach dagestanden, so wunderschön, er hatte glaubt, sein Herz würde zerspringen. Er hatte jedoch keinen Ton herausgebracht. War einfach nur glücklich. Überglücklich.

Sie war reingekommen, und er hatte sich einen Moment lang vergessen, wollte sie umarmen, ihr plötzlich – unbedingt – sagen, wie sehr er sie liebte, wie sehr er sie vermisst hatte. Konnte sich nicht vorstellen, nicht für eine Sekunde, dass sie aus einem anderen Grund als dem, dass auch sie ihn vermisste, zurückgekommen war.

Jemand lief im Wohnzimmer umher. Er erstarrte, schlug die Hand vor den Mund, damit er nicht schrie. Sie war zurückgekommen. Vielleicht ging sie nie wieder weg. Er versuchte, sich zu entsinnen, was nach seinem Sturz geschehen war.

Noch mehr Bewegung, Rascheln, es kam näher.

Sie sagte, er würde im Gefängnis landen. Sagte, was ihm blühte, was die anderen Insassen mit ihm anstellen würden. Sie hatte es bereits der Polizei gemeldet. Es war nur eine Frage der Zeit.

Jetzt war sie ganz nah. Er quetschte sich in die hinterste Ecke. Sie stieß gegen das Sofa. Und dann, er hielt es kaum noch aus, eine schwarze Nase, zwei braune Augen.

»Digger!«

Seine Stimme bebte. Erleichterung, keine Angst. Der Hund schleckte sein Gesicht ab. Normalerweise durfte Digger das nicht, aber in diesem Moment hatte er nichts dagegen.

Der Hund beruhigte ihn. Gleich darauf kam er sich albern vor. Was um alles in der Welt hatte er sich nur gedacht? Sich hinter dem Sofa zu verstecken wie ein dummer Bengel. Er kroch hervor und stand auf, rieb die Hände gegeneinander, zuckte zusammen, weil er Staub in den Handflächen spürte. Er sollte sich zuallererst die Hände waschen. Sich dann an die Arbeit machen. Das Haus aufräumen, bevor Bel zurück war.

Sie fand das Haus nicht gerne unordentlich vor. In dieser Hinsicht war Bel wie er. Sie brauchte Ordnung, alles musste an seinem Platz stehen. Unordnung regte sie auf. Er wollte sie nicht aufregen. Nicht Bel.

Über dem braunen Marmorkamin hing ein Spiegel in einem silbernen Rahmen. Er konnte kaum das Gesicht wiedererkennen, das ihn daraus anstarrte. So alt und verängstigt. Jämmerlich. Er befeuchtete seine Finger mit etwas Spucke und strich die Haare, die an den Seiten herunterhingen, über seine Glatze.

Er nickte angesichts der Verbesserung, beugte sich hinunter und kraulte Digger am Kopf. Die Hände waren ohnehin schon schmutzig.

»Kein Wort, Diggs, hörst du«, sagte er. »Unser kleines Geheimnis. Nur unseres.«

Der Hund schaute auf. Braune Augen blickten in seine braunen Augen, der Schwanz wedelte hoffnungsvoll. Blöder Köter. Hatte keine Ahnung. Der verfluchte Hund würde mit dem Schwanz wedeln und Monica begrüßen wie eine alte Freundin, sobald sie wieder auftauchte.

Mit ein wenig Glück war es vorbei. Sie hatte sich ausgekotzt, hatte getan, weshalb sie gekommen war – ihn zu Tode zu erschrecken – vielleicht wollte sie das. Das redete er sich ein, versuchte es zumindest. Im tiefsten Innern jedoch kannte er seine Tochter, wusste, wozu sie fähig war.

Dieses Wissen beruhigte ihn keineswegs.

VIERZEHN

Stunden im Camberwell Green Magistrates' Court mit Warten zu verbringen entsprach nicht gerade Ellens Vorstellung von einem guten Tag. Sie musste im Fall Lewis Dayton erscheinen. Der Mann war wegen des Doppelmords auf der Loampit Vale vor zwei Wochen angeklagt worden.

Lewis hatte seine Ex-Freundin Roxanne DuParc und danach Jason Taylor erschossen, den Mann, für den sie Lewis verlassen hatte. Der Mord geschah an einem Dienstagnachmittag während der Hauptverkehrszeit. Die Anklage hatte jede Menge Zeugen. Die heutige Anhörung war die erste in einem langen Verfahren, in dem Roxanne und Jason Gerechtigkeit widerfahren sollte.

Roxannes Mutter Darlene war auch anwesend. Sie saß neben Ellen und schaukelte Roxannes einjährige Tochter auf ihrem

Schoß. Die Anhörung war für elf Uhr angesetzt gewesen. Inzwischen war es Nachmittag geworden, und sie warteten immer noch.

»Er kommt doch nicht etwa auf Kaution frei?«, fragte Darlene. Zum zweiten Mal.

Ellen schüttelte den Kopf. Zum zweiten Mal.

»Auf keinen Fall, Darlene«, sagte sie. »Machen Sie sich keine Sorgen. Er wird bis zum Prozess in Haft bleiben. Er wird schuldig gesprochen werden, das verspreche ich. Für die Staatsanwaltschaft ist es ein klarer Fall. Es wird Gerechtigkeit geben, versprochen.«

»Es gibt keine Gerechtigkeit«, sagte Darlene. »Gerechtigkeit wäre, wenn ich eine Waffe an seinen Kopf setzen und dasselbe tun dürfte, wie das, was er meinem kleinen Mädchen angetan hat. Das ist Gerechtigkeit, Ellen. Das hier ist doch nur Augenwischerei. Nichts weiter.«

Ellen konnte Darlene verstehen. Sie sah Roxannes kleines Mädchen an. Sie war müde. Mit dem Daumen im Mund kuschelte sie sich an die Brust ihrer Großmutter.

Lewis Dayton war der Vater des Kindes. Wie er seiner Tochter das hatte antun können, konnte Ellen nicht begreifen. Sie wusste nur zu gut, welche Verheerungen der Verlust eines Elternteils bei einem Kind anrichtete. Dass jemand absichtlich dem eigenen Kind diesen Schmerz zufügte, war unfassbar. Wut kochte unvermittelt in ihr hoch, sie musste aufstehen, hatte das Bedürfnis herumzulaufen. Sie ging hinaus, sah Freddie Carr, den Staatsanwalt. Er rauchte, und sie ging auf ihn zu.

»Ist es so weit?«, fragte Freddie.

»Noch nicht«, sagte Ellen. Sie machte eine Kopfbewegung in Richtung Zigarette. »Haben Sie zufällig noch eine?«

Er reichte ihr die Schachtel Marlboro Lights. Sie zündete sich eine Zigarette an und inhalierte gierig.

»Ich halte es dadrinnen nicht aus«, sagte sie. »Warum müssen wir diese Dinge immer so in die Länge ziehen? Bis zum Prozess wird es Monate dauern. In der Zeit wird die Frau kein normales Leben führen. Das ist doch beschissen.«

»Die Gerichte sind überlastet«, sagte Freddie. »Dagegen können wir nichts machen. Wir sollten uns glücklich schätzen, dass wir noch ein funktionierendes Rechtssystem haben. Die Regierung hat so viele Gelder gekürzt, es grenzt an ein Wunder, überhaupt noch einen arbeitenden Anwalt zu finden.«

»Manchmal dauert es ewig«, sagte Ellen, »bis wir einen Fall hieb- und stichfest zusammengezurrt haben, aber der hier ist eindeutig. Wir haben über zwanzig Zeugen. Herrgott, Dayton selbst leugnet es nicht einmal. Warum müssen wir uns diese Farce antun? Für Fälle wie diesen sollte es Schnellverfahren geben.«

Freddie lachte. Vielleicht glaubte er nicht, dass sie es ernst meinte.

»Man kann nicht eine Regel für die einen haben und andere für die anderen«, sagte er. »Zugegeben, das Verfahren ist nicht perfekt, etwas Besseres haben wir aber nicht zu bieten. Damit müssen wir uns zufriedengeben. Es sei denn, Sie würden Leute wie Dayton lieber vor ein Exekutionskommando stellen.«

»Warum nicht?«, sagte Ellen. »Wieso soll er leben, wenn die arme Roxanne und Jason diesen Luxus nicht genießen dürfen?«

»Weil wir keine Bestien sind«, sagte Freddie. »Niemand hat das Recht, einem anderen Menschen das Leben zu nehmen, Ellen. Wenn wir Dayton umbringen, sind wir nicht besser als er. Wollen Sie das?«

Ellen antwortete nicht. Sie bedankte sich bei Freddie für die Zigarette und ging wieder in das Gebäude. Darlene und ihre

Enkelin saßen noch immer auf der Bank. Das kleine Mädchen schlief jetzt in Darlenes Arm. Darlene weinte leise vor sich hin, Tränen tropften auf das Haar des Kindes.

Ellen setzte sich neben sie und legte den Arm um ihre Schulter. Es war ihr gleichgültig, ob sie ein schlechter Mensch war, weil sie Dayton den Tod wünschte. Gäbe ihr jemand in diesem Moment eine Waffe, sie würde höchstpersönlich in seine Zelle gehen und ihn erschießen.

FÜNFZEHN

Ich habe zu viel getrunken. Das ist eigentlich nicht meine Art. Ich kann mir nicht helfen, aber ich glaube, sie weiß, dass ich da bin. Sie beobachte. Es ist spät. Sie ist noch wach. Läuft im Haus umher. Das sehe ich, weil das Licht brennt und die Vorhänge nicht zugezogen sind. Offensichtlich will sie gesehen werden. Ich beobachte sie und wünschte, ich könnte zu ihr rübergehen. Man könnte meinen, der Alkohol macht es einem leichter, richtig? Nein. So besoffen würde ich nicht den besten Eindruck machen, oder? Ich will nicht, dass sie auf falsche Ideen kommt. Sie hat mir genügend Geschichten erzählt. Sie soll wissen, dass ich anders bin.

Meatloaf dröhnt in meinem Kopf. Fängt mit seinen Balladen an. Langsam und leicht. Sanfte Stimmen, beinahe tröstlich. Solange sie sich nicht in meine Erinnerungen einmischen. Erst später, wenn die Songs härter werden, geht es mit der Scheiße los.

You took the words right out of my mouth.

Ja klar, wenn er damit anfängt, muss ich an sie denken. Wie sie ihren Mund öffnet. Langsam, als sehnte sie sich danach, hat aber zu große Angst.

Plötzlich passiert etwas.

Das Licht unten wird ausgeschaltet. Ich fühle mich ein wenig überrumpelt. Kann nichts dafür. Vielleicht ahnt sie, dass ich sie beobachte, und hat es darum ausgemacht. Erst lässt sie mich eine Weile zusehen, macht mich kirre, damit ich nur noch an sie denke. Und dann, sobald sie mich so heißgemacht hat, dass ich bei Gott alles tun würde, was sie von mir verlangt, bum! Nichts.

Sie spielt mit mir. Ich hasse sie dafür. Eine Sekunde später hasse ich mich selbst, weil ich so ein Scheißkerl bin. Sie ist nicht so ein Mensch. Sie ist besser. Sie will doch nur ein wenig Respekt. Nicht zu viel verlangt.

Während ich das denke, kommen mir andere Bilder in den Kopf. Schmutzige Bilder. Ich weiß, ich sollte das nicht zulassen, normalerweise gelingt das auch, ganz ehrlich. Manchmal kann ich allerdings nichts dagegen tun. Ich will, dass etwas geschieht. Will es so sehr, dass ich anfange, es mir vorzustellen, obwohl ich genau weiß, dass es unrecht ist.

Mein Schwanz ist hart. Sie und ich. Ich und sie. All diese Dinge, die ich mit ihr anstellen möchte. Und wozu ich sie bringen würde. Ich weiß, das meiste davon wird nie geschehen, aber, Herrgott, die Vorstellung tut gut.

Plötzlich passiert etwas.

Oben geht das Licht an. Schlafzimmer. Ich mache einen Schritt zurück. Sie darf mich nicht sehen. Sie steht am Fenster und blickt hinaus. Als blicke sie mich direkt an.

Obwohl es dunkel ist und sie mich eigentlich gar nicht sehen kann, werde ich das Gefühl nicht los, dass sie mich anschaut.

Sie lächelt. Trägt ein Kleid. Das kenne ich noch nicht. Gelb. Hauteng. Stoffgürtel um die Taille. Ich sehe, wie sie ihn aufknotet, das Kleid ist offen. Darunter ist sie nackt.

Sirenen heulen, und Meat schaltet einen Gang höher. Das Kleid rutscht ihr von den Schultern. Hände in meiner Hose. Ich fasse mich an. Schnelle Bewegungen. Wie die Musik, die gegen meine Schädeldecke hämmert.

Sie macht einen Schritt vorwärts. Das Feuer lodert. Ich kann ihre Brustwarzen sehen. Groß und dunkel. Meatloaf schreit lauter. Sie lächelt immer noch. Ich bin mir ganz sicher. Meine Hand bewegt sich schneller. Bilder von ihr rasen durch meinen Kopf. Ich und Meatloaf. Sie zwischen uns. Schreiend. Bettelnd.

Ich bin so weit. Brülle. Kein anderer Laut jetzt. Nur meine Stimme. Ich schreie in die Nacht hinein. Krümme mich, meine Augen sind geschlossen. Alles ist noch da, verblasst aber langsam.

Ich öffne die Augen. Sie ist fort. Die Vorhänge sind zugezogen, das Licht ist aus.

Als wäre sie niemals da gewesen.

SECHZEHN

Adam trank das Glas in einem Zug aus und gab Bel zu verstehen, sie solle nachschenken. Der Wein schmeckte säuerlich, das mochte er nicht, doch der leichte Rausch tat ihm gut.

Bel nahm das Glas, zögerte. »Sicher, Adam? Normalerweise trinkst du nie ein zweites.«

»Ich lass es ja nicht zur Gewohnheit werden«, sagte er. »Aber gibt es etwas Besseres als ein bisschen Wein, um uns in Stimmung zu bringen, hm?«

Er zwinkerte. Sie lächelte nicht. Das reizte ihn. Was zum Teufel war heute Abend mit ihr los? Eigentlich ermutigte sie ihn immer, sich zu entspannen. Jetzt, da er genau das tat, missbilligte sie es augenscheinlich. Es war doch nicht so, dass er hackedicht auf eine Sauftour gehen würde. Sie kannte ihn doch. Frauen. Man wusste nie, woran man mit ihnen war.

»Ich mache mir Sorgen um dich«, sagte sie. »Du bist schon den ganzen Tag nicht du selbst. Ist wirklich alles in Ordnung?«

»Alles ist gut«, sagte er. »Nun los schon. Schenk uns ein, sei ein braves Mädchen.«

Während sie den Wein holte, gingen ihm einige Szenen von heute Morgen durch den Kopf. Er wünschte, er könnte Bel davon erzählen, sie fragen, was sie davon hielt, ob er sich Sorgen machen musste. Oder ob Monicas Gerede nur heiße Luft war.

Bel war zurück im Zimmer.

»Du trinkst keinen Wein?«, fragte er, als sie ihm das Glas reichte.

Sie schüttelte den Kopf.

Sie stand vor ihm und wartete auf den nächsten Auftrag. Seine kleine Sklavin. So nannte er sie. Meinte es als Kompliment, war jedoch nicht sicher, ob sie es auch so verstand. Was erwartete sie, so, wie sie ihn von vorne bis hinten bediente? Sie war nicht die Hübscheste. Zu große Nase, die Augen ein wenig zu eng stehend. An ihrem Körper war nichts auszusetzen. Und vor allem nichts daran, wie sie ihn bewegte.

Er trank einen großen Schluck und lächelte. Er war jetzt beschwipst. Und er fühlte noch etwas. Er sah Bel an, wollte ihr gerade eine Andeutung diesbezüglich machen, als ihm ihr Haar auffiel.

»Du trägst dein Haar offen«, sagte er. »Das mag ich nicht. Das habe ich dir doch schon oft genug gesagt. Wenn du es offen trägst, ist es ganz durcheinander. Das steht dir überhaupt nicht.«

Sie starrte ihn einen Moment lang an, hasserfüllt, glaubte er. Dann zuckte sie mit den Schultern und band die Haare mit dem Gummi, das sie über das Handgelenk geschoben hatte, wieder zusammen.

Er wollte es sehen, kontrollieren, ob sie es heute Morgen gewechselt hatte. Manchmal vergaß sie es, und er musste sie ermahnen.

»Nicht nur husten und niesen verbreitet Krankheiten«, sagte er, um ein Lächeln bemüht. Sie wusste doch, wie ekelhaft das war.

Mit dem zusammengebundenen Haar wirkte ihre Nase noch größer. Das war ihm egal. Sie konnte ja nichts dafür. Er lächelte. Sie sollte wissen, dass er zufrieden war. Er hielt ihr seine Hand hin.

»Sei doch nicht so, Bel. Wir wollen uns küssen und uns versöhnen, ja?«

Sie nahm seine Hand und rieb damit langsam über ihre Brust.

Er stöhnte. Nach dem Unfall hatte er gedacht, damit sei es für immer vorbei. Oh, der Arzt hatte gemeint, »Beziehungen gewisser Art« seien noch möglich. Niemals hätte er damit gerechnet, dass er eine Frau finden würde, die bereit war, ihm die Erleichterung zu verschaffen, nach der er hungerte. Dann tauchte sie auf. Arme, hässliche Bel. Und sein Leben veränderte sich grundlegend.

»Du bist das Beste, was mir je passiert ist«, sagte er. »Ich liebe dich, Bel. Das weißt du doch?«

Sie beugte sich vor, drückte ihren Körper an seinen und küsste ihn auf den Kopf.

»Dummer Junge«, sagte sie. »All das Gerede über die Liebe. Du bist betrunken.«

Doch nicht der Alkohol sprach aus ihm. Er liebte sie wirklich und war entschlossen, es ihr zu beweisen.

Auf dem Kaminsims hinter ihr starrten die Fotos seiner Ex-Frau ihn an. Seine geliebte Annie. Konnte es wahr sein, was Monica ihm erzählt hatte? Er dachte lieber nicht daran. Vielleicht war es an der Zeit, dass diese Fotos verschwanden. Ohne die Bilder konnte er das alles ein für alle Mal aus seinem Hirn verbannen. Sich auf das Hier und Jetzt konzentrieren, nicht auf das, was verloren war. Monica und Annie gehörten in die Vergangenheit. Bel, seine geliebte Bel, war alles, was jetzt zählte.

SIEBZEHN

Katy Perry war ihr neues Vorbild. Katy hatte sich aus einer miesen Beziehung lauthals und mit einer inneren Einstellung zurückgemeldet, von der Chloë nur träumen konnte. Jede freie Minute hörte sie Katy. Auch jetzt.

Prism war ihr bestes Album. Damit konnte sich Chloë am stärksten identifizieren. Sie hatte es aufgelegt. Laut. Wollte nichts hören außer dieser Musik. Sie hatte schon ihr zweites Glas Wein getrunken. Der Alkohol machte ihr Mut. Mut brauchte sie, um es allein auszuhalten.

Sie sang mit Katy mit. Dabei machte sie sich hübsch, sie ging heute Abend noch aus. Sie blickte finster in den Spiegel, brüllte den Refrain von »Roar«. Stellte sich vor, sie schmetterte es Ricky entgegen, zeigte ihm, dass sie viel zäher war, als er vermutete. Nach »Roar« kam »Legendary Lover«. Sie liebte den Song und musste an Carl denken.

Manche Textzeilen waren ein bisschen merkwürdig und ergaben keinen rechten Sinn. Dann sang Katy davon, dass ihr Herz wie eine Trommel schlug, und Chloë war mit ihr auf einer Wellenlänge.

Seit gestern war alles anders. Die Aufregung im Shopping-Center war der Wendepunkt gewesen. Carl war so süß und liebenswürdig gewesen. Vollkommen anders als sonst. Sie waren eine halbe Ewigkeit auf der Bank sitzen geblieben. Sie hatte ihm von Ricky erzählt, den Blumen und allem anderen. Er schien sichtlich interessiert zu sein, half ihr, das Gesamtbild zu sehen.

War noch irgendetwas geschehen seit dem Zeitungsartikel?, fragte er. Sie dachte darüber nach und musste verneinen. Keine Blumen, keine Tasse Tee. Kein Aufwachen mit dem Gefühl, dass jemand im Haus gewesen war. Ja klar, da war die Sache neulich Nacht. Aber vielleicht hatte sie überreagiert. Sie hatte Schritte gehört und angenommen, es seien Rickys. Vielleicht war auch einfach nur jemand die Straße entlanggelaufen, und sie hatte die falschen Schlüsse gezogen. Wie im Shopping-Center.

Außerdem hatte sie jetzt eine Alarmanlage. Sie war vielleicht ein Tiefschläfer, aber selbst sie würde den Krach nicht überhören. Und jetzt war sie drauf und dran, sich mit ihrer neuen Freundin zu treffen. Sie betrachtete sich in dem großen Spiegel und lächelte. Was würde Ricky sagen, wenn er sie jetzt sähe? Die wilde Mähne offen, nicht zurückgebunden, wie sie es für ihn immer getan hatte. Und das Kleid! Eng und kurz. Sie drehte sich um, bückte sich, schaute nach hinten in den Spiegel. Sie wollte nicht, dass man ihren Slip sah. Sie war schließlich keine Nutte.

Sie drehte sich wieder um und überprüfte ihr Gesicht. Noch etwas, was sie mit Katy gemeinsam hatte. Die meisten Menschen bemerkten es gar nicht. Weil Chloë blond war. Einmal hatte sie bei einem Kostümfest eine dunkle Perücke getragen, und jeder hatte die Ähnlichkeit kommentiert. Es schmeichelte ihr. Bis sie nach Hause kam. Ricky riss ihr die Perücke vom Kopf und warf sie in den Müll. Meinte, sie solle sich nicht wie eine Nutte anziehen.

Nun, Ricky war nicht hier, und wenn sie sich wie eine Nutte anziehen wollte, dann machte sie das auch. Aber das wollte sie eigentlich nicht. Sie prüfte ihr Spiegelbild noch einmal und fragte sich, ob sie nicht doch ein wenig billig aussah, zu leicht zu haben. Sie überlegte, was Anne anziehen würde. Überlegte sogar, sie anzurufen. Wollte aber nicht wie ein Trottel dastehen.

Sie freute sich auf den Mädchenabend. Der letzte war schon so lange her. Nachdem sie mit Ricky zusammengekommen war, hatte sie nicht nur den Kontakt zu ihrer Mutter verloren. Als sie endlich den Mut fand, ihn zu verlassen, war niemand mehr da gewesen. Heute Abend war ihr erster Mädchenabend seit Jahren. Wäre sie sich doch nur sicher, ob sie das Kleid anziehen sollte …

Sie schloss die Augen. Zählte bis zehn. Öffnete sie wieder. Der erste Eindruck zählte. Der erste Eindruck war gut. Das Kleid stand ihr. Sie sah sogar ziemlich umwerfend aus, wenn sie ehrlich sein sollte. Schade, dass Carl nicht hier war.

Das Telefon klingelte. Sie rannte hin, dachte, ja, ja, ja! Nur war es nicht Carl, sondern Nathan.

»Hast du Lust, mit mir auszugehen?«, sagte er.

Sie sagte, sie habe schon andere Pläne. Er wollte unbedingt mehr erfahren.

»Nur eine Freundin«, sagte sie. Warum? Es ging ihn absolut nichts an. »Sie will umziehen und braucht meinen Rat.«

Nathan kicherte. »Hauptsache, du gibst ihr keine wertlosen Informationen. Warum sagst du mir nicht, wohin ihr geht, und ich versuche, später noch rumzukommen? Geb ihr was von meinem Wissen ab. Will sie mieten oder kaufen?«

»Weiß ich nicht«, sagte Chloë.

Das Kleid war zu kurz, das sah sie jetzt. Sie sah darin billig aus. Nicht wie die Frau, die sie gerne sein wollte.

Nathan seufzte. »Chloë, Liebes, das weißt du nicht? Wie um alles in der Welt willst du sie dann beraten?«

»Ich frage sie«, sagte Chloë. »Außerdem will ich nicht, dass du kommst. Danke, Nathan. Ich komme zurecht.«

Sie legte auf, war sauer und hatte gleichzeitig ein schlechtes Gewissen. Sauer, weil sie so ein Dummkopf war, weil er ihr das Gefühl gab, ein Dummkopf zu sein. Obwohl das wahrscheinlich gar nicht seine Absicht gewesen war. Darum auch hatte sie ein schlechtes Gewissen. Sie war wirklich gemein gewesen. Er hatte doch nur seine Hilfe angeboten. Was war nur los mit ihr?

Sie streifte das Kleid ab, warf es zusammen mit der Strumpfhose aufs Bett, zog eine Jeans und ein langärmeliges rosa Top an. Sie betrachtete sich noch einmal im Spiegel. Keinerlei Ähnlichkeit mehr mit Katy.

Katy sang im Hintergrund. Einen weichen süßen Song über bedingungslose Liebe. Chloë machte die Musik aus und rief Nathan zurück.

»Vielleicht hast du recht«, sagte sie. »Bestimmt rate ich Anne das Falsche und stehe wie eine Idiotin da. Komm doch einfach mit, sie freut sich bestimmt, dich kennenzulernen.«

Sie war ein wenig enttäuscht. Sie hatte sich so gefreut. Der andere Teil von ihr – der bessere – sagte ihr, sie mache genau das Richtige. Nathan war gut zu ihr. Ein echter Freund. Sie konnte ihm jetzt nicht die kalte Schulter zeigen, nur weil alles ein bisschen besser lief.

ACHTZEHN

Ellen und Jim saßen im Vanbrugh vor ihren Drinks. Abschalten nach einem unersprießlichen Arbeitstag. Die Anhörung hatte am Vortag schließlich doch noch stattgefunden. Lewis Dayton war jetzt im Wandsworth-Gefängnis und wartete auf seinen Prozess. Heute Vormittag hatte Ellen die Formalitäten erledigt und sie anschließend der Staatsanwaltschaft übermittelt. Am Nachmittag hatte sie sich der Arbeit gewidmet. Allerdings war nichts Wesentliches dabei herausgekommen. Die Erinnerung an Darlenes Tränen, die auf das Haar ihrer Enkelin fielen, lenkte sie ab. Sie versuchte, nicht daran zu denken, vergebens.

Jim schien auch abwesend zu sein. Sie sprachen kaum ein Wort miteinander. Alle paar Sekunden checkte er sein Handy nach Nachrichten. Nach dem zweiten Drink beschloss sie, den Abend mit ihm zu beenden.

»Wir sollten gehen«, sagte sie. »Mom passt auf die Kinder auf. Ich habe ihr versprochen, es nicht spät werden zu lassen.«

Er sah sie überrascht an. »Okay. Wie du willst.«

»Wir sind heute beide nicht in Form«, sagte sie. »Ich muss immerzu an die Arbeit denken, und du bist auch Meilen weit weg. Hast mehr Interesse an deinen Nachrichten. Vielleicht ist es besser, wir lassen den Abend früh ausklingen.«

»Sorry«, sagte er. »Ich warte auf Nachricht wegen eines Jobs morgen. Schlechtes Benehmen. Vielleicht hast du recht. Wir sollten gehen.«

Auf dem Weg nach Hause wurde er munterer. Sie sprachen über Dinge, die sie gerne tun würden, aber nie getan hatten.

»Kinder«, sagte Jim.

»Wirklich?«

»Wirklich«, sagte er. »Tu nicht so überrascht. Du hast selbst gesagt, es ist das Beste, was du in deinem Leben zustande gebracht hast. Ich sehe doch, wie glücklich dich Pat und Eilish machen und wie sehr du sie liebst. Ich würde gerne wissen, wie das ist.«

»Dafür ist es noch nicht zu spät«, sagte Ellen. »Viele Männer bekommen erst in ihren Vierzigern Kinder.«

»Aber nicht viele Frauen«, sagte Jim. »Und im Moment kann ich mir nicht vorstellen, dass ich je mit einer anderen zusammen sein werde.«

Er blieb stehen und drehte sich zu ihr. Er nahm ihr Gesicht in seine Hände und gab ihr – so sanft, oh, so sanft – einen Kuss auf die Lippen.

»Nein«, flüsterte er. »Du bist ganz sicher nicht die Falsche. Es ist lange her, dass ich für jemanden das gefühlt habe, was ich für dich empfinde. Diese letzten zwei Wochen mit dir waren wunderbar, Ellen. Du bist wunderbar. Ich will nicht, dass es aufhört.«

»Ich auch nicht«, sagte sie. »Aber in unserem Alter ist das Leben kompliziert. Pat und Eilish reichen mir. Ich will nicht noch mehr Kinder haben. Abgesehen davon bin ich zu alt. Ich möchte nicht das Risiko eingehen, mit zweiundvierzig noch einmal Mutter zu werden. Dreiundvierzig sogar. Bei der Geburt wäre ich dreiundvierzig. In meinem Alter ist das zu riskant. Ich würde mir neun Monate lang Sorgen machen.«

Sie plapperte und sollte besser den Mund halten. Er musste glauben, bei ihr sei eine Schraube locker. Jedenfalls klang sie so. Aber sie konnte nicht aufhören.

»Ich habe Angst«, fuhr sie fort, als habe ihre Zunge keine Verbindung zu ihrem Hirn. »So viel kann schiefgehen. Hat man Kinder, ist man so verwundbar. Pat und Eilish bedeuten mir mein Leben. Ich liebe sie sehr, weiß aber auch, wie gefährlich es ist. Jeden Moment kann etwas Furchtbares passieren. Ich würde es nicht überleben, Jim. Ich weiß, das klingt verrückt, und wahrscheinlich ist es auch nicht normal. Meine Seelenklempnerin würde sagen, das hat mit meiner Mutter zu tun und mit dem, was Vinny zugestoßen ist, aber ich kann mir einfach nicht helfen, verstehst du das? Ich habe versucht, es zu ändern, doch die Angst ist immer da.«

Sie hätte weitergeredet, wenn er sie nicht geküsst hätte. Zuerst sanft, dann intensiver. Er hatte seine Arme um sie geschlungen. Sie schmolz dahin, und ihr Verlangen ließ alles andere verschwinden, bis nur noch sein Mund da war, sein Körper, seine Wärme. Er. Nur er.

Sie lösten sich voneinander. Sie war wie benommen. Die Welt stand Kopf. Noch vor ein paar Sekunden hatte sie ohne Unterlass geredet. Jetzt fiel ihr rein gar nichts ein. Er hielt sie noch immer. Gott sei Dank, denn sonst wäre sie umgekippt.

»Hey«, sagte er und machte eine Kopfbewegung. »Schau mal.«

Sie drehte sich um. Der Vollmond über Greenwich hing über der erleuchteten Kulisse von Docklands und der O_2-Arena. Eine Fledermaus flog vor den Mond; eine schwarze Silhouette vor weißem Gold. Ellen wollte etwas sagen, doch dann ertappte sie sich dabei, dass sie Jim küsste. Er erwiderte den Kuss mit der gleichen Heftigkeit. In diesem Moment wusste sie, in dieser Nacht war es so weit. Es fühlte sich richtig an und selbstverständlich.

Sie liefen eilig zum Haus. Irgendwie fischte sie mit zitternden Händen die Schlüssel aus der Tasche und öffnete die Haustür. Sie zog ihn hinter sich her.

»Ellen?«

Ihre Mutter. Wie hatte sie sie vergessen können? Sie legte einen Finger an die Lippen und bedeutete ihm, in die Küche zu gehen, sich ein Glas Wein einzuschenken. Sie käme in einer Minute nach.

»Ich will keinen Wein«, flüsterte er. »Außerdem muss ich deine Mutter begrüßen. Sie würde es mir nie verzeihen.«

Ellen stöhnte.

»Ich muss sie nach Hause fahren«, sagte sie. »Sie besteht darauf, zu laufen, aber das will ich nicht.«

»Das übernehme ich«, sagte Jim. »Ist es okay, wenn ich danach wiederkomme?«

»Wehe, wenn nicht«, sagte Ellen.

Ihre Eltern wohnten auf der Fingal Street, zwei lange Minuten vom Trafalgar Square entfernt. Während sie auf ihn wartete, lief Ellen ungeduldig auf und ab. Wusste nichts mit sich anzufangen. Sie wollte eine CD einlegen, konnte sich jedoch nicht entscheiden, was zu ihrer Stimmung passte. Alles erinnerte sie an Vinny. Sie brauchte neue Musik. Jim-Musik. Blöde. Was dachte sie nur. Sie dachte gar nicht. Das war das Problem. Eigentlich war es gar kein Problem. Es war ein schönes Gefühl, einfach ihrem Herzen zu folgen. Etwas zu tun, ohne vorher darüber nachzudenken. Die Musik war trotzdem ein Problem. Sie zog ein Nick-Drake-Album hervor, schob es wieder zurück. Zu deprimierend. Sie nahm irgendeine andere CD. Ein Sammelalbum. Das Tommy Dorsey Orchestra mit Frank Sinatra. Perfekt.

Posaune, dann Orchester, gefolgt von Franks purer, purer Stimme. »I'll be seeing you«. Bei der Zeile mit dem Mond musste Ellen lächeln. Sie bewegte sich tänzelnd in die Küche, schenkte für Jim ein Glas Wein ein und sich ein Glas Wasser.

Ein Klopfen an der Tür. Er war wieder da. Im Flur blickte sie kurz prüfend in den Spiegel. Im schummrigen Licht sah sie gut aus. Sie nahm sich vor, das gnadenlose Licht in der Küche zu meiden. Sie wischte sich ihre verschwitzten Hände an der Jeans ab und öffnete die Tür.

Grinsend, bereit, sich ihr in die Arme zu werfen, lehnte er am Türrahmen und sah aus, als sei er gerade dem Album entsprungen, das im Hintergrund lief. Ein neuer Song. »That Face«. Irgendetwas über Lippen und Augen. Jim sagte etwas. Sie hörte es gar nicht, war zu fasziniert von seinem Gesicht. Das ungestüme Verlangen machte ihr Angst. Es gab kein Zurück.

Er trat ein und umarmte sie. Irgendetwas brummte in ihrer Hosentasche. Das Geräusch übertönte Franks Stimme. Sich entschuldigend entzog sie sich ihm. Sie holte das Handy hervor und erkannte Monicas Nummer auf dem Display.

»Nicht«, sagte Jim.

»Es dauert nur eine Minute.« Sie nahm das Handy ans Ohr. »DI Kelly.«

Jim verdrehte die Augen, lächelte aber dabei, und sie war froh, dass er nicht sauer war.

»Ich habe dir ein Glas Wein eingeschenkt«, sagte sie zu ihm. »Es steht in der Küche. Ich bin in einer Minute bei dir.«

»Jemand ist vor meinem Haus«, sagte Monica. »Ich habe Angst, Ellen. Können Sie herkommen?«

Ellen warf einen Blick in die Küche. Jim hatte das Glas in der Hand und blätterte zufrieden in ihren Kochbüchern. Vinnys Büchern, aber egal.

»Sie haben die Nummer des Notrufs«, sagte Ellen. »Das sollte genügen.«

»Sorry«, sagte Monica. »Ich kann sie nicht finden. Bitte, Ellen. Ich drehe durch.«

Ihre Stimme war belegt. Ellen bemerkte, dass sie getrunken hatte, nicht viel, aber dennoch. Sie konnte es ihr nicht verübeln.

»Ich schicke Ihnen einen Wagen rüber«, sagte Ellen. »Ich selbst kann nicht kommen. Ich kann meine Kinder nicht alleine lassen.«

Monica fing an zu weinen. Ellen sagte ihr, sie solle auflegen und an der Haustür warten. Sie würde eine Streife rufen, sie danach zurückrufen und so lange am Telefon bleiben, bis der Wagen da war.

Durch die Glastür zwischen Wohnzimmer und Küche sah sie Jim. Der Nervenkitzel war weg, was blieb, war Unsicherheit. Er musste gehen. Sie konnte sich nicht um Monica kümmern, solange er da war. Die Versuchung war einfach zu groß.

Ein Kochbuch lag aufgeschlagen vor ihm. Er blätterte darin. Sie ging auf ihn zu, er blickte auf und strahlte. Ellen wollte das Lächeln erwidern, doch ihr Mund versagte ihr den Dienst.

Sie erzählte ihm, was los war. Er zeigte vollstes Verständnis. Ein Teil von ihr wünschte sich, er wäre nicht so entgegenkommend. Wünschte, er würde sie bitten, es sich anders zu überlegen. Das lag ihm natürlich fern. Er küsste sie auf die Stirn, sagte, er könne es verstehen. Das konnte er natürlich nicht, denn sie selbst verstand es nicht. Trotzdem war es gut, dass er es sagte. Sie stand an der Haustür, sah zu, wie er in seinen zerbeulten Saab stieg und davonfuhr.

Dann war er weg.

Eine Wolke zog über den Himmel. Schob sich vor den Mond und hüllte die Straße plötzlich in Dunkelheit. Ellen wartete, bis sie sich verzogen hatte, der Mond wieder auftauchte – ein silberner Lichtschein, der immer größer wurde. Sie zog die Tür hinter sich zu. Das Geräusch hallte durch das Haus wie reiner Hohn.

NEUNZEHN

Chloë arbeitete gerne in Lewisham. Sie konnte zu Fuß zur Arbeit gehen und musste sich nicht mit öffentlichen Verkehrsmitteln herumplagen. An diesem Morgen fühlte sie sich gut. Der Abend mit Anne war lustig gewesen, obwohl es ohne Nathan weitaus netter hätte werden können. Er hatte darauf bestanden, sie abzuholen und hinzufahren. Dann war er den ganzen Abend über geblieben und hatte sie später wieder nach Hause gebracht. Sie wusste, er wollte nur liebenswürdig sein, manchmal jedoch hatte sie das Gefühl, dass sie in seiner Gegenwart erstickte.

Anne fielen fast die Augen aus dem Kopf, als Chloë mit Nathan aufkreuzte. Sie war freundlich zu ihm, dennoch war Chloë nicht entgangen, dass Anne sich manchmal das Lachen verkneifen musste.

Zum Beispiel, als Nathan mit seinem Bauch beinahe den Tisch umstieß.

Sie wollte nicht gemein sein. Nathan war es zu verdanken, dass sie jetzt eine Alarmanlage hatte, und das war eine große Erleichterung. Sie war gelassener. Die Fernbedienung war super. Sie wusste jetzt, wie sie funktionierte, und hatte sie immer bei sich. Sobald sie das Haus verließ, schaltete sie die Anlage ein. Sollte jemand versuchen einzubrechen, würde der Alarm losgehen, und die Polizei wäre in null Komma nichts da.

Von ihrem Haus bis zum Büro waren es zwanzig Minuten zu Fuß. Sie lief schnell, blickte sich ab und zu um, wollte sichergehen, dass ihr niemand folgte. Bevor das alles angefangen hatte, war sie nach Lewisham durch schmale Gassen gelaufen, über die Fußgängerbrücke bei den Gleisen. Jetzt nahm sie die geschäftigen Straßen: die Ennersdale Road entlang und die Hither Green Lane hinunter. Es war eine belebtere, lautere Strecke, die Luft voller Abgase. Es waren viele Menschen unterwegs. Sie brauchte keine Angst zu haben.

Sie war früh dran, wollte schon ruhig und entspannt an ihrem Tisch sitzen, wenn Carl eintraf. Nathan hatte sehr früh einen Termin. Mit ein bisschen Glück waren Carl und sie für eine Weile allein.

Sie war in Gedanken so mit Carl beschäftigt, dass sie den Mann im hellblauen Jackett an der Bushaltestelle zu spät bemerkte. Vor dem Büro, sie wollte den Schlüssel gerade ins Türschloss stecken, sprang er auf sie zu, packte sie am Handgelenk und drückte sie gegen die Tür. Heftig.

Als Erstes erkannte sie seinen Geruch. Noch bevor sie aufsah und ihm ins Gesicht blickte. Ralph Lauren Polo. Sein Eau de Cologne. Der Duft umhüllte sie, nahm ihr den Atem, ihr wurde übel.

Er verdrehte ihr das Handgelenk, und sie wimmerte, flehte ihn an, es nicht zu brechen. Er grinste.

»Willst du mich nicht hineinbitten?«

Er nahm ihr den Schlüssel aus ihren nutzlosen Fingern, öffnete die Tür und schubste sie. Sie stürzte und kroch auf allen vieren, wollte fliehen, weg von ihm, so weit sie nur konnte.

Die Jalousien waren heruntergelassen, ließen kaum Licht hindurch. Von außen konnte man unmöglich hereinsehen. Sie hörte, wie Ricky hinter ihr den Schlüssel im Schloss umdrehte. Dann seine Schritte, die gleichmäßig und sicher die kurze Entfernung zwischen ihm und ihr zurücklegten.

Donnerstagmorgen fuhr Ellen vor der Arbeit zu Monica. Die beiden Beamten, die Ellen letzte Nacht dorthin geschickt hatte, hatten keinerlei Anzeichen für einen Einbrecher gefunden. Einer der beiden bemerkte später, Monica habe »müde und emotional« auf ihn gewirkt.

Die Monica, die Ellen die Tür öffnete, wirkte ruhig und gefasst.

»Treten Sie ein«, sagte sie lächelnd. »Allerdings habe ich nicht viel Zeit. Ich will ins Atelier. Möchte wieder ein wenig arbeiten. Wie geht es Ihnen, Ellen? Sie sehen müde aus, wenn ich das sagen darf.«

Müde, weil ich die halbe Nacht deinetwegen nicht geschlafen habe, wollte Ellen erwidern. Sie war müde, doch das war nichts Neues. Sie war immer müde. Monica hingegen sah aus, als habe sie mindestens zwölf Stunden tief geschlafen. Hatte sie einen Kater, sah man es ihr nicht an.

»Ich bleibe nicht lange«, sagte Ellen. »Ich wollte nur wissen, ob bei Ihnen alles in Ordnung ist. Letzte Nacht haben Sie nicht gut geklungen.«

»Mir geht es prächtig«, sagte Monica. »Vielleicht habe ich überreagiert. Schwer zu sagen, nicht wahr? Man kann leicht in Panik geraten. Sie waren so nett, Ellen. Das ist für mich nicht selbstverständlich. Ich habe Sie doch nicht etwa bei irgendetwas gestört?«

»Wobei denn?«, fragte Ellen.

Monica lachte. »Seien Sie doch nicht so schüchtern, Ellen. Sie haben einen Freund. Das weiß ich. Das ist Ihnen neulich Nacht rausgerutscht. Wissen Sie das nicht mehr?«

Ellen schüttelte den Kopf. »Zu viel Wein, und ich rede wie ein Wasserfall … Sorry. Hören Sie, wenn alles in Ordnung ist, sind Sie mich gleich wieder los. Einen schönen Tag noch.«

Draußen drehte sie sich noch einmal um und schaute sich das Haus an.

»Hatten Sie nicht gesagt, Sie haben eine Alarmanlage installieren lassen?«, fragte sie. »Wird nicht normalerweise eine Box angebracht, damit die Leute wissen, dass das Haus alarmgeschützt ist?«

»Ist runtergefallen«, sagte Monica. »Später kommt jemand vorbei und bringt das wieder in Ordnung. Keine Sorge, Ellen. Ich tue alles, was Sie sagen.«

»Für welches System haben Sie sich entschieden?«, fragte Ellen.

Monica runzelte die Stirn. »Wie meinen Sie das?«

Monica wusste genau, was Ellen meinte. Sie schüttelte den Kopf. »Egal. Schönen Tag.«

Im Auto fragte sie sich, warum Monica sie anlog. Ihr fiel nur ein Grund ein. Monica hatte gelogen, weil sie gar keine Alarmanlage brauchte. Sie fühlte sich auch ohne sie sicher. Diese Tatsache fand Ellen äußerst interessant.

Der Geruch des Eau de Cologne füllte Nase und Mund, sie musste würgen. Er lag auf ihr, sein Gewicht presste sie zu Boden. Sein Gesicht war so nah, dass sie die Poren auf seiner Nase erkennen konnte, seinen Atem spürte, warm und feucht.

»Was zum Geier wolltest du damit bezwecken?«

Seine Hand fuhr zwischen ihre Beine, zog an ihrer Hose. Er atmete laut und schnell, und sie spürte seine Erektion an ihrem Schenkel. Sie schüttelte den Kopf, flehte ihn an. Nein, bitte nicht.

»Ich führe ein Geschäft«, sagte er. »Wie soll ich das deiner Ansicht nach tun, wenn jeder diese verfluchten Lügen lesen kann, die du über mich verbreitest«, brüllte er mit hoher Stimme und so wütend, wie sie das an ihm kannte.

»Es tut mir leid.« Sie weinte, konnte es nicht verhindern, obwohl sie wusste, wie sehr er das hasste. »Es tut mir so leid, Ricky. Bitte, tu mir nicht weh. Bitte.«

Es war zu spät. Sie hätte niemals mit der Journalistin sprechen dürfen. Hätte nicht einen Moment lang glauben sollen, dass sie gegen ihn gewinnen konnte. Sie hatte auch nicht gewonnen, als sie noch mit ihm zusammen war. Es war so dumm von ihr gewesen, zu meinen, etwas könnte sich ändern, wenn sie ihn erst einmal verlassen hatte.

ZWANZIG

Ellen verbrachte einen entmutigenden Vormittag damit, eine Verbindung zwischen Chloë Dunbar und Monica Telford zu finden. Beide Frauen behaupteten, sich nicht zu kennen. Es musste also einen anderen Bezug geben. Monica log. Diese Tatsache bestimmte Ellens ganze Arbeit. Sie hatte zwar keinen Beweis, verließ sich aber auf ihre Intuition. In den letzten Jahren hatte sie gelernt, ihrem Bauchgefühl zu vertrauen.

Es blieb die Frage, warum? Warum log sie?

Mutlos wandte sich Ellen von ihrem Computer ab, stand auf. Sie musste darüber reden, die verschiedenen sich widersprechenden Ideen, die sie wälzte, ordnen. Außer Abby war niemand im Büro.

»Lust auf einen Kaffee?«, fragte Ellen.

Abby blickte an ihrem Computer vorbei zu Ellen und lächelte.

»Könnte einen vertragen«, sagte sie. »Ich aktualisiere die unerledigten Fälle. Jedes Mal, wenn ich auf Speichern drücke, stirbt etwas in mir ab.«

Sie verließen das Polizeirevier und begaben sich ins Danilos, das kleine Café gegenüber, das für viele Polizeibeamte ein zweites Zuhause geworden war. Ellen weigerte sich aus Prinzip, das Gesöff aus der Kantine zu trinken, das Kaffee sein sollte, aber wie verbrannter Schlamm schmeckte.

Nachdem sie sich an einen Tisch gesetzt hatten, erzählte Ellen, womit sie sich den ganzen Vormittag über beschäftigt hatte.

»Irgendeine Verbindung muss es zwischen diesen beiden Frauen geben«, sagte sie. »Beide schwören, sich nicht zu kennen.«

»Glauben Sie ihnen?«, fragte Abby.

»Schwer zu sagen«, antwortete Ellen. »Wichtiger noch, warum sollte eine von beiden lügen?«

»Vielleicht lügt Monica«, sagte Abby. »Sie kam zu uns, nachdem die Story über Chloë erschienen ist. Falls sie eine durchgeknallte Irre ist, könnte sie nach der Lektüre den Entschluss gefasst haben, uns weiszumachen, ihr sei dasselbe zugestoßen.«

Das war einleuchtend. Ellen hatte über die Jahre jede Menge Aufmerksamkeit suchende Verrückte erlebt. Leute tauchten auf dem Revier auf und meldeten irgendwelche Verbrechen, die gar nicht stattgefunden hatten, so dass die Polizei kostbare Zeit verschwendete, statt den wahren Opfern zu helfen.

»Das hat Hand und Fuß, bis auf eine Kleinigkeit«, sagte Ellen. »Die Blumen und die Tassen Tee wurden in dem Artikel nicht erwähnt. Monica kann das nicht wissen, es sei denn, Chloë hat es ihr erzählt.«

»Oder sie hat es selbst durchgemacht«, fuhr Abby fort. »Kann also sein, dass Monica die Wahrheit sagt.«

»Wenn ja«, sagte Ellen, »werden beide Frauen von ein und demselben Täter belästigt.«

»Und jeder käme in Frage«, sagte Abby. »Vielleicht kaufen sie im selben Supermarkt ein oder sind ab und an im selben

Pub. Oder sie gehen in denselben Park, dasselbe Kino oder Restaurant. Die Frauen können eine Gemeinsamkeit haben, von der sie selbst gar nichts wissen.«

»Was wäre die Alternative?«, fragte Ellen.

»Monica denkt sich das alles aus«, sagte Abby. »Dann hätten Sie recht. Chloë muss ihr die Details erzählt haben.«

»Es gibt noch eine Erklärung«, sagte Ellen. Sie kam erst jetzt darauf. »Vielleicht kennt Monica denjenigen, der Chloë überfallen hat, und weiß es von ihm.«

»Oder vielleicht ist Monica diejenige welche«, fügte Abby hinzu. »Wäre das möglich?«

»Zu diesem Zeitpunkt«, sagte Ellen, »ist alles möglich.«

Nicht zu vergessen die Blutergüsse an Monicas Hals. Warum war Monica neulich Nacht zu Ellen gekommen? Was wollte sie ihr damit zu verstehen geben? Ellen wusste es nicht. Aber sie würde es herauszufinden. Ganz sicher.

Zurück im Polizeirevier, wartete Alastair auf sie. Er war der jüngste Detective im Team. Ellen mochte Alastair und seine methodische Herangehensweise. Schon früh hatte sie erkannt, dass er hart arbeiten und die Karriereleiter hinaufklettern wollte. Sie würde ihn nicht zu schnell ziehen lassen. Es war wichtig, einen wie ihn im Rücken zu haben – einen Querdenker, gründlich, zuverlässig.

»Ich habe die Info, um die Sie gebeten haben«, sagte Alastair.

Ellen setzte sich an ihren Tisch, zog einen zweiten Stuhl heran und bat ihn, Platz zu nehmen.

»Was haben Sie?«, fragte sie.

»Noch nichts, was die beiden Frauen verbindet«, sagte Alastair. »Allerdings etwas Interessantes über Monica. Vielleicht hat es etwas zu bedeuten, vielleicht auch nicht.«

»Das wissen wir erst, wenn Sie es mir gesagt haben«, sagte Ellen.

Alastair nickte.

»Einiges ist Ihnen schon bekannt. Sie wuchs in Whitstable auf. Wurde hauptsächlich von ihrem Vater großgezogen. Ihre Mutter ging weg, als Monica noch ein Kind war. Der Ehemann hat sie seinerzeit als vermisst gemeldet. Unsere Jungs haben sie schnell ausfindig gemacht. Die Akte wurde geschlossen. Es gibt einen Vermerk darin, dass sie keinen weiteren Kontakt zu Mann und Kind wünschte.

Adam Telford. Ein angesehener Geschäftsmann. Selbständiger Finanzberater. Ich habe mit einem Typen in Canterbury gesprochen. Der meint, Telford sei damit fertiggeworden. Lebte allein mit seiner Tochter und ging weiter seiner Arbeit nach. Hat beiden ein gutes Leben ermöglicht.«

»Irgendwas über den Unfall?«, fragte Ellen.

Monica hatte ihr erzählt, sie habe ihren Vater in jener Nacht, in der sie abgehauen war, angefahren.

»Jetzt wird es interessant«, sagte Alastair. »Fahrerflucht, heißt es im Bericht. Der Fahrer wurde nie gefunden, und Telford hat immer behauptet, er wisse nicht, wer sein Auto gestohlen hat. Der zuständige Beamte versuchte, es der Tochter anzuhängen, aber Telford hat geschworen, sie war es nicht.«

»Vielleicht konnte er den Gedanken nicht ertragen, dass ihm die eigene Tochter so etwas angetan hat«, sagte Ellen.

Alastair zuckte mit den Schultern. »Kann sein. Da ist noch was.«

»Fahren Sie fort.«

»Von dem Unfall hat Telford erhebliche Verletzungen an der Hüfte davongetragen«, sagte Alastair. »Er musste sich in den darauffolgenden Jahren mehreren Operationen unterziehen. Es ist mir gelungen, den Chirurgen aufzutreiben. Habe mich gerade mit ihm unterhalten. Eine übliche Begleiterscheinung solcher OPs ist Geschlechtsunfähigkeit.«

»Sie meinen, er ist impotent?«, fragte Ellen.

»Offensichtlich.«

Das warf ein neues Licht auf die Sache. Vielleicht sann Adam Telford seit dem Unfall auf Rache. Doch das war noch lange keine Erklärung für den Überfall auf Chloë vergangene Woche.

»Sie lügt.«

Ricky Lezard pflückte ein unsichtbares Haar vom Revers seiner blauen Jacke und grinste. Raj hätte ihm am liebsten seine Faust ins Gesicht gerammt.

»Detective Patel.« Lezards Anwalt beugte sich vor, die Hände artig unterm Kinn gefaltet. »Mein Mandant hat Ihnen alles gesagt. Sie haben absolut keine Beweise für die Anschuldigungen von Ms. Dunbar. Anschuldigungen, die – um offen zu sein – einer Verleumdung gleichkommen. Falls Sie keine weiteren Fragen an meinen Mandanten haben, würden wir jetzt gerne gehen. Mr. Lezard ist ein vielbeschäftigter Mann. Er ist Ihnen schon sehr entgegengekommen. Sollten Sie keine Anklage erheben, müssen Sie ihn gehen lassen.«

Raj blickte zu Abby, die zog die Schultern hoch. Es gab nicht ein Fitzelchen Beweis dafür, dass Ricky Lezard sich etwas hatte zuschulden kommen lassen. Nichts außer der Angst und Panik, die Raj vorhin in Chloës Gesicht gesehen hatte.

Sie hatte kaum sprechen können, zitternd am ganzen Leib und so heftig weinend, dass Raj sie kaum verstanden hatte. Sie hatte gesagt, Lezard habe sie vor dem Büro abgefangen, sie hineingestoßen und die Tür hinter sich zugeschlossen. Er habe ihr gedroht. Sollte sie noch einmal behaupten, er sei ein widerlicher Stalker, würde er sie umbringen.

»Wie haben Sie sie gefunden?«, fragte Raj.

»Die Journalistin«, sagte Lezard. »Martine. Ich habe sie auf einen Drink eingeladen und sie gefragt. Sie hat mir erzählt, wo Chloë arbeitet, und ich bin hin. Wie ich schon sagte, ich habe von der Sache im *Star* gelesen und mir Sorgen gemacht. Ich wollte mich vergewissern, dass es Chloë gutgeht. Wir haben drei Jahre lang zusammengelebt, und sie bedeutet mir noch immer viel.«

»Sie haben sie gerade der Lüge bezichtigt«, sagte Abby. »Warum sollten Sie sich aus jemandem etwas machen, der solche Dinge über Sie in die Welt setzt?«

Lezard seufzte. »Arme Chloë. Sie hat eine Menge Probleme. Sie ist verrückt, wissen Sie? Sie denkt sich Dinge aus. Ich habe den Artikel in der Zeitung gelesen, und mir war sofort klar, dass sich ihr Zustand verschlechtert hat. Das war auch der Grund für die Trennung. Ich konnte diese Lügen nicht länger ertragen. Das heißt nicht, dass ich mich nicht um sie sorge. Für was für eine Bestie halten Sie mich? Das arme Mädchen braucht Hilfe, das kann doch jeder sehen.«

Der Anwalt ordnete ostentativ seine Unterlagen und machte Anstalten zu gehen. Er blickte über den Rand seiner halben Brille zu Raj.

»Wäre das alles?«

Raj nickte. Er hatte die Nase voll. Er glaubte Chloë und war überzeugt, dass der Wichser in Designerklamotten log. Der Umstand, dass er rein gar nichts unternehmen konnte, deprimierte ihn unendlich.

Die Büros des *Evening Star* waren im obersten Stockwerk eines Fabrikgebäudes aus rotem Backstein hinter der Catford Bridge Station. Ellen begab sich direkt nach der Unterredung mit Raj dorthin. Sie wedelte vor der Empfangsdame mit ihrem Dienstausweis und verlangte, Martine Reynolds zu sprechen. Sofort.

Die Empfangsdame hob den Telefonhörer ans Ohr und flüsterte etwas Unverständliches. Sie bat Ellen, Platz zu nehmen, Ms. Reynolds sei gleich für sie da.

Ms. Reynolds ließ Ellen zwanzig Minuten warten. Endlich ließ sich die Journalistin blicken, aufgesetztes Lächeln und kalte Augen, und Ellen kam gleich zur Sache.

»Sie haben Ricky Lezard gesagt, wo er Chloë Dunbar finden kann?«, sagte Ellen.

Das Lächeln verschwand.

»Ich weiß nicht, wovon Sie reden.«

»Sie haben es ihm gesagt.«

Martine runzelte die Stirn. War verwirrt. Großartige Darbietung, aber Ellen kaufte es ihr nicht ab.

»Es hat keinen Sinn zu leugnen«, sagte Ellen. »Er hat es uns schon aufgetischt.«

»Wenn Sie es schon wissen«, sagte Martine, »wieso sind Sie dann hier? Sie haben doch sicher Besseres zu tun, als unbescholtene Bürger zu behelligen, Detective Kelly.«

»Detective Inspector«, sagte Ellen. »Und von Unschuld kann gar keine Rede sein. Ich will wissen, warum Sie das getan haben. Sie wissen doch, dass er ein Drecksack ist. Sie wissen, welche Angst sie vor ihm hat. Trotzdem führen Sie ihn direkt zu ihr. Wieso?«

Ein Zucken in Martines Mundwinkel.

»Das geht Sie nichts an.«

»Ich sorge dafür, dass es mich etwas angeht«, sagte Ellen. Sie machte einen Schritt vorwärts. Die Journalistin sprang erschrocken zurück.

»Er ist Ihnen auf die Pelle gerückt«, sagte Ellen. »Stimmt's? Wie jedem. Was hat er getan, Martine? Sagen Sie es mir, und ich kann etwas unternehmen. Ihn verhaften und dafür sorgen, dass er keiner Frau mehr etwas zuleide tut. Sagen Sie mir, womit er Ihnen solche Angst gemacht hat, dass Sie ihm Chloë ausgeliefert haben?«

Die Journalistin war den Tränen nahe.

»Verschwinden Sie«, sagte sie. »Sie haben ja keine Ahnung.«

Sie wandte sich ab, aber Ellen war noch nicht fertig.

»Er hat ihr weh getan«, sagte Ellen. »Hat sie heute Morgen auf dem Weg zur Arbeit überfallen. Sie ist so eingeschüchtert, dass sie keine Anzeige erstatten will. Er kann es also jederzeit wieder tun. Wer sagt, dass er sich nicht auch an Ihnen vergreift?«

»Das wird er nicht.«

»Sind Sie sich da so sicher?«

Reynolds schüttelte den Kopf und schwieg. Sie sah wütend aus, kleine rote Flecken auf den Wangen, ihr Mund ein schmaler Strich. Einen Moment lang glaubte Ellen, die Wut richte sich gegen sie. Dann wurde ihr einiges klar.

»Oh, Sie dumme Person«, sagte sie.

»Wagen Sie es nicht.«

»Was hat er getan?«, fragte Ellen. »Wie weit musste er gehen, damit Sie glauben, er sei an Ihnen interessiert? Ich wette, seit er erfahren hat, was er wissen wollte, hat er nichts mehr von sich hören lassen.«

Martine richtete sich zu ihrer vollen Größe auf, blickte Ellen direkt in die Augen und sagte ihr, sie solle gehen. Ellen blieb standhaft, starrte zurück, bis die andere wegschaute.

Ellen lächelte.

»Ich glaube nicht, dass Sie ihn wiedersehen werden«, sagte sie. »Von mir kann ich das nicht behaupten. Ich werde Sie im Auge behalten, Reynolds. Vergessen Sie das nicht.«

Sie wartete, hoffte, Reynolds würde auf die Drohung eingehen, aber sie war zu clever. Einen Augenblick später machte sich Ellen auf den Weg.

An der Tür sah sie sich noch einmal um. Die Journalistin hatte sich nicht von der Stelle gerührt. Die roten Flecken waren aus ihrem Gesicht verschwunden. Sie sah alt und müde aus und sehr unglücklich.

EINUNDZWANZIG

»Eine Unterlassungsverfügung.«

Raj lächelte wie der Überbringer einer freudigen Botschaft. Chloë begriff nicht, was er meinte.

»Wir können eine Unterlassungsverfügung gegen Ricky erwirken«, sagte Raj. »Ich habe gerade mit meiner Chefin gesprochen. Heute noch. Wir fahren zum Magistrates' Court und bekommen sie sofort. Damit sind Sie sicher, Chloë.«

Sicher. Sie schloss die Augen. Wiederholte das Wort im Stillen. War es wirklich so einfach? Als sie die Augen wieder aufmachte, hockte Raj vor ihr.

»Chloë, hören Sie. Bisher hatten wir keinen Beweis dafür, dass Ricky überhaupt wusste, wo Sie sind. Dass er heute bei Ihrer Arbeit aufgekreuzt ist, war ein großer Fehler. Wenn wir das einem Richter vorlegen, können wir ein Näherungsverbot gegen ihn erwirken. Ricky darf sich Ihnen weder nähern noch mit Ihnen sprechen. Schon beim ersten Versuch kommt er hinter Schloss und Riegel.«

Sie roch noch sein Aftershave an sich. Konnte es kaum erwarten, zu Hause ein Bad zu nehmen, jedes letzte bisschen von ihm abzuschrubben. Sie spürte den Schmerz zwischen den Beinen. Nur seine Hand. Weiter war er nicht gegangen, damit er keine Spuren hinterließ. Darum benutzte er seine Hand.

»Chloë?« Raj legte seine Hand auf ihren Arm. Sie zuckte zusammen.

»Sorry.« Er wich zurück. »Es tut mir so leid, Chloë. Geht es Ihnen gut?«

Sie hatte solche Angst gehabt. Gedacht, er würde sie umbringen. Stattdessen hatte er sie getreten. Zweimal in den Bauch. Dann war er verschwunden. Eine halbe Stunde später war Carl gekommen. Sie hatte immer noch dagelegen.

Wäre Carl nicht gewesen, sie wäre nicht zur Polizei gegangen. Selbst davor hatte sie zu große Angst. Doch Carl bestand darauf. Vielleicht hatte er ja recht. Vielleicht setzte die Unterlassungsverfügung dem allen ein Ende.

»Wird es funktionieren?«, fragte sie.

»Ja«, sagte Raj. »Ich denke schon.«

Es dauere nicht lange, erklärte Raj auf dem Weg zum Gericht. Sie stellten den Antrag heute. Sobald Ricky Mitteilung von der Anordnung hatte, mussten sie noch einmal zum Gericht. Reine Formalität, versicherte ihr Raj. Kein Grund zur Sorge.

Das Gericht entsprach überhaupt nicht ihren Vorstellungen. Sie dachte, Richter trügen Perücken und schwarze Gewänder wie im Fernsehen. Dieser Richter trug einen grauen Anzug und keine Perücke. Er saß an einem Tisch ihnen gegenüber und war sehr freundlich. Plötzlich musste sie wieder weinen. Er gab ihr sein Taschentuch, damit sie sich die Tränen trocknen konnte.

Raj hatte sie vorgewarnt, es könne möglicherweise zu einer Verzögerung kommen, doch alles war schnell vorbei. Der Richter stimmte der Anordnung zu, sagte, von jetzt an brauche sie keine Angst mehr zu haben. Das war's.

Vor dem Gebäude erklärte ihr Raj, dass Ricky die Verfügung direkt zugestellt wurde. Ein Sonderkurier würde beauftragt werden, damit Ricky persönlich sie in die Hände bekam und nicht vorgeben konnte, er habe sie nie erhalten.

»Sollte er zu Ihnen Kontakt aufnehmen«, sagte Raj, »und sei es nur ein Anruf, wird er dingfest gemacht.«

»Ich weiß nicht, was ich sagen soll«, sagte Chloë.

»Es tut gut, etwas Konstruktives zu tun«, sagte Raj. »Kommen Sie. Ich fahre Sie nach Hause. Gibt es jemanden, den Sie anrufen können? Sie sollten heute Abend nicht allein bleiben.«

Sie wollte Carl. Aber er hatte sich nicht gemeldet, und sie traute sich nicht, ihn anzurufen. Sie vorhin so zu sehen hatte ihn sicherlich ein für alle Mal abgeschreckt. Da war Nathan. Den Gedanken an ihn konnte sie nicht ertragen. Sein Geruch und seine Körperfülle, er schien das ganze Haus in Beschlag zu nehmen.

Dann fiel ihr Anne ein.

»Ja, es gibt jemanden«, sagte sie. »Mal sehen, ob sie Zeit hat.«

Sie zog ihr Handy hervor und wählte Annes Nummer. Anne versprach, sofort vorbeizukommen.

»Ich bring Wein und was zum Knabbern mit«, sagte Anne. »Wir machen uns einen richtigen Mädchenabend. Wie klingt das?«

Es klang großartig. Chloë steckte das Handy zurück. In dem Moment kam eine Textnachricht. Carl erkundigte sich, ob es ihr gutginge. Sie tippte eine kurze Antwort und zwei XX. Danach legte sie das Telefon weg und lächelte Raj an. Das erste Lächeln an diesem Tag. Langsam wurde alles besser.

ZWEIUNDZWANZIG

Freitagmorgen klingelte es an der Tür. Chloë machte sich gerade für die Arbeit zurecht. Sie schaute vorsichtig aus dem Fenster, hatte Todesangst, dass es vielleicht Ricky war. Carl. Sie schlug innerlich Purzelbäume. Er suchte unter dem Vordach Schutz vor dem Regen.

Bevor sie die Stufen hinunterrannte, warf sie noch hastig einen Blick in den Spiegel.

»Dachte, du brauchst vielleicht eine Mitfahrgelegenheit«, sagte er. »Ich fahr praktisch auf dem Weg in die Stadt bei dir vorbei. Wär doch blöd, nicht anzuhalten.«

Er wirkte verlegen, unsicher, ob er das Richtige tat. Am liebsten würde sie ihm auf der Stelle um den Hals fallen. Sie musste sich zusammenreißen.

»Das ist reizend von dir«, sagte sie. »Komm rein. Ich muss mich nur noch zu Ende schminken.«

»Ich finde, du siehst großartig aus«, sagte er keck, jetzt, da er wusste, es war okay, dass er hier war.

Ihr fiel nichts Originelles ein, darum sagte sie nur danke und rannte die Treppe hoch. Als sie wieder runterkam, stand er in der Küche.

»Schöne Wohnung«, sagte er. »Auch schön eingerichtet. Gefällt es dir hier?«

»Ich weiß nicht«, sagte sie. »Anfangs ja. Aber nach allem, was passiert ist, glaube ich, ich werde ausziehen. Woanders neu anfangen.«

Er nickte. »Kann ich verstehen. Aber von jetzt an wird es besser. Diese Unterlassungsverfügung, von der du erzählt hast, er muss sich doch jetzt von dir fernhalten, oder?«

»Wenn es funktioniert«, sagte Chloë. »Raj – der Detective – meint, ja. Sagt, Ricky wäre verrückt. Er landet sofort im Gefängnis.«

»Da gehört er jetzt schon hin«, sagte Carl.

Sie hatte keine Lust, darüber zu reden. Heute Morgen war sie gut gelaunt aufgewacht. Anne war gestern Abend vorbeigekommen und hatte zu viel Wein getrunken. Sie war witzig und interessant, und sie hatten jede Menge Spaß gehabt. Nachdem Anne gegangen war, schaltete Chloë die Alarmanlage ein und schlief die Nacht durch.

Sie hatte befürchtet, sie wäre nervös, wenn sie Carl wiedersah, doch jetzt war es das Normalste der Welt.

»Müssen wir nicht los?«, fragte sie.

»Stimmt«, sagte Carl. »Chloë, hör mal. Ich möchte dich etwas fragen. Du kannst nein sagen. Ich verstehe, wenn du noch nicht so weit bist.«

»Was denn?«

»Würdest du heute nach der Arbeit gerne mit mir ausgehen?«, sagte er. »Nur wir zwei. Wenn nicht, ist das okay. Ich meine, du hast eine schreckliche Zeit durchgemacht. Vielleicht willst du eine Weile nichts von Männern wissen.«

»Gerne«, sagte sie.

Er plapperte weiter vor sich hin. Plötzlich unterbrach er sich und starrte sie an. »Sicher?«

»Ganz sicher«, sagte sie.

Er strahlte, und wieder musste sie denken, was für ein schönes Lächeln er hatte.

»Na dann«, sagte er. »Super. Yeah. Echt super.«

Sie machte einen Schritt auf ihn zu, stellte sich auf die Zehenspitzen und gab ihm einen Kuss auf die Wange.

»Kein Problem«, sagte sie. »Jetzt aber los. Wir müssen ins Büro.«

Er wurde rot. Er sah wirklich süß aus.

Ellen flatterten die Nerven. So sehr wie schon … na ja, eine Ewigkeit nicht mehr.

Jim war auch nervös. Er überspielte es elegant, doch Kleinigkeiten verrieten ihn. Er wackelte unter dem Tisch mit dem Bein. Als er die Champagnerflöte zu einem Toast hob, zitterte seine Hand.

»Auf dich«, sagte er.

Auf uns, rutschte es ihr fast heraus. Das klang so abgeschmackt. Lieber schwieg sie und nippte am Champagner. Am liebsten hätte sie das Glas in einem Zug ausgetrunken.

Sie saßen in einer Bar im Shard, dem höchsten Gebäude nahe der London Bridge Station. Zuerst wollten sie hier einen Drink nehmen, danach in einem Restaurant unter den Bahnbögen von Borough Market essen, anschließend in ihr Hotel in Süd-London gehen.

Ellen hatte alles andere als Essen im Sinn. Sie konnte nur an später denken, hatte es sich einhundert Mal vorgestellt. Sehnte sich mehr danach, als sie zugeben mochte. Eine Nacht. Morgen früh hieß es zurück in den alltäglichen Trott mit Arbeit und Familie. Alles allein zu machen war so verflucht schwer. Ihr Hirn spulte sechs Monate vor. Nicht mehr allein. Sie teilte die Verantwortung mit Jim. Wachte morgens neben ihm auf. Faulenzte am Wochenende mit den Kindern. Die Nächte gehörten heißem, aufregendem Sex.

Lange hatte sie angenommen, dieser Teil von ihr – ihre Sexualität – wäre mit Vinny gestorben. Sie hatte sich geirrt.

»Wollen wir gehen?«

Jim berührte sie am Handgelenk. Elektrische Schläge schossen ihr durch den Arm. Eine Welle des Begehrens. Ihr wurde schwindelig. Champagner und Lust – der beste Rausch, den es gab. Besoffen vor Verlangen. Sie kicherte. Konnte nicht anders. Sie war glücklich. Beschwipst. Sorglos. Erregt.

Jim sagte etwas, sie hörte ihn gar nicht. Das Blut tobte wie ein Sturm in ihrem Kopf. Er lächelte, und sie fragte sich, worüber. Wenn er lächelte, kam das Grübchen unter seinem linken Auge zum Vorschein. In der Grundschule hatte sie es gleich an ihm bemerkt. Damals war sie noch zu jung, wusste nichts von Sex und Begierde. Das Grübchen war jedoch verdammt sexy.

»Müssen wir noch ins Restaurant gehen?«

Ihre Stimme. Ein Rätsel, dass sie überhaupt ein Wort herausbrachte. Egal. Sie wurde ruhiger und ganz klar. Das war's. Er war's. Der Mensch, auf den sie gewartet hatte. Auf den sie, so kam es ihr vor, ihr Leben lang gewartet hatte, obwohl das natürlich Unsinn war. In diesem Augenblick war alles egal. Nichts ergab einen Sinn. Gleichzeitig war sie sich einer Sache nie so sicher gewesen.

Sein Lächeln verschwand.

»Du hast es dir anders überlegt?«, fragte er.

»Nur, was das Essen angeht«, sagte sie. »Ich kann nicht länger warten, glaube ich. Können wir auf das Abendessen verzichten und gleich ins Hotel gehen?«

Sie lachte. Lachte sich halb tot. Carl lachte auch. Das Beste war, sie wusste gar nicht, was so verdammt lustig war. Carl blies seine Wangen auf und fing wieder an: »Die erste Pflicht eines Maklers ist es, sich mit Brot, Nudeln und Schokolade vollzustopfen, bis seine Wampe so riesig ist, dass es aussieht, als hätte er einen Autoreifen um den Bauch.«

Er konnte Nathans Stimme perfekt nachahmen. Dann watschelte er herum wie Nathan – auf diese merkwürdige, tippelige Art –, sie konnte nicht mehr. Sie waren gemein, aber Nathans ganze Art forderte einen geradezu heraus.

Nathan war den ganzen Nachmittag auf Besichtigungstour gewesen. Darum konnten sie sich nach der Arbeit leicht davonschleichen. Nathan hatte sie auf einen Quizabend in seiner Kirche eingeladen. Sagte, es sei spaßig und sie könne ein paar nette neue Leute kennenlernen. Sie hatte ihm halb zugesagt, aber aus dem Drink mit Carl war ein frühes Abendessen im Nandos geworden. Danach fuhr er sie nach Hause. Es wäre unhöflich gewesen, ihn nicht hereinzubitten.

Jetzt waren sie in ihrem Wohnzimmer, übermütig wie zwei alberne Teenager. Nach seiner Nathaneinlage – sie hatte sich endlich wieder beruhigt – hielt Carl die leere Weinflasche hoch.

»Ist da noch mehr, wo der herkommt?«, fragte er.

Sie schüttelte den Kopf. Plötzlich kippte ihre Stimmung. Wie konnte sie vergessen, worauf er aus war? Eigentlich hatte sie es ganz gut hingekriegt, hatte nur wenig getrunken und ihm den Rest gelassen.

Er machte ein enttäuschtes Gesicht und setzte sich neben sie auf das Sofa. So nah, dass sein Schenkel ihr Bein berührte. Sie erstarrte, wartete. Er streichelte ihre Wange – seine Berührung war sanft. Das hatte sie nicht erwartet.

»Es war ein toller Abend, Chloë.«

Sie wagte es, ihn anzuschauen, versuchte dahinterzukommen, ob das ein Trick von ihm war. Der Ausdruck in seinem Gesicht überraschte sie. Warm und liebevoll.

Seine Hand hielt ihr Gesicht, sein Daumen streichelte ihre Wange, zart. Sie wollte nicht, dass er aufhörte. Er beugte sich zu ihr und küsste sie. Seine Lippen waren weich. Zuerst erwiderte sie den Kuss nicht. Ließ ihn sie küssen, wartete ab, wie es weitergehen würde.

Er hörte auf. Blaue Augen sahen in ihre. Er hatte die schönsten Augen.

»Ist das okay für dich?«, fragte er.

»Natürlich«, sagte sie. »Ich glaube, ja.«

Plötzlich lächelte sie. Alle Anspannung fiel von ihr ab, wurde abgelöst von einer Art glückseliger Leichtigkeit. An dieses Gefühl konnte sie sich gar nicht mehr erinnern.

Beim zweiten Kuss schlang sie ihre Arme um ihn, zog ihn zu sich heran und küsste zurück.

DREIUNDZWANZIG

Das erste Mal war kopflos und verzweifelt und zu schnell vorbei. Beim zweiten Mal ließen sie sich Zeit füreinander. Später bestellten sie den Zimmerservice. Getoastete Sandwiches und Chips. Sie saßen auf dem Bett, aßen und redeten durcheinander. Über alles und nichts. Ellens Kinder, Frank Sinatra, Almodóvar-Filme, Jims Familie, schlechte Fernsehprogramme, Bruce Springsteen, Ellens Erinnerungen an ihre leibliche Mutter, die besten ungewöhnlichen Kombinationen von Essen (Ellen: Erdbeeren und Balsamico; Jim: Käse und Marmelade).

Das Hotel war ein bezauberndes Art-déco-Gebäude in Deptford. Das Zimmer lag im obersten Stock mit Blick über den Fluss bis nach Greenwich. Nach dem Essen wickelten sie sich in die Decken und gingen zum Fenster. Jim schob einen Sessel heran, setzte sich und zog Ellen auf seinen Schoß.

»Nachts sieht der Fluss wunderschön aus«, sagte Ellen. »Besonders jetzt, wo es zu regnen aufgehört hat. Schöner noch als am Tage.«

»Schöner, ich weiß nicht«, sagte Jim. »Anders, ja. Auf jeden Fall schön. Wenn du mich fragst, ist er immer ziemlich beeindruckend. Eines der wenigen guten Dinge von London.«

»Eines von vielen, meinst du wohl«, sagte Ellen und stieß ihm ihren Ellbogen in die Seite.

»Autsch«, sagte Jim. »Nein. Du liebst London, ich weiß. Ich sehe das ein wenig anders. Am liebsten würde ich woanders wohnen. London ist mir zu hektisch.«

»Warum bist du zurückgekommen«, sagte Ellen, »wenn es dir nicht gefällt?«

»Wegen der Familie, nehme ich an. Mein Dad war kein einfacher Zeitgenosse. Nach seinem Tod waren nur noch Ray und meine Mom da. Und Ray ist auch nicht der Einfachste. Ich konnte es nicht ertragen, dass sie alleine mit allem fertig werden musste.«

»Der Fluch der Iren«, sagte Ellen. »Alkohol und psychische Krankheiten. Bestimmt war mein leiblicher Vater Alkoholiker.«

Jim umarmte sie fester.

»Ich dachte, du kannst dich nicht an ihn erinnern.«

»Kann ich auch nicht«, sagte Ellen. »Nicht wirklich. Es ist mehr ein Gefühl. Vage Erinnerungen, wie er betrunken nach Hause kommt. Ich entsinne mich, dass ich mich in seiner Anwesenheit nie sicher gefühlt habe. Wenn er weg war, war es besser. Außer natürlich in jener letzten Nacht. Früher habe ich gedacht, wenn er zu Hause gewesen wäre, hätte er sie vielleicht daran hindern können.«

Ihre Gedanken wanderten zu dem gefalteten Zettel auf ihrem Nachttisch. Sie hatte es ihm noch nicht gesagt. Hatte es noch niemandem gesagt.

»Arme Frau«, sagte Jim.

»Arme Eilish, meinst du wohl«, sagte Ellen. Ihre tote Schwester. »Von der eigenen Mutter ermordet.«

»Auch arme Eilish«, sagte Jim. »Aber für deine Mutter muss es furchtbar gewesen sein.«

Ein Tier stieß Schmerzensschreie aus. Das Schlimmste, was Ellen je gehört hatte. Sie erinnerte sich an fast nichts in jener Nacht. Nur der Ton aus dem Mund ihrer Mutter, die das leblose Baby im Arm hielt, hatte sich in Ellens Hirn eingebrannt.

Jims Bruder Ray hatte vor ein paar Jahren einen Nervenzusammenbruch. Laut Jim ein totaler Kollaps. Ray musste seinen Job aufgeben und sein Haus. Aber er hatte niemanden umgebracht.

Sie schmiegte sich an Jim, den Kopf an seiner Schulter. Es war spät, und sie war müde. Sie musste schlafen. Jims Hand strich über ihren Arm, sie bekam eine Gänsehaut. Seine Hand bewegte sich über ihre Schulter, die Brust und weiter nach unten. Er schob die Decke beiseite.

Sie presste ihren Körper an seinen, führte seine Hand über ihren Bauch. Seine Finger berührten flüchtig ihr Schamhaar, und sie stöhnte.

Zum Schlafen hatte sie später noch Zeit.

Sie stand auf und zog ihn zurück zum Bett. Sie wollte nur das eine. Seinen Körper auf ihrem. Ihre Beine öffnen und sich ergeben. Sie wollte sich hingeben, damit jeder andere Gedanke, jede Erinnerung und jedes Gefühl verschwand, bis nichts mehr war außer ihm und ihr und das stetig wachsende Verlangen.

In der Küche zog Monica eine Weinflasche aus dem Regal und entkorkte sie. Sie widerstand dem Drang, direkt aus der Flasche zu trinken, und füllte ein großes Glas. Sie nahm einen zweiten Schluck, schloss die Augen und wartete auf die Wirkung des Alkohols.

Ihr Mund schmerzte vom angestrengten Lächeln. Ihr war eher nach Schreien zumute – es war alles so langweilig. Sie hatte heftige Kopfschmerzen von dem ganzen Smalltalk mit diesen strohdummen Leuten, mit denen sie tagtäglich zu tun hatte. Manchmal war es eine unerträgliche Last.

Doch sie ertrug es. Mit Bravour. Sie trank noch mehr Wein, prostete sich im Stillen zu, weil sie eine großartige Vorstellung abgegeben hatte. Sie war gut. Niemand war besser. Beinahe hatte sie Mitleid mit Menschen wie Ellen Kelly, die keine Ahnung hatten – nicht den leisesten beschissenen Schimmer –, mit wem sie es zu tun hatten.

Sie füllte ihr Glas erneut und trug es ins Wohnzimmer. Die Vorhänge waren offen. Sie stellte sich ans Fenster, blickte auf die ruhige Straße und überlegte, wie sie den Rest des Abends verbringen sollte. Es war erst zehn Uhr. Zu früh, um an einem Freitag allein zu bleiben.

Sie war mit vielversprechenden Kunden unterwegs gewesen. Ein paar Geschäftsleute, die Bilder kauften und sich ihre Bürowände damit verzierten. Eine leichte und lukrative Art und Weise, Geld zu verdienen. Zwei Stunden hatte sie mit ihnen verbracht. Sie wollten, dass sie länger blieb, doch jede weitere Sekunde in ihrer ermüdenden Gesellschaft wäre unerträglich gewesen. Also war sie aufgebrochen, hatte entschuldigend gelächelt und gesagt, sie habe morgen einen anstrengenden Tag vor sich und brauche ihren Schönheitsschlaf. Spielte die Schüchterne, als die beiden sagten, sie sähe doch phantastisch aus. Als wüsste sie das nicht selbst.

Sie war einen Umweg gefahren. Hatte in einer Bar in New Cross, die sie manchmal aufsuchte, einen Drink genommen. Ein Ort, an dem man Männer finden konnte, die ein bisschen anders tickten. Heute Abend machte es keinen Spaß. Ein Typ machte sie an, aber er stank aus dem Mund wie ein totes Tier, und sie war nicht betrunken genug, um ihn in Erwägung zu ziehen.

Also war sie nach Hause gefahren. Jetzt wünschte sie, sie hätte es nicht getan.

Im Haus gegenüber war alles dunkel. Schade. Eine Ablenkung würde ihr guttun. Harry wäre perfekt gewesen. Sie fragte sich, wo er steckte und bei wem. Schaltete ausnahmsweise mit jemandem in seinem Alter ab. Unverschämter Schwachkopf. Sie musste ihm eine Lektion erteilen. Ihn daran erinnern, was er von ihr bekommen konnte. Keine prüde kleine Schlampe in seinem Alter konnte an sie heranreichen.

Der heutige Abend war ein Fehler gewesen. Sie hätte absagen sollen. Hätte wissen müssen, dass ein Abend mit den langweiligsten Menschen ihr nicht den Kick verschaffte, den sie brauchte.

Seit ihrem Ausflug nach Whitstable war sie von rastloser Energie erfüllt. Sie musste sich etwas überlegen, damit die Zeit schneller verging. Ihre Gedanken schweiften von ihrem Vater zu Ellen Kelly. Bis jetzt kein Anruf. Kelly war wahrscheinlich zu sehr mit ihrem eigenen Leben beschäftigt und sorgte sich nicht um die Leute, für deren Schutz sie bezahlt wurde. Monica könnte wetten, dass Kelly ihren Freitag nicht mit Herumsitzen und Selbstmitleid verschwendete.

Es ging ihr alles nicht schnell genug. Irgendetwas musste geschehen, damit Kelly endlich aufhorchte und Notiz nahm. Monica hatte angenommen, neulich Nacht die Polizei zu rufen, würde etwas ändern. Kein Glück. Niemand nahm sie auch nur halb so ernst, wie sie es verdiente.

Sie betrachtete sich im Spiegel über dem Kamin. Strich mit der Hand über die Blutergüsse, die sich inzwischen gelb verfärbt hatten, und dachte nach. Dann hatte sie eine Idee. Sie wusste genau, was zu tun war. Ihre Stimmung hob sich umgehend. Sie trug das Glas zu dem ausladenden Sessel am Fenster, setzte sich und schmiedete einen Plan.

VIERUNDZWANZIG

Nach dem Frühstück schlenderten sie über den Deptford Market. Es war ein klarer, sonniger Morgen, der alles erstrahlen ließ. Oder vielleicht kam es ihr nur so vor. Sie musste sich Luftsprünge verkneifen, als sie die Straße vor dem Hotel überquerten.

Jim fasste sie an der Hand. Das war ein schönes Gefühl.

»Weißt du noch, was ich dir von Jerome erzählt habe?«, fragte er.

Ellen nickte. Der Lehrling, der seit ein paar Monaten bei Jim arbeitete.

»Er macht sich richtig gut«, sagte Jim. »Sobald er ausgelernt hat, werde ich weniger arbeiten. Dann haben wir mehr Zeit für uns.«

»Was? Du meinst auch am Tag und so?«

Jim grinste. »Dein Enthusiasmus verschlägt mir jedes Mal die Sprache. Ja, auch am Tag und so. Ich mag dich. Ich bin gerne mit dir zusammen. Wir könnten uns ein gemeinsames Hobby suchen.«

»Ein Hobby.«

»Yeah, Bridge oder Tennis oder Golf oder so. Was hältst du davon?«

»Du machst Witze.«

»Was?« Er heuchelte Enttäuschung. »Du willst kein gemeinsames Hobby haben?«

»Selbstverständlich nicht.«

»Und wie ist es mit sich öfter sehen?«, fragte er. »Soll ich darüber auch Witze machen?«

Sie dachte nach. Nicht lange.

»Nein«, sagte sie. »Ich bin froh, dass du darüber keine Witze machst.«

Der Markt erstreckte sich vom unteren Ende der Deptford High Street bis in die New Cross Road. Früher war sie oft mit ihrem Adoptivvater hier gewesen. Sonnabendmorgens kauften sie einen ganzen Lachs vom Cod-Father's-Fischstand. Heutzutage kaufte sie Fisch im Drings oder Roxal Hill.

»Hier gibt es einen erstklassigen Fischstand«, sagte Jim. »The Cod Father's. Da bekommst du einen ganzen Lachs für unter zehn Pfund.«

Das nervte. Jedes Mal, wenn sie etwas dachte, sprach er es aus. Nervig, aber irgendwie auch niedlich. Falls man auf niedlich stand. Sie mit Sicherheit nicht.

Von Greenwich zwei Meilen am Fluss entlang, und man war in Deptford High in einer vollkommen anderen Welt. Heruntergekommen, trendy, bunt gemischt, voller Leben. Sie drängten sich durch die Sonnabendmorgenmenge. Das große Warenangebot – von Badezimmerarmaturen bis hin zu frischem Hummer – wirkte belebend. Ellen kam sich vor wie ein Kind mit Taschen voller Geld. Sie konnte sich gar nicht entscheiden, was sie zuerst kaufen sollte. Am liebsten alles. An einem Stand mit gefälschten Markenjeans blieb sie stehen. Manchmal musste sie einfach eine kaufen. Bevor sie ihrer Lust nach nutzlosem Plunder nachgeben konnte, zog Jim sie an der Hand von der Hauptstraße in eine Nebenstraße Richtung Osten.

»Wo gehen wir hin?«

»Hierher.« Er machte eine Handbewegung.

Ellen blieb stehen und war begeistert. Direkt vor ihr, am Ende der Straße, stand eine weiße Kirche, an der Vorderseite ein runder Kirchturm, der von vier gigantischen Säulen umgeben war. Die Kirche passte besser ins ländliche Italien als in das urbane Deptford, dachte Ellen.

»Sie ist wunderschön«, sagte sie. »Die Turmspitze habe ich im Vorbeifahren schon oft gesehen. Aber ich habe mir noch nie die Zeit genommen, auszusteigen.«

»St. Paul's«, sagte Jim. »Barock. Entworfen von Thomas Archer, gebaut Anfang des achtzehnten Jahrhunderts.«

»Können wir reingehen?«

»Jetzt nicht«, sagte Jim. »Ein anderes Mal. Mit den Kindern. Man muss telefonisch einen Termin vereinbaren. Die Kirche hat ihr eigenes Kammerorchester. Wir könnten einmal zu einem Konzert gehen.«

»Das würde mir gefallen«, sagte Ellen.

Sie setzten sich auf die Stufen vor dem Eingang zum Friedhof und blickten zum Markt. Ellen fragte sich, ob Sean schon einmal hier gewesen war. Er liebte solche Plätze. Er hatte ihn noch nie erwähnt, doch das musste nichts heißen. Mittlerweile lebten sie so unterschiedliche Leben.

»Steht Ray und du euch nahe?«, fragte sie. Sie fragte sich oft, wie es bei anderen Geschwistern war. Ob sie auch diese leidenschaftliche und fürsorgliche Liebe empfanden wie sie für ihren Zwillingsbruder.

»Nicht wie du und Sean«, sagte Jim und machte es schon wieder. Niedlich, beschloss sie.

»Früher habe ich ihn angehimmelt. Er war mein großer Bruder. Wir hatten nie diese Konkurrenz wie andere Geschwister. Er passte auf mich auf. Unser Vater war nicht einfach, und Ray war mein Vorbild. Ich wollte nicht besser sein als er, ich wollte so sein wie er. Ergibt das einen Sinn?«

»Absolut«, sagte Ellen.

»Wir hatten uns schon voneinander entfernt, als ich wegging«, sagte Jim. »Meine Schuld. Er hatte sich verändert. Meine Eltern versuchten, es zu ignorieren. Na ja, meine Mutter. Mein Vater hat es wahrscheinlich gar nicht mitbekommen. Meine

Mutter tat so, als sei der ganze Mist, den er baute, nur so etwas wie kleine Rückschläge. Sie hat es nicht kapiert. Sie konnte nicht sehen, dass Ray … nicht … normal ist nicht das richtige Wort. Nicht in der Lage ist, mit dem täglichen Leben klarzukommen wie andere Menschen. Er ist anders gepolt. Er kann sich nicht anpassen, und darum ist er durchgedreht. Hat den Druck nicht mehr ausgehalten.

Das erste Mal war er von der Rolle, da war ich sechzehn. Ray war zwanzig. Wohnte noch zu Hause. Unsere arme Mutter dachte, er geht arbeiten. In Wirklichkeit war er gefeuert worden. Wieder einmal. Jeden Morgen stand er auf, meine Mutter machte ihm Frühstück. Doch statt zur Arbeit zu gehen, saß er irgendwo alleine herum. Eines Tages ging er in diesen Pub. Und da blieb er. Kam drei Tage lang nicht nach Hause. Irgendwann hat ihn die Polizei in der Nähe der London Bridge gefunden, betrunken und verwirrt.

Damals war ich stinksauer auf ihn. Ich hasste ihn, weil er meiner Mutter das zugemutet hatte. Mit meinem Vater hatte sie genug an der Backe. Glaub mir. Dumm von mir, zu glauben, dass er sein Verhalten steuern konnte.«

»So denkst du nicht mehr?«, fragte Ellen.

Jim schüttelte den Kopf. »Er kann nichts dafür. Er ist, wie er ist. Ich habe das nicht begriffen. Seinetwegen bin ich weg und auf Reisen gegangen. Ich wollte einfach nur weg. Weg von ihnen allen. Von Ray und seinen Problemen, meinen Eltern und ihrer Unfähigkeit, ihn so zu sehen, wie er wirklich war.«

Aber er war wiedergekommen. Und jetzt war er hier, saß neben ihr, sein braunes Haar hing ihm in die Augen. Braunes Haar, in dem das Sonnenlicht golden schimmerte. Augen in der Farbe der See an einem Sommertag. Ihre Arme berührten sich. Durch den Stoff seines Hemdes konnte sie seine Muskeln spüren. Sie dachte daran, wie er nackt aussah, und bekam eine Gänsehaut.

»Wieso willst du das wissen?«, fragte er.

»Wegen Sean, glaube ich«, sagte Ellen. »Manchmal vermisse ich ihn. Wir sind uns nicht mehr so nah wie früher. Wahrscheinlich ist das normal. Nur habe ich etwas getan und es ihm noch nicht erzählt. Jetzt habe ich ein schlechtes Gewissen.«

»Warum?«

»Ich hätte zuerst mit ihm reden sollen.«

Der Zettel auf dem Nachtschrank neben ihrem Bett. Zusammengefaltet, damit niemand sah, was daraufstand. Sie wusste es auswendig. Jedes einzelne Wort.

Noreen McGrath, Hope House, Middle Road, Shilbottle, Alnwick, Northcumberland, NE66 2 TH.

Noreen, ihre leibliche Mutter, die ihre kleine Schwester Eilish umgebracht hatte, die ins Gefängnis gekommen war, die sie danach nie mehr wiedergesehen hatte. Sean, Ellens Zwillingsbruder, und sie waren von den Flanagans, die für sie ihre Eltern geworden waren, adoptiert worden.

Alles war wieder da, als wäre es gestern gewesen. Das kühle Linoleum unter ihren nackten Füßen. Sie schlich durch den Flur, an der geschlossenen Wohnzimmertür vorbei und dem Lichtschein entgegen, der aus dem Badezimmer drang. Das Geräusch kam näher und näher.

Dann war da ihre Mutter. Baby Eilish im Arm. Noch nie hatte sie so einen Ausdruck in Mutters Gesicht gesehen. Sie wollte, dass Mommy sie in den Arm nahm, sie festhielt und wieder ins Bett brachte, mit ihr kuschelte und ihr sagte, alles ist gut, alles wird gut. Aber Mommy kam nicht. Sie hielt Baby Eilish. Irgendetwas stimmte nicht. Irgendetwas war ganz furchtbar und falsch, und Mommy weinte. Ihr Mund stand offen, und dieser furchterregende Ton kam aus ihr und …

Blaulicht. Eine Decke, die um sie und Sean gewickelt wurde. Beide kauerten auf dem Rücksitz eines Autos. Ein Mann in blauer Uniform. Polizei. Keine Mommy und kein Baby Eilish. Seans Gesicht weiß, seine großen Augen starrten sie an, verständnislos. Zunächst kamen sie und Sean zu einer Pflegefamilie. Ellen konnte sich kaum an sie erinnern. Eines Tages kam eine Frau, die ihr und Sean erzählte, dass Eilish tot sei und ihre Mutter der Polizei dabei behilflich war, herauszufinden, was geschehen war.

»Ich habe meine Mutter gefunden«, sagte Ellen. »Noreen. Ich habe ihre Adresse und Telefonnummer und werde sie kontaktieren.«

»Sean will das nicht?«, fragte Jim.

»Er will sie vergessen«, sagte Ellen. »Ich kann das nicht. Ich habe es versucht. Es geht einfach nicht. Ich muss wissen, warum sie es getan hat.«

Jims Schweigen reizte sie.

»Was?«, fragte sie. »Ich dachte nur … Findest du, ich sollte es bleibenlassen?«

»Sorry«, sagte Jim. »Ich dachte nur … es muss so schrecklich für sie gewesen sein. Es ist schon schlimm genug, ein Kind zu verlieren. Aber die anderen auch noch. Die ganze Zeit weggesperrt zu sein und zu wissen, dass Sean und du irgendwo seid, ohne sie. Sie muss sich absolut hilflos gefühlt haben.«

Ellen schluckte den Kloß im Hals hinunter.

»Du meinst, ich tue das Richtige?«

Er fasste sie am Arm. »Natürlich.«

»Trotzdem werde ich einen Gedanken nicht los«, sagte Ellen. »Sie hätte mich finden können, wenn sie es gewollt hätte.«

Sein Handy klingelte. Er sprang auf, zog es aus der Hosentasche, sah die Nummer und lehnte den Anruf ab.

»Geh nur ran«, sagte Ellen.

Er schüttelte den Kopf.

»Deine Mutter war überzeugt davon, deine Schwester umgebracht zu haben«, sagte er. »Sie war im Gefängnis. Falls Eilishs

Tod ein Unfall war – und du weißt das nicht mit Gewissheit –, die Schuldgefühle. Kannst du dir vorstellen, was das für jemanden bedeutet? Sie stand vor Gericht … Für den Tod der eigenen Tochter.« Er schüttelte den Kopf. »Vielleicht will sie nicht darüber sprechen. Könnest du das akzeptieren?«

Wie er dastand, die Arme ausgebreitet. Er sah aus wie Jesus am Kreuz. Nur heißer. Viel heißer. Er trug ein weißes Leinenhemd. Die oberen Knöpfe standen offen, so dass seine gebräunte Haut zu sehen war, und ein silbernes Kettchen. Das kleine Medaillon reflektierte die Sonne, und es schien, als leuchte es von allein.

Die Kette hatte seinem Vater gehört. Er nahm sie niemals ab, hatte er einmal gesagt. Ellen stellte sich vor, wie sie auf ihn zuging, mit ihrer Hand unter seinem Hemd über seinen flachen Bauch strich.

»Ich möchte nicht mehr darüber reden«, sagte sie. »Schlimm?«

»Kein Problem«, sagte er. »Komm. Lass uns zurück zum Markt gehen und Geld ausgeben. Suchen wir eine Kleinigkeit für Pat und Eilish aus.«

Sie ließen die Kirche hinter sich und stürzten sich in das Gewimmel auf dem Deptford Market. Der Lärm und die Geschäftigkeit waren jetzt genau das Richtige. Sie verscheuchten die düsteren Gedanken, die sie sich nicht machen wollte.

FÜNFUNDZWANZIG

»Wir gehen heute Abend noch mal aus.«

»Wer?«

»Carl und ich, natürlich.« Chloë runzelte die Stirn. »Mein Kollege. Ich habe dir doch gerade von ihm erzählt. Hast du mir nicht zugehört?«

»Ich bin verwirrt«, sagte Anne. »Ich dachte, du arbeitest mit Nathan zusammen.«

Anne klang groggy. Dabei war es fast Mittag.

»Sie sind beide meine Kollegen«, sagte Chloë. »Nathan hast du kennengelernt. Du hast doch nicht im Ernst geglaubt … Ich meine, ja, er ist nett und alles, aber doch nicht so.«

»Sorry«, sagte Anne. »Logisch. Wohin geht ihr, was ziehst du an?«

»Er hat mich zum Essen eingeladen. In ein neues Restaurant in Blackheath. Er sagt, es ist nett«, sagte Chloë. »Und da haben wir das Problem. Ich weiß nicht, was ich anziehen soll. Was meinst du?«

Anne lachte. »Chloë, Liebes, ich kenne deine Garderobe nicht.«

Natürlich. Dumm, dumm. Was dachte sie nur.

»Entschuldige«, sagte Chloë. »Ich muss los. Ich bin noch im Büro, und Nathan wird bald zurück sein. Er soll von mir und Carl nichts wissen. Er würde es nicht gut finden.«

»Oha«, sagte Anne. »Das ist doch nicht dein Ernst, oder? Pass auf, ich komme später vorbei und helfe dir. Bring noch was Moussierendes mit. Damit du in Stimmung kommst. Was hältst du davon?«

»Wirklich?«, fragte Chloë.

»Klar«, sagte Anne. »Dafür sind Freunde doch da, oder nicht?«

Erst in dem Moment bemerkte Chloë Nathan. Er stand in der Küchentür und starrte sie an. Sie wollte ihn fragen, wie lange er schon dort stand, doch irgendetwas in seinem Blick hielt sie davon ab. Diesen Ausdruck hatte sie noch nie an ihm gesehen: Enttäuschung und Wut. Oder bildete sie sich das ein?

Sie setzte ein strahlendes Lächeln auf und wandte sich ihrem Computer zu, tat so, als würde sie weiterarbeiten. Sie freute sich so auf später, Arbeit war das Letzte, woran sie jetzt denken konnte.

Sie schaute sich noch einmal um. Nathan hatte sich nicht vom Fleck gerührt.

»Alles in Ordnung?«, fragte sie.

Sein Ausdruck hellte sich auf, und er verwandelte sich vom Monster in den Freund, den sie kannte und dem sie vertraute.

»Alles in Ordnung«, sagte er. »Und bei dir?«

Sie nickte, entspannte sich. Es war wohl nur ihre Einbildung gewesen.

»Auch«, sagte sie. »Danke.«

SECHSUNDZWANZIG

Ellen holte die Kinder erst am Nachmittag von ihrer Pyjamaparty ab. Sie hatten bei ihren Freunden Rufus und Izzy übernachtet. Kirstie, ihre Mutter, bestand darauf, dass Ellen noch einen Kaffee mit ihr trank und von ihrem Rendezvous erzählte.

»Du strahlst«, sagte Kirstie. »Wie Frauen, die zu viel guten Sex hatten.«

»Kann man zu viel guten Sex haben?«, fragte Ellen.

Kirstie sah sie niedergeschlagen an. »Woher soll ich das wissen? Ich habe das letzte Mal mit Ende zwanzig gut gevögelt. Da lief es noch zwischen mir und Phil. Bevor ich herausfand, dass ich nicht die Einzige war, mit der er guten Sex hatte. Blutrünstige Details, bitte. Da ich kein Liebesleben habe, möchte ich mehr von deinem wissen.«

»Es war wunderbar«, sagte Ellen. »Ich mag ihn. Sogar sehr, glaube ich. Und auch wenn ich das Schicksal herausfordere, würde ich sagen, es läuft gerade ziemlich gut.«

Besser als das. Nachdem sie aus dem Hotel ausgecheckt waren, hatte er sie nach Hause gefahren, und sie waren gleich wieder miteinander ins Bett gegangen. Sie hatte angenommen, es würde sich seltsam anfühlen, Sex in dem Bett zu haben, das sie mit Vinny geteilt hatte. Doch ganz im Gegenteil. Es fühlte sich alles richtig an mit Jim.

»Siehst du ihn später noch?«, fragte Kirstie.

»Morgen«, sagte Ellen. »Ich will den Abend mit den Kindern verbringen. Obwohl sie wahrscheinlich gar nicht so scharf darauf sind.«

Tatsächlich waren beide Kinder enttäuscht, sie zu sehen. Sie wollten lieber noch eine Nacht bei ihren Freunden bleiben.

»Mir ist es recht«, sagte Kirstie.

Ellen schüttelte den Kopf. Egal, wie großartig Jim war, ihre Kinder waren wichtiger. Sie hatte ihnen einen Film- und Pizzaabend versprochen, und sie würde ihr Versprechen halten. Ob es ihnen passte oder nicht.

Abgesehen davon hatte Jim sie nicht gefragt, ob sie sich heute Abend sahen. Ellen machte das nichts aus. Alles war prima, und sie hoffte, dass es genauso bleiben würde. Sie wollte nichts übereilen. Ihre Kinder hatten Vorrang. Sie kämen immer an erster Stelle.

Sie bestellten Pizza von Geronimo's Pizza House auf der Trafalgar Road (der Crack unter den Pizzen, wie Vinny zu sagen pflegte) und sahen »Die Braut des Prinzen«, Ellens liebsten Kinderfilm.

Nach dem Film brachte sie Eilish ins Bett und plauderte noch ein wenig mit Pat, aneinandergekuschelt auf dem Sofa. Seine jüngste Leidenschaft hieß »Minecraft«. Er sprach fast zwanghaft von seinem Königreich, seinen liebsten »Minecraft«-Videos auf YouTube und den Vor- und Nachteilen von Minecraft für den PC und auf dem Tablet. Mitten in seinen Ausführungen fragte er sie plötzlich nach Jim.

»Er ist doch Klempner«, sagte Pat. »Muss er da seine Hand in die Toiletten anderer Leute stecken?«

»Manchmal, nehme ich an«, sagte Ellen. »Warum fragst du ihn das nicht morgen selbst?«

»Was ist denn morgen?«, fragte Pat.

»Jim kommt morgen mit zu Sean und Terry zum Mittagessen«, sagte Ellen. »Ist das okay?«

Pat zuckte mit den Schultern. »Denke schon. Ist mir eigentlich egal. Er ist in Ordnung. Er ist witzig. In seinem Haus will ich trotzdem nicht wohnen, Mom. Ich will hierbleiben. Er wohnt Meilen von hier entfernt, zu weit weg von der Schule und meinen Freunden.«

»Wir ziehen nicht zu Jim«, sagte Ellen und versuchte, so entschieden wie möglich zu klingen. »Das hier ist unser Zuhause, Pat. Ich habe nicht die Absicht umzuziehen. Jetzt nicht und auch nicht in der Zukunft.«

»Gut, aber wenn ihr heiratet?«

»Wir gehen doch erst seit ein paar Wochen miteinander aus«, sagte Ellen.

»Acht Wochen und vier Tage«, unterbrach Pat.

»Okay. Acht Wochen und vier Tage. Viel zu kurz, um über etwas Längerfristiges nachzudenken.«

»Dann hörst du auf, ihn zu sehen, und suchst dir einen neuen Freund?«

»Nein!« Ellen stupste ihn mit dem Ellbogen an. »Pat, ich weiß nicht, was aus mir und Jim wird. Ich mag ihn, und er mag mich. Wer weiß schon, was die Zukunft bringt? Ich lass es auf mich zukommen.«

Pat gähnte. Für Ellen war es das Signal, ihm zu verstehen zu geben, dass es Zeit fürs Bett war. Ausnahmsweise protestierte er nicht. Ein paar Minuten später hatte sie ihn ins Bett gesteckt. Seine Augen fielen ihm zu, der Schlaf übermannte ihn. Ellen gab ihm einen Kuss auf die Stirn, blieb noch einen Moment bei ihm, wie immer, bevor sie das Licht ausknipste und aus dem Zimmer ging. Sie war schon an der Tür, als er noch etwas sagte.

»Sorry«, sagte sie. »Wie bitte? Ich habe dich nicht verstanden.«

»Ich sagte, ich hoffe, du suchst dir keinen neuen Freund«, sagte Pat. »Ich mag Jim. Er ist nett, und du lachst viel öfter, seit du mit ihm zusammen bist.«

»Ich werde das im Hinterkopf behalten«, sagte Ellen. »Gute Nacht.«

»Nacht, Mom. Hab dich lieb.«

»Ich hab dich auch lieb, mein Schatz.«

Unten in der Küche schenkte sich Ellen ein Glas Merlot ein. Sie war verrückt nach Jim. Hatte den ganzen Tag kaum an etwas anderes denken können. Schlimmer als ein verknallter

Teenager. Sie stand in der Küche, lehnte sich gegen den Kochblock und ließ die letzte Nacht Revue passieren, wünschte, er wäre jetzt bei ihr und sie könnten all das noch einmal machen.

Sie leerte das Glas, schenkte sich noch eines ein, ging ins Wohnzimmer, legte eine CD ein und setzte sich. Die CD gehörte Jim. Elbow. Die Band hatte bei der Schlussfeier der Olympischen Spiele 2012 gespielt. Daher kannte sie sie. Ihr gefiel jeder einzelne Song, sogar der abgenudelte »One Day Like This«. Sie drehte die Laustärke höher, und das sich steigernde orchestrale Spektakel erfüllte den Raum.

Ihr Telefon lag auf dem Tisch. Sie nahm es und schickte Jim eine SMS:

Home alone with Guy Garvey. Wie sieht es bei dir aus?

Er hatte ihr gesagt, was er vorhatte, aber sie hatte es vergessen. Seinen Bruder treffen? Vielleicht. Sie fragte sich, ob er vielleicht danach noch vorbeikam. Falls er antwortete, schickte sie ihm eine zweite Nachricht mit genau diesem Vorschlag.

Aber er antwortete nicht. Sie trank noch mehr Wein und hörte Musik. Irgendwann konnte sie die Augen nicht mehr offen halten, fiel in einen unruhigen Schlaf, träumte, ein Fremder sei in ihrem Haus, schlich oben herum, wollte die Kinder aus ihren Betten entführen.

Sie schreckte hoch, war überzeugt, es war mehr als nur ein Traum. Jemand war im Haus. Nur allmählich wurde ihr klar, dass alles in Ordnung war.

Ein Alptraum, mehr nicht. Die Kinder waren in Sicherheit und sie auch.

SIEBENUNDZWANZIG

Schon beim Aufwachen wusste Monica, dass es kein guter Tag werden würde. Zu viel Wein am Abend zuvor und nicht genug gegessen. Die Alpträume waren noch da. Ihre Mutter schrie sie an, sagte Dinge, die eine Mutter niemals zu ihrem Kind sagen sollte. Dann wurde es noch schlimmer. Das Heulen. Ihre Mutter heulte wie ein verfluchtes Baby: Es tue ihr leid, sie habe es nicht so gemeint. Lügnerin. Wiederholte es immer und immer wieder, bis Monica es keine Sekunde länger aushielt.

In der Küche schluckte sie drei Ibuprofen und trank zwei Tassen starken Kaffee. Ihre Mutter war immer noch da, verblasste aber allmählich, die Stimme wurde schwächer, überlagert von anderen Geräuschen; Straßenverkehr, der laute Fernseher aus dem Haus nebenan, in dem die taube Mrs. Mallet wohnte. Mrs. Mallet hatte zwei Töchter, die sie jeden Sonntag besuchten, und einen Sohn, der fast jeden Mittwochnachmittag mit vollen Einkaufstüten für seine liebe alte Mutter vorbeikam. Mrs. Mallet, in deren ganzem langweiligem Vorstadtleben wahrscheinlich nie etwas Aufregendes passiert war, lebte sinnlos und inhaltslos vor sich hin. Monica hasste diese Scheiß Mrs. Mallet und ihre fade, kriecherische Brut.

Die Früchte des Mutterleibs. Schon bei dem Gedanken kam Monica das Kotzen. Mr. Mallet hatte sie nie kennengelernt. Er war bereits im Jenseits, als sie hergezogen war. Trotzdem hatte sie Mitleid mit ihm; er hatte sein Leben mit dieser hässlichen Kuh verbringen müssen. Hoffentlich hatte er sich wenigstens eine Geliebte genommen, ein wenig Würze in einem alles in allem unerträglichen Leben.

Wie anders war ihre Mutter im Vergleich zur tauben Mrs. Mallet …

An die Einzelheiten jenes Nachmittags konnte sie sich nur vage erinnern. Alles war nebelhaft, fast wie ein Traum. Oder vielleicht ging es ihr auch nur so, weil sie sich insgeheim wünschte, so wäre es gewesen.

Scheiß drauf. Was hatte sie davon, hier herumzustehen und über das Was-wäre-gewesen-wenn nachzugrübeln. Sie stellte die Tasse in die Spüle und rief Kelly an. Danach ging sie nach oben und zog sich an.

Sie hatte sich fast zu Ende geschminkt, als es klingelte. Sie hielt inne, wartete, dass wer immer es auch war, wieder wegging. Es klingelte ein zweites Mal. Sie ging zum Fenster und sah hinter dem Vorhang versteckt nach unten.

Sie hatte gehofft, es sei Ellen Kelly. Aber es waren Harrys dunkle strubblige Locken. Enttäuscht biss sie sich auf die Lippe. Offensichtlich hatte Kelly sie schon vollkommen vergessen.

Sie betrachtete sich im Spiegel, nahm sich Zeit. Legte noch einen Hauch Lippenstift auf, öffnete noch einen Knopf ihrer Bluse, die Kurven ihres Busens und der schwarze Spitzen-BH sollten sichtbar sein. Die Blutergüsse hatte sie mit Make-up abgedeckt. Sie waren trotzdem zu erkennen. Sollte er sie darauf ansprechen, musste sie eine plausible Erklärung parat haben. Sie schüttelte ihr Haar, zwinkerte sich zu und ging die Treppe hinunter.

Zeit, jemandem eine Lektion zu erteilen.

»Ich hab richtig gutes Gras.« Harry hielt ihr seine Hand hin, präsentierte eine kleine Tüte mit getrockneten Blättern. »Bock auf 'n Joint?«

Sie beugte sich vor, gab vor, das Tütchen zu begutachten, streifte seinen Körper, nur so leicht, dass er meinen konnte, es stecke keine Absicht dahinter.

»Ich bin verabredet«, sagte sie. »Vielleicht ein anderes Mal.«

Er sah so enttäuscht aus, dass sich ihre Stimmung augenblicklich hob. Sie konnte ihm einfach nicht lange böse sein.

»Hast du dich neulich Nacht gut amüsiert?«

Er kräuselte die Stirn. »Wie meinst du das?«

»Ich habe angerufen«, sagte sie. »Freitagabend. Ich hatte Langeweile. Aber du warst nicht da. Deshalb nahm ich an, du bist mit deiner Freundin unterwegs.«

Er wurde rot und sah noch jünger aus.

»Ich hab keine Freundin«, murmelte er. »Das weißt du doch, Mon.«

Kein anderer durfte sie so nennen. Wenn er es sagte, klang es irgendwie süß. Sie musste aufpassen, sonst fing sie noch an, für den Jungen zu schwärmen.

»Was soll das heißen, du hast keine Freundin?«, fragte sie. Sie fuhr mit einem Finger über seine Wange, spürte die Hitze. »Ein gutaussehender Kerl wie du. Die Mädels müssen dir doch zu Füßen liegen.«

»Kein Interesse«, sagte er. »Mädchen in meinem Alter finde ich langweilig.«

Armer Trottel. Er war so durchschaubar. Wäre er nicht so ein Schatz, hätte sie ihm eine Ohrfeige verpasst und ihm gesagt, er solle seinen Mann stehen. Hatte er noch nie davon gehört, dass man sich rar machte?

Sie näherte sich ihm so weit, dass ihr Busen seine Brust berührte. Er wurde noch röter, sein Atem ging schnell und flach, die Pupillen waren riesig. Mit der Hand strich sie ihm über die Hose, spürte seine Erektion durch die weiche Jeans.

»Wir sollten uns nicht zu nahe kommen«, flüsterte sie. »Ich bin noch nicht so weit. Kannst du das verstehen?«

Er nickte. Sie musste an einen Hund denken. Mund offen, sein Ausdruck eine Mischung aus Verlangen und Bewunderung. Man konnte einen Sonntag auf schlimmere Weise verbringen. Ein paar Züge vom Joint würden sie entspannen; ein bisschen mit dem jungen Harry herumzuspielen vertrieb vielleicht die Töne und Bilder aus dem Kopf.

Außerdem hatte sie mit Harry Pläne, die weit über diesen Nachmittag hinausgingen. Ein paar Stunden mit ihm lohnten sich, und sie konnte ihm ins Gedächtnis zurückrufen, was auf ihn wartete, wenn er machte, was sie von ihm verlangte. Hatte sie nebenbei ein bisschen Spaß, na, umso besser.

ACHTUNDZWANZIG

Sonntagmorgen. Ellen wachte früh auf. Sonntage verliefen immer gleich: ein spätes Frühstück und die Lektüre der Zeitung, bevor sie ihre Eltern abholte und zur Messe fuhr. Danach zum Mittagessen zu ihrem Bruder. Nicht an diesem Sonntag. Monicas Anruf hatte alles geändert. Ellen weckte die Kinder und fuhr sie zu ihren Eltern.

»Es hat mit der Arbeit zu tun«, erklärte Ellen ihrer Mutter. »Leider kann ich das nicht ändern, Mom. Es tut mir leid.«

»Bist du zum Mittagessen wieder da?«, fragte ihre Mutter.

»Selbstverständlich«, sagte sie. »Ich bitte Sean, euch abzuholen, und komme direkt zu ihm. Ein Uhr dreißig spätestens, versprochen.«

Zwanzig Minuten später fuhr sie auf der A2 in Richtung Osten zu Adam Telford, Monicas Vater. Ger hatte es ihr untersagt. Aber Ellen erledigte es außerhalb ihrer Dienstzeit und sah nicht, was dagegen sprach.

Die Strecke brachte zwangsläufig unerfreuliche Erinnerungen zurück. Das letzte Mal war sie hier entlanggefahren, um ein kleines Mädchen zu finden. Das Kind hatte sie gefunden, doch auch ihren alten Partner und Mentor Dai Davies verloren.

Je näher sie Higham kam, dem Dorf, wo es geschehen war, desto schneller überfielen sie die Erinnerungen, und sie musste kurz anhalten.

Eigentlich hatte sie direkt nach Whitstable fahren wollen. Stattdessen fuhr sie nun von der A2 ab und in nördlicher Richtung nach Higham. Am Ende des Dorfes folgte sie für eine halbe Meile der schmalen Straße. Irgendwo hier ging ein Weg nach links ab. Ja, da war er. Sie fuhr den Weg entlang bis zu dem heruntergekommenen Haus, hielt an und stieg aus. Ein kalter Wind blies über die Felder. Sie fror.

Es war ein einsamer Ort. Auch ohne die furchtbaren Dinge, die hier geschehen waren, spürte Ellen die Einsamkeit und dass man hier auf dem flachen Land dem Ende der Welt so nah war wie sonst nirgendwo.

Früher hatte sie eine Reihe von Lieblingsbüchern gehabt. Viel wusste sie nicht mehr, nur, dass eine Gruppe von Kindern in einem Haus mit dem Namen World's End lebte. Dieses Haus erinnerte sie an das in den Büchern.

Die Tür war angelehnt. Sie drückte sie auf und spähte in die Küche. Sah den Dreck, den Verfall, Mäuseköttel auf dem Boden und dem Tisch. Spinnweben hingen von der Decke, ein paar Sonnenstrahlen fielen durch die verschmutzten Fenster.

Das letzte Mal hatte ein Stapel alter Videokassetten neben einer Schachtel mit Cupcakes auf dem Tisch gelegen. Oder waren es Donuts? Gleichgültig. Keine Spur davon heute. Ein Lied ging ihr durch den Kopf, als sie wieder hinaustrat. Die Titelmelodie von ›Rainbow Parade‹. Einer Sendung für Kinder. Sie hatte sie mit Sean immer gesehen. Das Klimpern des Klaviers, leicht, wie Regentropfen.

In der Ferne rumpelte ein Zug vorbei. Ellen blickte über die Felder zu den Gleisen. In ihrer Erinnerung war es vom Haus zu den Schienen unendlich weit. Heute kam ihr die Entfernung viel kürzer vor. Ein kurzer Sprint zu dem ramponierten Stacheldrahtzaun, unten durch und am Ende des Feldes einen kleinen Abhang hinunter zu den Schienen.

Dahin ging sie nicht. Vermochte es nicht. Sie erstarrte, konnte keinen Schritt weitergehen. Ein scharfer Ostwind erhob sich, blies über die offene Landschaft, durchschnitt sie auf seinem Weg zur Stadt. Sie verschränkte die Arme vor dem Körper und dachte an Dai.

»Überlebenskünstler, Ellen. Das sind wir. Du und ich. Nicht ideal, aber wir haben keine andere Wahl.«

Am Ende hatte er sich selbst das Gegenteil bewiesen. War kein größerer Überlebenskünstler als andere gewesen.

Trauer überwältigte sie. So plötzlich und heftig, dass sie sich krümmte, sie musste tief durchatmen. Sie standen ihr vor Augen. Dai Davis und Brian Fletcher. Der Zug überrollte sie.

Und dann waren sie fort.

Nicht einen Augenblick länger wollte sie hier sein. Sie rannte durch den Wind zum Wagen. Ihre Hand zitterte so stark, sie bekam den Schlüssel nicht gleich ins Zündschloss. Endlich startete der Motor, und sie fuhr los. Diesen abgeschiedenen Ort, so viel war sicher, hatte sie das letzte Mal aufgesucht.

Adam drehte den Wasserhahn auf und stieg in die Dusche. Das heiße Wasser wusch jede Spur von Bel ab und von dem, was sie getrieben hatten. Sobald es vorbei war, konnte er sich nicht schnell genug säubern.

Sauberkeit kommt gleich nach Gottesfurcht.

Schwester Teresa. Kleines gemeines Gesicht und starke Arme.

Er seifte jeden Zentimeter seines Körpers ein, vergewisserte sich, dass er keinen ausließ. Nachdem er die Seife abgeduscht hatte, drehte er das heiße Wasser ab, blieb unter dem kalten stehen.

Das geschieht Jungen, die so wie du in die Schule kommen.

Als er es nicht länger aushielt, griff er sich ein Handtuch und fing an, sich abzutrocknen. Er trocknete seine Achseln. Ein Hauch von etwas, das nicht nach Seife roch, stieg ihm in die Nase. Ein leichter Geruch von Schweiß. Er warf das Handtuch auf den Boden, wütend über seine Achtlosigkeit. Wie konnte er das übersehen haben?

In der Dusche nahm er die Handbürste und schrubbte seine Achseln. Er schrubbte, bis er blutete. Das Wasser färbte sich rosa.

Lass dich nie wieder mit dem Finger in der Nase erwischen.

Diesmal drehte er das kalte Wasser ab und blieb unter dem heißen stehen. Er hob beide Arme, das brühend heiße Wasser lief in die Achsenhöhlen. Er biss sich auf die Lippen, damit er nicht vor Schmerz aufschrie.

Verdreckte kleine Göre.

Das Wasser floss um seine Füße und zum Abfluss, verfärbte sich, erst zartrosa, dann hellrot, dann dunkelrot. Schwester Teresas Worte im Ohr, der Krückstock, mit dem sie ihm auf die Pobacken schlug, immer wieder und wieder und wieder.

NEUNUNDZWANZIG

Ellen und die Kinder kamen oft nach Whitstable. Sie mochten diesen Ort. Die Küste war schön, besonders zur Sommerzeit. Am liebsten kamen sie Sonnabendfrüh, schlenderten über den Markt und verbrachten den Rest des Tages am Strand.

Adam Telford wohnte am östlichen Ende der Stadt am Meer in einem modernen Pseudo-Tudorhaus, das identisch war mit den anderen Pseudo-Tudorhäusern. Die Sorte von Haus, die Leute mit viel Geld und wenig Geschmack kauften.

Ellen klingelte. Während sie wartete, blickte sie sich um. Die Gegend war wohlhabend, hoher Anspruch und kein Sinn für Ästhetik. Vor jedem Haus parkte ein dickes Auto in der Auffahrt: Saab, Mercedes, Volvo, Beemer. Nur vor Adam Telfords Haus stand ein gelber VW-Käfer.

Sie wollte gerade noch einmal klingeln, da wurde die Tür von einer zierlichen Frau mit langem Haar, einer unvorteilhaft großen Nase und wenig Charme geöffnet.

»Was wollen Sie?«

Ellen sagte ihren Namen und zeigte ihren Dienstausweis.

»Ich möchte Adam Telford sprechen«, sagte sie. »Ist er zu Hause?«

»Er wird nicht mit Ihnen sprechen wollen«, sagte die Frau.

»Er hat keine Wahl«, sagte Ellen. »Ich kann hier mit ihm reden, oder ich lade ihn vor. Wie wünschen Sie es?«

»Geht es um seine Ex-Frau?«, fragte die Frau.

»Das geht Sie nichts an«, sagte Ellen. Glaubte diese unfreundliche Person wirklich, dass Ellen ihr den wahren Grund ihres Besuches auf die Nase binden würde?

»Darf ich reinkommen? Oder holen Sie ihn her, und ich rede hier draußen mit ihm. Ich kann auch die Nachbarn befragen. Sicherlich wären sie sehr interessiert zu erfahren, dass Telford Teil einer polizeilichen Ermittlung ist.«

Das saß. Die Frau trat einen Schritt zurück und bedeutete Ellen, ihr zu folgen. Ellen ging durch einen geräumigen Flur in ein makellos sauberes Wohnzimmer. Ellen fragte sich, ob die Pastellfarben und die Blumenmuster Adam Telfords mangelndem Geschmack geschuldet waren oder dem der Frau. Der gesamte Raum roch nach Desinfektionsmittel und Raumspray. Ein unangenehmer chemischer Gestank, von dem Ellen übel wurde.

Ein großer dünner Mann saß in einem Stuhl mit hoher Lehne und las den *Sunday Telegraph*. Er ließ die Zeitung sinken und blickte zu den beiden Frauen. Erst in diesem Moment bemerkte Ellen, dass er dünne Gummihandschuhe trug. Eine Hautinfektion, eine psychische Störung oder Exzentrik? Nach dem Geruch von chemischen Reinigungsmitteln und der sterilen Sauberkeit zu urteilen, tippte sie auf psychische Störung.

»Die Polizei will mit dir sprechen«, sagte die Frau.

Ellen stellte sich vor. Er erhob sich, runzelte die Stirn, ging auf sie zu und hielt ihr die Hand hin.

»Adam Telford«, sagte er. »Wie kann ich Ihnen behilflich sein?«

Sie schüttelte seine Hand und musste bei der Berührung der Gummihandschuhe einen Schauder unterdrücken.

Er war nicht sonderlich attraktiv. Schütteres graues Haar, das er über seine Glatze gekämmt hatte, hohe Stirn, tiefbraune Augen. Einwandfrei gekleidet; marineblaue Cordhose, blassrosa Hemd und eine Seidenkrawatte.

»Es geht um Ihre Tochter«, sagte Ellen.

Er blickte flüchtig zu der Frau, dann wieder zu Ellen.

»Monica?«, fragte er. »Was ist mit ihr?«

»Vielleicht sollten wir uns erst setzen«, sagte Ellen.

»Natürlich. Bitte, nehmen Sie Platz. Bel, Liebes. Lass uns bitte für einen Moment allein, ja?«

Die Frau nickte und verließ das Zimmer, warf Ellen aber noch einen skeptischen Blick zu. Ellen fragte sich, ob sie so etwas wie eine Pflegerin war. Eine Freundin würde sicherlich bleiben und wissen wollen, was zum Teufel die Polizei hier suchte.

»Worum geht es?«, fragte Adam. Er sah verängstigt aus, das fand Ellen höchst interessant.

Sie sah ihm zu, wie er sich setzte und seine Hose glatt strich, bevor er die Beine übereinanderschlug.

»Wann haben Sie Ihre Tochter zuletzt gesehen?«, fragte Ellen.

»Monica hat dieses Haus vor vielen Jahren verlassen«, sagte er. »Seither habe ich weder von ihr gehört noch sie gesehen.«

»Sie hat mir etwas anderes erzählt«, sagte Ellen.

Er fuhr sich mit der Zunge über die Lippen. »Was denn?«

Ellen dachte an den Anruf von vorhin. »Sie sagte, sie hat Sie vor ein paar Tagen besucht. Sie hätten sie rausgeworfen. Ihr zu verstehen gegeben, dass Sie nichts mehr mit ihr zu tun haben wollen.«

»Entschuldigen Sie«, sagte er. »Das habe ich vergessen. Sie war kürzlich hier und, ja, ich habe sie gebeten zu gehen. Sie hat furchtbare Dinge von sich gegeben, wissen Sie. Nicht nur über mich. Auch über meine Frau.«

»Das haben Sie vergessen?«

Er schüttelte den Kopf, blickte zur Seite, wich ihrem Blick aus.

»Ich habe es nicht vergessen«, sagte er. »Ich will nicht darüber reden, das ist alles. Der Besuch war unerfreulich. Ich möchte ihn lieber vergessen. Sie war … ihr geht es nicht gut, nicht wahr? Im Kopf, meine ich.«

»Monica behauptet, Sie hätten ihr gedroht«, sagte Ellen. »Sie sagt, sie sei hergekommen und hätte Ihnen mitgeteilt, dass sie Anzeige gegen Sie erstatten will. Sie sagte, Sie hätten ihr deutlich davon abgeraten. Ihr genauer Wortlaut war, glaube ich: ›Ich habe es deiner Mutter gezeigt, und ich werde es dir zeigen, wenn du nicht vorsichtig bist.‹«

»Sie ist gestört«, sagte Telford. »Ich würde Monica nie und nimmer etwas antun. Oder meiner Ex-Frau. Sie sollten nicht auf sie hören. Sie behauptet alles Mögliche. Das hat sie schon immer getan. Man darf ihr kein Wort glauben.«

Er unterbrach sich. Ihm wurde bewusst – zu spät –, dass er schon zu viel verraten hatte.

Ellens Hände ballten sich zu Fäusten, die Fingernägel gruben sich schmerzhaft in ihre Handflächen.

»Sie nennen Sie eine Lügnerin?«, sagte Ellen.

»Ich sage, sie denkt sich Dinge aus«, sagte Telford. »Wie ihre Mutter.«

»Was ist mit Monicas Mutter?«, fragte Ellen.

»Sie hat uns verlassen«, sagte Telford. »Ihre Tochter war ihr egal. Ich habe mich um Monica gekümmert. Habe dafür gesorgt, dass sie zu essen bekam, habe sie gekleidet und gab ihr ein Dach über dem Kopf. Ihr fiele kein Zacken aus der Krone, wenn sie von Zeit zu Zeit ein wenig Dankbarkeit zeigen würde.«

»Ach, so nennen Sie das?«, fragte Ellen. »Sie war Ihre Tochter. Es war Ihre Pflicht, sie zu beschützen. Nicht, sich an ihr zu vergehen.«

»Bitte.« Er hielt sich die Ohren zu, dann sah er Ellen an, tränenerfüllt.

»Aufhören«, sagte er. »Das würde ich niemals tun. Warum fällt es Ihnen so schwer, das zu glauben?«

»Ihre Frau hat Sie sitzenlassen. Ihre Tochter ist auf und davon, sobald sie alt genug war. Wollen Sie mir nicht sagen, wovor sie davongerannt sind, Mr. Telford?«, sagte Ellen.

»Ich glaube, ich habe sie gelangweilt«, sagte er. »Sorry, Detective. Sie hätten wahrscheinlich lieber eine aufregendere Antwort, aber das ist die Wahrheit. Monica und ihre Mutter, nun ja, lieben den Trubel, das Abenteuer. Das reizt mich nicht. Ich ziehe ein stilles, geordnetes Leben vor. Wie meine Bel. Frieden und Ruhe, das ist es, was wir mögen.«

Meine Bel. Seine Freundin also. Sie hätte seine Tochter sein können.

Ich war vierzehn, als er mir zum ersten Mal Liebe zeigte.

»Ich habe gehört, Sie hatten in jener Nacht, in der Monica wegging, einen Unfall«, sagte Ellen.

Telford schlug die Augen nieder und klopfte sich aufs Bein. »Seither humpele ich.«

»Sonst noch was?«, fragte Ellen.

»Von meinen anderen Verletzungen wissen Sie, nehme ich an«, sagte er. »Oder nicht?«

Gerahmte Fotos standen in Reih und Glied auf dem Kaminsims. Unterschiedliche Bilder von ein und derselben Person – einer dunkelhaarigen, dunkelhäutigen Frau, so auffallend schön, es fiel ihr schwer, den Blick abzuwenden. Annie Telford. Monicas Mutter und Adams Ehefrau. Die Ähnlichkeit mit ihrer Tochter war verblüffend, obwohl Monica – trotz ihrer Schönheit – nicht annähernd so perfekt war wie ihre Mutter.

Ein Foto zog Ellens Aufmerksamkeit auf sich. Wieder Annie. Sie hielt ein kleines Kind. Die Frau blickte direkt in die Kamera. Sie hielt das Kind so, als würde sie es gleich fallen lassen. Ein roter Schal um ihre dunklen Locken war das einzig Farbenfrohe auf dem Bild. Der Ausdruck in ihrem Gesicht zeugte von tiefem Unglück.

Ellen machte eine nickende Kopfbewegung in Richtung des Fotos. »Ihre Frau?«

»Ja.«

»Es war sicher nicht leicht für Sie«, sagte Ellen. »Als sie Sie verlassen hat, meine ich.«

»War für niemanden einfach«, sagte Telford. »Aber ich habe mein Bestes getan.«

Die Tür öffnete sich, und die kleine dunkelhaarige Frau kam herein. »Sind Sie fertig?«, fragte sie. »Wir wollten Mittagessen gehen und müssen bald los.«

Ellen hatte die Liste der Nächte im Kopf, in denen laut Chloë und Monica jemand in ihren Wohnungen gewesen war. Sie ging sie durch und wusste gleichzeitig, dass es sinnlos war. Wie vorhergesehen behauptete Bel, sie sei jedes Mal mit Adam zusammen gewesen. Es war nicht mehr wichtig. Ellen war sich ohnehin schon ziemlich sicher, dass nicht Telford in Chloës Haus eingebrochen war, sie die Treppe hinuntergejagt und ihr dann eins über den Schädel gezogen hatte. Der Mann konnte kaum gehen.

Bel hatte sich auf Telfords Schoß gesetzt und lächelte Ellen an, als habe sie ihr gerade eins ausgewischt. Ellen hatte so viel wie möglich aus Telford herausbekommen. Sie zog eine Visitenkarte aus ihrer Brieftasche und reichte sie ihm.

»Rufen Sie mich an, wenn Ihnen noch etwas einfällt«, sagte sie. »Oder sollten Sie Kontakt mit Ihrer Tochter aufnehmen wollen. Ich sehe, was ich tun kann.«

Das war natürlich eine Lüge. Sie hatte nicht die Absicht, ihn in Monicas Nähe zu lassen. Durch das Versprechen einer Versöhnung, so hoffte sie, kam er vielleicht in Versuchung, den Telefonhörer in die Hand zu nehmen.

Beide insistierten, sie zur Tür zu begleiten. Offenbar um sicher zu sein, dass sie auch wirklich ging. An der Tür hielt sie inne und drehte sich um.

»Eine Frage noch. Kennen Sie vielleicht eine Chloë Dunbar?«

Die Leere in beiden Gesichtern sagte Ellen alles.

»Ricky Lezard?«

Wieder leere Blicke, dann Kopfschütteln.

Sinnlos. Sie überließ sie ihrem Sonntag und lief zurück zum Wagen.

Sie wollte gerade losfahren, da stürzte die Freundin auf sie zu.

»Bitte«, sagte sie keuchend. »Was geht hier vor? Er erzählt mir nichts, und ich mache mir Sorgen. Er hat Angst. Es muss etwas Furchtbares vorgefallen sein. Was haben Sie ihm gesagt?«

Ellen blickte die entschlossene kleine Frau an. Wie alt mochte sie sein? Höchstens dreißig. Adam Telford musste weit über sechzig sein.

»Wieso sind Sie mit ihm zusammen?«, sagte sie.

»Ich mag ihn«, sagte die Frau. »Haben Sie ein Problem damit?«

Einige, aber Ellen hatte keine Lust, mit ihr darüber zu diskutieren.

»Er muss – etwa – dreißig Jahre älter sein als Sie?«, fragte Ellen. »Mindestens fünfundzwanzig. Das kapiere ich nicht.«

»Da gibt es nichts zu kapieren«, sagte Bel. »Adam kümmert sich um mich. Das mag ich.«

Ellen interpretierte es so, dass Bel sein Geld mochte. Vielleicht irrte sie sich auch. Doch warum sonst sollte eine junge Frau mit einem impotenten Mann zusammen sein wollen, der ihr Vater sein konnte?

»Sie können mich auch anrufen«, sagte Ellen. Sie zog eine zweite Visitenkarte heraus, doch die Frau weigerte sich, sie anzunehmen.

»Ich weiß, was ich tue«, sagte Bel. »Sie müssen sich keine Sorgen um mich machen, Bulle. Nicht eine Sekunde.«

Auf der Fahrt zurück nach London dachte Ellen an die Fotos im Wohnzimmer. Besonders an das, auf dem Annie Telford so unglücklich wirkte. Sie dachte an ihre ersten Tage des Mutterseins. Diese betäubende Leere nach Pats Geburt, gefolgt von Euphorie und unendlicher Liebe. Bei Eilish waren Euphorie und Liebe sofort da gewesen. Zu keinem Zeitpunkt hatte sie sich elend gefühlt. Sie hatte Glück gehabt. Postnatale Depression hatte sie nie befallen. War das auf den Fotos zu sehen? Oder war es ein größeres Problem?

In den folgenden Tagen und Wochen ließ Ellen das Bild nicht los. Sie fragte sich, ob Annies Unglück nach der Geburt ihrer Tochter vielleicht eine Erklärung für Monicas Verhalten war. Oder ob Monicas Verkorkstheit gar nichts mit ihrer Mutter zu tun hatte, sondern eher damit, dass manche Menschen schon so auf die Welt kamen – und Ellen und auch alle anderen nur eines tun konnten: diesen Umstand akzeptieren.

DREISSIG

Chloë erwachte spät. Blasses graues Licht kroch durch den Spalt zwischen den Vorhängen in das Zimmer. Nichts von dem Sonnenschein von gestern. Egal.

Der gestrige Abend mit Carl. Er behandelte sie wie eine Prinzessin. Bestand darauf, alle Drinks zu bezahlen, und später, im Restaurant, durfte sie sich nicht an der Rechnung beteiligen.

Es fühlte sich anders an als an ihrem ersten gemeinsamen Abend. Beide waren nervöser. Das war eigentlich merkwürdig, wenn man bedachte, was sie beim ersten Mal gemacht hatten.

Dann fuhr er sie nach Hause. Ein Kuss an der Tür, weiter nichts. Sie bat ihn nicht herein, und er hatte dafür Verständnis. Sagte, das zwischen ihnen sei etwas Besonderes, er wolle nichts überstürzen.

Sie konnte es kaum fassen. Vor einer Woche hatte sie noch um ihr Leben gefürchtet. Ihr graute davor, dass Ricky jeden Moment aufkreuzen würde, um über sie herzufallen. Doch all das war jetzt wie weggeblasen.

Carl hatte sie letzte Nacht noch angerufen. Sie hatte noch nicht zurückgerufen. Später. Sie hatte Nathan halbherzig versprochen, heute Morgen mit ihm in die Kirche zu gehen. Auf ihrem Handy sah sie nach der Uhrzeit. Zehn Uhr dreißig. Viel zu spät für die Kirche.

Eine Nachricht wartete auf sie. Carl.

War schön gestern. Hoffe, du bist o.k. Lust auf 'n Drink heute Abend? Xx

Zwei Küsse! Sie drückte das Telefon an sich. Carl und seine blauen Augen, dachte sie, und wie sie sich in seiner Gegenwart fühlte. Besonders. Genau dieses Gefühl hatte ihr Ricky anfangs auch gegeben, aber anders. Ricky hatte gleich klargestellt, dass er das Sagen hatte. Das hatte sie überhaupt erst an ihm gereizt.

Carl war anders. Normalerweise machte er auf Macho. Sobald sie zusammen waren, nur sie beide, war er schüchtern und fragte, was sie wünschte, ob der Wein okay war, sie das Restaurant auch wirklich mochte und …

Sie antwortete. Schnell, bevor sie kalte Füße bekam.

Fand's auch schön. Drink, ja gerne. Ruf mich an. Xxxxx

Sie drückte auf Senden und bekam eine Gänsehaut vor Aufregung.

Sie drehte sich auf die Seite, blinzelte in das Tageslicht, das in das Zimmer fiel.

Die Vorhänge! Sie setzte sich abrupt auf. Panik verscheuchte die Schlaftrunkenheit.

Die Vorhänge waren nur zur Hälfte zugezogen. Ein großer Spalt in der Mitte ließ das Licht herein. Seit der Sache mit Ricky war sie jede Nacht übervorsichtig. Verschloss Vorder- und Hintertür doppelt. Schob die Riegel vor, vergewisserte sich, dass die Vorhänge komplett zugezogen waren, damit niemand hereinspähen konnte.

Sie versuchte, sich an letzte Nacht zu erinnern, bevor sie ins Bett gegangen war. Die Einzelheiten waren verschwommen. Sie hatte doch gar nicht so viel getrunken. Trotzdem hatte sie einen Brummschädel, und sie schlief sonst nie so lange.

Sie hatte die Vorhänge komplett zugezogen, da war sie sich sicher. Hundert Prozent schwören konnte sie es aber nicht. Das Handy in ihrer Hand brummte. Eine Nachricht von Carl. Xxxxx.

Sie benahm sich albern. Machte sich wegen der Vorhänge verrückt! Sie griff nach der Fernbedienung und schaltete die Alarmanlage aus. Ihr Mund war trocken. Sie hatte wohl doch zu viel Wein getrunken. Obwohl sie, wieder zu Hause, jede Menge Wasser nachgegossen hatte. Daran konnte sie sich erinnern. Sie hatte einen Wasserfilter in der Küche. Vor dem Schlafen trank sie immer ein Glas. Das beste Mittel für einen strahlenden Teint.

Sie blickte sich nach dem Glas um. Es war leer. Sie schickte schnell xxx und ein Smiley an Carl und stand auf, zog sich ihren kuscheligen Morgenmantel an, die dazu passenden Pantoffeln und ging nach unten.

Auf der Hälfte der Treppe hielt sie plötzlich inne, ängstlich, was sie unten vorfinden würde. Ihr Handy lag noch oben neben dem Bett. Sie hätte es mitnehmen sollen. Am liebsten würde sie jetzt Carl anrufen und ihn bitten herzukommen. Das war aber irgendwie dumm. Sie hatte das Unterlassungsurteil. Ricky durfte sich ihr nicht nähern, konnte ihr nichts mehr anhaben. Es war vorbei.

Carl meinte, es sei normal, sich von Zeit zu Zeit so zu fühlen. Letzte Nacht hatte sie mit ihm darüber gesprochen. Obwohl sie nicht ernsthaft glaubte, dass Ricky wiederkam, hatte sie Angst. Carl hatte angeboten, auf dem Sofa zu schlafen, aber sie hatte abgelehnt. Sie musste sich daran gewöhnen, allein zu sein.

Das hatte sie gesagt, und er hatte sie stolzerfüllt angesehen. Und sie hatte wieder das Gefühl gehabt, etwas Besonderes zu sein. Sähe er sie jetzt, auf der Treppe wie ein Depp, zu ängstlich, um in die Küche zu gehen, wäre er sicher nicht stolz auf sie.

Sie setzte sich wieder in Bewegung. Rannte die letzten Stufen hinunter in die Küche. Später versuchte sie, sich zu erinnern, ab wann sie sich bewusst war, dass etwas nicht stimmte. Raj sagte sie, sie wusste es in dem Augenblick, in dem sie die Küchentür öffnete. In Wahrheit war es ein paar Sekunden zuvor. Vielleicht noch im Flur, als sie den kühlen Luftzug an ihren Beinen spürte.

Oder kurz bevor sie die Küche betrat und bemerkte, dass der Riegel an der Haustür zurückgeschoben war. Sie öffnete die Küchentür trotzdem und trat ein. Schnell, denn sie wusste, was sie vorfinden würde.

Die Tür zum kleinen Garten stand offen. Schwang sanft im Wind hin und her, der um ihre Beine und ihren Körper wehte. Sie fröstelte.

Auf der Arbeitsplatte stand ihr Lieblingsbecher. Nathan hatte ihn ihr zum Einzug geschenkt. Der mit den kleinen rosa Kaninchen. Daneben eine Blume. Sie nahm den Becher. Er war noch heiß. Der frisch zubereitete Tee dampfte. Der Becher rutschte ihr aus der Hand, krachte auf das billige Linoleum, zerbrach. Kleine Scherben und heißer Tee spritzten gegen ihre Beine.

Sie bemerkte es nicht einmal. Sie konnte nur daran denken, wie dämlich sie war. Ricky hatte ihr deutlich gemacht, was passieren würde. Er würde ihr das Leben zur Hölle machen, sollte sie ihn je sitzenlassen. Er tat nur das, was er versprochen hatte. Ihr Fehler war es, ihn nicht ernst genug zu nehmen.

EINUNDDREISSIG

»Ich habe ihn fallen lassen«, sagte Chloë. »Ich weiß, Sie haben gesagt, ich soll nichts anfassen, aber ich war total erschrocken …«

Sie sah verstört aus. Raj überlegte, was Ellen jetzt machen würde. Sie sagte immer, man muss seiner Intuition folgen. Meistens lag man richtig.

»Die Türen waren ganz sicher abgeschlossen?«, fragte er.

»Ganz sicher«, sagte Chloë. »Ich meine, ich schließe jede Nacht ab. Wieso sollte ich es gestern vergessen haben.«

»Sie sagten, Sie sind ausgegangen?«, sagte Raj. »Vielleicht haben Sie zu viel getrunken?«

»Wenn schon«, sagte Chloë. »Ich behaupte nicht, dass es so war, aber selbst wenn, erklärt das noch lange nicht das hier.« Sie deutete auf den zerbrochenen Becher am Boden.

Er war bei Aidan gewesen. Sie hatten den Tag miteinander verbringen wollen, dann kam der Anruf. Raj hatte die Arbeit vorgeschoben und sich aus dem Staub gemacht. Er hasste sich. Dafür, dass er so ein verdammter Feigling war und für seine Erleichterung, als das Telefonklingeln ihn erlöste. Er hatte Aidan eine Nachricht geschickt, dass es ihm leidtue, er wolle es wiedergutmachen. Bis jetzt keine Antwort.

Chloë füllte den Wasserfilter auf und schenkte sich ein Glas ein. Ihr drittes, seit Raj eingetroffen war. Und er war erst seit einer halben Stunde hier. Wahrscheinlich hatte sie doch ein bisschen zu viel getrunken. Ihre Bewegungen waren langsam und schwerfällig.

»Ich dachte, es ist vorbei«, sagte Chloë.

Arme Kleine. Raj würde gerne mehr für sie tun. Manchmal hasste er seinen Job. Er war zur Polizei gegangen, weil er helfen wollte. Die Hälfte der Zeit – oder mehr – fühlte er sich nutzlos. Die Polizei veränderte sich. Der Mangel an finanziellen Mitteln und die Besessenheit, mit der Polizeipräsident Paul Nichols beweisen wollte, dass die Kriminalität in Lewisham zurückging, machten es einem anständigen Polizisten schwer, die tägliche Arbeit zu erledigen. Stattdessen verbrachte Raj Stunden mit Papierkram – entweder, um sein Vorhandensein zu rechtfertigen oder um Verbrechensstatistiken zu optimieren, damit Nichols irgendwelche Bürokraten mit glänzenden Gesichtern zufriedenstellen konnte, denen gegenüber er Rechenschaft schuldig war.

»Ich nehme ein paar Scherben mit«, sagte Raj. »Und die Blume. Vielleicht finden wir Fingerabdrücke und DNA-Spuren.«

Die Chancen waren zwar gleich null, aber wenigstens gab es Chloë das Gefühl, dass etwas unternommen wurde.

»Chloë, ich weiß, das habe ich Sie schon gefragt. Sind Sie sich sicher, dass Sie keine Monica Telford kennen? Sie ist Künstlerin. Lebt in Lee. Klingelt's?«

Chloë runzelte die Stirn. »Monica. Ich kenne keine Monica. Warum fragen Sie?«

»Nur so«, sagte Raj.

Alastair hatte beide Frauen überprüft. Nichts brachte sie miteinander in Verbindung. Das hieß jedoch nicht, dass es keine Übereinstimmung gab. Vielleicht hatte Raj sie nur noch nicht gefunden. Oder es gab wirklich nichts zu finden.

»Ich werde mit meinen Kollegen in Hammersmith reden«, sagte Raj. »Sie sollen sich Ricky noch einmal vornehmen. Aber ob es etwas bringt? Seine Alibis waren wasserdicht.«

»Er hat jemanden beauftragt«, sagte Chloë.

»Ich brauche Namen«, sagte Raj. »Fällt Ihnen niemand ein, der Ihnen einen solchen Schrecken einjagen will? Sie müssen auf der Arbeit jede Menge Leute kennenlernen. Ich fand schon immer, zwischen Makler und Polizist gibt es gewisse Gemeinsamkeiten. Man lernt die gesamte Palette Mensch kennen – gute und schlechte. Sie sollten für ein paar Tage woanders wohnen. Was ist mit Ihrer Mutter? Haben Sie sie angerufen?«

Chloë schüttelte den Kopf. »Ich habe Angst, dass sie gleich wieder auflegt. Das hat sie das letzte Mal auch gemacht.«

»Sie weiß, dass Sie von Ricky getrennt sind, oder?«, fragte Raj.

»Ja. Aber sie sagt, das ändert gar nichts. Sie glaubt, ich wäre nur mit Ricky zusammengezogen, um sie zu kränken. Ich dachte, sie wäre froh, dass ich ihn verlassen habe.«

»Und?«

»Sie glaubte, ich würde zurück nach Spanien kommen«, sagte Chloë. »Ich habe ihr gesagt, ich bleibe in London, und sie ist ausgerastet.«

»Gibt es sonst niemanden«, sagte Raj.

Chloës Wangen färbten sich plötzlich rosa.

»Ich könnte Carl fragen«, sagte sie. »Aber ich bin noch nicht so weit. Wir sind noch nicht so weit. Wir wollen nichts überstürzen, verstehen Sie? Wenn ich ihn frage, ob ich bei ihm einziehen kann, ändert es alles. Das will ich nicht.«

»Carl aus dem Büro? Was hat das mit ihm zu tun?«

»Wir gehen miteinander«, sagte Chloë. »Warum?«

Chloë hatte Carls Telefonnummer, jedoch keine Adresse. Raj saß in seinem Wagen und rief Malcolm an, teilte ihm mit, was er brauchte. Während er auf Malcolms Rückruf wartete, rief Raj Ellen an.

»Sie geht mit einem Typen aus, von dem sie absolut nichts weiß«, sagte Raj. »Sie weiß nicht einmal, wo er verflucht noch mal wohnt.«

»Wieso sollte sie das wissen?«, fragte Ellen. »Ich weiß auch nicht, wo Sie wohnen, und arbeite seit fünf Jahren mit Ihnen zusammen.«

»Ja, aber wir gehen nicht miteinander aus«, sagte Raj.

»Machen Sie mir Avancen, Patel?«

Raj lächelte. »Nur in Ihren Träumen, Ma'am. Hören Sie, ich muss auflegen. Malcolm ruft zurück.«

Er nahm Malcolms Anruf entgegen.

»Was hast du?«

»Carl Jenkins«, sagte Malcolm. »Dreiundzwanzig Jahre alt. Makler. Wohnt auf Ardmore Crescent in einer Zweizimmerwohnung zusammen mit seiner Mom. Willst du seine Adresse haben?«

Ardmore Crescent war mit dem Auto nicht weit von Chloës Haus in Hither Green entfernt. Raj klopfte an die Tür. Sie wurde von einer großen, eleganten Frau geöffnet. Ihr graues Haar war zu einem Dutt hochgesteckt. Sie war sichtlich beunruhigt, als Raj seinen Dienstausweis vorzeigte und mit Carl sprechen wollte.

»Er ist doch nicht in Schwierigkeiten, hoffe ich«, sagte Mrs. Jenkins.

»Reine Routine«, sagte Raj. »Dauert nicht lange, Mrs. Jenkins.«

Er folgte ihr in die kleine Wohnung durch einen dunklen Flur in eine saubere moderne Küche im hinteren Teil.

»Carl schläft noch«, sagte sie. »Er schläft sonntags gerne lange. Ist der einzige Tag, an dem er die Möglichkeit hat. Ich hole ihn.«

Sie verschwand. Raj hörte sie an die Zimmertür ihres Sohnes klopfen, dann gedämpfte Stimmen. Ein paar Minuten später erschien Carl. Zerzaustes dunkles Haar, schläfrige Augen, verwaschene Jeans und zerknittertes T-Shirt.

Raj kannte Carl bereits. Er war ihm ein paarmal im Maklerbüro begegnet. Er hielt Carl für einen anständigen Kerl.

»Sorry«, sagte Carl. »Was dagegen, wenn ich mir einen Kaffee mache? Ohne Koffein kann ich nicht funktionieren. Wollen Sie auch einen?«

Raj sah Carl dabei zu, wie er den Kessel aufsetzte und Instantkaffee in zwei identische Becher löffelte. Es gab unerfreulichere Sonntagmorgen, fand Raj. Der Typ sah wirklich verdammt gut aus. Blaue Augen, dunkler Teint, volles dunkles Haar und ein Körper wie aus einer von Aidans Fitnesszeitschriften. Die einzige Unvollkommenheit war Carls Nase. Offenbar hatte er sie sich einmal gebrochen. In Rajs Augen verlieh der flache Nasenrücken dem sonst zu hübschen Gesicht Charakter.

Mit dem Kaffeebecher in der Hand setzte sich Carl Raj gegenüber und lächelte. Raj lächelte zurück, hob den bitter duftenden Kaffee zum Mund. Bei diesen blauen Augen musste er an Aidan denken. Er stand auf blaue Augen.

»Es geht um Chloë, nicht wahr?«, sagte Carl. »Ihr ist doch nichts zugestoßen?«

»Wieso glauben Sie, dass ihr etwas zugestoßen sein könnte?«

»Wegen der Sache mit ihrem Ex«, sagte Carl. »Sie ist vollkommen durchgedreht. Ich dachte, das ist vorbei?«

»Chloë sagt, Sie haben sich in letzter Zeit öfter gesehen?«, sagte Raj.

Carl lächelte. Nicht mehr so breit, eher schüchtern.

»Ja.«

»Wie lange arbeiten Sie schon zusammen?«, fragte Raj.

»Chloë und ich? Seit sie bei uns angefangen hat«, sagte Carl. »Etwa sechs Monate oder so. Ich bin seit einem Jahr dort. Meine Mutter wollte, dass ich studiere, aber ich sehe keinen Sinn darin. Ich will mit Immobilien handeln. Damit verdiene ich mehr als mit einem blöden Abschluss von einer Uni. Und ich muss nicht für die nächsten zehn Jahre einen Kredit abzahlen.«

»Sie arbeiten seit sechs Monaten mit ihr zusammen, haben sich aber erst letzte Woche mit ihr verabredet?«, sagte Raj.

»Ja, na ja.« Carl rutschte auf seinem Stuhl hin und her. »Ehrlich gesagt war sie zuerst ein bisschen reserviert. Ich hielt sie für arrogant. Außerdem steht sie mit Nathan auf Du und Du, und ich dachte, sie hätte ein Auge auf ihn geworfen. Ich meine, ja, er ist fett, aber ich dachte, vielleicht ist sie hinter seinem Geld her. Immerhin schwimmt er darin.«

»Wieso haben Sie Ihre Meinung geändert?«

»Die Zeitung«, sagte Carl. »Ich las das und wusste, dass ich sie falsch eingeschätzt habe. Habe mich abscheulich gefühlt. Ich hatte nicht die Absicht, mit ihr zu schlafen oder so was. Wollte nur mit ihr reden. Ihr sagen, es tut mir leid, dass sie so eine beschissene Zeit durchmacht. Wir sind einen trinken gegangen, und eins führte zum anderen.«

Er lächelte. Er hatte ein großartiges Lächeln. Er strahlte wie der glücklichste Typ auf Erden. Es fiel schwer, nicht zurückzulächeln. Aber Raj war hier, um ihn zu befragen, nicht, um ihn anzugrinsen.

»Wir sind für heute Abend verabredet«, sagte Carl. »Wir wollen in den Catford Conservative Club gehen. Kennen Sie den? Ein neuer Pub, wo früher der Con Club war. Todescool. Es wird ihr gefallen. Warten Sie mal. Sie haben mir immer noch nicht gesagt, warum Sie hier sind. Was ist los?«

Raj erzählte. Carl schien sichtlich bestürzt und besorgt. Entweder der Typ war ein wahrhaft guter Lügner, oder er hatte nichts mit dem Vorfall von letzter Nacht zu tun. Raj stellte noch ein paar Fragen, doch es schien zwecklos. Ein paar Minuten später bedankte er sich bei Carl, dass er sich Zeit genommen hatte, und ging.

Wieder im Wagen, checkte er sein Handy. Eine Nachricht von Aidan.

Bei mir wiedergutmachen, wie denn?

Raj antwortete schnell – und plastisch –, fügte ein Smiley hinzu, bevor er auf Senden drückte.

Danach startete er den Motor und fuhr los, grinsend.

ZWEIUNDDREISSIG

Greenwich Market an einem Sonntagmorgen. Ein geschäftiger Ort. Monica schlenderte an den Ständen vorbei, blieb hier und da stehen, plauderte mit den Verkäufern. Sie liebte es hier. Liebte es, dass sie nicht weit weg wohnte und an Sonntagen herlaufen konnte. Liebte es, dass sie Teil des Ganzen war. Dazugehörte.

Sie hatte sich mit Bedacht gekleidet: schwarzes Wollkleid – eng –, hohe Stiefel, roter Seidenschal und ein Umhang aus

Kaschmir. Der Bohemienstil stand ihr. An diesem Morgen hatte sie ihn bis zur Perfektion gebracht.

Sie blieb vor einem Stand mit Marken-T-Shirts stehen. Die T-Shirts waren hässlich – vom Punk inspirierte Muster, ziemlich unoriginell, sie bemühte sich nicht einmal, so zu tun, als gefielen sie ihr. Der Verkäufer hingegen war göttlich. Weißblonde Haare, ausgeprägte Wangenknochen und Augen in der Farbe von Glockenblumen.

Seiner Aufmerksamkeit war sie sich schnell sicher, und der Plausch über die T-Shirts drehte sich bald um andere Dinge. Binnen zehn Minuten wollte er mit ihr ausgehen. Sie gab ihm ihre Nummer und zog ab, ohne etwas zu kaufen. Manchmal war es fast zu einfach.

Später schlenderte sie in den Park und wünschte sich sofort, sie hätte es gelassen. Sonntag war der schlimmste Tag von allen. Überall fröhliche Paare mit ihren hinreißenden Gören auf Rollern und Fahrrädern und verfluchten Roller Blades. Sie schienen gar nicht mitzubekommen, dass es ein grauer, kalter und vollkommen ungeeigneter Tag für Familienausflüge war. Ein Mädchen kam auf sie zu, wackelte gefährlich auf ihren Inlineskates. Es war nur eine Frage der Zeit, bis sie hinfiel. Monica überlegte, ob sie im Weg stehen bleiben sollte. Doch der Vater war ein Hingucker. In letzter Minute sprang sie zur Seite und stolperte ganz aus Versehen gegen ihn.

Hektische Entschuldigungen – bildete sie es sich ein oder hielt er sie den Bruchteil einer Sekunde zu lang –, dann ging sie weiter. Sie lief zum Ende des Parks, ließ den Blick schweifen. Die einzige Familie, an der sie interessiert war, war nirgends zu sehen.

Beim nächsten Ausgang verließ sie den Park und ging die Vandbrugh Hill hinab, bog nach rechts in die Annandale Road. Vor Kellys Haus parkte kein Wagen. Eine Weile stand sie nur da und beobachtete.

Das ödete sie bald an, und sie schlenderte in Richtung Woolwich Street auf die andere Straßenseite zur Fingal Street. Sie war sich nicht sicher, welches Haus sie suchte, aber es machte ihr Spaß zu raten. Ehrlich gesagt konnte es irgendeines dieser viktorianischen Reihenhäuser sein. Hätte sie eine Wette abgeben müssen, sie hätte sich für eines von zweien entschieden: das Endhaus mit der roten Tür und allerlei grotesken Gartenzwergen – oder das frisch gestrichene, etwas abseits stehende Haus mit der gelben Tür und dem Blumenkasten mit blauen Krokussen und gelben ihr unbekannten Blumen.

Sie musste nicht lange warten, um zu wissen, ob sie recht hatte oder nicht. Sie hatte noch nicht das Ende der Straße erreicht, da bog ein Auto ein und hielt vor dem Haus mit dem Blumenkasten. Ein großer, gutaussehender Mann stieg aus und näherte sich dem Haus. Einen Augenblick später stürzten Menschen heraus zum Auto.

Sie zwang sich zur Langsamkeit, drehte sich um und ging auf die Gruppe zu. Je näher sie kam, desto deutlicher konnte sie die einzelnen Personen erkennen. Das ältere Paar waren wohl die Eltern, der Junge und das Mädchen offensichtlich Kellys Kinder. Der Mann, dunkle Haare und blaue Augen, musste Kellys Bruder sein. Als sie nah genug war, ließ sie ihre Handtasche fallen. Der Inhalt ergoss sich auf den Bürgersteig. Der Bruder und der ältere Mann eilten herbei. Sie bückte sich, fing an, ihre Habseligkeiten aufzuheben, und sie halfen ihr.

»Entschuldigen Sie«, sagte sie. »Ich bin ein Tollpatsch. Ich weiß nicht, wie das passieren konnte.«

»Tollpatschig sind wir alle mal«, sagte der alte Mann.

Er hatte einen starken irischen Akzent. Einen Moment lang fragte sie sich, ob sie sich geirrt hatte. Versuchte, sich zu erinnern, ob Kelly irische Eltern erwähnt hatte. Sie hatte angenommen – irrtümlicherweise, wie es schien –, dass Kelly der Name ihres Mannes war. Jetzt glaubte sie, Kelly war eine dieser Feministinnen, die sich weigerten, den eigenen Namen für den des Ehemannes aufzugeben. Langweilig berechenbar.

»Na dann«, sagte der Mann. »Ich glaube, das war alles. Alles in Ordnung?«

Monica lächelte. »Alles okay, Mr. Kelly. Haben Sie vielen Dank.«

Zu ihrer Überraschung lachte er.

»Flanagan«, sagte er. »Wie kommen Sie auf Kelly.«

Sie zwang sich weiterzulächeln.

»Entschuldigen Sie. Sie sind Ellens Dad, ich habe angenommen …«

»Ah, Sie sind eine Freundin von Ellen.« Die Frau stand jetzt bei ihnen, lächelte Monica an. Jede Freundin von Ellen ist auch … erwartete Monica gleich zu hören. Sie musste es nicht aussprechen. Das Lächeln sagte alles. Monicas Gesicht fing schon an zu schmerzen von der Grinserei, trotzdem blieb sie standhaft.

»Vor einer Weile habe ich Sie zusammen mit Ellen im Park gesehen«, sagte sie. »Ich glaube nicht, dass wir uns bereits vorgestellt wurden. Ich bin Monica.«

Sie gaben sich alle die Hand – die Mutter, der Vater, der Bruder. Sie versuchte, sich an den Namen des Bruders zu entsinnen, wollte raten. Das musste sie gar nicht. Er stellte sich selbst vor.

»Sean«, sagte er. »Wir kennen uns noch nicht, oder?«

Sie gab vor, einen Moment lang nachzudenken, schüttelte dann den Kopf.

»Daran würde ich mich erinnern«, sagte sie.

Er lächelte, schien jedoch nicht mitzukriegen, dass sie mit ihm flirtete. Sie hielt ihn für ein wenig arrogant. Oder schwul. Was wohl die traditionsbewussten irischen Eltern davon hielten? Die Frage half ihr, das Lächeln im Gesicht zu behalten.

»Sie gehen aus?«, fragte sie.

»Wir essen bei Sean zu Mittag«, sagte die Mutter. »Familientradition. Sean und sein … Partner. Sie machen einen köstlichen Sonntagsbraten.«

Das leise Zögern war eine Überraschung. Sie wussten offenbar Bescheid und akzeptierten es. Oder taten nur so.

»Schließt sich Ellen Ihnen nicht an?«

»Sie muss arbeiten«, sagte Sean. »Schön, Sie kennengelernt zu haben. Monica. Sorry, wir müssen los. Mein Partner«, er zwinkerte, und ihr gefiel seine Unverfrorenheit, »wäre nicht sehr erfreut, wenn wir zu spät kommen. Wir sehen uns.«

Sie verabschiedete sich und sah zu, wie sie in den BMW stiegen und abfuhren. Sie blieb stehen, bis das Auto nach links auf die Woolwich Street abgebogen war. Danach drückte sie das Tor der Hausnummer 12 auf und betrat den Vorgarten.

Eine Tür an der Seite führte nach hinten. Sie war leicht zu öffnen. Sie kam in einen kleinen hofartigen Garten. Eine hohe Mauer verlief am Ende des Gartens. Niemand konnte sie hier sehen. Nur von drinnen hätte sie jemand entdecken können. Aber es war niemand zu Hause. Waren allesamt bei Sean, spielten glückliche verfluchte Familie.

Wie erhofft gab es hier noch mehr Blumen. Komisch, so viele Blüten um diese Jahreszeit. Wer auch immer sich um den Garten kümmerte, hatte eine Menge Ahnung. Ein Blumenbeet an einer Seite voller blauer und gelber Blüten. Und noch eine Blume – erstaunlich schön mit langen dünnen kirschroten Blütenblättern.

Monica näherte sich dem Beet, ging in die Hocke und fing an, die Pflanzen herauszuziehen, eine nach der anderen. Nachdem sie alle rausgezogen hatte, mit der Wurzel, verteilte sie die Blütenblätter im Garten, sah zu, wie sie langsam durch die Luft auf den Boden schwebten. Das reichte. Ihnen würde ihr unablässiges Lächeln in ihren selbstgefälligen irischen Gesichtern vergehen. Sie stand auf, rieb die Erdkrümel von den Handflächen und verließ den Garten.

Am Ende war es doch ein ziemlich guter Morgen geworden.

DREIUNDDREISSIG

Das sonntägliche Mittagmahl bei Sean und Terry war ein feststehender Termin. Ellens Familie saß schon am Tisch und wartete. Es war bereits kurz vor zwei und nicht halb, als sie eintrudelte, aber wenigstens hatte sie es geschafft. Jim hingegen nicht. Er hatte ihr eine Nachricht geschickt, ein Notfall, er könne nicht kommen. Sie versuchte, ihn telefonisch zu erreichen, aber er nahm nicht ab. Dass er nicht da war, hinterließ bei ihr ein gewisses Unbehagen. Das gefiel ihr gar nicht.

»Vater Barry hat nach dir gefragt«, sagte ihre Mutter, bevor sie sich setzen konnte. »Hat dich schon eine Weile nicht mehr zu Gesicht bekommen und wollte wissen, ob es dir gutgeht.«

»Du hast ihm hoffentlich gesagt, dass ich viel zu tun habe«, sagte Ellen, fragte sich allerdings, wieso es sie überhaupt kümmerte. In der Welt ihrer Mutter war vielbeschäftigt zu sein nur eine faule Ausrede dafür, nicht zur Sonntagsmesse erscheinen zu müssen.

»Ich sagte ihm, du kämst nächsten Sonntag«, erwiderte ihre Mutter. »Lass mich nicht im Stich. Ich hasse es, den Pfarrer zu enttäuschen.«

»Und Sean?«, fragte Ellen. »Hat er auch nach ihm gefragt? Oder reicht seine christliche Nächstenliebe nicht so weit?«

Mrs. Flanagan sah ihren Sohn an und lächelte. »Bei Sean ist es anders, Ellen. Ich kann von ihm nicht verlangen mitzukommen. Er hat noch ein paar Hühnchen mit der Kirche zu rupfen. Das kann ich ihm nicht einmal verübeln. Die Kirche akzeptiert viele Dinge nicht. Sean würde sich unwohl fühlen, wenn ich ihn zwänge hinzugehen. Ich würde nur Probleme zwischen ihm und Terry schaffen.«

Ellen zwinkerte Sean zu. »Willst du damit sagen, wenn ich lesbisch wäre, wäre es okay, wenn ich nicht zur Messe ginge, aber weil ich hetero bin, nicht?«

»Wo sie recht hat, hat sie recht, Bridget«, sagte Ellens Vater. »Du solltest nicht auf ihr herumhacken. Ich kann es ihr nicht verdenken, dass sie nicht gehen will. Die Hälfte der Zeit weiß ich nicht, wovon der Pfarrer eigentlich redet. Hast du heute ein Wort verstanden?«

»Natürlich«, sagte Mrs. Flanagan.

»Ach ja«, sagte ihr Mann. »Erleuchte mich.«

Ellens Mutter presste die Lippen zusammen und blickte auf ihren Teller, weigerte sich weiterzusprechen. Ellens Vater rieb sich die Hände und grinste. Ellen war begeistert. Ihr Vater hatte seiner Frau eins ausgewischt. Das kam höchst selten vor.

»Wollen wir jetzt essen?«, fragte er. »Ich weiß nicht, wie es euch geht, aber ich habe einen Bärenhunger.«

Sean und Terry wohnten in einem modernen Appartement in Limehouse direkt am Flussufer von Greenwich. Lunch aßen sie meistens hier. Nach dem Dessert, es gab Pudding, meinte Ellen, sie könne nie wieder einen Bissen zu sich nehmen, so satt sei sie.

Sie lehnte sich in ihrem Stuhl zurück und versuchte, sich an ihrer kostbaren Familie zu erfreuen. Die Gespräche plätscherten dahin, sie schnappte das eine oder andere auf, froh, einfach nur zuzuhören. Ihr Vater, Terry und Eilish diskutierten über eine obskure Fernsehsendung, die Eilish liebte, von der Ellen jedoch noch nie etwas gehört hatte. Gott sei Dank wusste Terry genauestens Bescheid, und sie stritten darüber, ob die Hauptfigur gut daran getan hatte, ihren Freund abzuservieren. Am anderen Ende des Tisches tratschten ihre Mutter und Sean über alte Freunde und Bekannte. Ellen kannte das alles schon und hatte kein Bedürfnis, es noch einmal zu hören.

Sie sah sich nach Pat um. Er stand draußen auf dem Balkon. Sie schob ihren Stuhl zurück und begab sich zu ihm.

»Die haben sie in der Schweiz auch«, sagte Pat und deutete auf die Hochseilbahn, die über den Fluss von der O_2-Arena auf der Südseite der Themse zum ExCel-Center auf der nördlichen Seite führte. »Jim hat mir davon erzählt. Können wir da mal hinfahren, Mom?«

»In die Schweiz?«, sagte Ellen. »Vielleicht. Bis dahin können wir diese nehmen. Wie wäre es mit nächstem Wochenende? Sean und Terry sind nicht da, wir könnten Sonntag gehen.«

»Kann Jim mitkommen?«, fragte Pat.

»Wenn du willst«, sagte Ellen.

Pat zuckte mit den Schultern. An der Geste war etwas verlegen Erwachsenes. Ellen nahm ihn in den Arm, drückte ihn an sich und wünschte, sie könnte ihn für immer so halten. Er ertrug es einen Moment lang und löste sich dann.

»Du erdrückst mich«, sagte er. Aber er lächelte dabei, und sie wusste, insgeheim war er froh. In letzter Zeit umarmten sie sich viel zu selten. Wann hatte es aufgehört?

»Ich würde mich freuen, wenn Jim mitkäme«, sagte Pat. »Manchmal ist es ein bisschen langweilig nur mit dir und Eilish. Nix Persönliches, Mom.«

Nix Persönliches. Die jüngste Floskel von Pat und seinen reizenden Freunden.

»Schon okay«, sagte Ellen. Pat stürzte auf sie zu, schlang seine Arme um sie und vergrub seinen Kopf an ihrer Schulter.

»Danke, Mom«, flüsterte er. »Du bist die Beste.«

Alles geschah so schnell. Chloë war noch nicht so weit. Sie wollte es Carl erklären, aber er kapierte es nicht. Oder wollte es nicht kapieren. Sie fragte sich, ob er ein Deut besser war als Ricky. Oder wieder nur ein Kerl, der sie kontrollieren wollte. Sie waren doch alle gleich. Blöd von ihr, zu denken, er wäre anders. Der Einzige, der nicht so war wie alle anderen, war der arme alte Nathan. Er war mehr an Gott interessiert als an lebenden atmenden menschlichen Wesen.

In den letzten Tagen hatte sie kaum etwas von ihm gehört. Wahrscheinlich spielte er die beleidigte Leberwurst, weil sie noch nicht in seiner Kirche aufgetaucht war. Na ja, sein Problem, nicht ihrs. Aber vielleicht war er ja gar nicht beleidigt. Dann sollte sie ihn anrufen und fragen, ob er zu ihr kommen wollte. Allein hatte sie Angst. Sie wusste nicht, was sie dagegen unternehmen konnte.

Sie war müde. Die Beine zitterten, der Körper. Sie war den ganzen Nachmittag umhergelaufen. Seit dem Streit mit Carl. Er war vorbeigekommen. Sagte, er habe mit seiner Mutter gesprochen, und es sei alles arrangiert. Sie könne sofort einziehen. Bleiben, so lange sie wolle. Seine Mutter habe nichts dagegen.

Seine Mutter! Davon hatte sie noch gar nichts gewusst. Fragte sich, was sie noch alles nicht wusste. Sie konnte nicht bei jemandem einziehen, den sie kaum kannte. Das versuchte sie, ihm klarzumachen, und er wurde stinksauer. Sagte, sie sei ein dummes Ding, sie sollte nicht allein in diesem Haus bleiben, das sei Wahnsinn. Er tobte, und sie musste an Ricky denken, sagte ihm, er solle verschwinden, schob ihn eigenhändig zur Tür hinaus und schlug sie mit aller Kraft zu.

Sobald er weg war, schnappte sie sich ihren Mantel und verließ das Haus. Lief durch Blackheath, durch den Greenwich Park bis zum Fluss. Dann weiter, folgte dem Fluss in westlicher Richtung bis nach Deptford. Jetzt war sie in der Nähe von New Cross, müde und durchgefroren, und hatte keine Ahnung, was sie tun oder an wen sie sich wenden sollte.

Sie wusste nicht einmal, wo sie war. Sie blickte sich um, versuchte, sich zu orientieren. Es war dunkel geworden, und in diesem Teil Londons kannte sie sich nicht aus. Sie rekapitulierte, welche Route sie genommen hatte, doch in ihrer Geistesabwesenheit hatte sie nicht auf den Weg geachtet.

Sie stand in einer ruhigen Straße mit schmucklosen viktorianischen Häusern, war der einzige Mensch weit und breit. In manchen Häusern brannte Licht, das versprach Behaglichkeit und Sicherheit. Sie stellte sich Menschen vor – Familien –, die am Sonntagabend beim Essen beisammensaßen oder vor dem Fernseher, eingemummelt und sicher.

Nicht wie sie, allein hier draußen.

Ein Geräusch hinter ihr erschreckte sie. Sie drehte sich um, die Hand auf dem Mund. Ein Schatten unter der Laterne, dann war er weg.

»Hallo?«

Nichts.

Sie fing an zu laufen. Schnell. Ihre Schritte hallten durch die leeren Straßen. Oder waren es die Schritte eines anderen? Sie blickte sich um. Niemand. Doch konnte sie das Gefühl nicht loswerden, dass sie nicht alleine war. Sie lief weiter, schneller, die Absätze klackerten, ihr Herz klopfte. Vor ihr eine Straße, belebter als diese hier. Orangefarbenes Licht von Laternen, Straßenverkehr. Menschen.

Sie fing an zu rennen. Er war hier. Hinter ihr. Sie konnte ihn nicht sehen oder hören, aber sie wusste, er war da. Sie rannte, bis sie nicht mehr konnte. Ihr Herz hämmerte, die Lunge stach, die Beine waren schwach, sie konnte sich kaum aufrecht halten.

Jetzt stand sie an einer Hauptverkehrsstraße. Menschen liefen eilig an ihr vorbei, Autos fuhren hin und her. Niemand achtete auf sie.

Die Tränen ließen alles verschwimmen. Orangefarbener und gelber Schleier von Scheinwerfern, Farbblitze von Leuten, die unter den Laternen hinwegliefen. Das Gesicht schweiß- und tränennass. Der Körper zitterte. Die Kehle tat weh vom Lufteinziehen. Luft, die nach Abgasen schmeckte und Schmutz und dem ganzen Müll der Stadt.

Und irgendwo in der Nähe war er. Beobachtete sie und wartete ab. Niemand konnte ihn aufhalten.

VIERUNDDREISSIG

Das passt mir nicht. Sie muss sich entscheiden. Sie lässt mich zappeln. Das ist nicht fair. Will sie oder will sie nicht? In einer Minute kann sie nicht ohne mich sein. In der nächsten ist sie eiskalt, man könnte meinen, sie hasst mich.

Es wird ihr noch leidtun. Eines Tages wird sie angekrochen kommen, und dann bin ich nicht mehr da. Habe eine andere. Es gibt keine andere. Manchmal, wenn es mir schlechtgeht, ich schwöre bei Gott, hasse ich sie.

Ist das möglich? Kann man jemanden gleichzeitig hassen und lieben?

Ja. In diesem Moment, in dieser Sekunde fühle ich genau das. Eine Hälfte von mir will sie lieben und beschützen und dafür sorgen, dass ihr nie wieder etwas zuleide getan wird. Die andere – die verdorbene, böse – will sie dafür bestrafen, dass sie mir dieses Gefühl gibt.

Das passt mir nicht. Sie weiß es und unternimmt nichts dagegen. Manchmal glaube ich, sie macht es absichtlich.

Sie hatte wahnsinnige Angst. Darum nahm sie kein Taxi, weil sie nicht wusste, wer der Fahrer war, sondern fuhr mit dem Bus bis nach Lewisham. Dort wartete sie eine Ewigkeit auf den nächsten, der nicht kam, also lief sie das letzte Stück. Sie nahm den langen Weg, die Hauptstraße und dann die Hither Green entlang und weiter auf der Ennersdale Road.

Einmal am Haus angelangt, musste sie nur noch reingehen und ein paar Sachen zusammenpacken. Sie würde den Zug nach Greenwich nehmen. Sie hatte ein Zimmer im Holiday Inn Express reserviert. Eine Nacht, dann flog sie nach Spanien. Das hätte sie schon längst tun sollen, statt hier ihre Zeit zu verplempern und die Dinge selbst zu regeln. Mom war so froh gewesen, von ihr zu hören. Wollte das Ticket bezahlen und alles. Hatte versprochen, dass alles wieder so werden würde wie früher. Bevor Ricky in ihr Leben gekommen war und alles ruiniert hatte. Mom hatte recht. Sie wäre niemals in der Lage, auf eigenen Füßen zu stehen. Warum um alles in der Welt wollte sie jetzt damit anfangen?

Nur du und ich, Chloë. Wie früher.

Vor nicht allzu langer Zeit war es das Letzte gewesen, was sie gewollt hatte. Wie dumm von ihr. Mom hatte immer für sie gesorgt, war ihre beste Freundin gewesen und ihre Mutter. Manche Leute hielten sie für Schwestern, nicht für Mutter und Tochter. Chloë hatte das aus Gründen gehasst, die ihr jetzt lächerlich vorkamen. Sie hätten Spaß miteinander. So wie früher, bevor sie beschloss, ein eigenes Leben zu führen.

Tolles Leben.

Die Ennersdale Road war ruhig. Auf der Nightingale Grove war es noch ruhiger. Jemand war hinter ihr. Diesmal war es keine Einbildung. Sie musste weitergehen. Fast zu Hause.

Schritte. Gingen, wenn sie ging, hielten inne, wenn sie stehen blieb. Sie drehte sich abrupt um, suchte die Straße mit den Augen ab. Konnte niemanden sehen. Aber sie wusste, da war jemand.

»Hallo?«

Jemand trat aus dem Schatten, kam auf sie zu. Sie sollte sich in Gang setzen. Rennen. So weit weg wie möglich. Doch sie stand wie angewurzelt da, sah es geschehen wie von weit, weit weg, nicht in ihrem Körper. Und dann, die Angst übermannte sie fast und sie dachte, das war's, sie starb hier und jetzt, genau in dem Moment trat die Person in das Licht einer Laterne, und sie konnte erkennen, wer es war.

Sie lachte, zittrig, hysterisch. Lachte so heftig, dass ihre Augen anfingen zu tränen und ihr Bauch schmerzte.

»Tut mir leid«, keuchte sie. »Ich habe nur nicht erwartet … ich hielt dich für jemand anderen. Du bist es nur.«

»Bist du für immer meine beste Freundin?«, fragte Eilish, als Ellen sie ins Bett steckte.

»Ich werde für immer deine Mutter sein«, sagte Ellen. »Und deine beste Freundin, wenn du willst. Aber du wirst viele Freunde haben.«

»Sogar noch mehr als jetzt?«

Ellen lächelte. »Sogar noch mehr.«

Eilish hatte die Persönlichkeit ihres Vaters. Leichtigkeit und Geselligkeit. Der arme Pat kam nach ihr: finster und schwierig. Sie gab Eilish einen Kuss auf die Stirn und atmete ihren sanften süßen Duft ein.

»Ich hab dich lieb, Mommy.«

»Ich dich auch, mein Schatz. Schlaf gut und träum süß.«

Pat las noch ein Buch. Den neuesten Band »Alex Rider«. Ellen liebte Anthony Horowitz dafür, dass er ihren Sohn zum Lesen animiert hatte.

»Noch ein paar Minuten, Mommy. Bitte.«

»Es ist fast acht«, sagte Ellen. »Sagen wir, noch eine viertel Stunde, und dann machst du das Licht aus?«

Sobald er lächelte, verwandelte sich sein Gesicht. Das Düstere verschwand, erinnerte sie daran, wie er als Kleinkind gewesen war. Damals war er glücklich. Glücklicher. Nicht dass er jetzt unglücklich war. Ihm mangelte es ganz einfach an Eilishs angeborener Fähigkeit zum Glücklichsein. Um seinetwillen wünschte Ellen, er wäre mehr wie sein Vater und weniger wie sie.

»Liest du mir vor?«

Er hielt ihr das Buch hin. Sie setzte sich, nahm es ihm ab und fing an.

Um zwanzig nach acht fielen ihm die Augen zu. Ellen klappte das Buch zu, schaltete das Licht aus und gab ihm einen Gutenachtkuss.

»Letzte Nacht habe ich geträumt, du wirst erschossen«, sagte Pat. »Wir sind spazieren gegangen, ein Mann kam und hat dich erschossen. Nicht mich. Ich konnte nicht aufhören zu weinen, weil du tot warst und nicht ich. Ich will nicht ohne dich leben, Mommy.«

Ellen setzte sich noch einmal zu ihm. Am liebsten hätte sie sich neben ihn gelegt. Nicht mehr reden, nur noch schlafen. Plötzlich war sie unglaublich müde.

»Pat«, sagte sie. »Du weißt doch, wenn man schlecht geträumt hat und jemandem davon erzählt, kommt dieser Traum nie wieder und wird auch niemals wahr.«

»Wirklich?« Der Klang seiner Stimme verriet ihr, dass er ihr nicht glaubte. Nicht für eine Sekunde.

Sie lächelte. »Ehrenwort.«

»Hurra! Ich hab dich auch lieb, Mommy. Du kannst jetzt gehen. Ich bin müde.«

An der Tür zögerte sie, überlegte, ob sie noch etwas sagen sollte. Hoffte, dass er okay war.

»Nacht, Mom.«

»Gute Nacht, Liebling.«

Sie ging aus dem Zimmer, ließ die Tür einen Spalt weit offen, damit das Flurlicht hineinschien. So, wie er es mochte.

Sie ging die Stufen hinunter, da klingelte es. Sie rannte zur Tür. Hinter dem Glas Jims Silhouette.

»Hey.« Sie umarmten sich. Er war warm, sein T-Shirt feucht von Schweiß, wie direkt nach dem Fitnessstudio.

»Sorry.« Er klopfte auf sein T-Shirt. »Bin gerade mit der Arbeit fertig geworden. Hätte mich vielleicht erst umziehen sollen. Aber ich wollte dich sehen. Dachte, vielleicht treffe ich die Kinder noch an, bevor sie zu Bett gehen.«

»Sie sind schon im Bett«, sagte sie. »Pat war eben noch wach. Beeil dich, vielleicht ist er noch nicht eingeschlafen.«

Er ging nach oben. Sie hörte seine tiefe Stimme und Pats und fragte sich, worüber sie sich unterhielten. Irgendwie komisch, dass ihre Kinder ihre eigene Beziehung zu ihm aufbauten, unabhängig von ihr.

Ihr wurde bewusst, dass sie glücklich war. Genau hier, in diesem Moment, vollkommen glücklich mit den ihren. Sie dachte über diese Erkenntnis nach, wog ab, zweifelte, erwartete fast, irgendetwas zu finden, was dieses Gefühl zerstörte.

Aber sie fand nichts. Auf der Arbeit lief es, ihre Familie war gesund und glücklich. Und da war Jim. Das Leben konnte weitaus unerfreulicher sein. Sie hatte Glück, kein Zweifel.

FÜNFUNDDREISSIG

Hush, little baby …

Ihre Augen sind offen. Glaubt sie zumindest. In der Dunkelheit ist es schwer, das zu beurteilen. Sie versucht, sich zu erinnern, was sie hier macht, doch der Ort, an dem ihre Erinnerungen einmal waren, ist leer. Oder verlorengegangen. Sie kennt ihren Namen. Chloë.

Ihr ist kalt. Bitterkalt. Der Körper zittert. Eiskalt. Sie will sich bewegen, doch sie kann nicht. Ihr Name ist Chloë. War Chloë. Bilder – blass, werden nicht schärfer – schweben durch den Kopf. Nichts ergibt einen Sinn. Ein Mann mit blauen Augen und dunklem Haar. Ein Name. Ricky. Sie glaubt, Ricky zu kennen, aber sie ist sich nicht sicher.

Klarheit. Eine Sekunde Klarheit … Schock. Sie hat alles missverstanden. Warum? Sie weiß es nicht mehr. Ihr Kopf ist leer. Da ist nur der Schmerz. Oh, Gott, der Schmerz.

Don't say a word …

Ein Gesicht. Freundliches Gesicht. Arme um sie geschlungen, liebkosend.

Mama's gonna buy you a mockingbird …

Mommy. Sie weint.

Mommy liebt dich, mein Schatz.

Süße, sanfte Stimme.

Weinend. Hält sie fest, sagt ihr, dass sie sie liebhat, bittet sie zu bleiben.

And if that horse and cart fall down …

Sie muss los. Sie schwebt. Schwebt davon. Weg vom Schmerz. Besser so. Sie hat große Schmerzen. Richtig große. Nicht zu ertragen.

You'll still be the sweetest little baby in town.

Der Schmerz lässt nach. Und alles andere auch. Keine Kälte mehr. Nichts mehr. Treiben. Schweben. Aus.

SECHSUNDDREISSIG

Jemand war im Haus. Der Lärm weckte Monica. Sie machte die Augen auf. Der Traum verblasste, während sie herauszufinden versuchte, ob die Person Teil des Traums oder Wirklichkeit war.

Die Schultern taten ihr weh, und die Armmuskeln waren steif. Das passierte manchmal, wenn sie zu lange im Fitnessstudio trainiert hatte. Sie rollte die Schultern, streckte die Arme, wartete, dass der schlimmste Schmerz verflog.

Manchmal dauerte es nach dem Aufwachen eine Weile, bis sie klar sah. Wo sie war und wer. Diese unruhigen Träume machten es ihr schwer, sich nach dem Wachwerden zu orientieren. Seit Brighton kamen sie häufiger und waren lebendiger. Das war das Schlimmste. Natürlich war ihre Mutter da. So präsent sie in ihren Träumen war, so abwesend war sie in ihrem echten Leben. Warf ihr diese Dinge an den Kopf, halb lächelnd. Als wäre das witzig. Als wüsste sie nicht, dass es falsch war. Log – obwohl sie natürlich wusste, dass es Lügen waren, sie beide wussten das – und hielt einfach nicht den Mund. Hörte einfach nicht auf, bis sie es keinen Augenblick länger ertrug. Bis …

Pfeifen.

Sie setzte sich in ihrem Bett auf, das Herz hämmerte gegen die Brust. Was, wenn ihr jemand gefolgt war?

In dem Moment, in dem sie das dachte, bemerkte sie andere Dinge. Den schalen Körpergeruch. Die Kuhle im Kissen. Dann erinnerte sie sich. Ihre Welt drehte sich um dreihundertsechzig Grad. Alles war wieder an seinem Platz und sie hellwach. Schritte auf der Treppe, die Schlafzimmertür öffnete sich, und da stand er.

»Harry.«

Er lächelte. Er hatte wirklich das reizendste Lächeln.

Er trug ein Tablett. Der Duft von frischem Kaffee und mit Butter bestrichenem Toast erfüllte das Zimmer, vertrieb die anderen Gerüche.

Sie klopfte auf die Seite des Bettes, das Zeichen für ihn, zu ihr zu kommen.

Er stellte das Tablett auf dem Tisch neben dem Bett ab und setzte sich.

»Frühstück im Bett«, sagte er. »In Ordnung?«

Er sah sie mit diesem Hundeblick an, große wässrige Augen. Der Mund halb offen. Sah aus wie ein geistig Behinderter. Er saß zu nah. Sie rückte ab, verschaffte sich mehr Platz, aber er rutschte nach. Als sei er mit Klettband mit ihr verbunden. Starrte sie immer noch an. Herrgott noch mal, sah so die Liebe aus? Darauf konnte sie verzichten. Herzlichen Dank.

Dann erinnerte sie sich, warum er hier war. Sie lächelte und bedankte sich bei ihm. Mit Toaststückchen ließ sie sich von ihm trotzdem nicht füttern. Das ging zu weit.

Später gingen sie in den Park. Ihre Idee. Sie war an einen Punkt angelangt, an dem sie es nicht länger aushielt. Es lag nicht nur an Harry. Es war einfach alles. Die Nachwirkungen des Traums, die bis ins Unerträgliche wachsende Anspannung, das Gefühl, dass gleich etwas passierte und falls nicht, würde sie vor Ungeduld platzen. Das verzweifelte, klaustrophobische Gefühl, dass die Wände im Haus immer näher rückten und wenn sie nicht floh, ihr Körper schlappmachte, einfach aufhörte zu funktionieren und sie sich in Luft auflöste.

Wie sollte man das jemandem erklären? Das war unmöglich. Sie würde sich anhören, als hätte sie nicht mehr alle Tassen im Schrank. Aber sie war nicht verrückt. Weit davon entfernt. Alles, die Planerei, jedes kleinste Detail zu durchdenken, alles noch einmal durchzugehen, damit sie auch ja keinen Fehler machte. Das war das Problem. Ihr Hirn platzte fast vor Anstrengung.

Noch ein Grund mehr, Harry dankbar zu sein. Könnte sie doch nur ihren Verstand für einen Augenblick abschalten, entspannen, dann wäre es keine so schwere Arbeit, mit ihm zusammen zu sein. Ja, sie musste vorsichtig sein, durfte nicht allzu viel von sich preisgeben. Allerdings konnte sie das kaum als Schwerstarbeit bezeichnen. Sie hatte ja schon ein Leben lang Übung darin.

Er quasselte vor sich hin, das störte sie eigentlich nicht. Sie war froh, dass er redete und sie so tun konnte, als hörte sie zu. Sie musste nichts erwidern. Er war offenbar einfach nur glücklich, in ihrer Nähe zu sein. Sie schlenderten Hand in Hand durch den Park – okay, das kostete Überwindung, aber sie musste Opfer bringen –, während er sie vollquatschte und sie abschaltete.

Nach einer Weile war er still. Sie wartete ein paar Minuten, gab vor, gedankenverloren zu sein oder den wunderbaren Moment zu genießen oder was auch immer. Dann drückte sie seine Hand, die ihre festhielt wie ein kleines Kind.

»Ich muss etwas mit dir besprechen«, fing sie an. »Ich weiß aber nicht, wo ich anfangen soll.«

»Worum geht's?«, fragte er. »Du kannst mit mir über alles reden, das weißt du doch, Mon.«

»Ich weiß«, sagte sie. »Es ist nur, na ja, es fällt mir nicht leicht. Menschen zu vertrauen, meine ich.«

»Mir auch nicht«, sagte er.

Er blieb stehen, nahm ihr Gesicht in seine Hände und blickte ihr tief in die Augen.

»Hör mir zu«, sagte er. Eindringlich jetzt, als habe er etwas von höchster Wichtigkeit mitzuteilen. Sie musste sich das Lachen verkneifen. »Wir beide haben eine Menge durchgemacht«, fuhr er fort. »Ich verstehe das, Mon. Zumindest will ich es verstehen. Wenn du mich lässt. Ich habe es dir noch nie gesagt, aber ich bewundere dich. Weil du so offen bist. Über den ganzen Scheiß zu reden ist nicht leicht. Du bist erstaunlich. Das weißt du.«

Sie strich ihm mit der Hand über das Gesicht, über die kitzelnden Bartstoppeln.

»So gutaussehend«, sagte sie. »Du hast keine Ahnung, oder?«

Er wurde rot und war gleich noch süßer. Sie lächelte.

»Ich weiß, dass ich dir vertrauen kann, Harry.«

Er nickte.

»Die Sache ist die«, sagte sie. »Ich habe Angst. Da ist diese Frau. Ein Detective.«

»Wie heißt sie?«

»Ellen«, sagte Monica. »Ellen Kelly. Versprich mir, kein Wort zu niemandem.«

»Zu niemandem«, sagte er.

Sie lächelte, sie hatte ihn. Und dann fing sie an zu erzählen.

SIEBENUNDDREISSIG

Er hatte es vermasselt. Ihm war übel. Er versuchte, sich vor ihrem Haus eine Zigarette anzuzünden. Seine Hände zitterten zu stark. Ellen trat auf ihn zu, nahm ihm das Feuerzeug ab und gab ihm Feuer.

»Es ist nicht Ihre Schuld, Raj.«

Er zog an der Zigarette, behielt den Rauch in der Lunge, bis ihm schwindelig wurde.

»Raj?«

Er wandte sich ab, konnte ihr Mitgefühl nicht ertragen. Hatte es nicht verdient. Schloss die Augen, und da war sie wieder. Arme Chloë. Auf dem billigen Wohnzimmerteppich. Der Abdruck vom Draht zeichnete eine rote Linie in ihre zarte Haut. Sein Magen rebellierte, es kam ihm hoch, seine Kehle brannte, es schmeckte bitter. Er schluckte es hinunter.

»Raj.«

Ellen fragte, ob er okay sei.

»Schon gut.«

Hatte er das gesagt? Verlogener Lump. Rief sich dauernd den gestrigen Morgen ins Gedächtnis zurück. Er war abgelenkt gewesen. Hatte zu viel an Aidan gedacht und nicht an seinen Job. Blödes, selbstsüchtiges Stück Scheiße.

»Die Chefin will, dass wir das zusammen bearbeiten«, sagte Ellen. »Wenn Sie sich dazu in der Lage fühlen. Falls es Sie zu sehr mitnimmt, ich kann das verstehen.«

»Schon gut«, wiederholte er. Seine Stimme klang okay. Das war ein Anfang. Keiner würde ihm diesen Fall wegnehmen. Seine Schlamperei. Er musste es wieder geradebiegen. »Wirklich«, sagte er. »Alles in Ordnung. Lassen Sie uns anfangen.«

Nach einer Stunde ging es ihm nur ein wenig besser. Ellen hatte die Regie übernommen, brachte Ordnung in das Chaos. Man konnte den Eindruck gewinnen, dass es einen Weg heraus gab. Vielleicht.

Die Straße war abgesperrt. Die Spurensicherung im Haus und auf der Straße. Zwei Teams in Uniform gingen von Tür zu Tür. Raj saß in einem Polizeiwagen mit Nathan Collier, der endlich aufgehört hatte zu weinen.

»Lassen Sie es uns noch einmal alles durchgehen«, sagte Raj. »Wie haben Sie sie gefunden? Jedes Detail ist wichtig.«

»Sie ist nicht zur Arbeit erschienen«, sagte Nathan. »Um zehn habe ich angerufen. Sie nahm nicht ab. Ich habe mir Sorgen gemacht. Nach allem, was passiert ist, ist das doch normal, oder nicht? Ich wurde das Gefühl nicht los, dass sie in Schwierigkeiten steckte. Ich habe es ein paarmal auf dem Handy versucht. Weil sie nicht antwortete, bin ich hergefahren.«

Er verstummte.

»Und dann?«

»Ich klingelte, aber sie machte nicht auf. Da habe ich mich selbst reingelassen.«

Ein roter Porsche fuhr an die Polizeiabsperrung heran. Raj sah Mark Pritchard, den Pathologen, aus dem winzigen Gefährt klettern und auf Ellen zugehen, die in der Nähe zwei Uniformierte instruierte. Mark beugte sich zu Ellen hinunter, gab ihr einen Kuss auf die Wange und umarmte sie. Für einen kurzen Moment sahen die beiden aus wie ein Paar.

Raj widmete seine Aufmerksamkeit wieder Nathan.

»Wie?«

»Wie was?«, fragte Nathan.

»Haben Sie sich reingelassen«, sagte Raj.

»Die Tür war unverschlossen«, sagte Nathan. »Ich musste nur dagegendrücken, und sie ging auf.«

Irgendetwas stimmte hier nicht, aber Raj ging nicht darauf ein. Nicht jetzt. Er wollte erst den Rest hören.

»Ich ging ins Wohnzimmer, und da lag sie. Zuerst habe ich sie gar nicht erkannt.«

Raj wusste, was er meinte. Die Strangulation hatte ihr Gesicht entstellt.

»Ich versuchte, sie wiederzubeleben«, sagte Nathan. »Hab getan, was ich konnte, umsonst.«

Und dabei hat dein großer fetter Körper den Tatort versaut.

Nathan fing wieder an zu weinen. Der ganze Wagen wackelte. Raj versuchte, sich den Mann hinter Chloë stehend vorzustellen, wie er ihr den Draht um ihren Hals legte und zuzog, bis sie nicht mehr atmete. Er sah es nicht. Doch das musste nichts bedeuten.

Im Wagen war es heiß. Nathan trug einen dicken Wintermantel und schwitzte. Sein Geruch, das Schaukeln des Wagens verursachten bei Raj Übelkeit. Er stieg aus und lehnte sich an die Motorhaube. Die kühle Luft tat gut, und der Brechreiz verflog.

Am Ende der Straße hatte sich Ellen von Pritchard befreit und kam auf ihn zu. Er wusste, was gleich geschah, kannte die Arbeitsabläufe der laufenden Ermittlung. Er war bereit.

Er stieß sich vom Auto ab.

Carl Jenkins, Ricky Lezard und Nathan Collier. Alle drei Männer mussten zur Vernehmung ins Präsidium gebracht werden. Raj wollte sichergehen, dass er bei jeder Befragung dabei war. Ellen war vielleicht der Ansicht, dass sie die Ermittlung leitete, und so stand es auf dem Papier. Aber es war sein Fall. Sollten Ellen Kelly oder Ger Cox etwas dagegen haben, war das ihr Problem.

Ellen parkte vor Monicas Haus auf der Brightfield Road und stellte den Motor ab. Abby saß neben ihr. Ellen hatte sie an der U-Bahn-Station aufgegabelt, und sie waren gemeinsam hergefahren.

»Alles okay?«

Ellen schloss die Augen, sah Chloës Leiche vor sich.

»Wird schon.«

Wer konnte jemandem so etwas antun? Die physische und mentale Kraft haben, den Draht zuzuziehen und zu halten, während das Opfer um sein Leben kämpfte.

»Es macht mir Angst«, sagte sie. »Was, wenn wir ihn nicht kriegen und er noch einmal zuschlägt?«

Sie blickte zu Monicas Haus. Stellte sich vor, dass der Mörder es beobachtete und seinen nächsten Schritt plante. Hatte Chloë erledigt und widmete sich seinem nächsten Opfer. Ellen machte die Tür auf und stieg aus.

Die Brightfield Road war eine ruhige Straße mit viktorianischen Reihenhäusern im aufstrebenden Lee Green in Southeast London. Monica wohnte in der Mitte. Ihr Haus mit dem freigelegten Ziegelwerk, den Blumenkörben vor den Fenstern und originalen Fensterläden war postkartenreif.

Vor ein paar Jahren, vor ihrer Beförderung zum DI, hatte Ellen einen Raubüberfall in dieser Straße aufzuklären gehabt. Die Opfer, ein unangenehmes Ehepaar, arbeiteten in einer Bank, hatten ihr Haus entkernt, den ganzen Charakter zerstört und ihn mit viel Glas und Plastik ersetzt.

Monica hatte nichts dergleichen versucht. Im Haus war alles in satten Farben gehalten, dunkle Ecken und abgezogene Dielen. Ellen musste an Adam Telfords Haus denken – die klinische Sauberkeit und die gedämpften Pastellfarben. Monicas Geschmack war wohl ihre Art, sich von jenem Leben zu distanzieren.

»Ich dachte schon, Sie haben mich vollkommen vergessen«, sagte Monica, während sie Ellen und Abby in ein gemütliches Wohnzimmer führte.

»Wir hatten viel zu tun«, sagte Ellen.

Im Wohnzimmer war noch jemand. Ein junger Mann mit vollem lockigem Haar und ernstem Gesicht. Monica stellte ihn vor: Harry, erklärte jedoch nicht weiter, wer er war oder was er in ihrem Haus zu suchen hatte. Harry selbst sagte kein Wort, als Ellen ihn begrüßte, starrte sie nur an mit einem Blick, den sie mit »Fick dich« übersetzte.

»Harry«, sagte Monica. »Lass uns für ein paar Minuten allein, ja?«

»Sicher?« Die Frage war an Monica gerichtet, Ellen ließ er dabei nicht aus den Augen.

»Sicher, Liebling«, sagte Monica. »Es ist alles in Ordnung. Warum gehst du nicht nach Hause? Ich rufe dich später an.«

Damit hatte sie seine Aufmerksamkeit. Er drehte sich zu Monica und sah sie verwirrt an.

»Wir wollten doch den Tag miteinander verbringen.«

»Später«, sagte sie. »Ich muss erst ein paar Dinge erledigen. Bitte, Harry.«

Schließlich drängte sie ihn zur Tür hinaus.

»Ist er ihr Sohn oder ihr Freund?«, fragte Abby, solange Monica Harry verabschiedete.

»Weiß der Himmel«, sagte Ellen. »Bitte, fragen Sie das nicht. Wir sind nicht hier, um sie zu verärgern.«

Monica kam zurück ins Wohnzimmer. Ellen strahlte über das ganze Gesicht, ignorierte einfach in diesem Moment den Anruf von Sonntagmorgen.

»Entschuldigen Sie bitte«, flötete Monica. »Harry ist ein Schatz, nur ein bisschen zu eifrig, wenn Sie verstehen, was ich meine.«

Ellen warf Abby einen Blick zu, die zog die Augenbrauen hoch. Frage beantwortet.

»Was kann ich für Sie tun?«

Ellen hatte Raj damit beauftragt, die Verdächtigen zu vernehmen. Sie würden nach Lewisham gebracht und dort befragt werden. Das konnte dauern, aber so funktionierte es nun einmal. Sie zuführen, eine Weile schwitzen lassen, danach vernehmen. Wenn sich die Ermittler beeilten, hatten die Männer keine Zeit, sich darüber klarzuwerden, was es bedeutete, in einer Mordermittlung vernommen zu werden.

In der Zwischenzeit wurde Chloës Leiche ins Leichenschauhaus gebracht, die Polizei in Valencia, wo die Mutter lebte, wurde benachrichtigt, der Tatort blieb abgesperrt, solange die Spurensicherung noch bei der Arbeit war. Ger Cox hatte in einer Stunde eine Teamsitzung einberufen. Vorher wollte Ellen Monica sehen. Chloës Ermordung hatte sie unvorbereitet getroffen. Das würde nicht noch einmal passieren.

Ellen hatte Abby mitgebracht, weil sie als Opferschutzbeamtin mit Menschen umzugehen wusste.

»Es gab einen Vorfall«, sagte Ellen. »Könnten wir uns setzen?«

Ellen fasste sich kurz, ließ die Einzelheiten aus; sagte nur, dass Chloë heute Morgen tot in ihrem Haus aufgefunden worden war.

»Wir wissen noch nicht, wie sie gestorben ist«, sagte Ellen. »Ich wollte nur nicht, dass Sie es von jemand anderem erfahren. Die Abendnachrichten werden voll davon sein.«

Monica sagte erst einmal nichts. Ihr Ausdruck war leer. Es war unmöglich, zu erraten, was in ihr vorging.

»Das ist unfassbar«, sagte sie schließlich. »Die Arme. Wie? Sie müssen doch eine Ahnung haben. Ich meine, Sie müssen doch wissen, ob es ein Herzinfarkt oder Selbstmord war, oder ob sie jemand umgebracht hat, richtig?«

»Das wissen wir erst mit Sicherheit nach der Obduktion.« Wieder hatte Ellen die Leiche vor Augen. Chloës aufgeblähtes Gesicht und der rote Strich an ihrem Hals. »Aber es war weder ein Herzinfarkt noch Selbstmord.«

Monica schwieg, während sie das Gesagte verdaute.

»Okay«, sage sie. »Muss ich Angst haben? Ich meine, was soll ich tun? Was werden Sie unternehmen? Woher wissen Sie, dass ich nicht die Nächste bin? Oh, Gott. Ich dachte, es wäre mein Vater, erinnern Sie sich? Aber er kennt Chloë nicht. Wenn er es nicht ist, dann …«

»Hören Sie«, sagte Ellen. »Dafür kann es eine Menge Erklärungen geben, und vielleicht hat es gar nichts mit dem zu tun, was sie erzählt hat.«

»Was sie erzählt hat?«, schrie Monica. »Wollen Sie damit andeuten, dass Sie ihr immer noch nicht glauben? Nach allem, was passiert ist? Herrgott, Ellen. Glauben Sie, dass ich mir das auch nur ausgedacht habe?«

Abby saß neben Monica und fing an, mit besänftigender Stimme auf sie einzureden. Meistens hatte sie damit Erfolg. Ellen machte es nervös.

»Monica«, sagte Abby. »Sie müssen versuchen, ruhig zu bleiben. Sie sind eine starke Frau. Das sehe ich. Und Sie müssen stark bleiben, okay? Niemand glaubt, dass Sie sich etwas ausgedacht haben. Wir sagen nur, dass wir nicht wissen, wie Chloë gestorben ist. Noch nicht. Natürlich kann man leicht voreilige Schlüsse ziehen und annehmen, es hinge mit ihrer Anzeige zusammen. Doch das dürfen wir nicht tun. Unser Job ist es, alle Möglichkeiten in Betracht zu ziehen. Das werden wir tun. Okay?«

Monica zog ihre Hand weg und erhob sich, lief zwischen den Stühlen hin und her.

»Nicht okay«, sage sie. »Sie kapieren es nicht, oder? Ich dachte, es wäre mein Vater. Aber er kann es nicht gewesen sein. Er kennt Chloë nicht. Darauf würde ich mein Leben verwetten. Hätte schon viel früher darauf kommen sollen. Doch ich hatte Angst und konnte nicht klar denken. Jetzt denke ich klar. Wollen Sie wissen, was mir durch den Kopf geht?«

»Was?«, sagte Ellen, war sich allerdings nicht sicher, ob sie es wirklich wissen wollte.

»Das ist irgendein Serienmörder«, sagte Monica. »Er hat sich Frauen aus der Gegend ausgeguckt und erschreckt uns zu Tode. Nachdem er uns zu Tode erschreckt hat, bringt er uns um.«

Das war eine Theorie. Wäre Ellen an Monicas Stelle, würde sie wahrscheinlich dasselbe denken. Die Presse würde mit Sicherheit ebenfalls dieselben Schlüsse ziehen. Ein Shitstorm wartete auf sie. Und der arme Raj Patel stand mittendrin.

Ellen stand auf. »Ich muss zurück zum Revier«, sagte sie. »Abby wird Ihnen noch ein wenig Gesellschaft leisten. Sie kann Ihnen alle Fragen beantworten und Sie hoffentlich davon überzeugen, dass wir alles Menschenmögliche tun.«

Monica schüttelte den Kopf. »Das ist nicht notwendig. Ich bin stark, das haben Sie doch gesagt.«

Abby wurde rot. Zorn oder Verlegenheit oder beides. Ellen war es gleichgültig.

»Abby bleibt«, sagte Ellen. Über den mürrischen Ausdruck in Abbys Gesicht sah sie hinweg. »Sie sorgt dafür, dass es Ihnen gutgeht. Und Monica, sprechen Sie nicht mit der Presse. Das hilft nicht weiter. Wir werden die Presse informieren, und wir entscheiden, wie die Sache gehandhabt wird. Das Letzte, was wir brauchen, ist eine hysterische Berichterstattung. Das macht alles nur noch schlimmer.«

Auf ihrem Weg nach draußen blieb Ellen vor einem kleinen Foto auf einem niedrigen Tisch in der Ecke beim Fenster stehen. Es war eine Kopie eines der Bilder auf dem Kaminsims bei

Adam Telford. Annie Telford, die ein Baby im Arm hält und unendlich unglücklich aussieht. Wäre das ihre Mutter, dachte Ellen, hätte sie ein schöneres Erinnerungsfoto ausgesucht.

»Haben Sie je versucht, sie zu finden?«, fragte sie.

»Woher wissen Sie, dass sie es ist?«, fragte Monica.

»Ich war gestern bei Ihrem Vater«, sagte Ellen.

»Sie haben ihn aufgesucht?«, sagte Monica. »War sicher amüsant.«

»Er hat eine Freundin«, sagte Ellen. »Wussten Sie das?«

Monica schnaufte. »Dumme Kuh. Hoffe, sie kommt zur Vernunft, bevor er auch alles Leben aus ihr herausgesaugt hat.«

Ellen lief zu ihrem Wagen und konnte sich des Gefühls nicht erwehren, dass sie beobachtet wurde. Sie blieb stehen, drehte sich um, erwartete, jemanden zu sehen, der ihr folgte. Da war niemand.

Ein kühler Wind war aufgekommen, blies durch die Straßen und umhüllte Ellens Körper. Sie rannte zum Auto, kletterte auf den Fahrersitz, zog die Tür zu, sperrte den Wind aus und das sonderbare Gefühl, dass sie belauert wurde.

ACHTUNDDREISSIG

Der Beginn einer Mordermittlung. Deprimierend und aufregend zugleich. Nicht viele Polizisten würden das zugeben, jedenfalls nicht im nüchternen Zustand.

Der Einsatzraum hatte einen Mittelpunkt, auf den alles zulief: ein Whiteboard mit Chloës Foto. Namen von Verdächtigen standen auf dem Board, Pfeile zeigten zu dem Foto. Ger Cox, umwerfend in ihrem maßgeschneiderten Anzug und den hochhackigen Schuhen, stand daneben und erteilte Befehle. Malcolm, der schon den Büromanager mimte, machte sich Notizen, schrieb Listen und fertigte ein Online-Verzeichnis für die Ermittlung an.

Die Spannung stieg. Knisterte geradezu und verstärkte das Gefühl, dass es sich um etwas Bedeutendes handelte. Jamala Nnamani, die Kommunikationsmanagerin, saß neben den Detectives und bereitete die Medienstrategie vor. Die erste Pressemitteilung war schon abgegeben worden, in Vorbereitung für das Abendfernsehen und die morgigen Zeitungen. Inspektor Nichols stand für die Pressekonferenz am Morgen um zehn Uhr bereit.

»Alastair.« Ger zeigte auf Alastair Dillon, der den Rest des Teams um Kopfeslänge überragte, auch im Sitzen. »Ich möchte, dass Sie sich den Bericht der Spurensicherung vornehmen, sobald er uns vorliegt. Blutspuren, Fußabdrücke, DNA, Fingerabdrücke und so weiter. Das ist Ihre Hauptaufgabe, bis ich Ihnen etwas anderes sage.«

»Ja, Ma'am.«

Ellen fragte sich, ob er dessen irgendwann einmal überdrüssig war. Der Mann fürs Detail zu sein. Er war gut darin, besser als jeder andere, mit dem sie je zusammengearbeitet hatte. Trotzdem. Manchmal musste er sich wünschen, dass ihm eine andere Rolle übertragen wurde. Eine, bei der er von Zeit zu Zeit das Büro verlassen konnte. Etwas mit ein wenig mehr Biss.

»Ellen, stellen Sie bitte eine Liste aller Stalkingfälle zusammen. Ich möchte Informationen darüber, was für eine Sorte Mensch das ist, wie vielen Opfern etwas angetan wurde und wie viele von ihrem Stalker umgebracht wurden. Wenn ein Stalker zum Mörder wird, wie groß ist dann die Wahrscheinlichkeit, dass er ein weiteres Mal mordet? Haben wir es unter Umständen mit einem Serientäter zu tun?«

»Sicher«, sagte Ellen.

»Chloës Mutter wurde informiert«, fuhr Ger fort. »Sie kommt heute im Laufe des Tages aus Spanien her. Ellen, Sie holen sie vom Flughafen ab. Malcolm teilt Ihnen die Ankunftszeit mit. Arme Frau. Ein Kind zu verlieren ist das Schlimmste.«

»Monica ist mit ihrem Freund zusammen«, sage Abby. »Er ist sehr beschützerisch und sagte, er bleibe die Nächte über bei ihr und passe auf sie auf.«

»Wie geht es ihr?«, fragte Ger.

»Sie schien sehr aufgewühlt zu sein«, sagte Abby. »Natürlich. Alles in allem machte sie jedoch auf mich einen ziemlich gelassenen Eindruck.«

»Holen Sie den Freund her«, sagte Ger. »Fühlen Sie ihm auf den Zahn und stellen Sie fest, ob er etwas verheimlicht.«

»Ich habe bereits mit ihm gesprochen«, sagte Abby.

»Ich will ihn hier sehen«, sagte Ger. »Ein kleiner Schreck wird ihm nicht schaden. Wenn er nichts zu verbergen hat, kann er bald wieder gehen. Haben wir inzwischen feststellen können, ob die Frauen etwas miteinander zu tun hatten?«

»Chloë kannte Monica nicht«, sagte Raj. »Ich habe sie neulich danach gefragt. Ich würde jetzt gerne mit den Befragungen beginnen, Ma'am. Nathan Collier und Ricky Lezard warten unten. Carl Jenkins steht allerdings auf meiner Liste ganz oben. Es hat ein bisschen länger gedauert, ihn ausfindig zu machen. Er zeigt jemandem eine Wohnung in Blackheath. Dachte, ich fahr hin, spreche mit ihm und nehme mir danach die beiden anderen vor. Erst Collier, dann Lezard. Er soll noch eine Weile schmoren.«

Ger blickte auf den Bildschirm ihres Laptops vor ihr auf dem Tisch und runzelte die Stirn.

»Hiernach«, sagte sie, »war Lezard gestern und letzte Nacht auf einer Konferenz in Woking. Wir mussten jemanden dorthin schicken, um ihn zu holen.«

»Er hat in einem Hotel übernachtet«, sagte Raj. »Allein. Hätte sich unbemerkt davonschleichen und nach London und zurück fahren können.«

Ger schüttelte den Kopf. »Fangen Sie mit Lezard an. Finden Sie heraus, ob er für letzte Nacht ein Alibi hat. Malcolm kann das überprüfen. Es hat keinen Sinn, ihn hierzubehalten, wenn er es nicht getan haben kann.«

»Er könnte jemanden beauftragt haben«, sagte Raj.

»Sollten Sie nach der Vernehmung immer noch dieser Ansicht sein«, sagte Ger, »kümmern wir uns darum. Ellen, wie wäre es, wenn Sie Lezard auf den Zahn fühlen, solange Raj Jenkins die Nachricht überbringt. Und denken Sie daran, er war ihr Geliebter. Bleiben Sie freundlich. Zunächst. Abby, Sie begleiten Raj. Ich möchte wissen, wie Sie Jenkins Reaktion einschätzen, wenn Raj ihm sagt, was passiert ist. Währenddessen gehe ich nach unten und fange mit Nathan Collier an. Von den dreien interessiert er mich am meisten.«

»Collier?«, sagte Raj. »Bei allem Respekt, Ma'am, der Typ war vollkommen aufgelöst.«

»Vielleicht hat er uns etwas vorgespielt«, sagte Ger. »Vielleicht ist er tatsächlich untröstlich über ihren Tod. Das heißt jedoch nicht, dass er unschuldig ist.«

»Aber er war ihr Boss«, sagte Raj. »Einundfünfzig Prozent aller weiblichen Mordopfer werden von ihrem Partner oder Ex-Partner umgebracht. Wir wissen doch alle, dass Jenkins oder Lezard höchstwahrscheinlich dahinterstecken.«

»Wir wissen gar nichts«, sagte Ger. »Sie wollen den Fall aufklären, Patel. Das wollen wir alle. Lassen Sie sich davon nicht Ihre Urteilskraft trüben. Und vergessen Sie nicht, wer die Ermittlung leitet. Gehen Sie jetzt. Und nehmen Sie Abby mit.«

Ellen zwang Raj, seinen Mund zu halten. Offenbar hatte er begriffen, dass er es schon fast zu weit getrieben hatte. Er schob seinen Stuhl zurück und erhob sich.

»Ich mache mich an die Arbeit, Ma'am.«

Ger nickte und widmete ihre Aufmerksamkeit den anderen.

»Das Gleiche gilt für jeden hier. Bleiben Sie unvoreingenommen. Wir folgen den Beweisen. Nur so funktioniert es. An die Arbeit. Wir haben eine Menge zu tun.«

In den letzten Tagen hatte Ellen sich ein eigenes Bild von Ricky Lezard gemacht. Es gab nicht viel, was ihr gefiel. Ein Selfmade-Geschäftsmann mit dem Ruf, unangenehm zu werden, wenn etwas nicht nach seinem Geschmack war. Sowohl im geschäftlichen wie im persönlichen Leben.

Vier Anzeigen wegen häuslicher Gewalt: von Chloë und den anderen Frauen, mit denen er vor ihr zusammen gewesen war. Keine der Anzeigen war vor Gericht gelandet; alle vier hatten ihre Aussagen im letzten Moment widerrufen. Er war ein ekelhaftes Schwein, und Ellen hätte ihre wahre Freude daran gehabt, ihn hinter Schloss und Riegel zu bringen. Es gab nur ein Problem. Schon nach den ersten zehn Minuten war klar, dass er es nicht gewesen sein konnte.

Die Konferenz in Woking endete mit einem Galadinner, das bis weit nach Mitternacht dauerte. Neunundachtzig Zeugen sagten aus, Lezard habe dem Abendessen beigewohnt und anschließend eine fesselnde Rede über die Vorteile eines Austritts Großbritanniens aus der EU und den Aufbau stärkerer wirtschaftlicher Beziehungen nach Südamerika und Südostasien gehalten.

Ellen ließ ihn gehen, frustriert, dass sie ihre Zeit mit ihm vergeudet hatte. Raj hätte das alles leicht längst nachprüfen können. Ein Anruf beim Hotel hätte genügt. Ger hatte recht. Mit seinem Übereifer konnte er ihnen Schwierigkeiten machen.

Wieder oben an ihrem Schreibtisch, rief sie ihre Mutter an. Die hatte versucht, sie zu erreichen, und auf die Voicemail gesprochen. Ellen hatte es komplett vergessen.

»Mom?«

»Oh, Ellen. Entschuldige, dass ich dich bei der Arbeit störe, Liebes. Könntest du vielleicht herkommen?«

»Was ist denn los?«, sagte Ellen.

»Das lässt sich am Telefon nicht so einfach erklären«, sagte ihre Mutter. »Könntest du einfach kommen? Bitte, Ellen.«

Sie musste sich nicht ein zweites Mal bitten lassen. Ellen versprach, gleich da zu sein, legte auf und machte sich auf den Weg.

NEUNUNDDREISSIG

Carl Jenkins zeigte jemandem eine Wohnung in Blackheath. Das Appartement befand sich in einem hohen georgianischen Gebäude zwischen The Clarendon Hotel und dem Princess of Wales Pub.

Raj fuhr vor dem Haus vor. Carl schüttelte gerade lächelnd einem Mann in einem Nadelstreifenanzug die Hand. Der Typ sah zu jung aus, um alleine zu leben. Das Lächeln rutschte Carl aus dem Gesicht, als er Raj und Abby auf sich zulaufen sah.

»Entschuldigen Sie«, sagte er zu dem jungen Typen im Anzug. »Ich muss mich hierum kümmern.« Dann an Raj gerichtet:

»Es ist etwas passiert. Ich wusste es. Sie hat nicht auf meine Anrufe reagiert. Ich dachte, sie ist noch sauer auf mich, aber das ist es nicht, stimmt's?«

»Waren Sie heute Morgen nicht im Büro?«, fragte Raj.

Carl schüttelte den Kopf. »An Montagen gibt es immer viele Besichtigungstermine. Warum? Ist sie dort?«

Raj dachte daran, was Ger gesagt hatte – freundlich bleiben. Aber er sah Chloës entstelltes Gesicht vor sich.

»Chloë ist tot.«

Er hörte, wie Abby einmal scharf die Luft einzog. Sie würde ihm später einige Takte sagen. Das war typisch Abby. Sie hielt sich an die Vorgaben vom Boss, egal welche. Abby war sich selbst die Nächste. Sagte die Chefin, spring, würde Abby nur fragen, von wo und von wie hoch oben.

»Könnten wir das drinnen besprechen?«, sagte Abby und legte Jenkins die Hand auf den Arm. Mit der anderen hatte sie ihm den Schlüsselbund abgenommen.

»Der hier?«

Jenkins nickte. Abby steckte den Schlüssel ins Schloss und öffnete die Tür. Behutsam führte sie Jenkins ins Haus, behandelte ihn wie ein verfluchtes Opfer. Raj begriff. Oder glaubte es zumindest. Abby hatte die Leiche nicht gesehen. Sie kannte Chloë nicht.

Er dachte an Chloës ersten Besuch im Präsidium. Sie war aufgeregt gewesen, hatte sich aber zusammengerissen. Sie hatte so eine fragile Kraft an sich gehabt, für die er sie bewunderte. Er hatte sie nach ihrem Ex gefragt, Ricky Lezard, hatte die Beziehung verstehen wollen, hatte angenommen, es würde ihm dabei helfen herauszufinden, ob sie die Wahrheit sagte.

»Wir haben uns in einer Bar in Soho kennengelernt«, hatte Chloë erzählt. »Ich habe dort gekellnert.« Sie hatte gelacht. Er konnte es jetzt hören. Ein weiches, gehauchtes Marilyn-Monroe-Lachen.

»Wie in dem Song von Human League. Kennen Sie den?«

Sie fing an zu singen: »I was working as a waitress in a cocktail bar, when he found me-e-e-e-e. He picked me up, he shook me up, he turned me around. He turned me into something ne-e-ew.«

Er hatte die Hand gehoben, hatte es nicht ertragen können. Das hätte er nicht tun sollen. Er hätte sie weitersingen lassen und am Ende applaudieren sollen.

Die Wohnung war im obersten Stock, hatte riesige Fenster, hohe Decken und einen atemberaubenden Blick über die Heidelandschaft von Lewisham. Raj musste wieder an den jungen Mann im Nadelstreifenanzug denken und fragte sich, wie er sich die Miete in so einem Palast leisten konnte.

»Wie?« Carl weinte. Tränen rollten ihm über die Wangen. »Sorry.« Er wischte sich das Gesicht mit dem Ärmel seines Jacketts trocken und atmete tief ein, zitternd. »Darf ich mich setzen?«

»Sie sagten, Chloë sei sauer auf Sie gewesen?«, sagte Abby.

Carl schüttelte den Kopf und runzelte die Stirn. »Ja … bitte, können Sie mir sagen, was los ist? Sie hatte Angst.« Er blickte zu Raj. »Sie wissen doch, was sie für eine Angst hatte. Wir haben uns gestritten. Ich hatte ihr vorgeschlagen, für einige Tage bei mir zu bleiben. Hatte es mit meiner Mutter abgeklärt und alles. Ich dachte, sie wäre froh. Als ich ihr den Vorschlag machte, ist sie hochgegangen wie eine Rakete. Warf mir vor, ich wollte sie kontrollieren. So war es nicht. Das sagte ich ihr. Sie hörte gar nicht zu. Sagte, ich sei genau wie ihr Ex. Da bin ich ausgerastet.«

»Ausgerastet?«, fragte Raj.

»Nee«, sagte Carl. »Nicht wie Sie denken. Ich sagte ihr, es sei aus mit uns. Sagte, wenn sie das von mir denkt, will ich nichts mehr mit ihr zu tun haben.«

»Sie haben sich also gestritten«, sagte Raj. Er sah Abbys Gesicht und wandte sich ein wenig ab, damit sie nicht mehr in seinem Blickfeld war. »Kann es Ihnen nicht verdenken, dass Sie ausgeflippt sind. Ich bin mir nicht sicher, wie ich reagiert hätte, wenn mich jemand mit einer Bestie vergleichen würde. Wo Sie doch nur das Richtige tun wollten. Was jeder unter diesen Umständen getan hätte.«

Carl zuckte mit den Schultern. »Es war dämlich von mir. Nachdem ich mich wieder beruhigt hatte, habe ich sie angerufen. Wollte ihr sagen, wie leid es mir tut. Aber sie ist nicht ans Telefon gegangen.«

»Darum sind Sie zu ihr gefahren«, sagte Raj.

»Ja. Ich wollte wissen, ob sie okay ist. Mir war nicht wohl bei dem Gedanken, dass sie allein war und Angst hatte.«

Jetzt blickte Raj zu Abby. Sah, dass sie es auch spürte. Dieses Kribbeln, wenn man wusste, dass man eine heiße Spur verfolgte. Die Worte seiner Chefin wieder in seinem Ohr. Wir folgen den Beweisen. Nun, in diesem Augenblick führten alle Beweise direkt zu Carl Jenkins.

»War es so?«, sagte Raj. »Sie kamen zu ihr, wollten eine zweite Chance, und sie ging wieder auf Sie los. Verglich Sie mit ihrem Ex und warf Ihnen lauter absurde Anschuldigungen an den Kopf. Hab ich recht?«

Carl schüttelte den Kopf, und Raj hätte ihn am liebsten geohrfeigt. Warum es in die Länge ziehen? Sie alle wussten doch, wohin das hier führte. Raj rieb sich die Hände an der Hose ab, atmete langsam und tief ein.

»Muss ein ziemlicher Schock gewesen sein«, sagte Raj. »Sie tauchen auf, voll guter Absichten, hoffen auf eine glückliche Versöhnung, vielleicht sogar auf ein wenig Dankbarkeit. Ich meine, immerhin haben Sie Ihren Sonntagabend geopfert. Sind nach Hither Green gefahren, obwohl Sie viel lieber mit Ihren

Kumpels in einem Pub herumgehangen hätten. Sie tauchen mit Ihren guten Absichten auf, und sie haut sie Ihnen um die Ohren. Kein Wunder, dass Sie die Nerven verloren haben, Junge, wirklich. Diese ganze Scheiße hinnehmen? Hören Sie doch auf.«

Und dann geschah etwas, was er nicht erwartet hatte. Carl sprang auf, rannte auf ihn zu, schrie Raj an, er solle sein Maul halten. Sein beschissenes Maul, weil er keine Ahnung hatte, wovon er redete. Auch noch andere Sachen, die Raj entgingen. Er stürzte auf Carl Jenkins zu – Chloës kehliges Lachen, ihre unmusikalische Stimme und ihr armes geschwollenes Gesicht vor Augen – und rammte ihm seine Faust in den Magen. Jenkins ging zu Boden. Raj holte ein zweites Mal aus, hörte Abby nicht, die schrie, er solle aufhören. Das Brechen von Knochen, warmes Blut auf seiner Hand und seinem Arm, kleine Spritzer in seinem Gesicht, als die Faust auf Carl Jenkins Nase niederfuhr und sie ein zweites Mal brach.

VIERZIG

»Das muss in der Nacht passiert sein«, sagte Ellens Vater. »Oder gestern Nachmittag. Es war schon dunkel. Ich bin nicht noch einmal rausgegangen. Wieso, Ellen? Wer tut so etwas?«

Leider alle möglichen Leute, dachte Ellen. Sie hatte bereits einen Polizisten herbestellt. Er sollte den Vorfall aufnehmen, auch wenn es aussichtslos war. Die Chancen, die kleinen Schweinehunde zu fassen, waren gleich null.

»Es tut mir so leid, Dad.«

Sie streichelte ihm über den Arm.

»Sag das nicht dauernd, Ellen. Es ist nicht deine Schuld.«

Das wusste sie. Dafür entschuldigte sie sich auch nicht. Sondern dafür, dass sie einer Polizeitruppe angehörte, die so unterbesetzt war, dass solchen Delikten in den seltensten Fällen nachgegangen wurde. Der Polizist, der die Aussagen ihrer Eltern aufnahm, gab sie in das Computersystem ein, ihre Eltern bekamen ein Aktenzeichen, und danach geschah nichts. Das war deprimierend und machte sie wütend.

Der Garten war der ganze Stolz ihres Vaters. Er verbrachte viel Zeit darin, pflanzte, zog Unkraut, stutzte den Rasen und alles, was Menschen so in ihrem Garten tun. Ellens Mutter machte oft Witze, dass der Garten ihm wichtiger sei als sie. Und jetzt hatte irgendein Abschaum ihn zerstört. Wozu?

Ellen stand mit ihrem Vater in der Küche am Fenster und betrachtete die Verwüstung. Jede einzelne Blume war aus den Beeten gerupft und zerpflückt worden. Die Tat eines Verrückten. Ein Verrückter, der klug genug war, sein Unwesen nicht im Vorgarten zu treiben, wo ihn jeder hätte sehen können. Der wartete, bis ihre Eltern das Haus verlassen oder zu Bett gegangen waren, bevor er dieses Chaos veranstaltete.

Es ergab überhaupt keinen Sinn. Wie so vieles in ihrem Job. Irgendetwas sagte ihr, dass es persönlich gemeint war. Noch wusste sie nicht genau, wieso. Noch nicht.

»Es ist nur ein Garten«, sagte ihr Vater. »Ich weiß. Warum sich also aufregen? Es waren meine Herbstblumen, Ellen. Krokusse, Goldkrokusse und Guernseylilien. Was für eine Zeitverschwendung, hm?«

Er stützte sich auf die Arbeitsplatte, den Rücken leicht gekrümmt. Das war erst in den letzten Jahren so gekommen. Manchmal sah sie ihn gar nicht richtig. Sie sah immer nur die junge, kräftige Version des Mannes, der er nicht mehr war. Sie sah ihn, wie sie ihn erinnerte. Oder sich ihn wünschte.

Heute nicht. Jetzt sah sie den gekrümmten Rücken, das Zittern seiner Hände, die schlaffe Haut am Kinn. Wann war er so alt geworden?

»Dass dich das aufregt, ist normal«, sagte Ellen. »Jeder sinnlose Akt regt uns auf, weil wir es nicht verstehen. Schlimmer wird es dadurch, dass sie etwas zerstört haben, was dir am Herzen liegt. Du kannst sie doch aber neu pflanzen? Wieder so, wie es war?«

Er schüttelte den Kopf, blickte noch immer aus dem Fenster.

»Wir packen alle mit an«, sagte sie. »Ich und die Kinder. Sean und Terry. Wir kommen und machen eine Pflanzparty. Nehmen uns einen Sonnabend frei und spucken in die Hände. Was meinst du?«

»Sch, sch«, sagte er. »Nicht jetzt, Ellen. Ich brauche einen Moment für mich allein. Macht es dir was aus, Liebes?«

Es machte ihr nichts aus. Doch konnte sie sich nicht entsinnen, dass er sie je irgendwann einmal aus seinem Leben ausgeschlossen hatte.

»Bitte«, sagte er. »Hilf deiner Mutter. Sie legt die Wäsche zusammen. Geh ihr zur Hand. Ich möchte alleine sein.«

Sie verließ leise die Küche und schloss die Tür hinter sich. Es war ganz normal, dass er aufgebracht war und selbstverständlich, dass er allein damit fertigwerden wollte. Doch dieses Wissen machte es ihr nicht leichter. Sie ging die Treppe rauf zu ihrer Mutter und konnte sich des Gedankens nicht erwehren, dass es das Ende von etwas war.

Nathan schwitzte. Schweiß lief ihm den Nacken hinunter, in seine Boxershorts hinein, kitzelte seinen Hintern und seine Arschritze. Die Frau vor ihm schleuderte ihm Fragen entgegen, wollte ihn unvorbereitet treffen, ihn dazu bringen, etwas zu sagen, was er nicht sagen sollte. Dazu war er viel zu clever.

»Mr. Collier«, sagte sie. »Wie lange arbeitete Chloë bei Happy Homes?«

»Sechs Monate«, sagte er. »Ungefähr. Vielleicht fast sieben. Ich weiß es nicht genau.«

Exakt sechs Monate und fünf Tage. Doch das würde er ihr ganz sicher nicht auf die Nase binden.

Sie hatte kurze blonde Haare. Das erinnerte ihn an Chloë. Nur war Chloës Haar länger und nicht so voll. Chloë hatte feines, seidiges Haar. Wie eine Prinzessin.

Der Schreck fuhr ihm wieder in die Glieder. Er dachte, er habe ihn bereits überwunden, doch dann – wumm! – war er wieder in ihrer Wohnung, kniete auf dem Boden und hielt ihren zierlichen Körper.

Er hatte für sie gebetet, Gott gebeten, gut zu ihr zu sein. Sich ihrer Seele anzunehmen und sie glücklich zu machen. Obwohl er nicht sicher war, ob sie es verdiente. Nicht, wie sie sich in der vergangenen Woche benommen hatte. Sein Kummer war fast unerträglich gewesen. Hatte er zumindest gedacht. Aber das war noch gar nichts gegen seinen Schmerz jetzt.

»Mr. Collier? Nathan?«

Die Stimme der Polizistin riss ihn aus seinen Gedanken. Noch mehr Fragen. Wie sie sich kennengelernt hatten, warum er Chloë einen Job gegeben hatte, wie ihre Beziehung zueinander gewesen war. Und so weiter. All diese Fragen hatte er bereits beantwortet. Hatte ihr alles und nichts erzählt.

»Sie suchte eine Wohnung«, sagte Nathan.

Die Ermittlerin las etwas von dem Blatt ab. »Ich dachte, Sie sind für die Verkäufe zuständig und Ihr Kollege …«

»Mitarbeiter«, sagte Nathan. »Carl arbeitet für mich, nicht mit mir zusammen.«

Und das auch nicht mehr lange. Judas konnte Carl in Sachen Verrat nicht das Wasser reichen. Nathan konnte es immer noch nicht fassen. Wie sie ihn mit offenen Armen empfangen hatte und ihn … Wie eine billige Hure.

Er hatte an nichts anderes denken können. Hatte sie sich zusammen vorgestellt. Wie konnte sie nur? Der Gedanke allein – Chloë und Carl – hatte ihn angeekelt, ihm sprichwörtlich Übelkeit verursacht. Er hatte nicht daran zu denken versucht, es aber nicht aus dem Sinn bekommen. Bis er an nichts anderes mehr denken konnte. Ein schmutziges Bild nach dem anderen. In den Nächten im Bett, wenn er einzuschlafen versuchte, war es am schlimmsten gewesen. Hinter geschlossenen Lidern hatte sich alles abgespielt: Chloë zog sich für Carl splitterfasernackt aus, lag auf dem Bett und spreizte die Beine. Ließ ihn machen. Das Reine unrein. Ließ sich ruinieren.

»Fahren Sie fort.«

Konzentration. Er durfte es nicht vermasseln.

»Carl war nicht im Büro«, sagte er. Sie waren noch immer in seinem Kopf. Carl lag auf ihr, stöhnte, drang in sie ein.

»Die Wohnung in der Nightingale war gerade auf den Markt gekommen. Ich bot ihr an, sie dorthinzufahren.«

Sie in der Tür, umrahmt vom Sonnenlicht, das Haar golden, wie ein Heiligenschein. Er war wie hypnotisiert gewesen. Sein Lebtag hatte er noch nicht so etwas Schönes gesehen.

Er hatte sie nicht ängstigen wollen. Das war nie seine Absicht gewesen. Er hatte ihr auch nie weh tun wollen. Hatte nicht geplant, sie zu schlagen. Er hatte nur nicht gewollt, dass sie ihn sah. Er hatte sich doch nur um sie kümmern wollen. War das so schwer zu verstehen?

»Sie haben ihr das Haus billiger vermietet«, sagte die Polizistin.

Sein Hintern juckte. Er verlagerte sein Gewicht, kniff die Pobacken zusammen und entspannte sie wieder. Das half nicht.

»Sie hat mir leidgetan«, sagte er. »Sie erzählte mir, was sie durchgemacht hatte. Sie brauchte Hilfe.«

Die Ermittlerin nickte. Versteinertes Gesicht. Er mochte sie nicht. Manche Jobs waren für Frauen ungeeignet. Die Arbeit eines Detective war nicht leicht. Man musste hart sein, und Frauen waren nicht hart. Frauen waren sanft und rein und schön. Männer zerstörten sie. Männer mit ihren widerlichen Trieben, die sie nicht kontrollieren konnten, egal, wie sehr sie sich auch bemühten.

Das war nicht einfach. Er wusste das nur zu gut. Aber nur, weil etwas nicht einfach war, bedeutete es noch lange nicht, dass man es nicht versuchen sollte. Seht Vater John an. Seit dreiundvierzig Jahren Pfarrer. Ein Leben voller Gebete und Zölibat. Kein Instinkt, der uns nicht von jedem x-beliebigen Tier unterschied.

»Nun«, sagte die Polizistin.

Ein Gedankenblitz, was er gerne mit ihr anstellen würde. Er unterdrückte ihn fast so schnell, wie er gekommen war. Konzentration. Er durfte nicht zulassen, dass diese Seite von ihm die Oberhand gewann.

»Sie haben Chloë ein Zuhause gegeben und Arbeit. Ich frage mich, was Sie dafür von ihr erwartet haben, Mr. Collier?«

Schlampe.

Hör auf! Es gab keinen Grund.

»Nichts«, sagte er. »Ich habe gar nichts erwartet. Das können Sie nicht verstehen, nicht wahr? Ich wollte nur hilfsbereit sein. Was dagegen?«

Sie konnte es nicht begreifen. Er war nicht wie andere Männer. Er hätte das niemals verlangt. Hätte es um ihretwillen nicht gewollt. Alles, was er wollte, was er getan hatte, hatte er nur für sie getan.

EINUNDVIERZIG

Die Umschläge lagen ausgebreitet auf dem Bett. Monica ordnete sie nach Datum, von links nach rechts. Dieselbe Handschrift auf jedem Umschlag, auf jedem derselbe Name. Sieben Umschläge. Sieben Adressen. Die wenigen Briefe, die sie über die Jahre geschrieben hatte.

Früher hatte sie Briefe geschrieben, die sie nie abgeschickt hatte. Die hatte sie schon vor langer Zeit weggeworfen. Sie waren eine unerfreuliche Mahnung an ihre eigene Schwäche. Die Briefe auf dem Bett stammten aus den letzten zehn Jahren. Sie waren zurückgekommen. »Zurück an den Absender« war daraufgekritzelt. Es waren noch mehr gewesen. Was aus den anderen geworden war, wusste sie nicht.

Bis zu dem Tag in Brighton hatte sie sich eingeredet, dass ihre Mutter die anderen Briefe erhalten hatte. Sie hatte sich die Freude ihrer Mutter vorgestellt, wenn sie die Briefe öffnete und wusste, dass Monica sie nicht vergessen hatte. Stolz vielleicht, dass ihr kleines Mädchen jetzt erwachsen war und etwas aus ihrem Leben machte.

Bescheuert.

Sie griff sich einen beliebigen Umschlag heraus und zerriss ihn, zerriss die beiden Hälften noch einmal. Sie zerriss sie alle, bis kein Brief oder Umschlag mehr übrig war. Wie die Blumen im Garten des alten Ehepaars.

Durch die Wand hörte sie den Fernseher in Mrs. Mallets Schlafzimmer. Eine ihrer Töchter war vorbeigekommen. Die blöde Ziege hatte vergessen, den Fernseher leiser zu stellen. Monica sah die alte Schachtel und ihre hässliche Tochter vor ihrem geistigen Auge. Sie saßen in den Sesseln im Wohnzimmer und unterhielten sich über unwichtige Dinge, spielten sich gegenseitig vor, dass ihnen ihre Beziehung irgendetwas bedeutete.

Sie musste noch einmal nach Whitstable fahren. Es gab ein paar Sachen im Haus, die sie haben wollte. Wertvolle Sachen. Bei ihrem letzten Besuch hatte sie vom Schlüsselbrett im Flur den Schlüssel für die Haustür mitgehen lassen. Das nächste Mal würde sie ihn benutzen. Sobald er nicht im Haus war, konnte sie sich hineinschleichen und mitnehmen, was sie brauchte. Er hatte so viel Zeug. Zum Beispiel das hässliche Aynsley-Porzellan, das er sammelte. Das war jede Menge wert. Sie sah nicht ein, warum er das alles behalten sollte.

Sie nahm das Foto, das Kelly aufmerksam betrachtet hatte. Das Original stand auf dem Kaminsims im Wohnzimmer. Sie hatte ihren Vater bekniet, ihr diesen Abzug zu geben. Das einzige Foto, das sie von ihrer Mutter besaß. Die Ärmste sah ziemlich elend darauf aus. Und wer konnte es ihr verübeln? Verheiratet mit diesem Stück Scheiße.

Ihr Puls pochte. Sie legte die Finger an den Hals. Das regelmäßige Du-dumm, Du-dumm war die Hintergrundmusik zum Rauschen in ihrem Kopf. Ihr Vater. Zusammengesunken in diesem verdammten Sessel, das Gesicht in den Händen, schluchzend. Sein ganzer Körper bebte. Die kleine Monica versuchte, ihm die Hände vom Gesicht wegzuziehen, und verstand rein gar nichts.

Und er heulte nur rum.

Du-dumm. Du-dumm.

Monica hatte auch angefangen zu weinen, an ihm gezogen, ihn angefleht, ihr zu sagen, wo Mommy war und warum er weinte. Und dann hatte das blöde Schwein sie einfach weggeschubst, das Zimmer verlassen und war die Treppe hochgegangen. Sie war hinter ihm hergerannt. Das war so erbärmlich gewesen – wie er.

Er hatte sich im Badezimmer eingeschlossen. Sie hatte vor der Tür gestanden, dagegengehämmert, geschrien, er solle sie reinlassen.

Du-dumm. Du-Dumm.

Dieses miese Stück Scheiße.

Das unglückliche Gesicht ihrer Mutter. Sie sah es an.

Blöde, verlogene Schlampe.

Es war ihre Schuld. Warum hatte ihre Mutter das nicht zugeben können? Warum musste sie alle diese Dinge zu ihr sagen? Als sie losgelegt hatte, hatte Monica sie angeschrien. So wie jetzt. Sie hatte die Flasche genommen, die auf dem schmutzigen Tisch lag.

Hatte sie hochgehoben, wie sie jetzt das Foto hochhob. Über ihren Kopf und zerschmetterte es. Das Glas sprang in tausend Stücke. Wie die Flasche, mit der sie ihr in ihr blödes verlogenes Gesicht geschlagen hatte.

Vor zwei Monaten, einer Woche und zwei Tagen. Ihre Mutter.

Vor zwei Monaten, einer Woche und zwei Tagen. Ellen Kelly.

Zwei unterschiedliche Frauen. An zwei unterschiedlichen Tagen. Zweimal verraten. Erst von ihrer Mutter – einen Tag später von Ellen Kelly.

Du-dumm. Du-dumm.

Zwei blöde verlogene Huren.

ZWEIUNDVIERZIG

Ellen klapperte die Pubs nach Raj ab. Schon im zweiten wurde sie fündig. Er saß in einem schwarzen Wollmantel in dem kleinen Biergarten vom The Duke und rauchte eine Marlboro Light nach der anderen.

»Hätte nicht gedacht, dass das hier Ihre Sorte von Pub ist«, sagte Ellen und setzte sich ihm gegenüber. Sie bereute, dass sie ihren Mantel im Auto gelassen hatte. Hoffentlich dauerte das hier nicht allzu lange.

»Was soll das denn heißen?«

»Ich dachte, Sie zögen gepflegtere Etablissements vor«, sagte sie. Oder solche mit einer Regenbogenflagge vor der Tür, dachte sie. Rajs sexuelle Vorlieben gingen sie nichts an. Sie hoffte allerdings, dass es jemanden gab, zu dem er später gehen konnte.

Sie klopfte auf die Schachtel Zigaretten. »Darf ich mir eine nehmen?«

»Falls Sie hergekommen sind, um mir Ratschläge zu erteilen«, sagte er, während sie sich die Zigarette anzündete, »können Sie gleich wieder gehen. Mir ist nicht danach.«

»Hören Sie auf mit Ihrem Selbstmitleid«, sagte sie. »Sie haben Mist gebaut. Na und? Das passiert uns allen einmal. Außerdem ist mir zu Ohren gekommen, dass er zuerst auf Sie losgegangen ist. Es war Notwehr.«

»Verpissen Sie sich, Ellen.«

Sie hätte ihn am liebsten geohrfeigt. Oder umarmt. Carl Jenkins war festgenommen worden. Anzeige wegen Widerstands gegen die Staatsgewalt. Raj war vom Dienst suspendiert worden, solange die interne Untersuchung zum Vorfall in der Wohnung in Blackheath lief. Im Präsidium herrschte Konsens darüber, dass Jenkins bekommen hatte, was er verdiente. Seine Attacke und die Tatsache, dass er für Sonntagnacht kein Alibi hatte, machten ihn zur Nummer eins auf der Liste der Verdächtigen. Raj, so die einhellige Meinung, hatte das Richtige getan.

»Hören Sie doch auf«, sagte Raj. »Notwehr? Ich habe dem Saftsack die Nase gebrochen, Herrgott noch mal. Ich dachte, die Metropolitan Police will sich reinwaschen. Ja, ich weiß, als solche Leute wie Sie angefangen haben, war so etwas gang und gäbe. Bulle verprügelt irgendeinen armen Hund, und der ganze Apparat deckt ihn. Ich will die Sache nicht verschleiern, Ellen. Ich habe die Kontrolle verloren, konnte mich nicht bremsen. Mein Pech.«

Definitiv eine Ohrfeige.

»Seien Sie nicht so naiv«, sagte sie. »Nichts ist schwarz oder weiß, das wissen Sie. Sie haben die Kontrolle verloren. Na und? So, wie Sie sich jetzt geißeln, wird es wohl nicht wieder vorkommen. Sie sind doch nicht irgendein Gangster, der nur aus Jux jemanden vermöbelt hat. Sie haben recht. Es gab Polizisten, die so etwas gemacht haben. Und nicht zu selten. Doch die Dinge haben sich geändert, Raj. Die Polizei ist heute anders. Anders und besser. Das haben wir Leuten wie Ihnen zu verdanken. Guten, anständigen Menschen, denen ihre Arbeit wichtig ist und die sie erledigen, wie sie erledigt werden sollte. Keine Schmiergelder, keine Vorurteile, keine aus der Luft gegriffenen Anklagen. Nur ehrliche Polizisten, die sich den Arsch aufreißen, damit die Welt besser wird. Sie dürfen nicht zulassen, dass diese eine Sache alles ruiniert. Ich werde es nicht zulassen.«

»Haben Sie es getan?«, fragte er.

»Wovon sprechen Sie?«, sagte sie.

Billy Dunston. Gangster aus Greenwich. Er attackierte eines Abends einen jungen Mann in einem Pub. Zerschnitt ihm mit einer zerschlagenen Flasche das Gesicht. Es gab jede Menge Zeugen. Vinny, Ellens Mann, war der Einzige, der willens war, eine Aussage zu machen. Er wurde einen Tag vor dem Gerichtstermin überfahren. Dunston wurde nicht drangekriegt, weil er für die Zeit des Unfalls mit Fahrerflucht ein Alibi hatte.

Ellen zog an der Zigarette, aber es machte keinen Unterschied. Alles war präsent. Immer. Die warme Waffe, der Geruch, Dunstons Gesicht – oder was davon noch übrig war. Und der Bruchteil der Sekunde, in der sie die Waffe hob und abdrückte, zum zweiten Mal.

Sie warf die Zigarette auf den Boden. Trat die Kippe mit der Schuhspitze aus, stand auf.

»Ich bin noch hier«, sagte sie. »Das ist besser, als nicht hier zu sein. Vor allem deshalb, weil Sie suspendiert wurden. Eines Tages, wenn wir Chloës Mörder gefasst haben, werden Sie vielleicht verstehen, was ich meine. In der Zwischenzeit können Sie ja hier sitzen bleiben, saufen und in Ihrem Selbstmitleid baden, während ich Ihre Arbeit für Sie erledige.«

Sie ging, sah sich nicht noch einmal um. Später, auf dem Weg zum Flughafen, sie und Abby holten Chloës Mutter ab, kamen sie noch einmal an dem Pub vorbei. Er saß immer noch da. Einen halben Liter Bier vor sich, rauchend.

»Vergib mir, Vater, denn ich habe gesündigt. Meine letzte Beichte ist zwei Monate her.«

Er hatte einen Monat ausgelassen. Redete sich ein, er habe zu viel um die Ohren gehabt. Aber das war gelogen.

»Es tut mir leid«, sagte er. »Ich habe einen Fehler gemacht, und ich weiß nicht, was ich tun soll.«

»Warum erzählen Sie nicht erst einmal, worum es geht«, sagte Vater John. »Gott wird Ihnen helfen.«

Vater Johns Worte waren Balsam für seine Seele. Er hätte nicht so lange warten sollen. Das brauchte er. Beichte und Absolution.

»Da war diese Frau, Vater.« Und er fing an. Die Worte ergossen sich aus seinem Mund. Eine Flut. Er hätte nicht aufhören können, selbst wenn er gewollt hätte. Erleichterung, das Wissen, er war nicht allein. Sein Heiliger Vater war bei ihm.

Er fühlte sich so einsam. Besonders in den letzten Tagen. Hatte sich so auf Chloë konzentriert und es beinahe vergessen. Sie war ein Nichts. Eine Ablenkung. Mehr nicht. Hatte ihm den Kopf verdreht, und er hatte vergessen, was wirklich zählte.

Nachdem er ausgeredet hatte, herrschte Stille. Er hörte den schweren Atem des Pfarrers auf der anderen Seite des Gitters. Er wartete. Plötzlich hatte er Angst. Was, wenn? Doch er brauchte sich nicht zu sorgen. Hätte nie auch nur eine Sekunde an Seinem Herrn zweifeln sollen.

»Gott, der barmherzige Vater, hat durch den Tod und die Auferstehung seines Sohnes die Welt mit sich versöhnt und den Heiligen Geist gesandt zur Vergebung der Sünden. Durch den Dienst der Kirche schenke Er dir Verzeihung und Frieden. So spreche ich dich los von deinen Sünden. Im Namen des Vaters und des Sohnes und des Heiligen Geistes. Amen.«

Seine Seele schrie. Vater Johns Worte erfüllten den kleinen Raum und gaben ihm den Trost, nach dem er hungerte. Eine Last fiel von ihm ab. Alles war wieder gut.

Ihm ward vergeben.

DREIUNDVIERZIG

Sinatra und ein Glas schwerer Merlot. Ihre Medizin für den Abend, denn der Schlaf würde nicht von selbst kommen. Nach ihrem Gespräch mit Raj war sie mit Abby zum Flughafen gefahren. Dort hatten sie Patricia Dunbar abgeholt, Chloës Mutter. Das Zusammentreffen war zermürbend gewesen, genau wie erwartet. Sie hatte Mrs. Dunbar zum Leichenschauhaus begleitet und anschließend getröstet. Danach war Ellen zu nichts mehr zu gebrauchen.

Chloës Mutter war eine ältere Version der Tochter. Das gleiche feine blonde Haar, die gleichen elfenhaften Gesichtszüge, die gleiche lispelnde Kleinmädchenstimme. Krank vor Trauer, beschäftigte Patricia nur eines: die Vorbereitungen für Chloës Bestattung. Ellen kannte das. Familienangehörige von Mordopfern waren oft übermäßig mit den Einzelheiten einer Beerdigung beschäftigt. Auf diese Weise konnte man irgendeine Kontrolle über eine vollkommen unbegreifliche Situation erlangen. Leider wurde ihnen auch diese – zusammen mit allem anderen – während der langen und quälenden Mordermittlung genommen.

Ein Kind zu verlieren ist das Schlimmste.

Ellen musste an Vinnys Eltern, Brendan und Aisling, am Tage der Beerdigung denken. Trotz ihres eigenen tiefen Schmerzes hatte sie gesehen, wie unerträglich es für die beiden war. Sie hatte es ignoriert. Hatte nicht auch noch die Trauer der Eltern verkraften können. Jetzt bereute sie es. Was auch immer passierte, sie musste dafür sorgen, dass Pat und Eilish nie den Kontakt zu Vinnys Familie verloren.

Sie trank den Wein aus und schenkte sich ein zweites Glas ein. Im Wohnzimmer tönte »Songs of Swinging Lovers« aus der

Anlage. Ellen setzte sich, griff sich das Blackberry, wechselte zwischen E-Mails und Internet, las die neuesten Meldungen zu Chloës Ermordung. Noch nichts von Martine Reynolds. Doch das war sicher nur eine Frage der Zeit. Ellen erwartete das orangebraune Gesicht der Journalistin morgen unter den anderen Zeitungsschreibern bei der Pressekonferenz.

Sie hatte Jim für heute Abend zum Essen eingeladen, aber wieder abgesagt, weil sie länger arbeiten musste. Jetzt wünschte sie, sie hätte es nicht getan. Sie wollte nicht allein sein. Sie rief ihn an. Nur die Voicemail. Sie hinterließ keine Nachricht. Versuchte es bei Raj. Auch die Voicemail. Für ihn hinterließ sie eine Nachricht, bat ihn, sie zurückzurufen, sie wollte wissen, ob er okay war. Sie legte das Blackberry zur Seite, schloss die Augen und ließ Frank sie an einen besseren Ort entführen.

Es klingelte. Monica erschrak. Rotwein schwappte auf ihre Hand, das Handgelenk und die Manschette ihrer Bluse. Es sah aus, als hätte sie sich die Pulsadern aufgeschnitten. Sie grinste. Selbstmord war etwas für Versager. Sie trank den Wein aus, musste aufstoßen. Das roch unangenehm, aber es war niemand da, den es gestört hätte.

Er trommelte gegen die Tür, rief ihren Namen. Blöder Idiot, verstand den Hinweis nicht. Nüchtern hätte sie ihm vielleicht aufgemacht. Jetzt konnte sie sein schmalziges Mondgesicht nicht ertragen.

Kelly war schuld, dass sie trank. Sie hatte die ganzen Erinnerungen wieder hochgeholt. Monica ging zum Fenster, blickte hinaus. Konnte Harry gerade noch zurück über die Straße gehen sehen. Er hatte es geschnallt. Endlich.

Sie zog den Vorhang zu, widmete sich wieder der Weinflasche. Leer. Sie nahm eine neue aus dem Weinregal, schnappte sich den Korkenzieher, versuchte, ihn in den Korken zu bekommen. Drehverschluss. Dämlich. Hatte es nicht bemerkt. Sie warf den Korkenzieher beiseite, schraubte den Verschluss auf und füllte das Glas.

Der Tag hatte erfreulich begonnen. Endlich behandelten sie sie mit Respekt. Doch nach Kellys Besuch ging es bergab. Dunkle Erinnerungen hatten sie runtergezogen, sie an Orte mitgenommen, die sie lieber mied.

Sie bereute nur wenig.

Sie saß im Wohnzimmer. Die Musik lief. Sie blickte sich verwirrt um. Erinnerte sich nicht, wie sie hergekommen war. Frank Sinatra. Wieso Frank?

Ellen Kelly mochte Frank. Das hatte sie Monica bei ihrer ersten Begegnung erzählt. Vielleicht hatte Monica darum die Platte aufgelegt. Um sich in Kelly hineinzuversetzen. Franks Stimme schwebte über sie hinweg, sang von einer Liebe tief in seinem Herzen. Unter seiner Haut. Sie erinnerte sich, wie sich das anfühlte. Wusste, was Frank mit seinem Versprechen meinte, niemals aufzugeben. Laut sang sie mit. Das half, sich abzulenken. Sie wollte ihn, Jim, anrufen. Seine Stimme hören. Aber sie war zu betrunken, und er legte mit Sicherheit gleich auf. Wieder.

Ein anderer Song war jetzt im Zimmer. »Strangers in the Night«. Sie mochte den Song. Er war ein Stranger gewesen. Anfangs. Dunkle, heiße Nächte. Sie hatte ihm vorgemacht, dass sie ihn liebte. Eine Kleinigkeit. Seine Leidenschaft hatte sie erregt. Seine Leidenschaft für sie. Besitzergreifende Leidenschaft. Flüsterte ihr heiße Worte ins Ohr. Seine Hände immerzu an ihrem ganzen Körper. Er hatte nicht genug von ihr bekommen können. Kein Mann konnte das.

Sie hatte vorgegeben, dasselbe für ihn zu empfinden. Irgendwann hatte sie gemerkt, dass sie ihm nicht nur etwas vorspielte. Da war es zu spät gewesen.

Die perfekte Heuchelei. Sie suchte die Flasche. Konnte sie nirgends sehen. Fand sie im Kühlschrank in der Küche. Gekühlter Rotwein. Wein auf den Ärmeln ihrer weißen Bluse. Wie Blut.

Sie trank den kalten Wein. Ekelhaft. Aber besser als nichts. Ihr Handy lag auf dem Küchentisch. Sie nahm es in die Hand. Niemals trinken und texten. Sie scrollte das Adressbuch durch. Wen konnte sie anrufen? Bei Kellys Namen hielt sie inne. Dann überlegte sie es sich anders. Hatte eine bessere Idee.

Sie machte sich einen Kaffee, setzte sich an den Laptop und öffnete das Mailprogramm. Kelly hatte ihr eine Visitenkarte gegeben, und Monica hatte sich gleich die E-Mail-Adresse und die Telefonnummer eingeprägt.

Sie nahm sich Zeit, vergewisserte sich, dass sie den richtigen Ton traf; ein wenig schüchtern, einen Hauch unsicher. Sie brauchte zwanzig Minuten. Sie las sich den Text noch zweimal durch. Man durfte nicht merken, dass sie betrunken war. Zufrieden klickte sie auf Senden. Danach klappte sie den Laptop zu, drehte die Musik auf, trank noch mehr Wein und fing an zu tanzen.

Der Boden vibrierte von der wummernden Technomusik. Raj wurde davon seekrank. Um ihn herum Körper, die sich zum Rhythmus bewegten. Die Luft roch nach Schweiß und Poppers. Er brauchte einen Drink. Blickte sich um, konnte die Bar aber nirgends entdecken. Stolperte, fiel beinahe. Jemand fing ihn auf. Blaue Augen und Schultern. Nettes Lächeln. Er stand auf blaue Augen.

»Alles okay?« Das Gesicht ganz nah, die Stimme laut, um die Musik zu übertönen.

»Mehr als okay.«

Die Worte gingen unter im dumpfen Beat. Sein Magen rebellierte. Er musste sich übergeben. Er riss sich los, bahnte sich einen Weg durch die Menschenmenge zum Ausgang. Schaffte es nicht. Kotze spritzte aus seinem Mund auf die glänzenden Halbschuhe und die Hose von irgendeinem Typen. Weiße Jeans.

Zwei Rausschmeißer packten ihn und zerrten ihn nach draußen. Einer versetzte ihm einen Schlag ins Gesicht. Er stürzte zu Boden und stöhnte. Versuchte aufzustehen. Tritte in den Magen. Er krümmte sich, die Arme schützend vor dem Kopf.

Weiter passierte nichts. Die Rausschmeißer verzogen sich lachend. Er hörte die Tür zuschlagen. Alles wurde still. Er lag in der Gasse hinter dem Club. Von weit her konnte er die Musik hören, ein gleichmäßiger Herzschlag durch Betonwände.

Der Boden war nass. Die Nässe drang durch seine Hose und sein Hemd. Ihm war kalt. In der Tasche fing sein Handy an zu klingeln. Aidan. Er hatte es an diesem Abend schon x-mal versucht. Eigentlich waren sie verabredet gewesen. In einem neuen Bistro in der Frith Street. Danach ein paar Drinks mit einigen von Aidans Freunden.

Als er das Handy schließlich aus der Tasche gezogen hatte, hatte es aufgehört zu klingeln. War wahrscheinlich auch besser so. Er rollte sich auf den Rücken. Ein schwarzer Himmel mit funkelnden Sternen. Eine silberne Mondsichel. Bruchstücke irgendeiner Zeile von irgendwo. Irgendwas von jemandem, der im Rinnstein lag und zu den Sternen aufsah.

Er war müde. Die Augen fielen ihm zu. Die Sterne und der Mond verschwanden. Er sollte aufstehen. Nach Hause gehen. Er brachte die Kraft nicht auf. Das Handy rutschte ihm aus der Hand, landete auf dem nassen Boden. Er bemerkt es kaum.

Sterne fort. Mond fort. Nur noch Dunkelheit. Endlich.

Ellen glitt gerade in den Schlaf, da piepte ihr Blackberry. Eine Mail im Posteingang. Sie wollte es ignorieren; war zu müde, um sich dafür zu interessieren. Doch die Erinnerungen an diesen Tag waren stärker. Die Mail konnte wichtig sein. Sie drehte sich um und zog das Blackberry aus der Handtasche.

Eine Nachricht von Monica Telford. Ellen sah nach, wie spät es war. Nach Mitternacht. Augenblicklich war sie hellwach. Sie öffnete die Mail und fing an zu lesen.

Eine sonderbare Mail, unverbindlich im Ton. Das klang nicht nach Monica. Eher so, als hätte jemand anderer die Mail geschrieben, dachte Ellen. Zuerst verstand sie nicht, was Monica ihr mitteilen wollte. Erst beim zweiten Lesen wurde es ihr schlagartig klar, und im selben Moment war das zaghafte Glücksgefühl der letzten Wochen wie weggeblasen.

VIERUNDVIERZIG

Bel war seit drei Tagen fort. Adam vermisste sie. Merkwürdig. Er hatte sich damit abgefunden gehabt, allein zu leben. Erledigt, hatte er gedacht. Allein der Gedanke daran, sein Leben noch einmal mit jemandem zu teilen, all die Unordnung und die Unannehmlichkeiten, die damit einhergingen. Hätte ihn jemand gefragt, ob er dazu bereit wäre, er hätte sich herzlichst bedankt. Das war vor Bel gewesen.

Sie kam ihm nahe wie sonst niemand zuvor. Nicht dass es noch andere gegeben hätte. Annie und Bel. Die Summe seiner sexuellen und romantischen Erfahrungen. Annie war ein Fehler gewesen. Er hatte sich vorgemacht, die äußere Schönheit spiegele die innere. Aber sie veränderte sich. Kam nicht zurecht. Wollte ihm die Schuld für alles in die Schuhe schieben, obwohl überhaupt niemand Schuld hatte. Am Ende war sie auch nicht anders gewesen als seine Mutter. Niederträchtig und gemein und unfähig, jemanden zu lieben außer sich selbst.

Er versuchte, Bel telefonisch zu erreichen, doch noch vor dem ersten Klingelzeichen sprang die Voicemail an. Sie musste das Handy ausgeschaltet haben. Sie hatte versprochen, ihn anzurufen. Er fragte sich, warum sie es nicht getan hatte. Fragte sich, ob er sich Sorgen machen musste. Er wollte es noch einmal probieren, diesmal eine Nachricht hinterlassen. Doch das würde ihr missfallen. Sie würde sagen, er wäre zu besitzergreifend. Vielleicht stimmte das auch. Er wusste nicht, was er tun sollte.

Er sagte sich, seine Unruhe sei nicht normal. Sie wollte nur fünf oder sechs Tage fortbleiben. So lange, wie es eben dauerte. Er war sich nicht sicher. Wenigstens war sie zuverlässig. So fiel es leicht vorherzusagen, wann sie ging und für wie lange.

Anfangs hatte er sich nicht getraut zu fragen. Hatte gedacht, sie könnte es missverstehen. Oder sich zurückgewiesen fühlen oder irgend so etwas Dummes. Es ging nicht um Zurückweisung. Er vermisste sie wahnsinnig, wenn sie nicht da war. Es wäre ihm lieber, es wäre nicht so.

Er nahm noch einmal das Telefon, legte es wieder hin. Lief im Wohnzimmer umher, schüttelte die Kissen auf, zog den Läufer vor dem Kamin gerade. Letzte Nacht hatte er sämtliche Bilder von Annie weggepackt, sie fein säuberlich in einen Karton gestapelt und in das Gästezimmer getragen. Heute Morgen sah er die Abdrücke im Staub auf dem Sims und beeilte sich, ihn abzuwischen. Fragte sich – wieder einmal –, wo all dieser Staub herkam.

Nachdem er im Wohnzimmer für Ordnung gesorgt hatte, fühlte er sich besser. Nahm sich den Rest des Hauses vor, summte vor sich hin. Er bewegte sich von Zimmer zu Zimmer. Die Spannung fiel langsam von ihm ab, während er für Sauberkeit und Ordnung sorgte.

Die Waschmaschine war durch, er leerte sie, legte die Sachen in einen Plastikkorb und trug ihn hinaus in die Sonne. Man durfte die Wäsche nicht zu lange draußen hängen lassen, sonst fing sie an, seltsam zu riechen. Das war der Trick. Zwei Stunden und dreiundvierzig Minuten an einem kühlen Tag wie heute. Die Wäsche wäre noch klamm, wenn er sie ins Haus bringen und trockenbügeln würde.

Er hatte fast die Hälfte die Wäsche aufgehängt, da fielen ihm zwei Slips von Bel in die Hände. Weiße Baumwolle mit weißer Spitze. Er stellte sich vor, wie sie auf ihn zukam und nichts weiter anhatte. Er war drauf und dran, sein Gesicht in den weichen sauberen Stoff zu pressen. Da sah er in der Mitte einen kaum sichtbaren braunen Streifen.

Du schmutzige kleine Sau.

Er warf die Slips auf den Boden, wollte nicht daran erinnert werden, aber es war zu spät.

Schwester Teresa zog ihn am Arm vor die Klasse. Er bemühte sich, sich das Weinen zu verkneifen. Sie schrie. Seine Hände und sein Gesicht waren schmutzig, und das sagte sie ihm. Gott im Himmel, hatte sie es ihm nicht jeden Morgen gesagt, dass er sauber in die Schule kommen sollte? Er wollte ihr erklären, dass es nicht seine Schuld war. Das Wasser war abgestellt, und sie konnten sich nicht waschen. Seine Anziehsachen waren auch dreckig. Und die Toilette, er konnte es ihr nicht sagen, war voller Kacke und Toilettenpapier und blutigen Binden.

Schwester Teresa hörte gar nicht zu. Sie hielt ihren Stock und schrie, er solle seine Hose runterziehen. Das konnte er nicht. Seine Unterhose war schmutzig. Drei Tage alte Kackastreifen. Er musste sie anziehen, er hatte keine saubere, nichts Sauberes, weil sie kein Wasser hatten.

Schwester Teresa war das einerlei. Sie schubste ihn gegen das Schreibpult, drückte sein Gesicht auf das rauhe Holz und versuchte, ihm die Hose runterzuziehen. Er schrie und trat um sich, aber nichts hielt sie auf. Als sie ihm die Hose schließlich runtergezogen hatte, setzte diese gottverdammte Stille ein, Totenstille, die sich ins Endlose zog. Er hielt es nicht mehr aus, das Warten. Er spürte, wusste, gleich würde es passieren, obwohl er eigentlich in der Lage sein sollte, seinen Körper zu kontrollieren. Doch dann kam es. Warme, nasse Pisse lief an seinem Bein hinunter, wurde um seine Füße zu einem kleinen See, sickerte durch das Loch in der Sohle seines Schuhs.

Ein starker Geruch im sauberen Klassenraum. Sie fing an, ihn zu schlagen, er weinte und flehte, sie solle aufhören. Obwohl er wusste, dass er es verdiente. Sie hatte recht.

Dreckiges, ekelhaftes kleines Schwein.

FÜNFUNDVIERZIG

Ellen leitete Ger gleich am Morgen die Mail weiter. Was sollte sie sonst machen. Jetzt, eine Stunde vor der Pressekonferenz, saß sie hinter einer Glasscheibe und verfolgte die Befragung von Jim O'Dwyer durch Ger und Alastair.

»Wo waren Sie am Sonntagabend zwischen sieben Uhr und Mitternacht?«, fragte Ger.

Ellen kannte die Antwort, denn sie hatte sie Ger selbst gegeben.

»Ich habe bis ungefähr sieben Uhr gearbeitet«, sagte Jim. »In einem Haus in Lewisham. Danach bin ich zu einer Freundin gefahren.«

»Name?«

Er zögerte. »Ellen Kelly.«

Alastair rutschte auf seinem Stuhl hin und her, fühlte sich sichtlich unwohl. Ellen betete, dass er später nicht darüber mit ihr reden wollte. Während Ger weiter Fragen stellte, nahm Ellen ihr Blackberry heraus und las noch einmal Monicas Mail.

Sehr geehrte DI Kelly,
ich habe Ihnen versprochen, den Namen desjenigen zu nennen, von dem ich glaube, dass er mir etwas antun könnte. Bisher nahm ich an, es handele sich um meinen Vater. Ich erwähnte bereits, dass er ein unangenehmer Mensch ist. Die abscheulichsten Details habe ich Ihnen sogar vorenthalten.
Chloës Tod ändert die Lage.
Die Person, die Sie suchen, ist intelligent und grausam. Mein Vater ist nicht intelligent. Weit davon entfernt. Seine Dummheit und Ignoranz haben nicht unwesentlich zu dem Entschluss meiner Mutter beigetragen, ihn zu verlassen. Im Gegensatz zu ihm war sie eine intelligente Frau voller Lebenslust, die für einen Mann wie meinen Vater nur schwer zu begreifen ist.
Wer kommt noch in Frage?
Vor eineinhalb Jahren hatte ich eine ernste Beziehung. Sie ist auseinandergegangen, so ist es nun mal. Wir sind getrennte Wege gegangen, aber seit kurzem haben wir wieder Kontakt. Sein Name ist Jim O'Dwyer. Er wohnt in Greenwich und ist Klempner. Er wollte die Beziehung wiederaufleben lassen, aber ich habe ihn abgewiesen. In meinen Augen ist die Vergangenheit ein entferntes Land. Was Jim und ich hatten, war etwas Besonderes, aber wir müssen nach vorne blicken. Ich bin mir sicher, dass Sie mir darin zustimmen. Sie machen auf mich einen vernünftigen Eindruck.
Leider hat Jim mein Nein nicht einfach so hingenommen. Er glaubte wohl, wir könnten da weitermachen, wo wir aufgehört haben. Er war schon immer ein Hitzkopf, ein mehr oder weniger zorniger Mann. Anfangs hielt ich es für Leidenschaft. Jetzt bin ich mir nicht mehr so sicher. Tatsächlich hat ihn sein Hitzkopf schon oft in Schwierigkeiten gebracht. Daran ging auch unsere Beziehung in die Brüche.

Sie suchen nach einer Verbindung zwischen mir und Chloë. Jim hat des Öfteren für etliche Immobilienfirmen in Lewisham und Greenwich gearbeitet. Wäre es möglich, dass Jim auf diese Weise Chloë kennengelernt hat und von ihr ebenso besessen war wie von mir?
Verzeihen Sie, dass ich Ihnen all das schreibe. Sicherlich liegt Ihnen wenig daran, dass ich Ihnen mein Herz ausschütte. Doch ich habe keine andere Wahl. Bitte, melden Sie sich, sobald Sie können. Ich werde ins Präsidium kommen und eine formale Aussage machen. Ihnen zusätzliche Informationen liefern, die Sie brauchbar finden werden.
In Erwartung, von Ihnen zu hören, Monica

Nichts davon entsprach der Wahrheit. Zumindest nicht die wichtigen Details. Jim war am Sonntag bei Ellen gewesen. Er konnte Chloë nicht umgebracht haben. Ellen war erleichtert, als ihr das klar wurde, und trotzdem fühlte sie sich unbehaglich, denn nachdem sie die Mail ein zweites Mal gelesen hatte, hatte sie für einen Moment geglaubt, er könnte es gewesen sein.

Im Verhörraum fragte Ger, ob Jim je für Happy Homes gearbeitet hätte. Er schüttelte den Kopf. Hatte noch nie von der Firma gehört. Er wirkte ruhig. Die Anwesenheit eines Pflichtverteidigers hatte er abgelehnt. Ellen meinte, er mache einen Fehler. Jetzt sah sie ein, dass nur sie einen Fehler gemacht hatte: Sie hatte Monica geglaubt.

Alles an dieser Mail irritierte Ellen. Der unheimliche Ton bis hin zu dieser vorgegaukelten Intimität, mit der Monica Ellen ihre Geheimnisse anvertraute. Am meisten wurmte sie, dass Monica sie als vernünftig beschrieb. Am liebsten würde sie Monica Telford in ihr arrogantes Gesicht schlagen.

Vielleicht würde sie genau das tun.

In der Brightful Road waren die Vorhänge noch zugezogen. Ellen sprang aus dem Auto und schlug gegen die Tür, bis ihr endlich eine verschlafene Monica öffnete. Sie hatte ein rotes Handtuch um ihren Körper gewickelt. Offensichtlich war sie gerade erst aus dem Bett gekrochen.

Sie lächelte. »Ellen. So früh. Das nenn ich Service.«

»Hören Sie auf mit dem Scheiß.« Ellen drängte sich an ihr vorbei ins Haus. Es roch nach abgestandenem Wein. Sie rümpfte angeekelt die Nase.

»Kaffee?«, fragte Monica und schloss die Tür. Im Flur war es dunkel. Ellen war angespannt. Sie drehte sich um. Monica sah sie immer noch an, lächelnd. Wie gerne würde sie ihr dieses Lachen aus dem Gesicht boxen.

»Was für ein Spiel treiben Sie, Monica?«

Monica hob beide Hände. Das Handtuch blieb, wo es war. Ellen gelang das nie.

»Ich weiß nicht, wovon Sie reden«, sagte Monica.

»Und ob Sie das wissen.«

»Ach herrje«, sagte Monica. »Sie sind wegen der E-Mail hier, nicht wahr? Wollen Sie, dass ich Sie zum Präsidium begleite und eine Aussage mache?«

»Danke, nein«, sagte Ellen. »Erzählen Sie mir von sich und Jim. Sie wissen Bescheid, stimmt's? Darum haben Sie die Mail geschrieben und nicht angerufen wie jeder normale Mensch. Ich kenne Ihr Spiel nicht, aber ich will daran nicht teilhaben. Ebenso wenig Jim.«

Monica lachte. »Ach, Ellen. Sie sollten sich hören. So förmlich und überkorrekt. Ich will daran nicht teilhaben. Ebenso wenig Jim. Was wissen Sie denn von Jim und was er will?«

»Er hat es mir gesagt«, sagte Ellen. »Und ich glaube ihm.«

Eine Lüge, aber was soll's. Mit Lügen kannte sich Monica offensichtlich aus.

Monica und Jim. Sie konnte es immer noch nicht fassen. Konnte ihn sich nicht mit einer anderen vorstellen, wenn sie ehrlich war.

»Sie tun mir leid«, sagte Ellen. »Tischen mir eine Geschichte über den Missbrauch durch Ihren Vaters auf und von irgendeinem verrückten Stalker. Nichts davon ist wahr, oder? Sie haben sich das alles ausgedacht, um durch mich an Jim heranzukommen.«

»Natürlich habe ich mir das nicht ausgedacht«, sagte Monica. »Ich habe Sie kontaktiert, weil ich Angst hatte. Nach Chloës Tod wurde mir klar, dass es nicht mein Vater ist. Ich überlegte, wer es sein könnte. Mir ist nur einer eingefallen. Jim.«

»Schwachsinn.«

Sie standen immer noch im Flur. Von Angesicht zu Angesicht. Monica in der Nähe der Tür.

»Aus dem Weg«, sagte Ellen und drückte sich an Monica vorbei. Sie ertrug es nicht länger hier drinnen.

»Sie werden nicht gewinnen. Merken Sie sich das.«

Ellen sollte sich nicht darauf einlassen. Sollte Monica ignorieren und sich vom Acker machen.

»Letzte Nacht war er hier«, sagte Monica. »Flehte mich an, zu ihm zurückzukommen. Er kann ohne mich nicht sein.«

Ellen ging im Geiste eine Liste von Dingen durch, die sie sagen könnte. Am Ende schwieg sie. Sie riss die Tür auf und trat hinaus.

Von der anderen Straßenseite spähte Monicas Spielgeselle – wie war noch sein Name? – durch das obere Fenster auf sie herab.

Sie war versucht, zu ihm hinüberzugehen und ihn zu warnen. Ihm ein paar freundliche Ratschläge zu der Frau zu geben, auf die er sich eingelassen hatte. Natürlich würde er nicht auf sie hören. Das taten Männer so gut wie nie.

Sie knallte die Tür hinter sich zu und entfernte sich. Hastig.

Eine heiße Dusche, ein paar Schmerztabletten und unzählige Tassen Kaffee. Nichts half Raj, sich besser zu fühlen. Nicht, dass er es verdiente. Letzte Nacht hatte er sich wie der letzte Saftarsch benommen. Gott sei Dank war ein Kater alles, was er davongetragen hatte. War in der Gasse eingeschlafen. Ihm hätte alles Mögliche zustoßen können.

Er lebte allein in einem zu einer Wohnung umgebauten obersten Stockwerk einer alten Polizeidienststelle in Lewisham. Zuerst hatte er seinen Makler ausgelacht. Dann hatte er das Loft besichtigt, sich verliebt und ein Angebot gemacht. Jetzt war es sein Zuhause.

Aufgewachsen war er in einem Haus mit drei Zimmern in Hounslow. Mutter und seine drei Schwestern wohnten dort noch. Vater war vor fast fünf Jahren gestorben, aber Raj spürte seine Anwesenheit, wann immer er dort war. Das erklärte wahrscheinlich, warum er sie nicht öfter besuchte.

Er lag auf dem Sofa, wartete, dass er sich von seinem Kater erholte, und erging sich in Selbsthass. Verpasste Anrufe und zwei Nachrichten von Aidan. Die erste wütend, die zweite besorgt. Das undeutliche Gefühl, dass er etwas getan hatte, was er nicht hätte tun sollen. Konnte sich an niemanden aus dem Club erinnern. Das hieß jedoch nicht, dass nichts passiert war. War nicht der erste Filmriss in seinem Leben. Da war ein Typ mit blauen Augen. Das war es nicht. Dann kam die Erinnerung zurück. Er ließ jedes Detail Revue passieren, und seine Selbstverachtung wurde mit jeder Sekunde größer.

Er checkte sein Handy, hoffte, dass Ellen ihn vielleicht kontaktiert hatte. Abgesehen von Aidans Nachrichten nichts. Er setzte sich auf, schwerfällig. Er musste etwas unternehmen. Irgendetwas.

Sein Laptop stand auf dem Tisch beim Fenster mit Blick über den Innenhof. Er schaltete ihn ein, öffnete den Browser, tippte

Chloë Dunbars Namen in die Suchmaschine und machte sich an die Arbeit.

Vielleicht war er vom Fall abgezogen worden, doch das hinderte ihn nicht daran, auf eigene Faust zu ermitteln. Vielleicht ging es ihm dann besser. Auf jeden Fall nicht schlechter.

SECHSUNDVIERZIG

Kellys Besuch gab Monica Auftrieb. Sie zog sich an, gab sich besondere Mühe mit ihrer äußeren Erscheinung und ging die Begegnung ein ums andere Mal durch. Kellys Gesicht, als Monica ihr gesagt hatte, er sei letzte Nacht hier gewesen … Saukomisch! Echter Zorn, abgelöst von Unsicherheit. Kelly wusste nicht, was zum Teufel sie denken sollte. Geschah ihr recht.

Monica schminkte sich und bemerkte den grauen Teint. Zu viel Alkohol in den letzten Wochen. Sie blickte missbilligend in den Spiegel. Sie war ein Dummkopf, dass sie es so weit hatte kommen lassen. Sie kniff sich in die Wangen, damit sie Farbe bekamen. Zeit, das Trinken sein zu lassen. Ihr Aussehen war das Pfund, mit dem sie wucherte. Sie musste sich pflegen.

Sie beugte die Arme, betrachtete das Muskelspiel. Nicht übel. Trotzdem, ein Ausflug ins Fitnessstudio war fällig. Noch etwas auf ihrer To-do-Liste.

Es klingelte an der Tür. Sie wusste schon, wer es war. Harry, der Klettbandmann. Sie begab sich nach unten, wollte wissen, was er jetzt schon wieder wollte.

»Sorry«, sagte er. »Wollte nur fragen, ob alles okay ist. Ich hab mitgekriegt, dass du Besuch hattest. War nicht zu übersehen.«

Natürlich nicht, wollte sie ihm entgegenschleudern. Kleiner Spion. Hatte nichts Besseres zu tun, als in seinem widerlichen Haus zu sitzen, sie zu beobachten und sich dabei einen runterzuholen.

»Ich wollte gerade gehen«, sagte sie.

»Oh.«

Sie lächelte. »Aber ich bin froh, dass du gekommen bist. Ein Freund täte mir jetzt gut.«

Sie trat einen Schritt zur Seite und ließ ihn ins Haus, dabei berührte sie seinen Arm. Er zuckte zusammen.

»Halt mich fest«, flüsterte sie. »Ich möchte nicht allein sein.«

Jim wurde entlassen. Fürs Erste. Die Besitzer des Hauses in Lewisham bestätigten sein Alibi. Sie hatten am Sonntagnachmittag einen Notfall mit dem Warmwasserboiler. Wann er gegangen war, wussten sie nicht. Aber Ellen war sich sicher, dass er gegen halb acht bei ihr gewesen war. Theoretisch hätte er genug Zeit gehabt, Chloë umzubringen. Allerdings gab es weder ein Motiv noch sonst irgendetwas, was ihn mit Chloë in Verbindung brachte.

Am frühen Nachmittag fuhr Ellen zu ihm. Er wohnte in einem modernen weißen Reihenhaus auf der Peninsula. Sein Haus war das letzte an der Uferpromenade. Er schien nicht sehr erfreut zu sein, sie zu sehen.

»Ich wollte gerade gehen«, sagte er. »Ich hab eine Menge Aufträge und bin spät dran. Was gibt's?«

Er trug Arbeitskleidung. Ausgewaschene Jeans und einen Sweater, der schon bessere Tage gesehen hatte. Jim sah großartig aus.

»Können wir reingehen?«, fragte sie.

Er blickte missmutig. Wut oder Verdruss, sie konnte es nicht sagen. Dann drehte er sich um, ging zurück ins Haus und hielt ihr die Tür auf. Sie lief an ihm vorbei durch den kleinen Flur in die Küche.

»Kaffee?«

»Bitte.«

Sie sah ihm dabei zu, wie er den Wasserkessel aufsetzte, Kaffee in die Druckkanne löffelte, weiße Becher aus dem Schrank holte und sie auf den Tisch stellte. Er sagte die ganze Zeit kein Wort, und sie war ihm dankbar dafür.

Schließlich, der Kaffee war eingegossen, setzte er sich ihr gegenüber und wartete.

»Du willst wissen, warum du vernommen wurdest?«, sagte sie.

Er nickte. »Und warum du mir nicht sagen konntest, dass ich Tatverdächtiger in einer verfluchten Mordermittlung bin.«

»Das konnte ich nicht«, sagte sie. »Ich habe eine Mail bekommen mit allerlei Informationen über dich und das Opfer. Ich musste sie meiner Chefin weiterleiten.«

»Ich und Chloë Dunbar? Ich bitte dich, Ellen. Da komme ich nicht mit. Du willst mir weismachen, du hast eine Mail erhalten, aus der hervorgeht, dass ich sie kannte? Das ist schwachsinnig. Wer hat sie geschickt?«

Sie durfte es ihm nicht sagen. Auch wenn sie im Grunde ihres Herzens wusste, dass Monica sich das alles ausdachte, durfte sie kein Risiko eingehen. Darum konnte sie ihn auch nicht nach seiner Beziehung zu Monica fragen.

Sie stand auf. »Ich hätte nicht herkommen sollen. Entschuldige.«

»Ist das alles?«, sagte er. »Ich werde abgeführt und im Zusammenhang mit einem Mordfall verhört, und du kannst mir noch nicht einmal erklären, warum?«

»Es gibt ein paar Dinge, die du mir verschwiegen hast«, sagte sie. »Ich frage mich, was ich noch alles nicht weiß.«

Jim runzelte die Stirn. »Wovon zum Teufel sprichst du?«

»Spielt keine Rolle«, sagte sie. »Ich muss los.«

»Was wird aus uns?«, fragte er.

»Wir dürfen uns nicht sehen«, sagte Ellen. »Nicht, solange der Fall nicht abgeschlossen ist. Danach kann ich dir alles erklären.«

»Und in der Zwischenzeit sitze ich herum und weiß nicht, was Sache ist oder warum ich plötzlich der Hauptverdächtige in einem Fall bin, den du bearbeitest? Das ist doch Scheiße, Ellen.«

Er langte über den Tisch und nahm ihre Hand.

»Tu das nicht«, sagte er. »Bitte.«

Sie entzog ihm ihre Hand.

»Danke für den Kaffee«, sagte sie. »Ich finde alleine raus.«

»Warte.« Er kam hinterher, packte sie am Arm, riss sie herum. »Geh nicht. Nicht so.«

Sie blickte auf seine Hand. So lange, bis er sie wegnahm.

»Ich brauche eine Auszeit«, sagte sie. »Wir beide. Wenn der Fall abgeschlossen ist, können wir reden. Ich rufe dich an.«

»Ellen!«

Sie reagierte nicht. Er drehte sich ruckartig um und schlug mit der Faust gegen die Wand. Kräftig. Der Schlag hinterließ eine Delle in der glatten Oberfläche. Ein kurzer Wutausbruch. Das war Bestätigung genug. Sie kannte diesen Mann kaum. Bis es so weit war, würde sie ihn nicht mehr in ihre Nähe lassen.

Ellen öffnete die Haustür und ging hinaus. Jim machte keine Anstalten, sie aufzuhalten. Bevor sie losfuhr, blickte sie noch einmal in den Rückspiegel. Er stand in der Tür, blickte ihr nach, rieb sich die Knöchel seiner rechten Hand.

Sie bog um die Ecke. Erst da verschwand sein Bild aus dem Rückspiegel, nicht aber aus ihrem Kopf, bewegte sich nicht vom Fleck, sosehr sie auch versuchte, es loszuwerden.

Als sie mit ihm fertig war, war Harry vor Verliebtheit wie benebelt.

Sie waren nicht einmal bis zum Badezimmer gekommen, rissen sich schon im Flur gegenseitig die Kleider vom Leib. Ein Ärgernis, denn ihre ganze Anstrengung von vorhin war dahin. Sie ging nach oben und fing wieder von vorne an. Er blieb auf dem Boden liegen und rauchte einen Joint.

Zwanzig Minuten später kam sie die Treppe wieder hinunter. Er lag noch immer da. Es kostete sie ihre ganze Selbstbeherrschung, ihn nicht zu treten und ihm zu sagen, er solle verschwinden. Stattdessen kniete sie sich neben ihn und küsste ihn zärtlich.

»Ich muss jetzt weg«, sagte sie. »Ich hab einen Termin mit einem potenziellen Kunden. Ich darf nicht zu spät kommen.«

Sie trat zurück, machte ihm Platz, damit er seine Boxershorts und Hose anziehen konnte. Es nervte sie, dass er das nicht schon längst erledigt hatte. Was dachte er sich eigentlich – dass sein Anblick anziehend war? Sein zusammengeschrumpelter Penis hing über dem viel zu behaarten dünnen Schenkel. Was sie getan hatten, jagte ihr einen Schauder über den Rücken.

Bei der Tür nahm er sie in seine Arme und wollte sie küssen. Sie stieß ihn weg, lachte gekünstelt.

»Zwing mich nicht, wieder nach oben gehen zu müssen«, sagte sie. »Ich habe keine Zeit.«

Er ließ sie los. Rote Flecken erschienen auf seinen Wangen.

»Sorry«, sagte sie. »Ich bin noch ein wenig nervös. War alles ein bisschen viel, Harry.«

»Wir kriegen das hin«, sagte er. »Ich kriege das hin. Du brauchst dir keine Sorgen mehr zu machen.«

»Versprochen?«

Er lächelte.

»Versprochen.«

Sie blickte ihm hinterher, wartete, bis er in seinem Haus verschwunden war, bevor sie sich auf den Weg machte.

Die Herbstsonne verlieh dem Tag Wärme. Monica hielt das Gesicht in die Sonne und lächelte. Bisher ein guter Tag, daran bestand kein Zweifel. Harry war wie ein Welpe, jung und erpicht darauf, ihr zu gefallen. Wie jeder gute Welpe lernte er schnell. Sie musste ihm nichts erklären. Eine Andeutung reichte aus, und er war schon dabei.

Der Ekel von vorhin war weg. Ersetzt durch etwas anderes. Eine Art Zuneigung für den Jungen. Sonderbar. Diese Hingabe steckte sie an. Was, fragte sie sich, musste sie tun, um seine Hingabe in Hass umschlagen zu lassen?

Das musste sie im Hinterkopf behalten, sollte er anfangen, sie zu langweilen. So weit war es noch nicht. Nicht solange er ihr noch nützlich war.

SIEBENUNDVIERZIG

Ellen befand sich in der Pathologie. Mark machte gerade einen senkrechten Schnitt in Chloës Oberkörper. Er steckte seine Hände in das Mädchen und entfernte die Organe, eines nach dem anderen, wog sie und sprach Kommentare in ein Diktiergerät.

Post-mortem-Untersuchungen waren nicht Ellens Sache. Die Schnibbelei machte ihr nichts aus, nicht das Gemetzel. Mit dem Blut, den Eingeweiden und dem Geruch, bei dem sich einigen ihrer Kollegen der Magen umdrehte, hatte sie keine Probleme. Nein, Ellen konnte dieses Eindringen nicht ertragen. Ellen sah Mark dabei zu, wie er Chloës Körper aufschnitt, und kam sich vor wie ein Voyeur.

»Sie hatte schon eine ganze Weile nichts gegessen«, sagte Mark. »Ihre letzte Mahlzeit hatte sie fast vierundzwanzig Stunden vor ihrem Tod. Haben Sie eine Ahnung, warum?«

»Sie hatte Angst«, sagte Ellen. »Hat nichts runtergekriegt, denke ich. Armes Ding.«

Sie erinnerte sich, Chloë einmal auf dem Revier gesehen zu haben. Sie hatte einen Einbruch gemeldet. Ellen hatte Raj gesucht und die beiden zusammen in einem Verhörzimmer gefunden, wo er Chloës Aussage aufnahm. Damals hatte Ellen Raj gewarnt, nicht zu viel Zeit damit zu vergeuden. Sie hatte sich gründlich geirrt.

Der Körper vor ihr hatte keinerlei Ähnlichkeit mit der hübschen Frau, die sie an jenem Tag gesehen hatte. Chloës Wesen – was sie dachte und fühlte und liebte und hasste – war nicht mehr da. Ellen gefiel die Vorstellung, dass sich Chloës Seele an einem sicheren und glücklichen Ort befand. Aber im Grunde glaubte Ellen nicht daran. Jemand starb, und das war's. Es blieb nichts außer der Erinnerung.

Dieser Gedanke deprimierte sie, und sie bat Mark, sich zu beeilen, damit Chloës verwundeter Körper geschlossen und in Frieden gelassen werden konnte.

»Ich brauche frische Luft.« Ellen wandte sich an Abby. »Lust auf einen Spaziergang?«

Abby hob die Arme über den Kopf und streckte sich.

»Gute Idee«, sagte sie. »Zweimal um die Heide und zurück?«

Die Nacht hatte sich über die Stadt gelegt. Ellen blickte sich um. Keine Spur von Martine Reynolds. Wie vorhergesehen war die Journalistin heute Morgen zur Pressekonferenz erschienen und hatte Fragen gestellt, die die Polizei wie Stümper aussehen ließ. Seither war sie ein paarmal gesichtet worden, trieb sich in der Nähe des Gebäudes herum, hielt beliebig Beamte an und wollte Stellungnahmen. Ellen wusste schon, was sie Martine Reynolds geben würde, wenn sie sie zu Gesicht bekam.

»Sie ist weggefahren«, sagte Abby, als Ellen sich nach der Journalistin erkundigte. »Hat wohl bekommen, was sie wollte. Jetzt schreibt sie einen Artikel und verdreht alles in einen Haufen Lügen.«

Die Heide war einen strammen Fußmarsch vom Lewishamer Revier entfernt. Sie bogen in die Mount Park Road. Ellen sah die weite Landschaft vor sich und entspannte sich. Jenseits der Heidelandschaft hüllte der Himmel die gezackte Skyline in rotblaues Licht.

Sie liefen bis zum Greenwich Park und weiter in Richtung Osten, um die Heide herum und danach wieder nach Lewisham. In der Nähe lag Ellens Haus. Leer jetzt. Beide Kinder waren zum Tee bei den Großeltern. Ellen hatte noch zwei Stunden Arbeit vor sich. Erst dann konnte sie zu ihnen.

»Was ist denn los?«, fragte Abby

»Was soll los sein?«

Abby lächelte. »Sie waren schon den ganzen Tag unerträglich. Haben jeden angeblafft, der es gewagt hat, Sie anzusprechen, und haben so heftig auf Ihrer Tastatur herumgetippt, dass es ein Wunder ist, dass sie noch funktioniert. Außerdem wollen Sie nie einen Spaziergang machen, wenn Sie mit etwas beschäftigt sind. Also. Spucken Sie es aus.«

»Es ist die Ermittlung«, sagte Ellen. »Lauter lose Fäden. Nathan Collier, Carl Jenkins, Ricky Lezard. Alle haben mit Chloë zu tun gehabt, aber sonst haben wir rein gar nichts.«

»Was ist mit dem Kerl von vorhin?«, fragte Abby. »O'Dwyer. Was hat er mit der Sache zu tun?«

»Das ist ja das Problem«, sagte Ellen.

Es tat gut zu reden. Das hatte sie nicht erwartet. Ausgerechnet mit Abby. Sie waren nicht gerade beste Freundinnen. Und doch schüttete sie ihr ihr Herz über Jim aus, als seien sie enge Freundinnen.

»Wow«, sagte Abby, nachdem Ellen endlich zu Ende gesprochen hatte. »Das muss erst mal verdaut werden.«

»Was soll ich machen?«, fragte Ellen.

»Okay«, sagte Abby nach einer Weile. »Was wissen wir? Carl Jenkins und Nathan Collier stehen nach wie vor unter Verdacht. Jenkins' Alibi für Sonntagnacht ist seine Mutter. Collier hat keins. Sieht man von Lezard ab, haben wir drei Verdächtige. Jim, Jenkins und Collier. Jim hat Chloë nicht umgebracht, weil er bei Ihnen war. Aber es besteht unter Umständen irgendeine Verbindung zu Chloë, korrekt?«

»Zuallererst müssen wir herausfinden, was diese drei Männer mit Chloë verbindet«, sagte Ellen.

»Und wir müssen herausfinden, ob Monica die Wahrheit sagt«, sagte Abby. »Was ist mit Jim? Wie gut kennen Sie ihn?«

Sie kannte ihn beinahe ein Leben lang. Plötzlich war die Erinnerung da, schob Abby, die Heidelandschaft und alles andere beiseite.

Ihr erster Tag in der Grundschule. Sean und sie waren mitten im Schuljahr in die Klasse gekommen. Die Turbulenzen des vergangenen Jahres hatten alles aus dem Ruder laufen lassen, auch die Schule. Sie waren beide nervös. Sie versuchte, es zu verbergen, gab vor, dass es ihr egal war. Schule war blöd und die anderen Kids sowieso. Sie hatte sich vorgenommen, so wenig wie möglich mit ihnen zu tun haben zu wollen.

Sean dagegen war untröstlich. Klammerte sich an ihre neue Mutter, flehte sie an, sie nicht da hineinzuschicken. Die Lehrerin löste ihn sanft von ihr, und er fing an zu kreischen. Von dem Moment an hasste Ellen die Lehrerin bis zum Ende der Grundschulzeit.

Das Klassenzimmer war schrecklich: eine Million Mal schlimmer als in ihrer schlimmsten Vorstellung – voller gemeiner Kinder und dämlicher Bilder an den Wänden. Dann war da noch eine Frau, die die Kinder die ganze Zeit herumkommandierte. Die Lehrerin setzte Sean auf ihren Schoß und redete leise auf ihn ein, wollte ihn beruhigen.

Die andere – eine Lehrassistentin, wie Ellen später erfuhr – befahl Ellen, sich hinten auf den leeren Platz zu setzen, »neben Jim. Braves Mädchen«. Ellen stand vor der Klasse, sah in das Meer feindseliger Gesichter und versuchte, »Jim. Braves Mädchen« ausfindig zu machen.

Ihr war übel, speiübel. Sie zwang sich, es zu unterdrücken, wollte sich nicht vor diesen Kindern übergeben, die sie unweigerlich auslachen würden. Sie machte einen Schritt vorwärts, wollte den Jungen namens Jim ermuntern, sich zu erkennen zu geben. Noch ein Schritt. Nicht die Spur von einem Stuhl.

Dann ein Gesicht. Ein Junge mit rosigen Pausbacken und braunen Augen war aufgestanden. Er lächelte und ein Grübchen erschien unter seinem linken Auge. Er sah freundlich aus. Sie konnte nicht anders, lächelte zurück. Er hatte etwas Besonderes.

»Hier«, sagte er.

Dann sah sie den leeren Stuhl. Jim winkte sie zu sich, und sie ging, jetzt selbstsicher, weil sie wusste, wohin sie musste und warum. Sie nahm neben ihm Platz, und er setzte sich wieder. Er stieß sie mit dem Ellbogen an. Sie sah ihn fragend an, er grinste und deutete auf die Lehrerin.

»Das ist Mrs. Flynn«, flüsterte er. »Eine richtig blöde Kuh.«

In diesem Moment wusste Ellen, dass Schule nicht halb so übel sein würde.

»Ich dachte, ich kenne ihn«, sagte sie. »Doch wie gut kann man jemanden kennen?«

»Fragen Sie nicht mich«, sagte Abby. »Sie sind kein Idiot, Ellen. Sie haben ihn in Ihr Leben gelassen, Sie haben sich sicher nicht in ihm geirrt. Vielleicht sollten Sie tun, was Sie uns immer raten. Vertrauen Sie Ihrem Gefühl. Ich wette, das sagt Ihnen, er hat nichts mit der Sache zu tun. Habe ich recht?«

Der Himmel hatte die Farbe geändert. Das tiefe Rotblau wurde allmählich schwarz. Ein orangefarbener Schimmer kam von den Lichtern der Stadt. Die Fenster der georgianischen Reihenhäuser glitzerten, gaben das leere Versprechen von Sicherheit und Komfort. In Wirklichkeit waren die Leben der Menschen, die in diesen Häusern lebten, ebenso unübersichtlich und kompliziert wie Ellens eigenes. Geld bot die Illusion, dass es anders war. Mehr nicht. Eine Illusion.

ACHTUNDVIERZIG

Nathan blieb unter der Dusche stehen, bis das Wasser kalt wurde. Der Spiegel beschlug. Er trocknete sich eilig ab und rannte über den Flur in sein Schlafzimmer. Dort konnte er seinem Spiegelbild in den Schiebetüren seines Kleiderschranks nicht mehr entkommen.

Er hatte ihn vor drei Monaten einbauen passen. Das gehörte zu den Modernisierungsmaßnahmen in dem Haus, in dem er schon sein ganzes Leben lang wohnte. Nach dem Tod seiner Mutter vor zwei Jahren hatte er es nicht gleich übers Herz gebracht, obwohl der Makler in ihm wusste, dass der Ort eine Generalüberholung nötig hatte.

Solange sie am Leben war, hatte sie sich dagegen gewehrt. Es war ihr Haus, und sie wollte, dass alles so blieb, wie es war. Das war's. Er nahm es ihr übel. Abend für Abend musste er die Velourtapete ertragen und die dicken blauen Teppiche und stellte sich vor, wie viel schöner es sein könnte, wenn sie ihn nur machen ließ.

Plötzlich war sie nicht mehr da. Ihr hatte nichts gefehlt. So gesund und munter, wie sie mit siebzig noch war, würde sie bestimmt noch zwanzig Jahre leben, hatte er gedacht. Mindestens.

Ein friedlicher Tod. Das hatten die Sanitäter gesagt. Zuerst war er wütend gewesen. Auf die Ärzte, die sie nicht retten konnten, auf Gott, weil Er sie ihm genommen hatte, auf jeden. Zwei Monate voller Hass, bevor er wieder zu sich kam. Danach fand er seinen Frieden. Gottes Wille zu akzeptieren war Teil des Heilungsprozesses. Doch auch dann war er nicht bereit, die Veränderungen vorzunehmen, die er schon so lange geplant hatte. Bis zu dem Tag vor sechs Monaten und sechs Tagen.

Er war nach Hause gekommen und hatte das Haus mit ihren Augen gesehen. Er hatte oben angefangen. Neues Badezimmer und neues Schlafzimmer. Moms Zimmer blieb unberührt. Das behielt er sich bis zum Schluss vor. In schwächeren Momenten, wenn Begierde und Stolz am stärksten waren, stellte er sich vor, wie sie zusammen neue Vorhänge und neue Tapeten aussuchten. Ein neues Bett, in dem sie zusammen schlafen würden.

Chloë.

Der Schmerz. Enge in seiner Brust und im Herzen. In Momenten wie diesen war es am schlimmsten. Allein und erschöpft hatte er kein Bedürfnis, irgendjemandem etwas vorzugaukeln. Es war ja auch niemand mehr da.

Mom hätte es missfallen. Sie hatte immer gesagt, er sei zu gut für die meisten Frauen. Wozu brauchte ein netter, gütiger, anständiger Junge wie er überhaupt eine Frau? Er hatte doch sie. Reichte ihm das nicht? Eine Weile schon. Doch dann verließ sie ihn. Was erwartete sie denn? Dass er für immer allein blieb?

Begierde und Stolz.

Zwei der sieben Todsünden.

Er betete und betete gegen das Gefühl an. Manchmal gelang es ihm, es zu kontrollieren. Doch dann eine kleine Geste, ein kleines Lächeln zum Beispiel. Oder sie strich ihren Rock glatt, nachdem sie die Beine übereinandergeschlagen hatte. Und alle Vorsätze, alle Gebete, seine ganze Willenskraft waren zwecklos.

Dummer Junge.

Das hätte Mom gesagt.

Nur die inneren Werte zählen. Nicht der äußere Schein.

Das hatte sie oft nach einem schlechten Tag in der Schule gesagt. Jungen – und Mädchen – zerrten an ihm, stießen und schlugen ihn. Sich über den fetten Jungen lustig zu machen gehörte zu ihrem täglichen Amüsement. Es war ihnen egal, wie er sich dabei fühlte.

Vorhin hatte er ein gutes Gespräch mit Martine geführt. Sie hatte ihn angerufen, und er hatte ein paar Lücken gefüllt. Hatte ihr gesagt, wer der wahre Übeltäter war. Er hoffte, Martine würde Chloë Gerechtigkeit widerfahren lassen.

Nach der Dusche hatte er ein Handtuch um sich gewickelt. Ein marineblaues Handtuch um seinen Bauch. Im Spiegel im Schlafzimmer sah er aus wie ein riesiger blauer Fußball mit einem kleinen Kopf und zwei dicken Armen.

Beauty is as beauty does.

Er ließ das Handtuch auf den Boden fallen. Hängende Speckrollen über seinem kostbarsten Stück. Die Augen im fetten Gesicht wie kleine Rosinen.

Er griff in sein Bauchfett, wackelte daran. Sah das wabbelnde Fleisch, wie kleine Wellen.

Männerbrüste.

In der Schule hatten sie ihn Titty genannt. Titty Collier. Manche Jungs zwickten hinein, lachten, wenn er vor Schmerz aufschrie.

Da kommt Titty Collier. Verspotteten ihn auf dem Flur, dem Spielplatz, auf dem Weg nach Hause. Und dann wartete Mom auf ihn mit einem Tee. Setzte sich zu ihm, hörte ihm zu und sagte, er solle nicht auf die dummen Jungen und Mädchen hören, die nicht sahen, was für ein allerliebster, allerliebster, allerliebster Junge er war.

Hier, nimm noch eine Portion Nudeln, Nate, und Pudding zum Nachtisch. Das magst du doch am liebsten.

Er dachte an Carl. Flacher Bauch, muskulöse Schultern, reine Haut. Er spürte plötzlich so viel Hass, dass ihm schwindelig wurde. Wenn er nicht aufpasste, fiel er ihn Ohnmacht.

Beauty is as beauty does.

Wenn er Chloë zum Essen in ein Restaurant einlud, aß er ganz bewusst wenig. Sie sollte nicht von ihm denken, er sei ein gieriges Schwein. Er konnte später zu Hause essen. Er aß sowieso lieber allein.

Carl futterte fast jeden Morgen an seinem Schreibtisch ein Speck-Sandwich. Stopfte es sich in seinen Mund ohne Rücksicht auf andere. Merkte gar nicht, wie ärgerlich es war, ihn diesen Müll essen zu sehen, ohne dass er ein Gramm zunahm.

Carl behauptete, er treibe Sport und könne darum essen, was er wollte. Bei seinem Aussehen war es ja auch kinderleicht, Sport zu machen. Nathan hatte das auch in Betracht gezogen. Doch dann sah er sich. Titty Collier im Fitnessstudio zusammen mit lauter Leuten wie Carl. Er wusste genau, was passieren würde.

Er wollte doch nur mit ihr befreundet sein. Hatte es von Anfang an klargestellt. Redete sich ein, das reiche ihm. Dann merkte er, dass er mehr wollte, nicht nur mit ihr befreundet sein, nun ja, er hatte es versucht. Niemand konnte ihm vorwerfen, dass er es nicht versucht hatte.

NEUNUNDVIERZIG

Monica wollte schreien, so laut, dass die ganze Welt explodierte. Sie brauchte Platz zum Atmen, war schon zu lange in der Stadt. Nach einer Weile ging sie ihr auf die Nerven. Sie musste raus aus der Menschenfülle. Heute war das Gefühl der Beklemmung besonders stark.

Eigentlich hatte sie mit Jims Anruf gerechnet. Nichts konnte ihn jetzt mehr aufhalten, da Kelly die Wahrheit kannte. Zumindest so viel, wie Monica zu erzählen bereit gewesen war. Manches hatte sie absichtlich für sich behalten. Das Beste erst zum

Schluss. Eine Angewohnheit aus der Kindheit. Es lohnte sich, die Vorfreude so lange wie möglich auszukosten. Gab sie alles auf einmal preis, konnte sie sich auf nichts mehr freuen.

Sie musste plötzlich daran denken, wie es gewesen war, als sie die beiden zum ersten Mal zusammen gesehen hatte. Einen Tag nach Brighton. Sie hatte sich von alledem erholen wollen und war in den Park gegangen, um einen klaren Kopf zu bekommen. Dann war da Jim. Für sie war es ein Zeichen gewesen. Bis sie gesehen hatte, wer bei ihm war.

Der Schock, der zweite in vierundzwanzig Stunden, hatte sie bis ins Mark erschüttert. Sie hatte dagestanden, starr, unfähig, sich zu bewegen, und gedacht, er würde sie ansehen, wenn er an ihr vorbeiging. Doch er hatte nur auf das Geplapper dieser Schlampe geachtet. Lief einfach an ihr vorbei. Spielte mit der Frau und den Kindern eines anderen Mannes verfluchte glückliche Familie.

Monica hatte Kelly sofort erkannt. Von der Ausstellung. Kelly hatte eine halbe Ewigkeit vor dem Kent-Bild gestanden. Erpicht darauf zu verkaufen, hatte Monica sie gefragt, was sie an dem Bild so faszinierte.

»Die Landschaft«, hatte Kelly geantwortet. »So trostlos, eigentlich hässlich, aber das ist sie nicht. Verstehen Sie?«

Monica hatte geantwortet, selbstverständlich verstehe sie das, hatte ein paar nichtssagende Einsichten hinzugefügt und Kelly für ein wenig verrückt gehalten. Endlich, nach langer Überlegung, hatte sich Kelly für eines von Monicas Lieblingsbildern entschieden. Eine flache North-Kent-Landschaft in gedeckten Farben. In der Mitte ein Kind. Ein Junge, hatte Kelly gemeint. Monica hatte nicht widersprochen. Obwohl sie an ein Mädchen gedacht hatte.

Was um Himmels willen wollte er mit so einer?

Sie musste hier raus. Jetzt.

Die Straße war ruhig. Wie immer. Blöde Sackgasse. Sie konnte nicht verstehen, warum sie ausgerechnet in diese tote Gegend von London gezogen war. Abgesehen von der Nähe zu Greenwich gab es hier nichts Besonderes. Eine Straße voller spießiger, lächelnder Eltern und lästiger Kinder mit dämlichen Namen wie Molly oder Theo.

Kein Zeichen von Harry. Gott sei Dank. Das Haus auf der anderen Straßenseite war still und leer. Sie dachte an ihre Unterhaltung von heute Morgen. Fragte sich, ob er irgendetwas Nützliches unternahm. Wahrscheinlich war er mit ein paar Kumpels unterwegs, pumpte sich voll und hörte diese schreckliche Musik.

Sie lief die Lee Road entlang nach Blackheath. Heute genügte ihr nicht einmal die Heidelandschaft. Das hatte man davon, wenn man an der See aufgewachsen war. Das verdarb einen. Selbst wenn man jeden Zentimeter hasste und hoffte, man würde es nie wiedersehen, hatte man doch immer Sehnsucht nach der Weite und dem freien Blick. Wahrscheinlich malte sie das Motiv darum wie besessen. Als nehme sie Verbindung zu etwas in ihrem Inneren auf, das sonst absterben würde.

Sie fuhr mit dem Bus nach Greenwich. Die neueste romantische Hollywood-Komödie fing in weniger als einer Stunde im Picturehouse an. Das würde helfen. Sie kaufte sich eine Karte, setzte sich im Obergeschoss an die Bar und versuchte, ihre Nervosität mit einem Glas Rioja zu betäuben.

Der Film war beschissen, und sie machte sich gar nicht die Mühe, der vorhersagbaren Handlung zu folgen. Die anderen Zuschauer waren Pärchen oder Gruppen von Frauen. Sie war offenbar die Einzige, die sich den Film allein ansah. Diese Erkenntnis hob ihre Stimmung nicht gerade.

Anschließend durchkämmte sie ein paar Bars auf der Suche nach ein bisschen Spaß. Sie kam bis zum Xanadu, einem trendigen neuen Lokal gegenüber dem Picturehouse. Drinnen war es zu hell, zu voll, zu laut. Sie war nicht in Stimmung. Sie zog die Jacke enger, wendete sich von der Aussicht auf Vergnügen ab und wartete auf den Bus nach Lee.

Der Wein machte sie benommen. Sie stieg schließlich am Ende ihrer Straße aus dem Bus, ging langsam weiter. Vor ihrem Haus parkte ein komisches Auto. Eine zerbeulte alte Karre, die schon bessere Tage gesehen hatte. Das Auto eines Versagers. Irgendein Typ, der mit so einer Scheißkiste cool sein wollte und dem es egal war, was es über ihn aussagte.

Vor der Haustür kramte sie in ihrer Handtasche nach dem Schlüssel. Sie steckte ihn gerade ins Schloss, da vernahm sie ein Geräusch hinter sich. Sie drehte sich um, jemand stieg aus dem Auto und kam auf sie zu.

In dem Moment, in dem sie ihn erkannte, jubilierte sie. Ihr Herz galoppierte, ihr Atem flatterte. Gegen das Strahlen in ihrem Gesicht konnte sie nichts tun, ein Lächeln so breit, dass ihr der Mund weh tat.

»Hallo, Fremdling.«

Aufgeregt machte sie einen Schritt auf ihn zu, taumelnd, sich erinnernd, wie es zwischen ihnen gewesen war. Dass es mit ihm besser gewesen war als mit jedem anderen.

»Schön, dass du gekommen bist. Ist ja schon eine Weile her.«

Ellen fand die CD, nach der sie gesucht hatte. The Righteous Brothers. »One for the Road«. Skippte zu ihrem Lieblingstrack, lehnte sich zurück und schloss die Augen. Bill Medley und Bobby Hatfield sangen von einer verflossenen Liebe, im Hintergrund spielte beschwingte Musik. Sie sangen mit schmelzenden Stimmen, als brächen ihre Herzen. Ihr war, als bräche ihr Herz gleich mit.

Nach dem Song schenkte sie sich den Rest vom Wein ein und legte Nick Cave auf. »The Boatman's Call«. Die Musik passte zu ihrer Stimmung. Der erste Track erinnerte sie – schmerzlich – an ihren Hochzeitstag. Sie wechselte zu »Lime-Tree Arbour«. Eindringliche Klaviermelodien füllten das Zimmer.

Sie ging zum Fenster und blickte hinaus. Im Haus gegenüber war im oberen Stock ein Fenster beleuchtet. Nicks Stimme umhüllte sie, sang von Leid und einer schützenden Hand. Am Fenster gegenüber erschien ein Schatten und zog den Vorhang zu. Bei der letzten Zeile von Nick ging drüben das Licht aus. Die letzten Klaviertöne verklangen, und es blieben nur Dunkelheit und Stille.

FÜNFZIG

Die Hände zittern wie verrückt. Ich scheiß mir fast in die Hose vor Angst. Aufregung. Wenn ich das hier schaffe, kann ich alles schaffen. Ich stecke den Schlüssel ins Schloss, drehe ihn, und ich bin drin, stehe in einer geräumigen, modernen Küche. Eine Kochinsel in der Mitte.

Hinter mir fällt die Tür ins Schloss. Ich erschrecke. Das Geräusch vom Schnapper ist laut im stillen Haus, und ich rühre mich nicht – halte den Atem an –, warte, ob jemand wach geworden ist. Nichts. Nach einer Minute entspanne ich.

Ich habe meine Joggingschuhe an, weiche Sohlen, die keinen Laut machen. Draußen ist es dunkel, aber das Licht der Straßenlaternen, das durch die Glasschiebetüren fällt, leuchtet mir den Weg.

Ich laufe in der Küche umher, fasse das eine oder andere an. Leeres Weinglas im Spülbecken, kleiner Schluck am Glasboden. Ich trinke die letzten Tropfen. Ich weiß, dass sie vor nur ein paar Stunden aus demselben Glas getrunken hat. Ich bin hier unten, und sie schläft nur ein paar Schritte entfernt von mir. Das macht mich an. Ich merke, dass ich einen Steifen kriege. Einen Moment lang genieße ich es.

Am Kühlschrank Fotos, die von Magneten gehalten werden. Die Kinder. Er ist dunkel wie seine Mutter. Das Mädchen hat Sommersprossen und rotes Haar. Keinerlei Ähnlichkeit mit den beiden anderen. Weitere Sachen ziehen meine Aufmerksamkeit auf sich. Ein Newsletter von der Schule. St. Joseph's. Ich merke mir die Adresse und wende mich ab, da fällt mir etwas auf. Im Newsletter ist ein Foto des Jungen. Hält einen Fußball und lächelt. In der Bildunterschrift steht sein Name: Pat Kelly. Und dass er gerade zum Kapitän der Schulmannschaft gewählt wurde. Eine Liste von Spielen – Zeit, Datum, Ort – neben dem Foto. Ich nehme den Newsletter an mich, falte ihn und stecke ihn in meine Hosentasche.

Das Haus ist groß. Es gibt ein Wohnzimmer und ein separates Esszimmer. Hier unten ist auch eine Toilette. Ich wollte eigentlich nicht nach oben gehen. Aber wenn ich schon mal hier bin.

Ich gehe langsam, halte auf jeder Stufe inne, lausche, ob jemand aufgewacht ist. Kein Ton. Nur das tiefe Ein- und Ausatmen, das lauter wird, je weiter nach oben ich komme. Vier Zimmer hier oben und ein großes Badezimmer mit einer dieser schicken viktorianischen Badewannen.

Die Schlafzimmertüren stehen offen. Ich muss denken, wie viel Glück diese Kinder haben, dass sie in einem so großen und schönen Haus aufwachsen dürfen. Muss an das Loch denken, in dem ich als Kind gewohnt habe, und fange fast an zu lachen über diesen himmelweiten Unterschied.

Ich wollte nicht in ihr Zimmer gehen. Dachte nicht, dass ich den Mut aufbringen würde. Aber sie schnarcht. Lautes, gleichmäßiges Schnarchen. Das macht mir Mut. Mein Vater hat auch so geschnarcht. Wenn er schnarchte, fühlte man sich sicher, weil man wusste, dass nichts in der Welt ihn so schnell aufwecken würde.

Sie liegt auf dem Rücken. Mund offen. Auf der einen Seite des Bettes ist die Decke weggerutscht. Sie ist nackt. Ich stelle mir vor, was ich alles mit ihr anstellen könnte, hier und jetzt, und sie hätte keine Chance.

Ich nehme das Handy aus der Tasche und taste mich weiter vor. Mein Herz klopft lauter als eine verfluchte Trommel, und mein Atem geht schnell. Ich tue, was ich tun muss, und verschwinde, lehne mich an die Wand und zwinge mich, mich zu beruhigen. Jetzt bin ich sauer. Führe mich auf wie ein verdammter Trottel, der noch nie zuvor eine nackte Frau gesehen hat.

Ich habe mich endlich wieder im Griff, gehe zurück, stehe in der Tür. Der Gestank vom Wein. Blöde Schlampe. Hat zwei Kinder, lässt sich volllaufen und kriegt nicht mit, dass jemand im Haus ist.

Ich habe sie schon vor heute Abend gehasst. Jetzt hasse ich sie noch mehr. Ich habe genug. Muss hier raus. Werfe nicht einmal einen Blick in die Kinderzimmer. Das kann ich beim nächsten Mal tun.

Das Geschnarche und der Geruch verfolgen mich bis auf die Straße. Vermischen sich mit den Dingen, an die ich nicht denken will. Ich fange an zu rennen. Wenn ich schnell genug renne, kann ich entkommen.

Nur gibt es kein Entkommen. Alles, was geschehen ist, ist schon so lange her – man könnte meinen – nicht wahr? –, ich könnte es vergessen. Aber so funktioniert das nicht. Scheiße bleibt kleben. Ich renne, doch es ist zwecklos. Ich kann rennen und rennen, es hilft nichts. Höre ich auf, wird er immer noch da sein mit seinem stinkenden Atem und seinen verfluchten Launen und seinen großen Händen. Wie verdammte Tischtennisschläger, die im Rhythmus zu »Bat Out of Hell« auf den Tisch schlagen. Die Musik schallt aus der Stereoanlage durch die dünnen Wände, bis es mir so vorkommt, als vibriere das ganze Haus.

EINUNDFÜNFZIG

»Wie weit sind wir mit den Überwachungskameras?«, fragte Ger.

»Wir gehen die Aufnahmen noch durch«, sagte Alastair. »Ich habe mit der Kamera an der Ecke Nightingale Grove und der U-Bahn-Station angefangen. Bisher nichts. Am anderen Eingang ist noch eine Kamera. In der Nähe der Ladenzeile von Hither Green. Ich checke alle Leute und Autos von Sonntagnacht mit den Nächten gegen, in denen jemand in Chloës Haus war.«

»Wie lange wird das dauern?«, sagte Ger.

Alastair zuckte mit den Schultern. »Könnte ein paar Stunden dauern oder einen ganzen Tag. Ich werde mich beeilen, aber …«

Es wurde beschlossen, dass Ellen nicht vom Fall abgezogen wurde. Vorläufig. Solange sie nichts mit Monica Telford zu tun hatte. Das war Ellen recht. Jims Name stand jetzt ebenfalls auf dem Whiteboard, ein Pfeil zeigte zu Monica, ein anderer mit Fragezeichen zu Chloës Foto.

»Die Spurensicherung hat etwas Interessantes gefunden«, sagte Malcolm. »Chloë hatte einen Wasserfilter. Sie haben ihn auf fremde Substanzen getestet und haben Spuren von Benzodiazepin entdeckt. Ein Psychopharmakon, das für gewöhnlich gegen Angstzustände und extreme Schmerzen verschrieben wird. Diazepam, mit anderen Worten. Die Dosierung war nicht hoch genug, um Genaues aussagen zu können. Aber es kann nicht schaden, den Arzt um einen toxikologischen Bericht zu bitten. Was meinen Sie?«

Ellen bekam an Armen und Beinen eine Gänsehaut. Plötzlich fühlte es sich in dem Raum kalt an. Keiner sagte ein Wort, alle verarbeiteten diese neue Information. Ger ergriff zuerst das Wort.

»Sie sagten, die Dosis war schwach. Wie schwach?«

»Das Wasser, das wir trinken, ist scheiße. Entschuldigen Sie, Ma'am. Aber unser Leitungswasser ist voll mit allem möglichen Zeugs. Kleinere Spuren von Benzodiazepin sind nicht ungewöhnlich. Und anderes mehr. Ich kann Ihnen eine Liste geben, wenn Sie wollen.«

»Nein danke«, sagte Ger. »Ist der Filter nicht dafür da, das ganze Zeug herauszufiltern?«

»Genau«, sagte Malcolm. »Darum ist es ja auch ungewöhnlich.«

»Das könnte erklären, warum die Arme nie aufgewacht ist, wenn jemand in ihrem Haus war«, sagte Ger. »Noch was?«

»Nichts, was wir nicht bereits wissen«, sagte Malcolm. »Keine Anzeichen für einen Einbruch, kein Anzeichen für einen Kampf, bevor sie starb. Der Mörder hat sie überrascht. Es wurden im Haus einige Fingerabdrücke sichergestellt, und wir haben Übereinstimmungen mit Jenkins und Collier. Nicht verwunderlich. Beide behaupten, des Öfteren in ihrem Haus gewesen zu sein.«

»Noch andere Abdrücke?«, fragte Ellen.

Malcolm nickte. »Chloës natürlich. Und etliche andere. Jedoch keine Übereinstimmung in unserer Datenbank. Oh, auch keine Abdrücke von Ricky Lezard. Sollte er je in ihrem Haus gewesen sein, hat er keine Spuren hinterlassen.«

»Was ist mit Monica?«, fragte Ger.

»Chloë behauptete, sie kannte sie nicht«, sagte Abby. »Warum sollte sie lügen?«

Irgendetwas regte sich in Ellens Hinterkopf, aber sie konnte es nicht konkretisieren. Chloë und Monica. Es musste eine Verbindung geben. Könnte sie sie doch nur finden.

»Ich denke, es ist einen Versuch wert«, sagte Ellen. »Können wir DNA von Monica bekommen? Und Fingerabdrücke? Wir könnten sie mit denen aus dem Haus vergleichen.«

»Das ist nicht Ihre Entscheidung«, sagte Ger. »Fürs Protokoll, Ellen wird keinen Kontakt zu Monica Telford haben. Sollte Monica anrufen oder mit Ellen sprechen wollen, stellen Sie sie direkt zu mir durch. Verstanden?«

Ellen sah die Blicke ihrer Kollegen, doch keiner war töricht genug, etwas zu sagen. Sie hatte Abby gebeten, den Mund zu halten, und hoffte, dass sie auf sie bauen konnte. Alastair konnte sie vertrauen, das wusste sie bereits. Das Letzte, was sie jetzt brauchte, war, dass jeder Bemerkungen über ihr Liebesleben machte und was für ein Durcheinander sie angerichtet hatte. Daran musste sie nicht erinnert werden.

Als Nathan am Mittwoch ins Büro kam, saß Carl schon wie immer an seinem Schreibtisch. Carl erhob sich, ging mit ausgebreiteten Armen auf Nathan zu, wollte ihn umarmen. Unverschämtheit!

»Nathan.« Carl hatte gerötete Augen. Er hatte offenbar geweint. Nathan fiel auf keinen Fall darauf rein. Zu oft und aus erster Hand hatte er miterlebt, wie Carl sich Frauen gegenüber aufführte. Behandelte sie nicht besser als gewöhnliche Prostituierte. Stolzierte nach jeder schmutzigen Begegnung herum, machte ihn mit seinem widerlichen Benehmen zum Komplizen.

»Sie können Ihre Sachen zusammenpacken«, sagte Nathan und hastete an ihm vorbei.

»Hä?«

Nathan sah ihn an. Grauer Teint, rote Augen, Schulter vornübergebeugt wie ein alter Mann. Wenn Chloë ihn jetzt so gesehen hätte.

»Sie können nicht bleiben«, sagte Nathan. »Ich dachte, das sei klar.«

Dieser bescheuerte, freche Idiot schnallte es nicht.

»Was soll das? Nathan? Sie glauben doch nicht, dass ich irgendwas damit zu tun habe? Hören Sie mich an, Mann. Was auch immer die Polizei Ihnen gesagt hat über Chloë und mich, es war der Beginn von etwas Besonderem. Ich mochte sie. Sehr sogar.«

»Sie mochten sie?« Eiskaltes Herz, Eis in der Stimme. Gab dieser scheußlichen Kreatur zu verstehen, was er von ihm hielt. »Sie hatte etwas Besseres verdient. Jetzt machen Sie, dass Sie rauskommen. Packen Sie Ihr Zeug zusammen und verschwinden Sie von hier.«

»Das war's?« Fassungslosigkeit verlieh seiner Stimme etwas Schrilles. »Nach allem, was ich für Sie getan habe? All die Überstunden, das ganze verfluchte Geld, das ich eingebracht habe, und Sie stehen da und sagen mir, ich soll verschwinden? Das können Sie nicht tun.«

»Ich bezahle Sie noch für diese Woche«, sagte Nathan. »Die Kündigungsfrist beträgt sowieso eine Woche. Lesen Sie Ihren Vertrag. Ich tue nichts Unerlaubtes.«

Nicht wie du, dachte er. Das arme Mädchen verführen, mit ihr ins Bett gehen und dann? In der ganzen Zeit, seit Carl hier arbeitete, war er nie länger als für ein paar Dates mit einer Frau zusammen gewesen. Selbst wenn Chloë nicht gestorben wäre, hätte Nathan es nicht länger hingenommen. Carl musste gehen. Daran gab es nichts zu rütteln.

Er dachte, Carl würde noch einen Versuch starten. Aber Carl sagte etwas, womit er nicht gerechnet hatte, obgleich er wusste, dass es irgendwann kommen würde.«

»Kapiere«, sagte Carl. »Mit ihrem Tod hat das gar nichts zu tun. Sie wollen mich loswerden, weil Sie eifersüchtig sind.«

Carl stand jetzt ganz nah vor ihm. Nathan konnte die kleinen Poren auf seiner Nase sehen, den sauren Atem riechen, die Bierüberreste vom Vorabend.

»Sie wollten sie, stimmt's? Hat keinen Sinn zu leugnen, Kumpel. Das war doch klar wie nur irgendwas. Sie haben sie dauernd lüstern angestarrt. Sie angefasst, sind ständig um sie herumscharwenzelt. Meinen Sie, das hat sie nicht mitbekommen? Wir haben uns darüber amüsiert. Haben uns fast totgelacht, Herrgott, Kumpel. Hast du in letzter Zeit mal in den Spiegel geschaut? Chloë hatte Klasse. Sie hätte dich Fettsack nicht einmal angeguckt. Sie war nicht deine Liga, Mann. Du bist echt bedauernswert, weißt du das? Ein bedauernswerter verfluchter Loser.«

»Hören Sie auf!« Nathan hielt sich die Ohren zu. Carl redete weiter, bis er es nicht mehr aushalten konnte, wollte. Er ging auf ihn los, rammte ihm seinen Kopf in den Bauch. Die beiden Männer flogen nach hinten, krachten auf Carls Schreibtisch.

Carl brüllte. Von irgendwoher schlug ihn eine Faust ins Gesicht. Stechender Schmerz. Jetzt lagen sie auf dem Boden, Nathans Gesicht gegen die schiefergrauen Teppichfliesen gepresst, die er erst vor fünf Monaten hatte verlegen lassen.

Chloë hatte sie ausgesucht. Er hatte ihr gesagt, das Büro brauche einen weiblichen Touch.

Er versuchte aufzustehen, aber Carl saß auf ihm. Packte Nathan am Haar, riss seinen Kopf nach hinten und schlug ihn auf den Boden. Blut im Mund. Metallener Geschmack. Heller, greller Schmerz. Schreie. Hören Sie auf. Bitte.

Carl drehte ihm den Arm auf den Rücken, drückte ihn nach oben.

»Nein!« Jetzt war der Schrei lauter. Es machte keinen Unterschied. Arm weiter nach oben gedrückt. Noch ein wenig, und Carl würde ihn brechen. Nasenblut. Heulen, Rotz, Tränen, Blut.

Und dann nichts.

Sein Arm war wieder frei, Carls Gewicht nicht mehr auf ihm. Carls Schatten lauerte über ihm. Er verkrampfte sich, wartete.

»Sie sind es nicht wert.«

Der Schatten ging weg. Die elektrische Klingel schallte durchs Büro. Ein kalter Luftzug, dann war die Tür wieder geschlossen und Carl weg.

Nathan rollte sich auf die Seite, hielt seinen schmerzenden Arm und weinte wie der bedauernswerteste Loser.

ZWEIUNDFÜNFZIG

»Wir haben es mal wieder auf die Titelseite geschafft.« Abby knallte die neueste Ausgabe des *Evening Star* auf Ellens Tisch. Ein Schwarzweißfoto füllte die Hälfte der Seite. Darunter die verleumderische Schlagzeile: »Inkompetente Polizei lässt Killer frei«.

Ellen sollte das nicht persönlich nehmen, aber es fiel ihr schwer. Es war ein klassisches Beispiel für Martine Reynolds' falschen Journalismus. Voller haltloser Anschuldigungen.

Die Journalistin ließ keinen Zweifel daran, dass Carl Jenkins der Hauptverdächtige war. Lezard und Collier wurden auch erwähnt, jedoch nur am Rande.

»Schön, dass ich ebenfalls genannt werde«, sagte Ellen. »Wäre ja noch schöner, wenn Raj alle Ehre zuteilwürde.«

»Woher hat sie diesen Mist?«, fragte Abby.

Bei ihrem letzten Fall hatte Reynolds eine Quelle im Präsidium gehabt. Ed Baxter, Ellens Boss. Doch Baxter war nicht mehr da, und sie fragte sich, wer die Informationen herausgegeben hatte. Vielleicht einer der Hilfspolizisten, die die Arbeiten erledigten, für die die Detectives entweder keine Zeit oder zu der sie keine Lust hatten. Das war die naheliegende Erklärung. Es gab noch jemanden. Doch diese Idee verwarf sie so schnell, wie sie gekommen war. Er war vielleicht sauer, doch so tief würde er niemals sinken.

»Könnte jeder sein. Wahrscheinlich ein verstimmter Hilfspolizist«, sagte Ellen. »Das bekommen wir sicherlich nie heraus. Haben Sie von Raj gehört?«

»Sie meinen, er war's?«, fragte Abby.

»Selbstverständlich nicht«, sagte Ellen. »Frage mich nur, wie es ihm geht. Das ist alles.«

»Ich habe ihn nicht gesprochen«, sagte Abby. »Ich hab ein paar Nachrichten hinterlassen, zurückgerufen hat er nicht. Ich glaube, er fühlt sich ziemlich beschissen.«

»Statten wir Jenkins noch einmal einen Besuch ab«, sagte Ellen. »Nathan Collier auch. Das Büro ist die Straße runter. Ich lade Sie auf dem Weg zu einem Kaffee im Danilos ein.

»Carl Jenkins arbeitet nicht länger hier.«

»Seit wann?«

»Seit heute Morgen«, sagte Collier. »Ich erwarte von meinen Angestellten ein gewisses Niveau, Detective Inspector. Carl hat sich auf eine Weise benommen, die ich für inakzeptabel hielt. Ich musste ihn entlassen. Ich hatte keine Wahl.«

Ellen und Abby saßen Nathan Collier in seinem Maklerbüro auf der Lewisham High Street gegenüber. Nachdem die beiden Detectives eingetreten waren, hatte Nathan das Schild an der Eingangstür umgedreht. Geschlossen. Er setzte sich hinter seinen Schreibtisch und bat sie, ebenfalls Platz zu nehmen.

»Inakzeptabel?«, sagte Ellen.

»Fraternisierung mit Angestellten«, sagte er. »Das toleriere ich nicht.«

Während er sprach, sah er ihr nicht in die Augen. Blickte knapp über ihren Kopf hinweg. Sie fragte sich, ob er nervös war oder log.

»Meinen Sie damit seine Beziehung zu Chloë?«, fragte Abby.

»Beziehung!« Colliers Stimme wurde um einige Tonlagen höher. Sein rundes Gesicht glühte. »Carl Jenkins hat keinen blassen Schimmer von Beziehungen. Er interessierte sich bei Frauen nur für das Eine.«

»Und das wäre?«, fragte Ellen.

»Sex.« Er spuckte das Wort aus, als verursache es ihm Schmerzen im Mund. »Frauen sind für Männer wie ihn nur Objekte. Behandele sie wie Dreck, und sie bleiben heiß. Das hat er immer gesagt, wissen Sie. Als könnte man darauf stolz sein. Die arme Chloë musste schon genug ertragen. Aber sie machte Fortschritte.« Er lächelte. »Sie wollte mich dieses Wochenende in die Kirche begleiten. Wir hatten es fast geschafft.«

»Was hatten Sie fast geschafft?«, sagte Abby.

»Sie zu retten«, sagte Nathan.

Ellen verlagerte ihr Gewicht auf dem Stuhl. Sie musste sich bewegen. Das half ihr beim Denken. Sie erhob sich, trat zum Fenster. Blickte auf die Straße. Der Markt, all die Menschen, die sich ihrem Alltag widmeten. Für manche würde es der letzte Tag sein. Und sie hatten keine Ahnung.

Sie wandte sich wieder Nathan und Abby zu. Beide sahen sie an, warteten. Nathans Schreibtisch stand im hinteren Teil des Büros. Ein hässliches Ding aus Teakholz, viel zu groß für den Raum. Zwei kleinere Tische standen weiter vorne. Chloës und Carls, nahm sie an.

»Wie hat Carl es aufgenommen, dass er keinen Job mehr hat?«, fragte Ellen.

»Er war nicht sonderlich erfreut«, sagte Nathan und rieb sich den Bluterguss unter seinem rechten Auge.

»War er das?«, fragte Abby.

Nathan schüttelte den Kopf, doch Ellen war sich sicher, er log.

»Was werden Sie nun tun?«, sagte Ellen. »Sie können das Geschäft doch nicht alleine führen, oder?«

Collier zuckte mit den Schultern. »Ich finde neue Leute. Der Immobilienmarkt boomt, und die Arbeitsämter sind voll. Ein Anruf, und sie stehen Schlange. Die Wahrheit ist, es wird Zeit für eine Veränderung. Carl hat nicht mehr viel gebracht. Ich wollte ihn sowieso feuern. Und was Chloë angeht, nun ja, ich habe ihr den Job aus Nettigkeit angeboten. Dachte, sie könnte eine helfende Hand gebrauchen. Wie Sie sehen, war sie nicht an einer helfenden Hand interessiert, nicht wahr? Sie war wohl nicht die Person, für die ich sie gehalten habe. In vielerlei Hinsicht ist es besser für das Geschäft, dass beide weg sind.«

»Wollen Sie damit andeuten, Chloës Tod ist gut fürs Geschäft?«, fragte Abby.

Nathan wurde wieder rot. »Das habe ich nicht gesagt, Detective. Sie haben mir nicht zugehört. Ich habe Chloë sehr gerne gehabt. Leider machte sie ihre Arbeit nicht besonders gut. Sie machte Fehler und war nicht in der Lage, Prioritäten zu setzen. Ich habe versucht, das zu entschuldigen. Sie war gestresst und hatte Angst. Das kann jemandes Arbeit beeinträchtigen. Jetzt kenne ich ja den wahren Grund. Sie war zu sehr damit beschäftigt, einem Kollegen schöne Augen zu machen. Das macht mich traurig, Detective. Wie ich schon sagte, ein solches Verhalten von Angestellten ist für mich inakzeptabel.«

Wieder draußen, atmete Ellen erst einmal durch, zog die schmutzige Lewishamer Luft ein und war erleichtert, der verschwitzten, überkorrekten Gesellschaft von Nathan Collier entronnen zu sein.

»Er war's«, sagte Abby. »Carl Jenkins ist nicht unser Mann. Sondern dieser Psychopath, mit dem wir gerade gesprochen haben.«

»Wie kommen Sie darauf?«, fragte Ellen.

»Ist das Ihr Ernst?«, sagte Abby. »Haben Sie ihm nicht zugehört? All das verfluchte Zeug über korrektes Verhalten und Niveau und sie retten zu wollen. Er ist ein Widerling. Obendrauf ein religiöser. Das sind die Schlimmsten. Sie retten. Wenn das kein Euphemismus ist.«

»Besorgen Sie seine Krankenakte«, sagte Ellen. »Finden Sie heraus, ob ihm in letzter Zeit Diazepam verschrieben wurde.«

Abby nickte und wollte noch etwas sagen, doch in dem Moment klingelte Ellens Handy. Alastair. Er war bei der Sichtung der Aufnahmen von der U-Bahn-Station von Hither Green auf etwas gestoßen. Ob Ellen rein zufällig so schnell wie möglich kommen könnte? Rein zufällig ja, gab Ellen ihm zu verstehen.

»Muss zurück«, sagte Ellen, nachdem sie das Telefonat beendet hatte. »Versuchen Sie, Jenkins zu fassen zu kriegen. Wir wollen seine Version hören. Mal sehen, ob sie mit Colliers übereinstimmt. In Ordnung?«

Nachdem Abby losgezogen war, tänzelte Ellen geradezu zurück zum Präsidium. Endlich eine Spur. Sie konnte es spüren. Abby hatte recht. Nathan Collier stand Schuld ins Gesicht geschrieben.

DREIUNDFÜNFZIG

Das war der Beweis, auf den sie gewartet hatte. Ellen wusste es in dem Augenblick, in dem Alastair sie vor den Bildschirm setzte und den Clip abspielte.

»Das war Donnerstag, 2. September. Die erste Nacht, in der laut Chloë jemand in ihrem Haus war. Hier ist das Auto, es parkt vor dem Pub. Jemand steigt aus.«

»Können wir den Fahrer identifizieren?«

»Der Aufnahmewinkel ist schlecht«, sagte Alastair. »Die linke Seite des Wagens ist deutlich zu erkennen, die rechte kann die Kamera nicht erfassen. Ist vielleicht auch egal. Schauen Sie. Aufnahmen von den anderen beiden Nächten, in denen Chloë einen Einbruch gemeldet hat.« Dasselbe Auto an derselben Stelle. »Und hier die Nacht, in der sie ermordet wurde. Am unteren Rand des Bildschirms ist die Zeit. 19:35 Uhr. Wann trat laut Pritchard der Tod ein?«

»Zwischen 19:30 und 21:00 Uhr«, sagte Ellen. »Die Aufnahme ist nicht sehr deutlich. Was können Sie mir über den Wagen sagen?«

»Roter Fiat Punto«, sagte Alastair. »Rot oder rotblau. Schwer zu unterscheiden im Dunkeln. Das Kennzeichen ist undeutlich. Ich hab schon mit Rui im Labor gesprochen. Er glaubt, er bekommt das hin.«

Da war sie wieder. Die kurze Woge der Erregung. Sie kamen der Sache näher.

»Wie lange?«, fragte Ellen.

»Einen Tag«, sagte Alastair. »Vielleicht ein bisschen länger. Er arbeitet schon dran. Da ist noch was.«

»Fahren Sie fort.«

Alastair lächelte. Sein Gesicht war wie verwandelt, und Ellen nahm sich vor, ihm zu sagen, er solle öfter lächeln. Vielleicht hatte er dann bessere Chancen, eine Freundin zu finden.

»Wollen Sie wissen, wer einen roten Fiat Punto fährt?«

Sie wagte nicht, es auszusprechen, wollte es nicht beschreien.

»Nathan Collier?«

Das Lächeln wurde breiter, und dann grinste Alastair übers ganze Gesicht.

»Volltreffer, Ma'am.«

Raj öffnete eine neue Datei: Chloë. Darin speicherte er alles, was er über sie herausfinden konnte. Jetzt fügte er die Informationen hinzu, die er bereits kannte, bevor er suspendiert worden war, weil er Jenkins vermöbelt hatte.

Bisher hatte er seine Suche weitestgehend auf Jenkins beschränkt. Er war überzeugt davon, dass Jenkins der Mörder war. Er musste es nur noch beweisen. Und dass alle anderen unrecht hatten. Es gab nur ein Problem. Er hatte bisher nichts gefunden.

Jenkins Online-Profil brachte keine Überraschungen. Accounts bei Facebook und Twitter, beide benutzte er häufig. Seine Facebook-Seite war voller Fotos von Männerabenden in Pubs. Der übliche Quatsch, den man von einem durchschnittlichen Mittzwanziger erwartete. Auf dem Twitter-Account fanden sich hauptsächlich Kommentare zu Spielen von Crystal Palace. Etliche Kommentare und große Begeisterung von Jenkins und seinen Followern nach dem 3:1-Sieg gegen Liverpool letzten Sonnabend.

Hier kamen Raj zum ersten Mal leise Zweifel. Das Spiel von Crystal Palace am Sonnabendnachmittag war »historisch«, so Jenkins auf Twitter. Trotzdem war Jenkins nach dem Match mit Chloë in ein schickes Restaurant gegangen, statt mit seinen Kumpels zu feiern.

Eine Bestätigung für das, was er Raj am Sonntagmorgen erzählt hatte. Er war verrückt nach dem Mädchen.

Die weiteren Nachforschungen verstärkten Rajs Zweifel. Carl Jenkins passte nicht in das Profil eines besessenen Stalkers.

Nach Twitter und Facebook zu urteilen, war Jenkins witzig und beliebt. Viele seiner Facebook-Freunde waren attraktive junge Frauen, die ohne Scheu auf seiner Seite posteten. Sollte Jenkins eine dunkle Persönlichkeit haben, verbarg er sie verdammt gut.

Frustriert schob Raj den Stuhl zurück und stand auf. Er hatte Schwierigkeiten, sich zu konzentrieren. Gedanken wirbelten ihm durch den Kopf, suchten nach dem schwer fassbaren Etwas, das er, er war sich sicher gewesen, bei Jenkins finden würde.

Er checkte sein Handy. Keine Nachricht von Aidan. Er hatte zweimal angerufen, Nachrichten hinterlassen, keine Reaktion. War es das?, fragte er sich. Er war zu weit gegangen, sein Liebhaber hatte ihn aufgegeben. Er zündete sich eine Zigarette an, stand am Fenster und rauchte. Versuchte, nicht an Aidan zu denken. Dachte lieber an den Fall, fragte sich, wie sie ohne ihn klarkamen und ob sie Fortschritte machten.

Vor einer Weile hatte er seinen Vorrat an Zigaretten und Milch aufgefrischt. Im Laden hatte er die neueste Ausgabe des *Evening Star* gesehen und die Zeitung gekauft. Auf dem Weg nach Hause hatte er den Artikel gelesen. Dass Martine Reynolds mit ihm, was Carl Jenkins anging, einer Meinung war, war kein Trost. Nachdem er eine Zigarette geraucht hatte, las er den Artikel ein zweites Mal. Reynolds war gestern auf der Pressekonferenz erschienen. Sie zitierte Cox. Die Polizei ermittele in alle Richtungen. Polizeijargon für »mehr können wir Ihnen nicht sagen«. Am Ende zitierte Reynolds Collier.

> Nathan Collier, Chloës guter Freund und Kollege, sprach von seiner tiefen Trauer und machte seinem Ärger über das Versagen der Polizei Luft, die die Frau im Stich gelassen hatte, die er als »einen wahrhaft schönen Menschen« beschrieb, »der es verdiente, auf Händen getragen zu werden«. Hätte sie sich von Carl Jenkins ferngehalten, wäre sie heute noch am Leben.

Raj dachte, dass es Reynolds sicher nicht leichtgefallen war, dieses Zitat beim Justitiar des *Star* durchzuboxen.

Die es verdiente, auf Händen getragen zu werden.

Welcher Mensch redete denn so? Raj hatte nicht viel Ahnung von Heterobeziehungen, dennoch, er war überzeugt, Frauen im 21. Jahrhundert wollten etwas Substanzielleres. Sex zum Beispiel. Sollte ihm je jemand sagen, er wolle ihn auf Händen tragen, würde er davonlaufen.

Er musste an seine frühen Bedenken gegenüber Collier denken. Der Typ war schlichtweg immer da. Er hatte Chloë nach dem ersten Einbruch ins Präsidium begleitet, und seither war er immer an ihrer Seite.

Plötzlich kamen ihm zwei Ideen gleichzeitig. Erstens: Nathan hatte Reynolds all diesen Blödsinn gesteckt. Zweitens: Irgendetwas an der Beziehung – oder was es auch sein mochte – zwischen Chloë Dunbar und Nathan Collier stimmte nicht.

Er warf die Zeitung beiseite, setzte sich an den Computer und tippte Nathan Colliers Namen in die Suchmaschine. Über 5 000 000 Treffer. Dennoch kein Problem, den richtigen Nathan Collier zu finden. Makler in Lewisham, 2010 den Lewisham Council's Entrepreneur-Preis. Auf derselben Seite fand er auch eine Kurzbiographie von Collier. Ein Einheimischer, der auf die Thomas-Tallis-Schule gegangen war, in seinem Elternhaus wohnend, ein engagiertes Mitglied der Lewishamer Geschäftswelt. Ein Foto von Collier bei der Preisverleihung: glänzendes Gesicht, glänzender Anzug, glänzendes selbstgerechtes Lächeln. Ein kurzer Bericht über die Zeremonie im *Evening Star.* Geschrieben von – Überraschung – der preisgekrönten Enthüllungsjournalistin Martine Reynolds. Das erklärte die Verbindung zwischen den beiden. Zwei Lokalkumpane, die sich gegenseitig schmeichelten und sich gegenseitig den einen oder anderen Gefallen taten. Noch ein paar glühende Artikel von Reynolds. In einem beschrieb sie Collier als eine der einflussreichsten Personen in Southeast London.

Irgendetwas an Colliers Reaktion am Montagmorgen hatte Raj gestört. Er hatte sich nicht weiter damit befasst. Danach überschlugen sich die Ereignisse, und er hatte es vollkommen vergessen. Bis jetzt.

Er versuchte, sich zu erinnern, was Collier genau gesagt hatte und was ihn daran irritiert hatte. Plötzlich – wumm! – wusste er es wieder. Es war so offensichtlich, er fragte sich, wie er so blind gewesen sein konnte.

Er rekapitulierte noch einmal alles, was Collier an dem Morgen vor Chloës Haus und später auf dem Revier gesagt hatte, verglich es mit den Informationen, die er bereits hatte. Je länger er darüber nachdachte, desto mehr Sinn ergab es.

Er vertraute nur einer einzigen Person. Die rief er an.

»Ellen, ich bin's. Ich muss mit Ihnen reden. Könnten Sie vorbeikommen?«

»Bin gleich da«, sagte sie. »Geben Sie mir Ihre Adresse und setzen Sie den Kessel auf.«

Das war's. Keine kalte Schulter, keine gegenseitigen Beschuldigungen oder schnippischen Kommentare, was für ein Arsch er war. Setzen Sie den verfluchten Kessel auf. Er legte auf und lächelte.

Zwanzig Minuten später klingelte es. Raj drückte auf den Summer für die Haustür und machte die Wohnungstür auf, zündete eine Zigarette an und wartete.

VIERUNDFÜNFZIG

Monica entkorkte eine Flasche Merlot, obwohl sie wusste, dass es keine gute Idee war. Sie sollte um Vino einen weiten Bogen machen. Aber was blieb ihr denn verflucht noch mal übrig? Herrgott. Ihm nah zu sein. Diese Sehnsucht. Es machte ihr Angst.

Warum war er so ein totales Arschloch? Er hatte sich letzte Nacht aufgeführt, als hasste er sie. Er hatte keinen Grund.

Sie hatten so gut zueinander gepasst. Wie füreinander geschaffen. Er hatte es auch gespürt. Sie hatte es schon beim ersten Mal in seinen Augen gesehen. Sein Gesichtsausdruck verwandelte sich; zuerst weich, dann konzentriert und schließlich entschlossen. Sie machte sich rar. Er musste sich schon ein bisschen anstrengen. Das gehörte zum Spiel.

Was konnte sie dafür, dass er anderer Meinung war. Hatte sie mit all diesem Unsinn vollgequatscht. Dass es ihm zu schnell ginge. Das klang nicht nach ihm, sondern nach dieser Schlampe. Sie legte ihm die Worte in den Mund, und er sagte Dinge, die er gar nicht so meinte. Es brach Monica das Herz.

Letzte Nacht wollte sie es ihm verständlich machen. Hätte er doch bloß seinen Widerstand aufgegeben, sich entspannt, damit er es auch spüren konnte. Sie waren füreinander bestimmt. Aber er wollte das nicht hören.

Darum hatte sie ihm den Wein ins Gesicht geschüttet. Er sollte aufhören, ihre gemeinsame Vergangenheit in den Schmutz zu ziehen. Das hatte gesessen. Im ersten Augenblick. Dann wich der Schock der Wut. Er machte einen Schritt auf sie zu, Donnergrollen im Gesicht. Das alte Machtgefühl kam in ihr hoch. Es törnte sie an, dass sie eine solche Reaktion provozieren konnte. Wusste, hinter dem Donnergrollen verbarg sich Leidenschaft und Zorn.

Sie hatte unendliches Verlangen nach dieser Leidenschaft. Die Erinnerungen an ihre gemeinsame Zeit waren wie ein Wirbelwind in ihrem Kopf. Die meisten waren gut. Es gab auch schlechte Zeiten, natürlich, aber an die dachte sie nicht. Konzentrierte sich auf das Gute.

Es war schwierig. Er war schwierig. Vielleicht machte ihn das so anziehend. Sie ging nach oben. Sie würde zu ihm fahren. Jetzt gleich. Ihm eine letzte Chance geben. Wenn er sich weigerte, würde sie dafür sorgen, dass er es für den Rest seines Lebens bereute.

Sie schaltete das Licht im Schlafzimmer an und setzte sich an den Schminktisch. Sie erforschte ihr Gesicht, fragte sich, was er in ihr sah. Ihr Haar war zurückgebunden. Sie öffnete und schüttelte es, es fiel ihr auf die Schultern. Er liebte es, mit seinen Händen durch ihr Haar zu fahren. Sie dachte an Ellen Kellys kurzen Bob und lächelte.

Ihre Haut war straff und makellos. Ein wenig Rouge, schwarzer Eyeliner, Mascara und roter Lieblingslippenstift. Einen Hauch von Jo Malone auf die Innenseiten der Handgelenke, hinter die Ohren, aufs Dekolleté. Fertig. Sie stand auf, betrachtete sich im großen Spiegel und war zufrieden. Enge Jeans betonten die langen schlanken Beine. Weiße Bluse, in die Jeans gesteckt. Der oberste Knopf war offen und enthüllte den schwarzen BH und ihre vollen Brüste. Kein Wunder, dass Harry so scharf auf sie war.

Draußen quietschte das Gartentor. Kurz darauf klingelte es. Harry. Kleiner Widerling. Ließ sie einfach nicht in Ruhe. Sie rührte sich nicht, hoffte, er würde wieder gehen. Aber er ließ nicht locker. Drückte die verdammte Klingel, bis sie es nicht mehr aushielt. Sie rannte die Stufen hinunter, wollte ihm den Marsch blasen. Es war ja schön und gut, ab und zu Zeit miteinander zu verbringen, doch er konnte doch nicht so blöd sein, zu glauben, dass er ihr irgendetwas bedeutete. Sie war ein paar Nummern zu groß für ihn, es war lachhaft.

Sie riss die Tür auf. Die Tirade erstarb ihr auf den Lippen. Nicht Harry stand vor der Tür, sondern eine hübsche junge Frau mit dunkler Haut, dunklen Augen und dunklem, glänzendem Haar, das zu einem Pferdeschwanz zusammengebunden war.

Monica erkannte das Gesicht, konnte es aber nicht einordnen. Wer auch immer diese Frau war, sie gehörte für Monica auf die Liste der »Unbedeutenden«.

»DC Roberts«, sagte die Frau.

Monica stöhnte. Konnte nicht anders. Sie brannte auf echte Action und nicht auf dieses verfluchte floskelndreschende Nichts, das mit ihr plaudern wollte.

»Ich wollte gerade gehen«, sagte Monica. »Sie müssen ein anderes Mal wiederkommen.«

Die Frau lächelte. »Kein Problem. Ich begleite Sie. Wir können uns unterwegs unterhalten.«

»Wohl kaum«, sagte Monica. »Der Ort, an den ich gehe, ziemt sich nicht für ein kleines süßes Ding wie Sie. Sie würden lebendig verspeist.«

Die Frau errötete, und Monica wollte die Tür schließen. Doch anstatt unter den schwarzen Stein zu verschwinden, unter dem sie hervorgekrochen war, stellte die dumme Kuh ihren Fuß in die Tür.

»In diesem Fall«, sagte die Frau, »komme ich wohl besser rein.«

Bevor Monica sich versah, drückte die Frau die Tür auf, ging an ihr vorbei und schnurstracks in Monicas Wohnzimmer.

»Nathan Collier war Chloës Makler«, sagte Raj.

»Und?«, sagte Ellen.

»Ist doch offensichtlich«, sagte Raj. »Als Makler hatte er Schlüssel zu ihrem Haus. Ja, sie hat die Schlösser ausgewechselt, aber sie haben im selben Büro gearbeitet. Er hätte ganz leicht an die Schlüssel herankommen und sich ein Doppel machen lassen können. Er musste die Schlüssel nur heimlich aus ihrer Handtasche nehmen.«

Er hatte recht. Es hatte die ganze Zeit wie auf dem Präsentierteller gelegen, und sie hatten es übersehen.

»Er hat behauptet, an dem Morgen, an dem er Chloë gefunden hat«, fuhr Raj fort, »hätte die Tür offen gestanden. Doch er hat gelogen. Er hat die Schlüssel benutzt.«

»Woher wollen Sie wissen, dass er lügt?«, fragte Ellen.

»Er sagte, er habe gegen die Tür gedrückt und sie sei einfach aufgegangen«, sagte Raj. »Aber das geht bei der Tür nicht. Der

Schnapper ist kaputt. Ist die Tür unverschlossen, steht sie sperrangelweit offen.«

»Sie meinen, er hat sie umgebracht?«

»Ich kann mir vorstellen, wie es gewesen sein könnte«, sagte Raj. »Er gibt Chloë einen Job und eine Bleibe. Weil er auf sie steht. Allerdings ist er clever genug, zu begreifen, dass eine Frau wie Chloë für einen wie ihn nichts übrighat. Es sei denn, er hilft ein wenig nach. Also fängt er an, sie zu ängstigen. Vielleicht war es anfangs gar nicht seine Absicht. Vielleicht suchte er einfach nur ihre Nähe. Was auch immer.

Es funktioniert. Eine Weile. Sie dreht durch, hat niemanden, an den sie sich wenden kann, und denkt an den guten alten Nathan. Sie vertraut ihm mehr und mehr.«

»Was ist mit dem Interview, das sie Martine Reynolds gegeben hat?«, fragte Ellen. »Was wollte sie damit bezwecken?«

»Nathan und Martine sind Freunde«, sagte Raj. »Ihre gegenseitige Beweihräucherung reicht Jahre zurück. Als Chloë ordentlich Angst hat, nimmt Nathan die Dinge in die Hand, redet ihr ein, dass die Polizei nur tatenlos herumsitzt, er jedoch jemanden kenne, der helfen wird.«

Vieles von dem, was Raj sagte, ergab einen Sinn, doch es waren nur Indizien. Ohne die Videoaufnahmen hatten sie nichts Konkretes gegen Collier in der Hand.

»Sie hat eine Freundin erwähnt«, sagte Nathan. »Sie sind zusammen ausgegangen. Kann mich nicht an ihren Namen erinnern. Vielleicht lohnt es sich trotzdem, sie zu finden. Vielleicht hat Chloë ihr gegenüber Nathan erwähnt.«

»Chloës Gesicht war in allen Nachrichten zu sehen«, sagte Ellen. »Diese Freundin hätte sich doch sicherlich bei uns gemeldet.«

»Vielleicht ist sie verreist«, sagte Raj. »Ich weiß es doch auch nicht. Trotzdem, wir sollten wenigstens versuchen, sie zu finden.«

Es war bereits dunkel, als Ellen Rajs Wohnung verließ. Sie beschloss, zu Fuß nach Hause zu gehen, um einen klaren Kopf zu bekommen. Sie lief die Lee Road entlang. Je mehr sie sich Blackheath näherte, desto opulenter wurden die Häuser links und rechts.

Nathan Collier. Jetzt verknüpften sich einige Ermittlungsstränge. Sie zog ihr Handy heraus und rief Abby an. Voicemail. Sie hinterließ eine Nachricht.

»Abby, Mark hat an Chloë einen toxikologischen Test durchgeführt. Das Ergebnis kam heute Nachmittag. Sie hatte Spuren von Diazepam im Blut. Wie erwartet. Haben Sie die Krankenakte von Collier überprüft? Wir müssen wissen, ob ihm das Medikament in den letzten zwei Jahren verschrieben wurde.«

Abby hatte irgendetwas vor. Ellen hatte mit ihr sprechen wollen, nachdem sie von Carl Jenkins zurückgekommen war, doch sie hatte nur ihren Laptop zugeklappt und war davongestoben. Wäre Ellen paranoid, hätte sie meinen können, Abby wolle sie meiden.

Egal, Ellen musste mit ihr reden. Sie hatte jetzt die Heidelandschaft hinter sich gelassen, war jenseits von Charlton Way, unter dem Schatten der hohen Mauer vom Greenwich Park und bog um die Ecke Richtung Maze Hill. Fast zu Hause. Sie steckte das Handy weg und legte den Rest des Wegs zügig zurück. Es war spät. Sie hatte keine Lust, weiter an die Arbeit zu denken. Ein paar schöne Momente mit den Kindern, dann Essen und eine Flasche Wein. Man konnte einen Abend auch auf unangenehmere Weise verbringen.

FÜNFUNDFÜNFZIG

Nathan hatte Magenschmerzen. Die Hose saß zu eng, kniff in das weiche Fleisch. Er hätte den Rest Eiscreme nicht essen dürfen. Nicht nach den Chips. Moms spezielle Chips, auf ihre besondere Art in der Fritteuse zubereitet. Sie hatte mit Leidenschaft für ihren Jungen gekocht.

Der *Evening Star* lag vor ihm. Er las die Story noch einmal. Die Aufregung legte sich ein wenig. Jetzt hatte er das Gefühl, versagt zu haben, wie immer nach dem Abendessen. Carls Gesicht und die Schlagzeile – es war die reinste Genugtuung gewesen.

Er stand auf, konnte vor Nervosität nicht still sitzen. In den hintersten Ecken seines Hirns nagte der Zweifel. Er schob ihn beiseite. Carl hatte unrecht getan, und wenn Leute unrecht taten, hatte das Konsequenzen. Carls Problem war, dass er noch nie mit Konsequenzen hatte rechnen müssen.

Nicht wie Nathan. Konsequenzen, Beichte, Vergebung. Nathan wusste – zwang sich jedes Mal bei der Beichte dazu –, was Konsequenzen waren. Wusste, eine bloße Entschuldigung reichte nicht. Es musste einem ernst sein. Hatte er nicht genau das getan? Er hatte gebeichtet. Und Gott hatte ihm vergeben.

Alle Menschen sind Sünder.

Nathan akzeptierte das, auch wenn es ihm nicht leichtfiel, damit zu leben. Immer noch besser, als ignorant zu bleiben, so wie Carl und seinesgleichen.

Natürlich musste er darum noch lange nicht nachtragend sein. Er hatte sogar erwogen, Carl zu Hause aufzusuchen und ihm den Olivenzweig der Versöhnung zu reichen. Wenn er Carl vergab, half es vielleicht Carl, sich selbst zu vergeben. Aber Carl war noch längst nicht so weit …

Ehrlich gesagt, Nathan auch nicht. Noch nicht. Er brauchte Zeit. Zeit, Gebete und Geduld. Rom war auch nicht an einem Tag erbaut worden, und Nathan konnte nicht erwarten, dass diese alten Gefühle über Nacht verschwanden.

Im Wohnzimmer schaltete er den Fernseher ein, zappte durch die Sender, pausierte kurz beim Menü für Pornosender.

»Gott, gib mir Kraft, das Richtige zu tun.«

Er schloss die Augen, sprach die Worte laut aus, schob die Bilder, die sein verdorbener Leib ihm aufdrängte, beiseite, ignorierte das Gefühl zwischen den Beinen, das verzweifelte Verlangen, das so schwer zu kontrollieren war. Manchmal überwältigte es ihn, egal, wie sehr er sich bemühte.

Es lag an diesem Ort. Diesem Haus. Vollgestopft und klaustrophobisch. Jedes Zimmer voller Erinnerungen an seine Mutter. Die glückliche Zeit mit ihr. Er brauchte Ablenkung. Raus aus dem Haus, und die Bilder würden verschwinden. Das war kein Leben. Abend für Abend in ein leeres Haus zu kommen.

Er warf die Fernbedienung hin, schnappte sich die Autoschlüssel und rannte hinaus. Wohin, wusste er nicht, aber alles war besser, als hierzubleiben.

Monica war unglücklich. Ein weiterer Streit mit Jim. Der letzte. Das hatte sie sich geschworen. Es reichte. Sie lief eilig die ruhige Straße entlang, die Gedanken an den vergangenen Abend überschlugen sich, sie gab sich ihrer Wut hin, die trieb sie an, führte sie, und sie wusste, sie konnte nur ruhig schlafen, wenn sie handelte.

Er hatte sie nicht einmal hereingebeten. Hatte in der Tür gestanden und ihr zu verstehen gegeben, dass er sie nicht dahaben wollte. Dieses Schwein.

Sie war nach Hause gegangen, kam aber nicht zur Ruhe. Also lief sie durch die Straßen, suchte Action. Die Wut machte sie leichtsinnig. Sie näherte sich dem ersten Wagen, der hielt, wollte gleich einsteigen. Erst als sie das Gesicht des Mannes sah, schreckte sie zurück.

Er war nicht begeistert. Fing an, sie anzubrüllen, nannte sie Fotze und noch etliches andere. Sie drehte sich um und durchbohrte ihn mit ihrem Blick, damit er ausstieg. Sie war zu allem bereit. Er musste ihre Wut gesehen haben und fuhr davon.

Jim würde dafür bezahlen. Er und ihr Vater. Zwei widerliche Schweine, die alles getan hatten, um ihr kleines Glück zu zerstören.

Ein zweiter Wagen näherte sich, fuhr langsamer und hielt neben ihr. Ein grauer Lexus. Das Fenster wurde heruntergelassen, und der Fahrer beugte sich hinüber, beäugte sie von Kopf bis Fuß. Sie sah seine Hände auf dem Lenkrad und erinnerte sich, was er das letzte Mal mit ihr gemacht hatte.

»Suchst du was?«, fragte er.

Sie lief auf ihn zu, lächelte, stieg ein und schnallte sich an. Er fuhr an, und sie ließ den Daumen über die scharfe Klinge des Messers in ihrer Handtasche gleiten.

Ellen schreckte aus dem Schlaf hoch. Sie hatte geträumt. Sobald sie die Augen öffnete, war der Traum verschwunden. Zuerst dachte sie, eines der Kinder hätte sie geweckt. Ihr Herz schlug zu schnell. Sie lauschte auf das Tipptapp von Füßen, die in Richtung Bad oder den Flur entlang zu ihrem Zimmer liefen.

Stattdessen hörte sie das Quietschen einer Tür. Die Wohnzimmertür. Schon längst hatte sie ihren Vater bitten wollen, sich darum zu kümmern.

Sie setzte sich abrupt auf und griff voller Panik nach dem Telefon. Hatte schon fast gewählt, da hielt sie inne. Zuerst musste sie sich sicher sein. Sie schlüpfte aus dem Bett, sah sich nach etwas um, das sie als Waffe nutzen konnte. Ein Paar Krücken im Kleiderschrank. Die waren noch von Vinny. Er hatte sich vor sechs Jahren seinen Fuß gebrochen. Eine Krücke lehnte hinter den Kleidern, die sie nicht mehr anzog. Sie zog sie hervor. Besser als nichts, dachte sie.

Im Flur blieb sie stehen, horchte nach unten. Nichts. Vielleicht hatte sie sich das alles eingebildet. Dann hörte sie wieder das Quietschen der Tür. Und ein Schlurfen, wie von jemandem, der möglichst leise sein wollte.

»Ist da wer?«

Ihre Stimme war laut. Wie ein Echo, so kam es ihr vor. Sie schwang herum, sah in beiden Kinderzimmern nach. Sie waren nicht aufgewacht. Und wenn doch ... Sie hatte die Krücke in einer Hand. Das Telefon in der anderen. Diesmal dachte sie nicht zweimal nach, sondern wählte die Notrufnummer.

Im selben Moment fing sie an, sich zu bewegen, die Treppen hinunter und in den Flur, hielt die Krücke schlagbereit. Im Flur war niemand. Sie riss die Wohnzimmertür auf, machte das Licht an. Die plötzliche Helligkeit blendete sie. Sie schwankte. Spürte etwas hinter sich, drehte sich um. Zu spät. Niemand da.

Die Hintertür schlug zu.

Sie ging in die Küche, das Telefon noch immer am Ohr. Nannte ihren Namen und ihre Dienstausweisnummer. Die Küche war leer. Nichts. Nur ein schwacher vertrauter Geruch, den sie nicht zuordnen konnte.

Sie suchte die Küche mit den Augen ab. Nichts. Sie überprüfte die Hintertür. Sie war nicht abgeschlossen. Bevor sie ins Bett gegangen war, hatte sie sie ganz sicher abgeschlossen. Das machte sie immer. Der Schlüssel steckte auch nicht im Schloss. Er lag auf dem Boden.

Sie schloss ab. Plötzlich packte sie das blanke Entsetzen. Sie drehte sich um, ließ ihren Blick schweifen. Sie konnte erst wieder atmen, als sie weder eine Tasse Tee noch Blumen irgendwo entdeckte.

SECHSUNDFÜNFZIG

Monica wartete den Berufsverkehr ab. Erst dann machte sie sich auf den Weg. Die Fahrt nach Whitstable ging zügig voran, trotz des Regens seit den Morgenstunden. Punkt zwölf Uhr Mittag war sie da und hörte die Nachrichten im Radio. Die Leiche eines Mannes war heute Morgen in seinem Wagen gefunden worden. Sie machte das Radio lauter.

»Der Mann wurde als der deutsche Bankkaufmann Wilhelm Bretz identifiziert. Mr. Bretz' Leiche wurde heute Morgen entdeckt. Er wies mehrere Stichwunden auf. Laut einem Polizeisprecher wurde sein Körper verstümmelt. Näher wollte dieser sich dazu nicht äußern. Mr. Bretz hinterlässt eine Frau und zwei Kinder.«

Monica bog in die Straße, in der ihr Vater wohnte, und schaltete das Radio aus. Wilhelm Bretz. Es war immer gut, wenn ein Gesicht einen Namen bekam. Auch das eines Toten.

Sie stieg aus dem Wagen, ging auf das Haus zu. Sie öffnete die Haustür mit dem Schlüssel, den sie das letzte Mal mitgenommen hatte. Sie streifte die Schuhe auf der Fußmatte ab und betrat danach das Haus, das einst ihr Zuhause gewesen war.

Sie war davon ausgegangen, niemanden anzutreffen. Jetzt hörte sie Geräusche aus der Küche. Das gefiel ihr ganz und gar nicht. Sie hatte ihn doch vor zehn Minuten herauskommen sehen. Für seinen täglichen Spaziergang, der immer exakt zwanzig Minuten dauerte. Mehr als genug Zeit, sich zu holen, was sie wollte, und wieder zu verschwinden. Doch jetzt kam ihr offenbar jemand in die Quere.

Ein kleiner schwarzer Hund rannte in den Flur, wedelte mit dem Schwanz und schnüffelte an ihren Schuhen. Angewidert trat sie einen Schritt zurück. Für einen Augenblick glaubte sie, sie wäre vielleicht in das falsche Haus gegangen. Der Adam, den sie kannte, tolerierte keinen Hund. Ein Wesen, das roch und schmutzig war und echt und vielleicht die lupenreine Ordnung und Sauberkeit zunichtemachen würde? Niemals.

Sie hob einen Fuß, wollte die Bestie treten, da hörte sie jemanden aus voller Lunge schreien. Eine kleine dünne Frau stand in der Küchentür und kreischte wie eine Hexe.

»Rühren Sie den Hund nicht an, oder es wird Ihnen leidtun.«

»Wer zur Hölle sind Sie?«, fragte Monica.

»Das sollte ich Sie fragen«, sagte die Frau. »Doch ich kenne die Antwort bereits. Ich erkenne Sie von den Fotos. Monica, nicht wahr?«

»Und Sie sind ...?«

Die Antwort lag natürlich auf der Hand. Sie musste ihre Meinung über ihren Vater noch einmal überdenken. Nicht dass die Frau etwas Besonderes war. Unscheinbar war wohl das Netteste, was man über sie sagen konnte. Abgesehen von der Nase. Eine gewaltige Vorwölbung in einem ansonsten entsetzlich gewöhnlichen Gesicht.

»Bel«, sagte die Frau regungslos und unfreundlich.

Schlampe.

»Adams Freundin. Monica.« Sie sprach Monicas Namen aus, als sei er Schmutz. »Ich habe schon viel von Ihnen gehört.

Nichts Gutes, falls es Sie interessiert. Adam ist nicht da. Sie müssen später wiederkommen.«

»Ich kann warten«, sagte Monica.

»Das glaube ich nicht«, sagte Bel. »Wie sind Sie überhaupt reingekommen? Wir haben schon vor einer Weile das Schloss ausgewechselt. Sie können keinen Schlüssel haben.«

Monica lächelte. »Es sei denn, Adam hat mir einen gegeben.«

Bel kräuselte die Stirn. »Den Ersatzschlüssel? Den haben wir schon gesucht. Der Blödmann hat mir gesagt, er hat ihn verloren.«

Monica trat in den Flur, ließ die Tür sanft hinter sich ins Schloss fallen. Bel rührte sich nicht vom Fleck, auch nicht, als Monica direkt vor ihr stand.

»Er hat Ihnen nichts gesagt?«, fragte Monica.

»Was?«

Die Frau war ein paar Zentimeter kleiner als Monica und dürr. Doch sie wirkte abgebrüht, und Monica überlegte es sich zweimal, ob sie sich mit ihr anlegen sollte. Auf körperliche Auseinandersetzungen ließ sie sich für gewöhnlich nur ein, wenn sie von vornherein wusste, wie sie ausgingen.

»Von meinen Kurzbesuchen.«

Monica hielt ihr den Schlüssel unter die Nase.

»Daddy hat ihn mir letzte Woche gegeben«, sagte sie. Das entsprach nicht ganz der Wahrheit, aber das musste sie Bel nicht verraten. Was für ein dämlicher Name.

»Gegeben. Vielleicht haben Sie ihn auch geklaut«, sagte Bel. »Unsere Schlüssel hängen alle am Schlüsselbrett.« Sie machte eine nickende Kopfbewegung in die Richtung, von wo Monica die Schlüssel an sich genommen hatte. »Sie hätten sie mitnehmen können, ohne dass Adam es bemerkt.«

»Freundin.« Monica ließ das Wort in der Luft schweben. Hoffte, dass ihr Gesichtsausdruck Bel verriet, was sie davon hielt.

»Ja, ganz richtig. Ich bin seit ein paar Jahren mit ihm zusammen, müssen Sie wissen. Ist nicht leicht. Aber auch das wissen Sie. Er kann ganz schön anstrengend sein, Ihr alter Vater. Wahrscheinlich sind Sie darum abgehauen.«

»So ungefähr«, sagte Monica. Gelangweilt wandte sie sich ab. »Was dagegen, wenn ich nach oben gehe?«

Bel rannte zur Treppe, stellte sich davor und breitete die Arme aus.

»Wagen Sie es ja nicht. Ich will, dass Sie gehen. Sofort. Oder ich ruf die Polizei.«

»Das kümmert mich nicht«, sagte Monica. »Es ist mein Haus.«

»Nicht mehr.«

Das überrumpelte sie.

»Wie meinen Sie das?«

»Ich und Ihr Dad«, sagte Bel. »Wir werden heiraten. Sobald der Papierkram erledigt ist, wollen wir das Band knüpfen. Danach überschreibt er alles auf mich. Sie können nichts dagegen unternehmen.«

»Das glaube ich nicht.«

Bel zuckte mit den Schultern. »Mir egal. Jetzt raus. Drei Sekunden, oder ich rufe die Cops.«

Monica machte einen Schritt auf sie zu, überlegte es sich anders.

»Fick dich.«

Sie drehte sich um und ging. Schnell, bevor sie sich zu einer Dummheit hinreißen ließ. Wieder beim Auto, warf sie ihre Tasche auf den Beifahrersitz und stieg sein.

Das war der letzte Verrat. Ihre Mutter, Jim, Adam. Das ließ sie nicht mit sich machen. Das Haus und alles darin gehörten ihr.

Das konnte er nicht machen.

Sie drehte den Rückspiegel so, dass sie ihr Gesicht darin sehen konnte. Die Pupillen waren groß, die Wangen gerötet, die Augen leuchteten. Noch nie hatte sie so gut ausgesehen wie in diesem Moment.

Hass stand ihr.

SIEBENUNDFÜNFZIG

»Sie können eine Sitzung nicht einfach so absagen.«

»Es tut mir leid«, sagte Ellen. »Es lässt sich nicht vermeiden, fürchte ich.«

»Sie haben den Termin von Montag auf heute verlegt«, sagte die Frau am anderen Ende der Leitung. »Diesen Termin müssen Sie wahrnehmen. Das ist Dr. Murrays Vorschrift. Können Sie nicht später vorbeikommen? Dr. Murray hat um die Mittagszeit noch etwas frei.«

»Das wird nicht möglich sein, glaube ich«, sagte Ellen. »Ich mache einen neuen Termin, sobald ich kann.«

»Ihr nächster ist regulär am kommenden Montag«, sagte die Frau. »Sollten Sie wieder nicht erscheinen, behandelt Sie Dr. Murray vielleicht nicht weiter.«

Ellen widerstand dem Verlangen, dem Telefon den Stinkefinger zu zeigen, entschuldigte sich noch einmal und beendete das Telefonat.

Sie kam sich vor wie ein unartiges Schulmädchen, weil sie die Therapiesitzung abgesagt hatte. Das war lächerlich. Sie war eine erwachsene Frau und hatte jedes Recht abzusagen, wenn ihr danach war.

Sie hatte nicht geschlafen.

Nach ihrem Anruf war die Polizei gekommen. Zwei Einsatzwagen waren in die Annandale Road gerast, Sirenen und Blaulicht. Beide Kinder waren wach geworden. Sie hatte eine halbe Ewigkeit gebraucht, bis sie sie wieder beruhigt hatte. Vier Uniformierte hatten die Straße und die Gärten durchkämmt, mit Taschenlampen die Gegend abgetastet. Den Einsatzleiter, Paul Keane, kannte sie vom Revier. Ein anständiger Kerl. Zweifel im Gesicht, während die Uniformierten Bericht erstatteten. Kein Einbrecher weit und breit.

Nur frische Fußabdrücke im weichen Boden hinter dem Haus deuteten darauf hin, dass sie sich die ganze Sache nicht eingebildet hatte.

»Ein Dieb«, hatte Keane geschlussfolgert. »Sie müssen nachts die Alarmanlage einschalten, Ma'am.«

»Die ist kaputt«, hatte sie erwidert. »Geht immer grundlos los.«

»Lassen Sie sie reparieren«, hatte Keane gemeint. »Sie können von Glück sagen, dass Sie aufgewacht sind und den Schweinehund aufgeschreckt haben, bevor er etwas mitgehen lassen konnte.«

Aber es fehlte etwas.

Letzte Nacht hatte sie noch einmal nach dem Rechten gesehen: Computer, Fernseher, Schmuck in dem kleinen Safe in ihrem Schlafzimmer. Doch welcher vernünftige Mensch dachte schon an die Kühlschranktür? Und wer würde ihr glauben?

Sie wusste nicht genau, wo die Grenze zwischen Misstrauen und Paranoia verlief. Der Newsletter fehlte. Nichts Besonderes. In einem Haus mit zwei Kindern gingen Dinge verloren. Heute Morgen, nachdem es ihr aufgefallen war, hatte sie Pat und Eilish gefragt. Beide hatten keine Ahnung. Pat hatte versucht, sie sogar davon zu überzeugen, dass der Newsletter schon seit einigen Tagen nicht mehr dorthing. Möglicherweise hatte er recht. Und sie dachte, was, wenn letzte Nacht nicht das erste Mal gewesen war?

Sie musste sofort damit aufhören. Dieser Weg würde sie an kein gutes Ziel führen. Warum also schlug sie ihn ein? Weil sie vollkommen durcheinander war. Das Letzte – das Allerletzte –, das sie jetzt gebrauchen konnte, war, mit einer jüngeren und unendlich viel weiseren Person zu sprechen. Es war weitaus einfacher, den Termin abzusagen und mit der Schuld weiterzuleben.

Sie hörte den Regen auf das Wagendach prasseln. Sie hatte die Kinder zu spät zur Schule gebracht und kam zu spät zur Arbeit. Schuld und nochmals Schuld, in bester katholischer Tradition. Ihre Mutter wäre stolz auf sie.

Foo Fighters auf dem iPod. Musik dröhnt in den Ohrhörern, Dave Grohls Stimme voller Energie und Intensität. Volle Lautstärke. »The Pretender«. Ich bin der Feind. Der Song wird langsam und leise, dann dreht Grohl wieder auf – lauter, schneller –, der Rhythmus hämmert durch meinen Körper. Dann ist es vorbei. Ich spiele ihn noch mal ab. Ein halber Joint im Aschenbecher neben dem Bett. Ich zünde ihn an. Die Musik reißt mir den Kopf ab. Das Gras zeigt seine Wirkung.

High. Hab noch nicht geschlafen. Musik im Ohr, beständiges Hämmern, und ich fliege, Mann. Eine Tasche in der Ecke. Die Beute von letzter Nacht. Was für ein Wort. Ich lache. Gedanken wandern von letzter Nacht zu Nicki Minaj. Stell dir das mal vor. Beute. Das war's.

Ich lache so, dass ich mich aufsetzen muss oder mir wird schlecht. Kann nicht atmen. Gesicht tränenüberströmt. Zieh noch mal am Joint. Das Letzte, was ich brauche, aber zur Hölle. Ich hab's verdient. Hab letzte Nacht ein Bombenspiel gemacht.

Rannte die Straße hinunter mit der Tasche in der Hand, als wären die verfluchten Kronjuwelen drin. Und dann bin ich auf der Trafalgar Road. Laufe in Richtung Westen. Sogar um die Uhrzeit sind noch Leute unterwegs. Grüppchen von Studenten trinken und grölen rum. Ich komme an ein paar Mädchen vorbei. Die Sorte, der ich normalerweise aus dem Weg gehe. Zu viel Haar und Selbstvertrauen. Jagt mir Angst ein. Diesmal blicke ich sie direkt an. Eine – blond, braungebrannt und verdammt hübsch – lächelt. Ich grinse zurück. Einen Augenblick lang bin ich wer.

Diese Stimmung hält bis zu Hause an. Ich bin noch total überdreht. Trinke ein paar Bier. Davon komme ich auch nicht runter. Ich weiß, was ich brauche. Aber es ist spät, und irgendwie kommt es mir falsch vor. Dafür ist nachher noch Zeit.

Darum bin ich jetzt hier gelandet. Gedanken wandern hierhin, dorthin, überallhin. Ohrhörer, damit ich die anderen Geräusche nicht höre, die aus meinem früheren Leben.

Ich werde müde. Komme runter. Die Lider werden schwer. Weiß nicht, ob ich schlafen will, aber der Schlaf übermannt mich, und dann bin ich weg.

Ich weiß nicht, ob es ein Traum ist oder Erinnerung. Ich weiß nur, dass die Musik aufgehört hat. Meat ist zurück. Rammt seinen Scheiß in meinen Kopf. Ich will ihn aussperren, das funktioniert jedoch nur, wenn ich den iPod wieder anschalte. Aber ich kann meine Arme nicht bewegen. Körper im Bett, als läge ein Gewicht auf mir. Als ertrinke ich.

Ich war sechs Jahre alt. Ich weiß das, denn es war drei Tage nach meinem Geburtstag. Ich hab mir eine Feier gewünscht, aber das alte Schwein wollte davon nichts wissen. Hat mich lieber vermöbelt. Drei Tage später hatte er ein schlechtes Gewissen.

Wir waren am Meer. Strand nur zehn Minuten zu Fuß vom Haus entfernt. Meine Mutter wollte nicht, dass wir gehen. Sechs

Jahre alt, und ich konnte ihre Angst spüren. Ich war zu aufgeregt und machte mir keinen Kopf.

Er hat mich an die Hand genommen. Ich glaube, ich habe mich noch nie so besonders gefühlt. Schon so groß. Heißer Sommertag. Hitze flimmerte über den silbergrauen Steinen am Strand. Wasser eiskalt, wir waren über die Steine gelaufen und hatten den kleinen Sandstrand. So still. Niemand sonst da. Er ist der König und das sein Privatstrand.

Er hatte ein paar Bierdosen mitgebracht. War klar. Mir egal. Er hatte gute Laune. Ich wusste, das kam vom Bier. Trinken machte ihn glücklich.

Wir hatten ein Netz dabei und fingen die kleinen Krabben, die zwischen den Felsen lebten. Eine Krabbe war ein bisschen weiter weg. Zu weit weg für mich. Er nahm mein Netz, beugte sich vor, fiel vornüber, klatschte ins Wasser. Der Schock – sein Schrei, als er das Gleichgewicht verlor. Das kalte Wasser spritzte in mein Gesicht. Ich konnte nichts dafür. Lachen kam in mir hoch und brach aus mir heraus. Je mehr ich versuchte, es zu unterdrücken, desto mehr musste ich lachen. Er stand auf. In dem Moment, in dem mir klar wurde, dass ihm nichts passiert war, lachte ich wieder. Diesmal vor Erleichterung. Dann bemerkte ich seinen Gesichtsausdruck und wusste, ich hätte nicht lachen sollen.

Herrgott!

Ich will, dass es aufhört. Weiß, was gleich passiert. Ich versuche, noch einmal, meine Arme zu heben. Es ist sinnlos. Ich bin wieder dort, er packt mich, zieht mich ins Wasser. Ich schlage um mich und schreie. Überall Wasser. Er drückt mich runter. Wasser in meinem Mund, meinen Lungen. Ich kann nicht atmen, nicht um Hilfe schreien. Seine Hand in meinem Nacken. Drückt mich runter. Und ich weiß. Weiß es in dem Moment. Ich werde sterben.

ACHTUNDFÜNFZIG

Vor dem Café blieb Ellen stehen, suchte Schutz unter dem Vordach und spähte durch die Glastür. Sean war schon da. Saß mit dem Rücken zu ihr an einem Tisch weiter hinten. Blickte sich erst um, als sie am Tresen einen Kaffee bestellte.

Er lächelte, und sie lächelte zurück, überfroh, ihn zu sehen. Beinahe hätte sie die Verabredung abgesagt. Sie hatte nicht die Kraft, sich den unausweichlichen Fragen wegen Jim zu stellen. Jetzt war sie hier.

»Erstaunlich, dass du es geschafft hast«, sagte er. »Du hast doch immer so viel zu tun.«

»Ich konnte es kaum erwarten zu gehen«, sagte Ellen. »Danke. Schön hier. Ich glaub, hier war ich noch nie.«

Er hatte angerufen und vorgeschlagen, gemeinsam zu brunchen. Me Flowers, Blumenladen und Café in einem neben der Hither Green Station. Er arbeitete ganz in der Nähe. Es wäre töricht gewesen, nicht wenigstens den Versuch zu machen. Vom Einbruch hatte sie noch nichts erzählt, und sie hatte auch nicht die Absicht, es zu tun. Irgendwann müsste sie es ihren Eltern beichten, die Kinder behielten es bestimmt nicht für sich. Bis dahin wollte sie nicht darüber reden.

Die Kellnerin brachte Ellen den Kaffee und ein Sandwich für Sean.

»Ziegenkäse mit Zwiebelmarmelade«, sagte er. »Köstlich. Isst du nichts?«

Ellen schüttelte den Kopf. »Mir ist nur nach einem Kaffee.«

Sean legte das Sandwich auf den Teller. »Was ist los?«

Appetitlosigkeit war immer das erste Zeichen. Bei dem bloßen Gedanken an Essen wurde ihr übel. Danach kamen die

Schatten immer näher. Im Laufe der Jahre hatte sie verschiedene Strategien entwickelt, mit ihnen fertigzuwerden. Für gewöhnlich kam sie mit den düsteren Stimmungen klar. Sie weigerte sich, sie Depression zu nennen. Im Moment fehlte ihr allerdings die Kraft.

»Ich vermisse dich, El. Wir sehen uns zu selten.«

Ein Lichtschein in ihrem Kopf. Sie schaffte ein Lächeln. »Weißt du was?«, sagte sie. »Das Sandwich sieht verdammt lecker aus. Ich glaube, ich nehme auch eins.«

Beim Essen plauderten sie über Belanglosigkeiten. Er hatte zur Hälfte aufgegessen und kam auf das Thema zu sprechen, vor dem sie sich fürchtete.

»Wie geht es Jim?«

»Gut«, sagte Ellen. »Na ja, du weißt schon.«

»Wirklich?«

»Ich mag ihn«, sagte sie. »Ich will nur nichts überstürzen. Das ist doch okay, oder?«

»Das ist okay, es ist nur nicht wahr«, sagte Sean. »Irgendwas ist vorgefallen. Erst bist du über beide Ohren verliebt, und er kommt zum Lunch, und dann, wenn man nach ihm fragt, wechselst du das Thema. Nicht nur mir ist das aufgefallen. Mom und Dad machen sich Sorgen. Mom hat mich gestern Abend angerufen. Bat mich, mit dir zu reden. Sie glaubt, du arbeitest so viel, weil du dich nicht mit deinen persönlichen Sachen auseinandersetzen willst.«

Ellen blickte auf ihren Teller, damit sie ihn nicht ansehen musste.

»Darum hast du also angerufen«, sagte sie. »Weil Mom dich gebeten hat.«

»Ich habe angerufen, weil ich dich sehen wollte«, sagte er. »Mensch, Ellen.«

»Selber Mensch«, murmelte sie.

»Jetzt klingst du wie Pat«, sagte Sean.

Sie trat ihm gegen den Fuß, er jaulte auf, trat zurück. Härter.

Sie lachten. Für einen Moment fühlte es sich so an, wie es sich anfühlen sollte. Dann ruinierte Sean es, indem er wieder auf Jim zu sprechen kam.

»Jim hat auch angerufen«, sagte Sean. »Wollte wissen, wie es dir geht.«

»Du hast ihm hoffentlich gesagt, dass es ihn nichts angeht«, sagte Ellen.

»Ich hab ihn gefragt, was los ist«, sagte Sean. »Er sagte, ich soll dich fragen. Es sei nicht an ihm, es mir zu erzählen.«

»Offenbar glaubt er, dass er überhaupt nie irgendwas erzählen muss«, sagte Ellen. »Außerdem will ich nicht darüber reden, okay? Herrgott, Sean. Wir sehen uns erst seit ein paar Monaten, und die ganze Familie tagt, sobald es ein bisschen schwierig wird. Mach mal halblang. Erzähl mir lieber vom Wochenende. Ich bin schon ganz neidisch. Komm schon.«

Sean gab nach, beschrieb das Hotel, in dem er und Terry das Wochenende verbringen wollten. In Sitges, an der spanischen Ostküste. Während Sean sprach, wurde Ellen ruhiger, genoss es, ihm zuzuhören und die verschiedenen Ausdrücke in seinem Gesicht zu beobachten.

Als sie das Café verließen, hatte es aufgehört zu regnen. Sean begleitete Ellen zu ihrem Wagen.

»Grüß die Kinder von mir«, sagte er. »Ich werde sie kommendes Wochenende vermissen.«

»Sie dich auch«, sagte Ellen. »Pat spielt sich in letzter Zeit ein bisschen auf. Hoffentlich ist es nur eine Phase.«

»Bestimmt«, sagte Sean. »Er ist ein guter Junge. Nächste Woche unternehme ich was mit ihm. Mal sehen, was so los ist.«

»Vielleicht hast du mehr Glück als ich«, sagte Ellen.

»Du bist eine gute Mutter, El. Er wird schon irgendwann mit dir reden. Hat er doch immer.«

Sean beugte sich vor und küsste sie auf die Wange. Ließ sie zu schnell wieder los. Sie blickte ihm nach, bis er das Ende der Straße erreicht hatte, sie überquerte und um die Ecke bog.

Sie dachte an einen Tag im Park. Sie waren noch Kinder. Sie hatten sich gestritten, und er war weggelaufen. Sie war ihm hinterhergerannt. Hatte ihn einholen, es wiedergutmachen wollen, aber er war schneller gewesen. Sie wusste nicht mehr, warum sie sich gestritten hatten oder in welchem Park. Sie hatte nur die Erinnerung daran, wie sie ihm hinterherlief, einen Grashügel hinunter. Sein Rücken vor ihr, der Abstand zwischen ihnen immer größer werdend.

Später hatte sie ihm versprochen, sie würde ihn in ihrem ganzen Leben nie wieder ärgern. Wie so viele kindische Versprechen hatte sie auch dieses nicht gehalten. Sie stand auf der Hither Green und wünschte, sie hätte es getan.

NEUNUNDFÜNFZIG

»Warum hast du mir nichts gesagt?«

»Ich wollte dich nicht beunruhigen«, sagte Adam.

»Nun, jetzt bin ich beunruhigt«, sagte Bel. »Woher hat sie den verdammten Schlüssel?«

Die Erinnerung an jenen Nachmittag war undeutlich. Es fiel ihm schwer, sie in eine Chronologie zu bringen.

»Es ist nicht einfach für mich«, sagte er. »Sobald ich an Annie oder Monica denke, wird mir schwummrig.«

Sie standen sich in der Küche gegenüber. Er wollte zum Spülbecken gehen, die Hände waschen, sie säubern, bis er wieder einen klaren Kopf hatte. Er steckte die Hände in die Hosentaschen, ballte sie zu Fäusten und versuchte, die Bakterien zu vergessen, die er von draußen mit hereingebracht hatte. Bel sprach weiter, quasselte, quasselte, quasselte. Manchmal konnte er ihre hohe Stimme kaum ertragen. Er ballte die Fäuste und konzentrierte sich auf das, was sie sagte.

»Du musst sie vergessen«, sagte Bel. »Sie haben dich verlassen, Adam. Lass es hinter dir. Jetzt bin ich da. Du brauchst niemanden sonst. Das habe ich ihr gesagt, weißt du. Ich hab ihr gesagt, dass wir heiraten werden.«

»Herrgott, Bel, warum?«

Das hätte er nicht sagen sollen. Sie trat nah an ihn heran, er konnte ihren Atem in seinem Gesicht spüren. Schwacher Geruch von Zahnpasta und Kaffee.

»Weil du es ihr nicht gesagt hättest«, sagte Bel. »Was ist los, Adam?« Sie kam noch näher, drückte ihren Unterleib gegen seinen. Sie nahm seine Hand und steckte sie in den Ausschnitt ihrer Bluse.

»Das wolltest du doch.« Sie lehnte sich an ihn. »Das willst du doch, oder?«

Er spürte den Spitzen-BH und umfasste ihn.

Sie warf den Kopf zurück und blickte zu ihm auf, das Gesicht gerötet, Augen glänzend. Die Pupillen groß und dunkel, so wie immer, wenn sie in Stimmung war. Die obersten Knöpfe ihrer Bluse waren offen, und er konnte ihre kleinen runden Brüste sehen.

Perversling.

Er zog seine Hand weg. Die Stimme seiner Tochter ruinierte alles.

»Adam?«

Bel, liebste Bel. Er hatte schon so viel verloren. Konnte sie nicht auch noch verlieren. Sie war alles, was ihm geblieben war.

Er ließ seine Finger über ihren Hals gleiten und über die weiche Haut zum BH.

»Okay«, sagte er. »Gleich morgen früh spreche ich mit dem Standesbeamten.«

Sie schob den BH zur Seite. Seine Hand hatte jetzt freien Zugang zu ihrer Titte. Er rieb mit dem Daumen über ihre große braune Brustwarze, sie wurde hart. Sie drückte sich an ihn, heißer Atem an seinem Ohr.

Herrgott, sie war ein tolles Mädchen.

»Versprochen?«, fragte sie.

Sie nahm seine Hand, schob sie über ihren Bauch zu ihrem Spitzenhöschen.

»Versprochen.«

Er hatte sie vermisst. Hatte das vermisst. Das traf es wohl eher. Sechs Tage jeden Monat musste er ohne sie auskommen. Er hatte mit ihr darüber sprechen wollen. Hatte sogar angeboten, für die Operation zu bezahlen. Sie hatte es missverstanden, schlechte Laune bekommen, und er hatte sie tagelang nicht anrühren dürfen. Danach hatte er das Thema nicht mehr zur Sprache gebracht. Doch sobald sie verheiratet waren, überdachte sie es vielleicht.

Sie schob seine Hand weiter nach unten, und er stöhnte. Sie sagte noch etwas über das Haus und das Testament, doch ihre Stimme verlor sich im Rauschen in seinem Kopf. Wenn sie das Haus nach seinem Tod haben wollte, sollte sie es verdammt noch mal bekommen. Sie machte Dinge mit ihm, die keine Frau je mit ihm gemacht hatte. Dinge, die er nach dem Unfall für unmöglich gehalten hatte. Er würde ihr so viele Häuser kaufen, wie sie wollte, wenn sie nur mit diesen Dingen weitermachte.

Das Whiteboard im Einsatzraum füllte sich. Namen, die von Zeugen genannt worden waren, zusätzliche Verdächtige. Ellen starrte auf Nathan Colliers Namen, als Abby eintrat.

»Wissen wir irgendetwas von der Frau, mit der Chloë befreundet war?«, sagte Ellen.

»Warum«, fragte Abby. »Ist das wichtig?«

»Ich bin mir nicht sicher«, sagte Ellen. »Gestern habe ich mit Raj gesprochen. Er hat sie erwähnt.«

»Was ist mit ihrer Mutter?«, meinte Abby. »Vielleicht kennt sie sie. Soll ich sie fragen?«

»Gute Idee«, sagte Ellen. »Wie geht es ihr überhaupt?«

»Was glauben Sie«, sagte Abby. »Sie ist am Boden zerstört. Fragt ständig, wann Chloës Leiche freigegeben wird, damit sie die Beerdigung organisieren kann. Was haben Sie aus Collier herausbekommen?«

Heute Morgen hatte Ellen zuallererst Nathan Collier einen Besuch abgestattet, um den Informationen von Raj nachzugehen.

»Er schwört, keine Schlüssel für Chloës Haus zu haben«, sagte Ellen. »Behauptet, die Tür sei nicht eingeklinkt gewesen, und so sei er reingekommen. Ich habe die Tür untersucht. Raj hat recht. Der Schnapper ist defekt. Aber vielleicht sagt Collier ja die Wahrheit.«

»Sie glauben ihm nicht?«

»Nicht eine Sekunde«, sagte Ellen. »Alastair wollte noch einer Sache nachgehen. Ich warte das ab. Sobald er fertig ist, knöpfen wir uns Collier noch einmal vor.«

»Ich muss etwas mit Ihnen besprechen«, sagte Abby. »Passt es jetzt oder …?«

»Jetzt ist gut«, sagte Ellen. »Apropos, wie lief es mit Jenkins?«

»Merkwürdig«, sagte Abby. »Der Artikel schien ihm vollkommen egal zu sein. War vielmehr darauf erpicht, mir zu stecken, was er von seinem Ex-Boss hält. Er hat mir nichts Neues erzählt. Nathan Collier war scharf auf Chloë, sie hatte kein Interesse. Wieso sollte er auch etwas anderes behaupten.«

Die Bürotür wurde aufgerissen. Beide Frauen fuhren zusammen.

»Ellen!« Alastair. Er triumphierte. »Ich hab gerade mit Rui telefoniert. Er konnte das Kennzeichen des Wagens zur Hälfte erkennbar machen. Ich habe es schon gegengecheckt. Es passt zu Colliers Wagen.«

Noch Sekunden zuvor war ihre Energie kurz vor dem Nullpunkt gewesen. Diese Nachricht war genau der Push, den sie brauchte.

»Gehen wir«, sagte sie. »Zuerst ins Labor. Wollen doch mal sehen, was Rui für uns hat. Alastair, Sie begleiten mich. Abby, Sie verständigen die Chefin. Es wird ihr gefallen, wenn wir Collier herbringen.«

Abby nickte. Ellen folgte Alastair durch den Flur zum Fahrstuhl.

Die Tür zum Fahrstuhl ging auf, da fiel Ellen noch etwas ein. Sie wandte sich um.

»Abby!«

»Ja?«

»Sie wollten mit mir etwas besprechen«, sagte Ellen.

»Das kann warten«, sagte Abby.

Alastair drückte auf den Knopf für das Erdgeschoss. Die Türen schlossen sich, und der Fahrstuhl setzte sich in Bewegung. Ellen beobachtete das Herunterzählen der Etagen auf der Digitalanzeige. Der Durchbruch, auf den sie gewartet hatte. Wenn alles gutging, wurde noch heute Anklage gegen Nathan Collier erhoben.

SECHZIG

Das konnte nicht wahr sein. Vor einer Woche war sein Leben noch in Ordnung gewesen. Der Chloë-Effekt. So hatte er es insgeheim genannt. Sie hatte alles verzaubert, wo auch immer sie gewesen war. Das Geschäft hatte geboomt, nachdem er sie eingestellt hatte. Er hatte sogar mit dem Gedanken gespielt, eine Zweitniederlassung in Downham zu eröffnen. Die Verbindung zwischen ihnen hatte sich so echt angefühlt. Und dann hatte sie ihre Beine für Carl Jenkins breit gemacht und alles verdorben. Er hätte ihr vergeben. Sie hätte nicht einmal darum bitten müssen. Doch bevor er alles wieder hatte einrenken können, war sie nicht mehr da.

Sie waren ins Büro gekommen. Hatten gesagt, er sei verhaftet. Er hatte versucht wegzulaufen. Dämlich, dämlich. Ein fettes Schwein wie er. Er hatte doch keine Chance. Sie hatten ihn binnen Sekunden überwältigt, waren stärker gewesen, als sie aussahen. Hatten ihm die Hände auf den Rücken gedreht, ihm Handschellen angelegt, und hier saß er nun.

Wie lange noch?

Sie wollten ihn nervös machen. Deshalb war es wichtig, nicht durchzudrehen. Ruhig bleiben. Er überlegte, was sie gegen ihn in der Hand haben konnten. Nichts. Nichts, denn sonst hätten sie ihn schon viel früher verhaftet.

Wir verhaften Sie für den Mord an Chloë Dunbar.

Mord.

Angst krallte sich in seine Eingeweide. Er hatte Schwierigkeiten zu atmen. Engegefühl im Brustkorb. Gleich bekam er einen Herzinfarkt, fürchtete er. In seinem Kopf war Chloë. Sie im Türrahmen. Die Sonne schien auf ihr Haar, ein Heiligenschein. Ihr Lächeln. Das Gefühl, wenn sie ihn anlächelte. Als sei er der wichtigste Mensch auf Erden. Der Duft frischer Unterwäsche. Wie er die Schubladen geöffnet und Sachen herausgezogen hatte, sie an sein Gesicht gedrückt hatte. Das sachte Atmen, wenn sie schlief, nur Zentimeter von da, wo er stand. Er hatte sich im Zimmer bewegt, war ganz nah an sie herangegangen, er hätte sie berühren können. Die sanfte Haut ihres Gesichts. Er hatte es nicht gewagt, aus Angst, sie könnte aufwachen.

Diazepam. Er hatte es nach Moms Tod verschrieben bekommen. Hatte es zu Pulver zerstoßen und es in das Wasser gegeben, das sie jede Nacht trank, bevor sie ins Bett ging. Das hatte traumhaft funktioniert. Es war ihm schwergefallen, seine Taten für sich zu behalten. Den Leuten nicht unter die Nase zu reiben, wie clever Titty Collier sein konnte, wenn er sich nur anstrengte.

Das Diazepam hatte er in der Beichte nicht erwähnt. Gott wusste, dass es ihm leidtat, und das reichte Nathan. Er musste nicht Vater John mit hineinziehen. Das wäre nicht fair. Er hatte sich schuldig gefühlt. Jetzt war er froh. Vater John konnte es unmöglich der Polizei gesagt haben. In weiser Voraussicht hatte er den Filter an jenem Morgen geleert. Nur Gott wusste, was er getan hatte.

Er versuchte, sich zu konzentrieren. Aber es gelang ihm nicht. Seine Gedanken schweiften ab, ließen die letzten sechs Monate Revue passieren. Kamen immer wieder auf den Montagmorgen zurück. Den Geruch. Die Sauerei, die sie hinterlassen hatte. War das vor oder nach ihrem Tod passiert? Es war widerlich und passte ganz und gar nicht zu Chloë. Er war trotzdem zu ihr gegangen, hatte sie gehalten und ihr schönes ruiniertes Gesicht geküsst. Anschließend hatte er Blut an den Händen. Warmes klebriges Blut. Hatte würgen müssen, als er es abwusch. Das Wasser hatte sich rot gefärbt. Er konnte es immer noch nicht fassen.

Er hielt es nicht aus. Sein Verstand war überstrapaziert. Die Last drückte ihn nieder. Er stand auf, schob den Stuhl zurück, atmete tief ein, konnte aber nicht genug Luft holen. Er schwankte zur Tür. Schwarze Schatten bedrängten ihn. Er sah nur zwei winzige Lichtpunkte. Irgendwo in seinem Innersten wusste er, was passierte. Seine Schuld. Er hatte die Medikamente vor zwei Wochen abgesetzt. Glaubte, er brauchte sie nicht mehr. Jetzt hätte er sie gebrauchen können. Hatte das Gefühl zu sterben.

Er warf sich gegen die Tür, versuchte zu schreien, brachte aber nur ein schwaches Pfeifen heraus. Er starb. Herzinfarkt. Schlaganfall, irgendetwas Furchtbares, und niemand kam ihm zu Hilfe. Er fiel, die Finger krallten sich in den Hemdkragen, rissen ihn auf. Kalte Luft auf seinem Brustkorb. Er beruhigte sich, aber er konnte immer noch nicht atmen.

Die Lichtpunkte verschwanden.

EINUNDSECHZIG

Sie hatten Nathan Collier festgenommen, bei der Vernehmung jedoch, so Ger, durfte Ellen nicht dabei sein. Ellens Ex stand immer noch unter Verdacht. Für Colliers Anwälte wäre das ein gefundenes Fressen. Ellen wusste, es war die richtige Entscheidung, trotzdem war sie nicht besonders froh darüber.

Sie verließ das Präsidium und hatte schlechte Laune. Ihre Stimmung hob sich auch nicht auf dem Weg von Lewisham nach Greenwich. Die Kinder waren bei ihren Eltern. Sie wurde zum Tee erwartet. Ihr blieb noch ein Stunde, sie konnte Wäsche waschen und ein bisschen sauber machen.

Ein Mann stand vor ihrem Haus. Einen Moment lang dachte sie, es wäre Jim. Sie stolperte über eine Unebenheit im Bürgersteig. Als sie ihr Gleichgewicht wiedergefunden hatte, sah sie, dass es nicht Jim war. Dieser Mann war kleiner und breiter. Sein dunkles Haar war schütter. Er kam auf sie zu, irgendwie unbeholfen, schlurfend, nicht der elegante Gang von Jim.

»Ich habe geklingelt, aber es hat niemand aufgemacht«, sagte er. »Da habe ich gewartet. Was sollte ich sonst tun. Ich muss mit dir reden.«

Sie hatte weder die Zeit noch die Energie. Doch er sah so verletzlich aus, trat von einem Fuß auf den anderen, vermied den Blickkontakt, während er ihre Antwort abwartete. Keine Zeit, keine Energie – verflucht noch mal –, aber sie brachte es nicht übers Herz, ihn wegzuschicken.

»Hast du Lust auf einen Kaffee?«, fragte sie.

»Okay«, sagte Ray O'Dwyer. »Warum nicht.«

Sie war Jims Bruder nur ein paarmal begegnet. Schüchtern und im Umgang mit anderen unbeholfen, war er kein einfacher Gast, obgleich sie seine Verletzlichkeit irgendwie liebenswert fand. Wie ein kleiner Junge, auf den man aufpassen musste. Ein Junge im Körper eines großen kräftigen Mannes, dachte Ellen, während er sich ungeschickt auf einen der Stühle rund um die Kochinsel setzte.

»Wir können auch ins Wohnzimmer gehen«, sagte sie. »Diese Stühle sind ziemlich unbequem.«

»Alles gut«, sagte Raj. »Hast du ein paar Biskuits? Kaffee kratzt mich immer auf, wenn ich nichts zum Eintunken habe.«

»Zucker putscht dich nicht noch mehr auf?«, fragte Ellen.

Ray wurde rot. »Vielleicht. Aber mit Biskuits schmeckt der Kaffee nicht so bitter.«

Ihr Telefon klingelte. Sie entschuldigte sich, ging hinaus in den Garten, um ungestört reden zu können.

»Was ist?«, fragte sie.

»Collier ist im Krankenhaus«, sagte Abby. »Er war in der Zelle, wartete auf seinen Anwalt. Ein Wachhabender hörte ihn herumpoltern, ging rein und fand ihn bewusstlos.«

»Wissen Sie schon, was ihm fehlt?«

»Noch nicht«, sagte Abby. »Darum rufe ich auch nicht an. Ich wollte fragen, ob ich kurz vorbeikommen kann.«

»Jetzt passt es gerade nicht«, sagte Ellen. »Vielleicht später. Ich melde mich, sobald ich weiß, wie mein Tag weiter verläuft.«

Sie legte auf und versuchte einen sinnlosen Augenblick lang zu raten, was Abby mit ihr besprechen wollte. Sie gab auf und ging wieder hinein. Die Küche war leer.

»Ray?«

Die Tür zwischen Wohnzimmer und Küche wurde geöffnet. Da stand er.

»Ich habe mir deine Musiksammlung angesehen«, sagte er. »Du hast doch nichts dagegen, oder?«

Das hatte sie, aber das sagte sie ihm nicht. Sie machte Kaffee, stellte die Druckkanne auf die Arbeitsplatte aus Granit neben zwei Becher und eine Packung Biskuits. Ray öffnete die Packung ungefragt und bediente sich.

Er biss ab und fing an zu reden. Mit vollem Mund war er schwer zu verstehen. »Warum redest du nicht mit ihm?«, fragte Ray. »Er ist total fertig und macht sich Sorgen. Ich weiß, wie sehr er dich mag, Ellen. Warum ignorierst du ihn auf einmal?«

Es war ein Fehler gewesen, ihn hineinzubitten. Jetzt saß er hier, und sie hatte keine Ahnung, wie sie ihn wieder loswerden konnte, ohne ihn aufzuregen.

»Es ist kompliziert«, sagte sie und ließ denselben Schwachsinn vom Stapel wie Sean gegenüber. »Ich bin kompliziert, Ray. Die Wahrheit ist, ich möchte die Kontrolle haben. Die Sache mit Jim hat eine schlechte Wendung genommen, und ich dachte, ich verliere die Kontrolle. Wenn das passiert, mache ich zu. Ich kann nichts dafür. Es tut mir leid. Es hat nichts mit Jim zu tun. Oder vielleicht doch. Ich weiß es nicht.«

Sie hörte auf zu reden. Schämte sich, dass sie so viel von sich preisgegeben hatte. Natürlich war das ein Problem. Sobald sie die Kontrolle verlor, konnte alles passieren. Hier stand sie und plapperte wie eine Idiotin mit einem Kerl, dem es scheißegal war, was in ihrem Kopf vorging.

Dann lächelte er. Es sah eigentümlich aus, als sei Lächeln etwas, woran er nicht gewöhnt war. Gleichwohl war es ein freundliches Lächeln.

»Ich würde gerne wissen, wie das ist«, sagte er.

»Was meinst du?«

»Die Kontrolle zu haben«, sagte er. »Mein Leben lang habe ich, glaube ich, noch nie die Kontrolle über irgendetwas gehabt.«

»Was ist mit deiner Musik?«, fragte Ellen. Ray war ein talentierter Pianist. Vor Jahren hatte sie ihn spielen gehört und war bewegt gewesen von seinem Können und seiner Leidenschaft.

»Nein«, sagte er. »Tatsächlich ist es das Gegenteil von Kontrolle. Wenn ich übe oder etwas Neues einstudiere, habe ich eine gewisse Kontrolle, nehme ich an. Sobald ich ein Stück spiele, es wirklich spiele, nicht einübe, geschieht etwas. Meine Finger bewegen sich und spielen die richtigen Noten, es ist beinahe so, als spiele jemand anders für mich. Ich kann es nicht erklären.«

»Du meinst, die Musik kontrolliert dich, und nicht anders herum?«, fragte Ellen fasziniert.

Jetzt war das Lächeln weniger hilflos. »Genauso ist es.«

»Du hast Glück. Ich habe so etwas nicht«, sagte Ellen.

»Ist das nicht anstrengend?«, fragte Ray. »Die ganze Zeit die Kontrolle haben zu müssen?«

»So bin ich nun mal«, sagte Ellen. »Aber du bist doch nicht hergekommen, um mit mir über mich zu sprechen, oder?«

Wenn sie so weitermachte, tischte sie ihm gleich ein paar Storys aus ihrem früheren Leben auf, vom Tod ihrer kleinen Schwester und dass dieses Erlebnis für ihre lebenslange Unsicherheit gesorgt hatte und sie sie nur überwinden konnte, wenn sie wie besessen versuchte, Ordnung in eine meist verwirrende Welt zu bringen. Sie würde ihm sagen, dass Ordnung und Kontrolle ihr Schutzschild waren, ihre Art, sicherzustellen, dass denen, die ihr lieb waren, nichts Schlechtes widerfuhr. Und danach würde sie ihm wahrscheinlich erzählen, dass, sobald jemand durch diese sorgfältig errichteten Mauern brach, sie zu Dingen fähig war, über die selbst sie – in ihren dunkelsten Momenten – lieber nicht nachdachte. Denn dann müsste sie ihm verraten, was sie niemals jemandem zu verraten geschworen hatte: In dem Augenblick, in dem sie abgedrückt und Billy Dunston den Schädel weggepustet hatte, genau in diesem Augenblick hatte sie die meiste Kontrolle in ihrem ganzen bisherigen Leben gehabt.

»Rufst du ihn an?«, fragte Ray. »Rede mit ihm. Versuch, es zu klären. Er mag dich, du solltest wenigstens mit ihm reden. Bitte?«

Sie wollte nein sagen. Bis sie sich ihrer Gefühle sicher war, war es für sie – und die Kinder, für alle – besser, wenn sie sich von seinem Bruder fernhielt. Doch statt ihm das zu sagen, nahm sie seine Hand und drückte sie.

»Ich rede mit Jim«, sagte sie. »Natürlich rede ich mit ihm.«

ZWEIUNDSECHZIG

Eine Panikattacke. Das hätte er ihnen sagen können. Als er die Augen aufgeschlagen hatte, hatte eine Krankenschwester mittleren Alters neben ihm gekniet, um seinen Puls zu prüfen.

»Ich heiße Jackie«, hatte sie gesagt. »Nicht bewegen, Nathan. Wir haben einen Krankenwagen gerufen. Er wird in wenigen Minuten hier sein.«

Sie hatte ein liebenswürdiges Gesicht gehabt und eine freundliche Stimme. Er hatte sie gebeten, bei ihm zu bleiben, bis der Krankenwagen da war. Er hatte gewollt, dass sie ihn ins Krankenhaus begleitete. Aber sie hatte geantwortet, das dürfe sie nicht.

»Sie müssen sich keine Sorgen machen«, hatte sie gesagt. »Sie sind bald in guten Händen.«

Er war mit Handschellen an einen Polizisten gefesselt worden. Im Krankenwagen und im Krankenhaus. Im Krankenhaus war ihm heiß gewesen, er hatte geschwitzt und diesen säuerlichen Geruch ausgedünstet. Solange ihn der Arzt untersuchte, war er ohne Handschellen gewesen. Der Uniformierte war jedoch im Behandlungszimmer geblieben. Hatte Nathan ununterbrochen beobachtet. Nathan hatte den Ekel im Gesicht des Mannes gesehen, als er sein Hemd auszog, damit der Arzt ihn abhören konnte.

»Ich habe nichts verbrochen«, hatte er dem Arzt versichert. Vielleicht würde er ihm helfen können. Doch den schien das nicht zu kümmern. Er hatte seine Krankengeschichte wissen wollen. Hatte er schon früher Panikattacken gehabt (ja), wann hatte es angefangen (nach dem Tod seiner Mutter), nahm er Medikamente ein (ja)?

Nathan hatte gehofft, dass sie ihn wenigstens über Nacht dabehielten. Er hatte dem Arzt gesagt, wenn sie ihn wieder zurückbrächten, würde sich dasselbe wiederholen. Der Arzt hatte gemeint, es sei nicht sein Problem, und Nathan solle seine Medikamente nehmen. Die würden ihm helfen einzuschlafen.

Die Tablette lag nun auf einem grünen Plastiktablett neben dem Abendessen. Plastikessen auf einem Plastikteller. Irgendein Fleisch in irgendeiner braunen Sauce. Der Geruch, synthetisch und salzig, vermischte sich mit der chlorigen Luft im Raum und dem Schweiß unter seinen Achseln und in den Bauchfalten.

Er aß hastig, schaufelte, schluckte die Fleischstückchen beinahe unzerkaut hinunter. Das Essen verschaffte ihm keinen Trost und war zu schnell weg. Nach dem Essen schluckte er die rosa Tablette, legte sich auf das harte Bett und wartete.

Irgendetwas stimmte nicht. Ellen saß im Wohnzimmer an dem kleinen Tisch im Alkoven und checkte ihre Mails. Sortierte die losen Enden, bevor sie zu ihren Eltern zum Tee aufbrach. Sie hörte auf zu tippen und drehte sich um, suchte langsam das Zimmer ab.

Was war es?

An der Wand Vinnys umfangreiche Plattensammlung, eine Handvoll LPs gehörte Ellen. Der Fernseher in der Ecke, die Vorhänge noch offen, obwohl es bereits dunkel war. Sie stand auf und zog sie zu. Sie fühlte sich nicht gerne wie auf einem Präsentierteller. Beim Kamin fiel es ihr schlagartig auf.

Der Kaminsims. Fotos von ihrer Familie: die Kinder, ihre Eltern, Sean und Terry. Dazwischen eine Lücke, da, wo normalerweise Vinnys Foto stand.

Sie blickte sich um. Vielleicht war es heruntergefallen. Sie wusste, dass es so nicht war, suchte trotzdem. Dann rannte sie die Treppe zu ihrem Zimmer hinauf. Das Foto neben ihrem Bett war noch da. Natürlich. Wo sollte es sonst sein?

Sie sah in den Kinderzimmern nach, ob etwas fehlte. Die Kinder hatten so viel Kram, dass ihr der Überblick fehlte. Allerdings sah es nicht anders aus als sonst. Wieder unten, ging sie die CD-Sammlung durch. Keine ihrer Lieblingsscheiben fehlte. Sie versuchte, sich zu erinnern, wann sie das Foto zum letzten Mal gesehen hatte. Es hätte ihr doch sofort auffallen müssen, dass es nicht mehr an seinem Platz stand. Oder nicht?

Ray. Er war zuletzt hier gewesen. Aber er hatte keinen Grund, es mitzunehmen. Außerdem hatte er nicht den Anschein erweckt, als verberge er irgendetwas. Vielleicht hatte er es irgendwo versteckt. Sie suchte – noch einmal –, es war zwecklos. Das Foto blieb verschwunden. Nur zwei Menschen konnten es genommen haben. Ray O'Dwyer, oder wer auch immer letzte Nacht in ihrem Haus gewesen war. Vielleicht waren Ray und der Eindringling ein und dieselbe Person, schoss es ihr in den Sinn.

Paranoia. Was war Wirklichkeit und was nicht? So musste Chloës Leben gewesen sein. Wochenlang. Nicht zu wissen, was sie denken sollte. Niemand, der ihr glaubte. Kein Wunder, dass sie sich Nathan Collier anvertraut hatte. Der Einzige, der ihr offenbar alles glaubte. Weil er es war, der ihr das alles antat.

Was, wenn sie sich irrten? Unmöglich. Alle Beweise deuteten auf ihn. Sein Wagen parkte jede Nacht, in der jemand bei ihr eingebrochen war, auf ihrer Straße. Dasselbe Auto auch in der Nacht, in der sie ermordet worden war.

Collier war der Mörder.

Sie war sich sicher. Trotzdem wurde sie das Gefühl nicht los, dass dies alles – der Einbruch letzte Nacht, das verschwundene Foto – irgendwie mit Chloë Dunbar in Zusammenhang stand.

Vielleicht grenzte es an Wahnsinn, das zu denken. Trotzdem, sie war sich fast sicher, es gab einen Zusammenhang. Und wenn es einen gab, würde sie ihn finden. Zuerst musste sie dafür sorgen, dass ihre Kinder in Sicherheit waren.

Sie rief ihre Mutter an, fragte, ob die Kinder bei ihr übernachten könnten.

»Selbstverständlich«, sagte ihre Mutter. »Wir erwarten dich aber zum Tee, Ellen. Sag bloß, du schaffst es nicht?«

Sie blickte auf die Liste ungelesener Mails. Außerdem musste sie auch noch Abby anrufen.

»Ich werde da sein«, sagte sie. »Natürlich. Ich freue mich schon.«

Sie legte auf, schaltete den Laptop in den Ruhezustand, ging nach oben und packte zwei Taschen.

DREIUNDSECHZIG

Donnerstagnacht, und auf dem Trafalgar Square war der Teufel los. Ellen kämpfte sich durch die Menschenmenge und fragte sich, warum sie sich ausgerechnet hier verabredet hatten. The Vanbrugh, ihr Stammlokal, wäre besser gewesen. Das war ein netter Pub, in dem es gutes Essen gab und anständigen Wein zu vernünftigen Preisen. Die Musik war nicht zu laut, und man fand immer einen Platz. Anders als hier.

»Ellen!«

Abby hatte einen kleinen Tisch bei einem großen gerundeten Fenster ergattert, das über dem Fluss hing wie der Bauch einer Schwangeren.

»Ist es nicht herrlich hier?«, schwärmte Abby. »Ich habe schon Wein für Sie bestellt. Hier.«

Ellen hing ihren Mantel über die Stuhllehne und setzte sich. Abby hatte recht. Achtete man nicht auf das Geplapper der Studenten und lärmenden Spießer, war es tatsächlich ein schöner Ort.

Sie genehmigte sich einen gesunden Schluck und hoffte, dass er schnell Wirkung zeigte. Der kurze Weg von ihrem Haus bis hierher hatte sie unruhig gemacht. Sie wurde das Gefühl nicht los, dass sie beobachtet wurde. Sie hatte sich alle paar Sekunden umgedreht und die Straße abgesucht, hatte aber niemanden entdecken können, der ihr folgte. Es war nur ihre Einbildung, sagte sie sich. Lächerlich. Doch das half nicht.

»Alles in Ordnung?«, fragte Abby.

Ellen nickte. »Klar.«

Sie blickte aufs Wasser unter dem Fenster. Die Lichter von den Wohnhäusern am Ufer der Isle of Dogs erleuchteten die andere Seite des Flusses und spiegelten sich darin wie Dutzende kleine Sterne.

»Nathan Collier ist wieder in seiner Zelle«, sagte Abby. »Es war eine Panikattacke. Nichts Ernstes.«

»Nimmt er darum das Diazepam?«, fragte Ellen.

Abby nickte. »Anscheinend. Er leidet schon länger unter Angstzuständen. Nach dem Tod seiner Mutter im letzten Jahr wurden sie heftiger.«

»Das hilft uns nicht weiter«, sagte Ellen.

»Wie meinen Sie das?«

»Psychische Krankheit«, erklärte Ellen. »Ich wette, sein Anwalt plädiert auf Unzurechnungsfähigkeit.«

»Ja, aber wenn er psychisch krank ist«, sagte Abby, »muss das doch mitberücksichtigt werden?«

»Er hat sie ermordet«, sagte Ellen. »Hat einen Draht um ihren Hals gelegt und so fest zugezogen, bis er in die Haut eingeschnitten und die Luftröhre durchtrennt hat. Psychisch krank oder nicht, er wusste, was er tat.«

»Sorry.«

Ellen fühlte sich schuldig. Sie konnte manchmal so ein Ekel sein.

»Nicht nötig«, sagte sie. »Ich muss mich entschuldigen. Ich habe letzte Nacht nicht viel geschlafen. Ich bin müde. Und unleidig.« Sie lächelte.

»Worüber wollten Sie reden?«

»Ich weiß nicht, ob es der richtige Moment ist«, sagte Abby.

»Warum nicht?«

»Na ja, wenn Sie jetzt schon schlecht gelaunt sind, wird sich Ihre Laune nicht bessern, wenn ich erst mal anfange.«

»Schlechter kann sie nicht mehr werden«, sagte Ellen. »Okay. Was ist es? Bringen wir es hinter uns. Ich bin ein großes Mädchen, Abby. Ich werde es verkraften.«

»Es geht um Jim O'Dwyer«, sagte Abby.

Harry lag der Länge nach auf dem Sofa, seine Füße auf ihrem Schoß. Sie rochen. Nicht stark, aber es reichte, dass ihr die Lust auf den Wein verging, während sie auf der Suche nach irgendetwas Vernünftigem durch die Fernsehsender zappte.

Sie hatten einen Sticky geraucht. Das Gras hatte sie entspannt. Sie war träge und ziemlich geil. Sie rutschte ein wenig nach vorne, so dass seine Füße in ihrem Schritt zu liegen kamen. Sie warf ihm einen Blick zu, zufrieden, dass er sie beobachtete. Sie spürte seine Ferse, lächelte. Die meiste Zeit machte er sie wahnsinnig, doch heute Nacht war ein wenig Harry genau das, was ihr der Arzt verordnet hatte. Außerdem hatte er es verdient. Er hatte gute Arbeit geleistet. Das war die Belohnung.

Die vertraute Melodie der Zehn-Uhr-Nachrichten. Ein Mann verlas die Schlagzeilen. Chloës Name wurde erwähnt. Aber Monica war schon auf dem neuesten Stand. Der fette Boss war in Gewahrsam. Keine große Überraschung.

Sie legte den Kopf zurück und schloss die Augen. Sein Fuß rieb an ihr, und sie stöhnte. Sie hob den Rock, der Atem blieb ihm weg, denn sie hatte nichts darunter an.

Leichnam einer Frau in einer Wohnung in der Gegend um die London Road in Brighton entdeckt.

Sie riss die Augen auf, setzte sich aufrecht hin, schob seine Füße weg. Eine Reporterin stand vor dem hässlichen grauen Gebäude mit dreckigen Stores hinter schmutzigen Fenstern.

»Nach Angaben der Polizei wurde heute früh die Leiche einer Frau hier in ihrem Haus in der Calvert Lane gefunden. Nachbarn hatten die Polizei gerufen, da sie in den vergangenen Wochen immer mehr Fliegen auf dem Grundstück bemerkt hatten. Die Identität der Frau konnte noch nicht festgestellt werden. Die Polizei bittet jeden mit Informationen zu der Verstorbenen, folgende Nummer anzurufen …«

»Was ist denn, Mon? Was ist los?«

Sie achtete nicht auf ihn, riss die Fernbedienung an sich und drückte auf Rücklauf. Spielte es ein zweites Mal ab. Ein drittes Mal.

Danach schaltete sie auf Pause und drehte sich zu Harry.

»Entschuldige«, sagte sie. »Ich hielt es für wichtig.«

»Und?«

Sie schüttelte den Kopf. »Ist nicht wichtig. Wo waren wir stehen geblieben?«

Er beugte sich vor, strich mit der Hand über ihren Schenkel. Sie fühlte sich heiß und schwer an, und Monica musste der Versuchung widerstehen, sie wegzustoßen. Es brachte nichts, ihn zu verärgern. Besonders jetzt. Die Hand drückte ihr Bein.

Sie versuchte, nicht zu zucken. Seine Pupillen waren riesig. Er lächelte, und sie bemühte sich, das Lächeln zu erwidern. Hoffte, dass es genügte. Natürlich genügte es. Sie musste nur ihre Beine spreizen und so tun, als spiele sie mit.

Seine Hand bewegte sich weiter nach oben, schob ihre Beine auseinander. Sein Gesicht kam auf sie zu. Sie blickte an ihm vorbei auf das Standbild im Fernseher und erinnerte sich.

Ellen verabschiedete sich von Abby vor dem Pub und ging zu Fuß nach Hause. Eilig. Von den zwei Gläsern Wein spürte sie nichts. Auf der Annandale Road angekommen, war sie alles andere als locker.

Die vorstädtischen Straßen waren ruhig. Fast hätte sie meinen können, sie sei der einzige Mensch weit und breit. Hinter ihr bewegte sich etwas, und sie drehte sich abrupt um. Sollte ihr jemand folgen, hatte sich derjenige die falsche Nacht ausgesucht. Abbys Neuigkeit hatte die dunkle Seite in Ellen geweckt, und sie hatte große Lust, sich mit jemandem zu prügeln.

Ein Fuchs kam aus einem Garten, blieb stehen, starrte Ellen an. Sie starrte zurück. Offenbar fand er sie uninteressant, denn er drehte sich um und lief weg. Ließ Ellen stehen.

Zu Hause angekommen, war ihr vom Gehen warm geworden. Sie wühlte in ihrer Tasche, fand den Schlüssel, öffnete die Tür und trat ein. Drinnen war es ungewöhnlich still. Sie stand im Flur, horchte. Nichts.

Sie zog ihre Schuhe aus und lief herum, machte das Licht an. In der Küche blieb sie vor dem Kühlschrank stehen und betrachtete die Stelle, wo der Newsletter gehangen hatte.

Sie sollte einfach nur ins Bett gehen. Aber sie würde nicht schlafen können. Sie schenkte sich ein Glas Wein ein und setzte sich an den Laptop. Gab »Louise Jamieson« in die Suchmaschine ein, fing an zu lesen.

Es bestätigte, was Abby ihr im Pub erzählt hatte. Louise Jamieson war ein Klempnerlehrling gewesen und das Opfer eines Unfalls mit Fahrerflucht. Jetzt saß sie im Rollstuhl.

Nach dem Unfall hatte Louise ihren Boss beschuldigt. Hatte behauptet, er sei monatelang hinter ihr her gewesen, habe sie verfolgt und obszöne Nachrichten hinterlassen. Sie hatte behauptet, er habe sie überfahren, nachdem sie ihm gesagt hatte, er solle sie in Ruhe lassen. Der fragliche Boss? Jim O'Dwyer.

Ellen trank noch mehr von dem Wein und las noch einmal die vier Storys über den Unfall. Es war achtzehn Monate her. In der Zeit war Jim mit Monica zusammen gewesen. Vielleicht bedeutete das etwas, Ellen wusste jedoch nicht, was.

Oben knarzte eine Diele. Zuerst dachte sie, es wäre eines ihrer Kinder. Dann erinnerte sie sich, dass sie gar nicht da waren. Wahrscheinlich war es nichts. Das Haus war alt, und manchmal knarzten die Dielen eben.

Sie strengte die Ohren an, konnte jedoch nichts hören. Sie hatte die Alarmanlage nicht reparieren lassen. Das bereute sie jetzt. Gleich morgen früh würde sie sich darum kümmern, schwor sie sich. Jemand lief am Haus vorbei. Die Schritte laut und schnell. Plötzlich hielten sie inne. Ellen rannte zum Fenster, blickte hinaus. Ein junger Typ tippte eine Nachricht in sein Handy. Sie wartete, bis er weiterging, und ließ erst dann den Vorhang wieder zufallen.

In der Küche schenkte sie sich Wein nach. Im anderen Zimmer bewegte sich etwas. Jemand war dort. Sie zuckte zusammen, das Glas fiel ihr aus der Hand. Wein und Glasscherben auf dem Boden. Dann erst begriff sie. Es war nur ihr Spiegelbild in den französischen Fenstern.

Lächerlich. Sie war lächerlich. Chloë Dunbar hatte Monate der Qual ausgehalten, und hier war sie, Ellen, und drehte nach einem unbedeutenden Vorkommnis durch. Es war überhaupt nichts passiert. Sie musste sich in den Griff bekommen.

Sie fegte die Glasscherben auf, wischte den Wein weg, holte ihre Decke und das Kissen von oben und trug alles ins Wohnzimmer. Die Krücke nahm sie auch mit.

Sollte heute jemand einbrechen, war sie bereit.

VIERUNDSECHZIG

Die Pflichtverteidigerin war eine korpulente Frau mittleren Alters mit krausen grauen Haaren. Sie trug ein furchtbar grelles Blumenkleid und sah aus wie ein Hippie und nicht wie eine Anwältin. Nathan hatte sie sofort gehasst.

Hasste sie noch mehr, als sie ihn gefragt hatte – rund heraus –, ob er Chloë umgebracht hatte. Was war denn aus unschuldig, bis die Schuld bewiesen war, geworden? Diese Person wurde dafür bezahlt, ihn zu beschützen!

Sie hatte ihn gebeten, sie Sarah zu nennen, doch er weigerte sich. Er bestand auf Miss Welsh (keine Ringe an ihren Fingern, kein Grund für die peinliche Frage, ob Miss oder Mrs.). Er fragte sich, was für eine Sorte Frau sich für so einen Job entschied. In Gefängnissen und Polizeirevieren zu arbeiten, den Abschaum der Gesellschaft zu vertreten.

Die beiden Detectives, die ihn verhörten, waren auch Frauen. Beinahe vermutete er eine Art Verschwörung. Vielleicht gingen sie so vor, wenn das Mordopfer eine Frau und der Tatverdächtige ein Mann war. Sie versuchten, den Mann einzuschüchtern, indem sie ihm Frauen vorsetzten, mit denen ein vernünftiger Mann sich niemals abgeben würde.

Er hatte jedes Zeitgefühl verloren, wusste nicht, wie lange sie ihn schon in die Zange nahmen. Wiederholten ständig dieselben Fragen, wollten ihm Fallen stellen, ihn dazu bringen zuzugeben, dass er sie ermordet hatte. Dann ein Richtungswechsel. Der traf ihn unvorbereitet.

»Haben Sie ihr geglaubt?«

Die blonde Ermittlerin mit den eisblauen Augen.

»Wie meinen Sie das?«, fragte er.

»Haben Sie Chloë geglaubt, als sie Ihnen erzählt hat, jemand sei in ihr Haus eingebrochen?«, fragte die Blonde.

»Selbstverständlich«, sagte er. »Warum auch nicht?«

»Sie muss große Angst gehabt haben.«

»Das hatte sie«, sagte er. »Erst recht, weil Sie sie nicht ernst genommen haben. Gott sei Dank hatte sie mich. Das kann ich Ihnen versichern. Ich war der Einzige, der ihr geglaubt hat.«

»Weil Sie wussten, dass sie die Wahrheit sagte«, sagte die Polizistin.

»Das stimmt.«

»Und das wussten Sie, weil Sie es waren, nicht wahr?«, sagte die Beamtin. »Sie waren derjenige, vor dem Chloë Angst hatte. Nur hat das arme Mädchen es nicht begriffen.«

Er warf Miss Welsh einen Blick zu. Versteinertes Gesicht. Kein Hinweis von ihr, wie er antworten sollte. Kapierte sie denn nicht, dass sie genau dafür bezahlt wurde. Unbrauchbar.

»Selbstverständlich nicht«, sagte er. »Das ist albern.«

Sie konnten es nicht wissen. Er war jedes Detail durchgegangen. Hatte nie eine Spur hinterlassen. Ja, wahrscheinlich hatten sie DNA von ihm gefunden. Aber Chloë war eine Freundin.

Er hatte sie oft besucht, ihr geholfen, mit ihr geplaudert und Tee getrunken. Ganz normale Dinge, die normale Menschen machten, wenn sie befreundet waren.

Er setzte gerade zu einer Erklärung an, da mischte sich die andere Ermittlerin ein. Die hübsche Dunkelhaarige öffnete den Umschlag, der vor ihr auf dem Tisch lag, und zog ein Blatt Papier heraus.

»Können Sie uns das erklären?«, fragte sie.

»Erläutern Sie bitte meinem Mandanten, was das ist«, sagte Miss Welsh.

Doch er wusste es bereits. Sein Auto vor der U-Bahn-Station Hither Green. Wo er immer parkte, wenn er nachts dorthin fuhr. Weit genug entfernt von ihrem Haus, damit niemand eine Verbindung zu ihm herstellen konnte.

Nur hatten sie jetzt eine hergestellt.

»Mr. Collier?«

Wieder die Beklemmung in seinem Brustkorb, es schnürte ihm die Kehle zu. Er umklammerte die Tischkante, versuchte, sich an die Techniken zu erinnern, die ihm der Arzt empfohlen hatte. Tiefes langsames Atmen, zählen – eins, zwei, drei. Augen schließen und sich konzentrieren.

»Und die anderen Bilder. Alle von einer Überwachungskamera vor der Hither Green Station. Wenn Sie bitte die Augen öffnen und sich das Datum und die Zeit am unteren rechten Bildrand auf jedem Foto ansehen könnten. Die Daten stimmen mit den Einbrüchen in Chloës Haus überein.«

Eins, zwei, drei. Konzentration.

Er hatte einzig und allein von ihr bemerkt werden wollen. Sie sollte sein wahres Ich erkennen. Den liebenswürdigen Menschen, der auf jemanden wie sie gewartet hatte. Nicht den Fettwanst. Sein ganzes Leben hatte er gewartet, bis zu jenem Nachmittag. Sie im Türrahmen, wie ein Engel.

»Und das hier, Sonntag, 24. Oktober. Die Nacht, in der Chloë umgebracht wurde.«

Eins, zwei, drei.

»Ich war das nicht.« Er schrie zu laut. Konnte sich nicht helfen. »Ich habe sie geliebt. Ich hätte ihr nie weh tun können. Carl Jenkins war's. Er sollte an meiner Stelle hier sitzen.«

Die Anspannung fiel von ihm ab. Plötzlich konnte er wieder atmen.

»Ich habe sie nicht umgebracht. Das schwöre ich Ihnen.«

»Und wie erklären Sie das hier?«, fragte die Hübsche.

»Ich habe auf sie aufgepasst«, sagte er. »Manchmal bin ich hingefahren, an ihrem Haus vorbei, um nachzusehen, ob alles in Ordnung ist. Sie hatte Angst, und keiner hat sich dafür interessiert.«

»Sie lügen«, sagte die Blonde.

»DCI Cox.« Miss Welsh ergriff das Wort. Wurde aber auch Zeit. »Kann ich bitte einen Moment mit meinem Mandanten unter vier Augen reden?«

Die Blonde nickte, sprach in das Aufnahmegerät und schaltete es aus. Einen Moment später gingen sie hinaus.

Miss Welsh räusperte sich.

»Nathan«, sagte sie. »Sie sollten jetzt mit der Wahrheit herausrücken.«

FÜNFUNDSECHZIG

Ellen verbrachte die Nacht auf dem Sofa. Sie wachte früh auf, duschte, zog sich an und ging zum Frühstück zu ihren Eltern und den Kindern. Ließ die endlosen Kommentare ihrer Mutter über sich ergehen, wie müde sie aussah und dass sie aufhören sollte, sich zu viel abzuverlangen. Dann brachte sie die Kinder zur Schule. Gleich anschließend setzte sie sich in ihr Auto und fuhr nach Bromley, sechs Meilen südlich von Greenwich.

Das Haus, das sie suchte, lag in einer ruhigen Straße hinter dem Nordbahnhof. Ein gewöhnliches viktorianisches Dreizimmer-Reihenhaus. Ellen fand einen Parkplatz in der Nähe.

Das Haus war in einem guten Zustand mit einem hübschen Garten voller Pflanzen, die Ellen nichts sagten. Eine junge Frau im Rollstuhl jätete Unkraut in einem Beet vor dem Fenster.

»Louise?«

Die Frau schwang herum und schützte die Augen mit der Hand vor der Sonne.

»DI Kelly?«, sagte sie. »Pünktlich. Treten Sie ein.«

Ellen folgte der Frau über eine Rampe ins Haus.

»Es sind zwei Wohnungen«, erklärte Louise. »Ich wohne im Erdgeschoss. Mehr brauche ich auch nicht, um ehrlich zu sein. Kaffee?«

»Ja bitte.«

Die Wohnung war so hübsch wie der Garten; antike Möbel, abgeschliffene Dielen, farbenfroh. Der Wohnbereich war offen, Küche und Esstisch im hinteren Teil, Wohnzimmerbereich im vorderen. Ellen setzte sich in einen Parker-Knoll-Sessel und sah Louise dabei zu, wie sie in der Küche herumhantierte.

»Ich hatte die Hoffnung schon aufgegeben«, sagte Louise, als sie mit dem Tablett auf dem Schoß durch den Raum kam.

»Soll ich Ihnen das abnehmen?« Louise nickte. Ellen stellte das Tablett auf einen großen quadratischen Sofatisch.

»Also«, sagte Louise, nachdem sie den Kaffee eingeschenkt hatte. »Was haben Sie für mich?«

»Wie ich Ihnen schon gestern Abend am Telefon erklärt habe«, sagte Ellen, »bin ich der Ansicht, dass zwischen Ihrem

Unfall und unserem Fall ein Zusammenhang besteht. Ich kann dazu noch nicht viel sagen. Dürfte ich Ihnen trotzdem ein paar Fragen stellen?«

Louise trank einen Schluck Kaffee, während sie anscheinend über das nachdachte, was Ellen gerade gesagt hatte. Sie war ein hübsches Mädchen. Blond wie Chloë, allerdings weniger mäuschenhaft. Eine Härte, die keinen Zweifel daran ließ, dass man sich mit ihr lieber nicht anlegte. Ellen fragte sich, ob sie schon immer so gewesen oder erst nach dem Unfall so geworden war.

»Ich habe nichts dagegen«, sagte Louise. »Allerdings habe ich etwas dagegen, wenn man mich anlügt. Sollte es tatsächlich einen Zusammenhang geben, können Sie mir dann nicht sagen, welchen?«

»Jim O'Dwyers Name ist in einem Stalking-Fall aufgetaucht«, sagte Ellen. »Mehr kann ich nicht sagen. Sorry.«

»Das verstehe ich nicht«, sagte Louise. »Ich war mir sicher, dass ich mich geirrt hatte.«

»Wie meinen Sie das?«, fragte Ellen.

»Ich glaube nicht – oder glaubte nicht –, dass Jim mir das angetan hat«, sagte Louise. »Das habe ich euch doch schon alles gesagt. Ihr habt mir nicht geglaubt. Für euch war er ein Psycho und ich das kleine arme Opfer, das vom großen Boss tyrannisiert wurde. Er war es nicht. Sie verschwenden Ihre Zeit. Und meine.«

Die Erleichterung war riesig, aber nur von kurzer Dauer.

»Ich habe Ihre Aussage gelesen«, sagte Ellen. Sie hatte kein Detail vergessen. Die Zeugenaussage, unterschrieben von Louise Jamieson, in der stand, sie glaube, dass ihr Boss Jim O'Dwyer sie überfahren habe.

»Ich stand unter Medikamenten, als ich das unterzeichnet habe«, sagte Louise. »War vollgepumpt und litt wahrscheinlich unter einer posttraumatischen Belastungsstörung. Ich hatte gerade erfahren, dass meine Wirbelsäule gebrochen war, Herrgott noch mal. Dieser Detective war doch nur an einer Verurteilung interessiert. Hat sich einen Dreck darum geschert, wer der wirkliche Täter war.«

»Es tut mir leid«, sagte Ellen. »Manche Detectives sind so. Ich gehöre nicht zu denen. Jims Name ist bei unseren jetzigen Ermittlungen aufgetaucht. Ich will wissen, ob er wirklich verdächtig ist oder ob jemand seinen Namen ins Spiel gebracht hat, weil er sauer auf ihn war.«

»Ich war froh, dass ich den Job bei Jim bekommen hatte«, sagte Louise. »Das hört sich für Sie vielleicht merkwürdig an. Aber ich wollte Klempner werden. Ich dachte, das gäbe mir die Möglichkeit, mich später selbständig zu machen. Ich bin keine Akademikerin, ich wusste schon immer, dass die Uni nichts für mich ist. Klempner ist ein guter Beruf, oder etwa nicht? Es gibt nicht viele Klempnerinnen. Ich dachte, das wäre von Vorteil. Zuerst war es das auch. Ich war gut. Es hat Spaß gemacht, und Jim ist ein super Chef. Ziemlich cooler Typ. Aber nach vier Monaten ging alles den Bach runter.«

»Was ist passiert?«

»Merkwürdige Dinge«, sagte Louise. »Kratzer an meinem Wagen. Na ja, das kann passieren. Es war trotzdem ärgerlich. Jemand hat ›Schlampe‹ in den Lack geritzt. Ich war erschrocken. Mehr noch, sauer. Meine Scheinwerfer wurden zerschlagen, und ich fragte mich, ob es persönlich gemeint war. Dann fingen die Mails an. Fiese Nachrichten, ich wurde als Hure und so etliches andere beschimpft. Ich habe sie aufbewahrt und der Polizei übergeben. Erst nach dem Unfall hat die Polizei etwas unternommen.«

»Warum wurde Jim verdächtigt?«

»Das war meine Schuld«, sagte Louise. »Man wird panisch. Ich war bei der Polizei, wissen Sie. Ich gab ihnen seinen Namen. Mir kam gar kein anderer in den Sinn. Es konnte doch kein Zufall sein, dass es losging, kurz nachdem ich bei Jim angefangen hatte. Die Polizei war auch überzeugt. Es lag an den Mails.«

»Was war damit?«, fragte Ellen.

»Sie kamen von einem Gmail-Account«, sagte Louise. »Jimbo@gmail.com. Das habe ich Jim gezeigt. Wir beide fanden das ziemlich gespenstisch. Sie wissen schon, dass jemand seinen Namen benutzt. Die Sache ist die: Die Polizei ging dem nach, und es stellte sich heraus, dass nicht nur Jims Name gestohlen worden war. Der Account war auf ihn registriert. Name, Adresse, Geburtsdatum, alles.«

»Da haben Sie eins und eins zusammengezählt.«

Louise runzelte die Stirn. »Ich wusste nicht, was ich denken sollte. Ich dachte, ich kenne ihn. Zwischen uns lief nie was. Ich bin lesbisch. Jim wusste das. Es war ihm egal. Außerdem war ich gar nicht sein Typ.«

»Woher wussten Sie das?«

»War eben so«, sagte Louise. »Ich meine, das merkt man doch, wenn ein Typ interessiert ist. Jim hat nie in diese Richtung Anstalten gemacht. Nicht ein einziges Mal.

Er kam mich im Krankenhaus besuchen und war aufgewühlt. Er hat das nicht vorgetäuscht. Es sei denn, er ist ein echter Psycho. Hören Sie, ich habe viel darüber nachgedacht. Ich hab kaum an etwas anderes gedacht, wenn ich ehrlich sein soll. Ja, zuerst dachte ich, es wäre Jim gewesen. Aber wissen Sie was? Je länger ich darüber nachdenke, desto sicherer bin ich, dass er mir das nicht angetan hat. Wenn Sie wirklich anders sind als Ihre Kollegen, dann finden Sie den Täter.«

Nach dem Gespräch saß Ellen noch lange in ihrem Wagen. Badete in ihrem Selbsthass. Louise Jamieson. Hübsche besonnene Louise. Nicht bereit, sich für die einfache Option zu entscheiden und ihre Tragödie einem Unschuldigen in die Schuhe zu schieben.

Ellen wusste, was sie zu tun hatte. Sie konnte es nicht länger auf die lange Bank schieben. Sie nahm ihr Handy aus der Tasche und wählte ohne zu zögern Jims Nummer, wollte nicht wieder eine Ausrede finden.

SECHSUNDSECHZIG

Hush, little baby, don't say a word,
Mama's gonna buy you a mockingbird.

Das weiße Licht scheint auf sie herab. Umgibt sie wie ein Heiligenschein. Und sie singt das Lied, das ihm seine Mutter immer vorgesungen hat. Genau dieses Lied hat sie einmal für ihn gesungen. Als sie ihm von ihrer Mutter erzählte. Wie nah sie sich gewesen waren.

»Wie meine Mutter und ich«, murmelt er.

Sie lächelt.

»Genau so.«

Sie sieht so glücklich aus. Noch nie hat er sie so glücklich gesehen. Er will mit ihr zusammen sein. Heraustreten in das helle weiße Licht. Er streckt seine Hand aus, doch obwohl sie genau vor ihm steht, kann er sie nicht erreichen.

Plötzlich verblasst das Bild.

»Nein, geh nicht weg. Bitte, Chloë. Verlass mich nicht.«

Sie singt noch, doch ihre Stimme und auch alles andere schweben davon.

»Collier!«

Hände auf seiner Schulter schütteln ihn. Paul Herrings kleines rattiges Gesicht vor ihm. Chloë ist weg. Die Tabletten machen ihn schläfrig, er kommt nur langsam zu sich. Herring und die Angst vor ihm halfen, sich zu konzentrieren.

»Sorry.«

»Jetzt hast du mich schon das zweite Mal geweckt«, sagte Herring. Er hielt Nathan immer noch an den Schultern. Das Gesicht ganz nah, der Atem sauer.

»Pass bloß auf.« Der Druck auf den Schultern wurde stärker. Nathan schrie auf. Das schien Herring zu gefallen. Er grinste. »Weck mich noch mal, und es wird dir leidtun.«

Herring ließ ihn los, kletterte wieder nach oben. Das Etagenbett wackelte. Nathan lag regungslos, traute sich kaum zu atmen, lauschte Herrings Bewegungen. Dann war er endlich still. Nathan blieb auf dem Rücken liegen. Es war unbequem. Er war so riesig. Wenn er sich bewegte, klapperte das Doppelstockbett. Herring mochte das nicht.

Er wollte wieder einschlafen. Die Medikamente ließen seinen Körper glauben, es sei okay, sich zu entspannen. Seine Lider wurden schwer. Er kostete ihn Kraft, die Augen offen zu halten.

Irgendwo schrie ein Mann. Nathan fragte sich, ob es derselbe war wie letzte Nacht oder ein anderer. In seinen Ohren klangen alle schreienden Männer gleich.

Herring brüllte los, nannte den Schreienden ein verficktes Weichei und er solle endlich sein verfluchtes Maul halten. Ein paar andere Insassen fingen auch an, bis der Lärm überall war.

Er hielt es nicht aus. Drückte die Hände gegen die Ohren, aber es half nichts. Und obwohl Herrings Stimme immer lauter wurde, obwohl all das um ihn herum geschah, fielen ihm trotzdem die Augen zu.

Seine Blase war voll. Der Druck verursachte ihm Schmerzen. Bei dem Gedanken, was Herring mit ihm anstellen würde, wenn er ins Bett pinkelte, wurde es noch schlimmer. Er presste die Hände zwischen die Beine, gegen seinen Penis, betete, dass er die Kontrolle behielt und die Nacht überstand.

Es half alles nichts. Er spürte die ersten Tropfen in seiner Schlafanzughose und die Erleichterung, in dem Augenblick, in dem sich seine Blase entspannte und das warme Nass aus ihm heraussprudelte. Das Bett fing an zu wackeln, Herrings Füße baumelten herunter, die Zelle füllte sich mit Uringeruch. In dem Moment öffnete Nathan Collier seinen Mund und fing auch an zu schreien.

SIEBENUNDSECHZIG

Sie hatten sich vor dem Cutty Sark verabredet. Der verhangene Nachmittagshimmel passte zu Ellens Stimmung. Jim war schon da, lehnte am Brückengeländer und blickte über das trübe Wasser auf die modernen Appartements am nördlichen Rand des Flussufers. Er wirkte einsam.

»Hallo.«

Er drehte sich um und lächelte. Kein Grübchen. Das Lächeln war nicht echt.

»Ellen.«

Sie hatte ihn sehen wollen, doch jetzt, da er vor ihr stand, war sie befangen. Sie überlegte, ob es mit Vinny je so kompliziert gewesen war. Hand aufs Herz, sie glaubte es nicht. Ihre Mutter hatte ihr einmal vorgeworfen, die Vergangenheit durch eine rosa Brille zu betrachten. Hatte gesagt, Ellen habe noch nie das zu schätzen gewusst, was sie hatte.

»Du willst immer noch mehr. Das war schon als kleines Mädchen so. Nichts war dir gut genug.«

Das stimmte nicht. Nicht bei Vinny.

»Danke, dass du gekommen bist«, sagte sie. »Ich will mich entschuldigen.«

Er hob die Augenbrauen. Wartete. Er machte es ihr nicht leicht. Sie respektierte das. Und sie hasste ihn dafür.

Dann lächelte er wieder. Diesmal mit Grübchen unter dem Auge. An dieses Lächeln würde sie sich erinnern, wenn all das hier vorbei war. Das rief andere Erinnerungen wach, und sie würde ihr Verhalten bedauern. Sie wusste es und trotzdem, für Reue war es zu spät.

»Wollen wir ein bisschen gehen?« Er neigte seinen Kopf leicht gen Westen, und sie nickte. Reden war einfacher, wenn sie sich nicht gegenseitig in die Augen schauen mussten.

Zuerst schwiegen sie. Liefen am Naval College vorbei und bis auf die andere Seite von Greenwich.

»Ich darf dir nicht sagen, warum dein Name in den Ermittlungen aufgetaucht ist«, sagte sie. »Kannst du das verstehen?«

»Du musst mir nichts erklären«, sagte er. »Habe mir selbst einen Reim darauf gemacht. Es war Monica.«

Ellen blieb stehen und starrte ihn an. »Wie bitte?«

»Du erwähntest eine Person namens Monica. Zuerst dachte ich mir nichts dabei. Erst nach dem Verhör grübelte ich, wer mir das eingebrockt haben könnte. Nur sie kommt in Frage.«

»Wieso bist du dir so sicher?«, fragte Ellen.

»Sie ist gefährlich«, sagte Jim. »Wir sind ein paarmal miteinander ausgegangen. Nichts Besonderes. Sie war vom Gegenteil überzeugt, war wie besessen. Weil ich nicht dasselbe für sie empfand wie sie für mich, wurde sie unangenehm.«

»Warum hast du mir das nicht erzählt?«

Jim zuckte mit den Schultern. »Da gibt es nichts zu erzählen. Dachte ich zumindest. Wir sind ausgegangen, und ich habe Schluss gemacht. Ende. Sie ruft mich immer noch an, schickt Nachrichten. Ich ignoriere sie. Irgendwann wird sie es kapieren.«

»Du weißt, dass wir Anklage gegen jemanden erhoben haben«, sagte Ellen. »Offiziell stehst du nicht mehr auf der Liste der Verdächtigen.«

»Bist du darum zu Louise gefahren?«, fragte er. »Hat das, was ihr zugestoßen ist, damit zu tun?«

»Woher weißt du das?«, fragte Ellen.

»Sie hat mich angerufen«, sagte Jim. »Gleich nachdem du weg warst. Was hast du denn erwartet?«

»Davon hast du mir auch nichts erzählt«, sagte Ellen. »Warum?«

»Ich war noch nicht so weit«, sagte er. »Was Lou passiert ist, ist furchtbar. Ich war am Boden zerstört. Und dann wurde ich beschuldigt. Darüber spreche ich nicht gerne.«

»Ich dachte, ich kenne dich«, sagte Ellen. »Es ist auch meine Schuld. Ich bin nicht mehr daran gewöhnt, mit jemandem zusammen zu sein. Ich war so lange mit Vinny zusammen, vielleicht dachte ich, dass eine Beziehung so sein sollte. Ich glaube, ich habe vergessen, dass es Zeit braucht, jemanden kennenzulernen.«

»Wir haben Zeit«, sagte Jim.

»Meinst du das ernst?«, fragte sie. »Denkst du wirklich, wir sollten es noch einmal versuchen?«

»Ehrlich gesagt weiß ich nicht, was ich denke.«

»Ich schon«, sagte Ellen. »Ich brauche Abstand. Es ist zu kompliziert, und ich habe nicht die Kraft.«

»Beziehungen sind kompliziert«, sagte Jim.

»Darum will ich ja auch keine«, erwiderte Ellen.

»Ach so?«, sagte er. »Du beendest die Sache, weil ich kompliziert bin. Herrje, Ellen, hast du dich in letzter Zeit einmal angeguckt? Du gibst dem Wort ›kompliziert‹ eine ganz neue Bedeutung. Aber keine Sorge, ich habe verstanden. Es ist okay, wenn dein ganzer Scheiß kompliziert wird. Sobald sich der Spieß umdreht und ich ein wenig Unterstützung brauche, willst du nichts davon wissen.«

»So ist es nicht«, sagte sie.

»Doch, so ist es. Es tut mir leid, dass ich nicht so sein kann, wie du es dir wünschst. Es tut mir wirklich leid.«

Er drehte sich um und ging, ohne sich noch einmal umzusehen. Je weiter er sich entfernte, desto undeutlicher wurde er, bis er nur noch eine dunkle Silhouette in einem unbarmherzigen grau-kalten Morgen war. Dann war er verschwunden, folgte der Biegung des Flusses zur weißen Kuppel der O_2-Arena.

Es hatte angefangen zu nieseln. Ellen bemerkte den Regen erst jetzt. Er war kalt auf ihrem Gesicht, durchnässte die Jacke und ihre Kleidung darunter. Sie wartete noch einen Moment, hoffte, dass er seine Meinung änderte und zurückkam. Vergebens.

Etwas Weißes flatterte am Himmel. Ein Schwan. Flog herab, streifte das Wasser und landete sanft auf der welligen Oberfläche. Die Welt um sie herum war sonderbar leise, als stünde die Zeit still und als wären die einzigen noch verbliebenen Lebewesen Ellen und der weiße Schwan, der in der stillen Herbstkühle auf der Themse dahintrieb.

ACHTUNDSECHZIG

Der Hund träumte. Gab ab und zu leise Geräusche von sich. Träumte sicherlich von Kaninchen. Adam beugte sich hinunter und streichelte den Kopf des Hundes.

»Wenigstens fängst du sie in deinen Träumen, Digger.«

Bel hatte Digger vorhin gewaschen, darum roch er auch nicht mehr so schlecht. Adam wollte, dass sie ihn täglich wusch, aber sie weigerte sich, sagte, es tue der Haut des Hundes nicht gut. Adam hätte den Hund in seinem Haus gar nicht erst erlauben sollen. Jetzt war es zu spät. Abgesehen davon hatte er sich an den dummen Köter gewöhnt.

Der Hund schlief auf dem Boden in Adams Arbeitszimmer. Ein kleiner Raum im Erdgeschoss vorne im Haus. Adam saß an seinem Schreibtisch und durchforstete den silbernen Visitenkartenhalter, suchte nach der Karte von Detective Kelly.

Er hatte Bel versprochen, die Polizei zu informieren.

»Sie hat mir Angst gemacht«, sagte Bel. »Richtige Angst, Adam. Sag der Polizei, was sie getan hat, oder ich verlasse dich.«

Sein Schreibtisch stand vor dem Fenster. Von dort hatte er klare Sicht auf den Garten bis zur Straße, die zwischen Haus und Meer verlief. Er blickte auf die Straße, suchte Bels Auto. Sie war einkaufen gefahren. Während ihrer Abwesenheit sollte er den Anruf erledigen. Das hatte er ihr versprechen müssen. Sie konnte jeden Augenblick zurück sein.

Er fand die Visitenkarte, legte sie auf die Schreibunterlage und las. DI Ellen Kelly. Eine Festnetz- und eine Handynummer. Er nahm den Hörer in die Hand und versuchte es zuerst auf dem Handy. Er hörte das Klingelzeichen. Ein Wagen fuhr in die

Straße. Ein roter Alfa Romeo. Fuhr langsam an seinem Haus vorbei, beschleunigte wieder. Niemand, den er kannte.

Ellen Kellys Stimme bat darum, eine Nachricht zu hinterlassen.

»Adam Telford am Apparat«, sagte er. »Sie waren kürzlich bei mir. Ich muss Sie dringend sprechen. Könnten Sie mich bitte zurückrufen? Es ist wichtig.«

Er legte auf, blickte noch einmal aus dem Fenster. Der rote Wagen wendete am Ende der Straße und kam zurück. Irgendein verfluchter Teenager, der die Straße mal wieder zur Rennstrecke machte. Alle kamen hierher, wenn sie fahren lernten. Er hatte es satt.

Er wandte sich vom Fenster ab. Der Hund war aufgewacht und sah ihn an. Verfluchte Kreatur, wich ihm nicht von der Pelle, sobald Bel nicht da war. Und tatsächlich, er verließ das Zimmer, und der Hund trottete hinter ihm her. Bevor Adam die Tür hinter sich schloss, erblickte er noch einmal das rote Auto. Es verlangsamte die Fahrt. Er sollte es melden, doch das musste warten. Im Moment hatte er größere Sorgen.

Ellen war auf dem Weg ins Präsidium, als der Anruf kam. Sie ließ die Voicemail angehen. Jetzt hatte sie auf dem Parkplatz des Präsidiums gehalten und hörte die Nachricht ab. Adam Telford klang verzweifelt. Sie rief zurück, aber er antwortete nicht. Aus einer Laune heraus fuhr sie, statt ins Präsidium zu gehen, wieder los.

Gleich hinter Sittingbourne klarte sich der Himmel auf. Die Wolken, nach dem Aufstehen heute Morgen so grau und drückend, waren weg. Als sie vor Telfords Haus vorfuhr, war der Himmel blitzeblau und gab das trügerische Versprechen von Wärme.

Sie stieg aus. Im selben Moment piepte ihr Handy. Eine Nachricht von einer ihr unbekannten Nummer. Jemand hatte ihr ein Foto gesendet. In der Sonne war das Bild nicht zu erkennen. Sie legte die Hand schützend über den Bildschirm. Zuerst begriff sie nicht, was sie sah. Doch schlagartig wurde es ihr klar. Ekel übermannte sie. Sie starrte auf das Bild. Im Geiste spielte sie alle Möglichkeiten durch.

Das Bild war dunkel. Offenbar war es in einem Zimmer ohne Licht gemacht worden. Eine Frau war zu sehen. Sie lag in einem Bett. Ein weißes Bein – das einzig Farbige – lugte unter der Decke hervor. Die Farbe der Decke war nicht zu erkennen, doch Ellen wusste, sie war graublau. Sie wusste auch, die Person auf dem Foto auf ihrem Nachttisch war ihr verstorbener Mann. Und sie war die Frau im Bett, schlafend und vollkommen ahnungslos, dass jemand sie fotografierte. Ellen war wie gelähmt, fühlte sich vergewaltigt. Genauso musste sich Chloë in den Wochen vor ihrem Tod gefühlt haben. Das half jetzt nicht weiter. Sie stand vor Adam Telfords Haus. Das Telefon noch in der Hand, überlegte sie, was zu tun war. Sie hatte keine Ahnung, wie lange sie schon so dastand. Der erste Schock verflog, jetzt überkam sie maßlose Wut. Sie kroch in den Magen, durch die Adern und ins Herz.

Sie wollte sich umgehend darum kümmern. War versucht umzudrehen, sich jetzt nicht mit Adam Telford zu befassen. Sie konnte ihm ohnehin nicht ihre ungeteilte Aufmerksamkeit schenken. Nur ein Gedanke hielt sie zurück: Was immer er ihr zu sagen hatte konnte mit dem Schwein zu tun haben, das ihr das Foto geschickt hatte.

Sie eilte zum Haus durch den schneidend kalten Wind. Sie wollte klingeln, da bemerkte sie, dass die Tür leicht offen stand. Sie drückte sie etwas weiter auf und beugte sich vor.

»Hallo? Mr. Telford. Adam? Ist jemand zu Hause?«

Das Flattern in seiner Stimme, als er ihr auf die Mailbox gesprochen hatte, sagte ihr, dass das, was er ihr mitzuteilen hatte, nicht warten konnte.

In der Tür stehend, rief sie noch einmal seinen Namen.

Nichts. Alles ruhig. Eine Art Totenstille. Es lief ihr eiskalt den Rücken hinunter. Wieder rief sie seinen Namen. Ihr Magen krampfte sich zusammen. Angst kroch ihr in die Brust, schnürte ihr die Kehle zu, sie konnte kaum atmen.

Flashback in eine andere Zeit. Sie stand in einer anderen Tür, atmete Rosenduft ein, nicht ahnend, dass der Killer hinter der Tür auf sie wartete. Die Tür hatte auch offen gestanden. Ellen war hindurchgegangen und in einem Alptraum gelandet.

Sie zuckte zurück, weg vom Haus. Ihr Mund öffnete sich, sie schnappte verzweifelt nach Luft, die nicht durch ihre vor Angst zugeschnürte Kehle dringen wollte. Endlich konnte sie wieder atmen. Trotz der Jahreszeit und der Tatsache, dass hier rein gar nichts einem Blumenbeet ähnlich sah, schien in der kalten Oktoberluft ein Hauch von Rosenduft zu liegen.

Ihr Herz schlug wie wild. Sie presste die Hand auf den Brustkorb, spürte das starke, gleichmäßige Pochen. Sie blickte in den klaren Himmel und wartete, bis das Herzklopfen nachließ und die Bilder wieder ins Dunkel sanken, in die unzugängliche Ecke ihres Hirns, in die sie gehörten. Sie musste sich beruhigen. Atmen und denken. Kein Grund zur Annahme, dass irgendetwas nicht stimmte. Wahrscheinlich war er nur ausgegangen und hatte vergessen, die Tür hinter sich zu schließen.

Kein Grund zur Sorge. Redete sie sich ein und lief zurück zum Haus. Sie klopfte lautstark an die Tür, rief wieder seinen Namen. Stille. Sie drückte die Tür auf und trat ein.

»Mr. Telford?«

Absolute Stille. Als wäre das Haus selbst gestorben. Oder jemand darin.

Die Wohnzimmertür war geschlossen. Sie näherte sich ihr, legte die Hand auf die Klinke, wollte sie hinunterdrücken. Da vernahm sie ein Geräusch. Ein Rascheln, so schwach, sie hätte es beinahe überhört. Es kam von der anderen Seite.

Sie erstarrte. Langsam, ganz langsam, legte sie ihr Ohr an die Tür. Da war es wieder. Erinnerte sie an ihren Vater. Er las mit Leidenschaft beim Frühstück die großformatige Zeitung. Morgen für Morgen verbrachte er die Zeit bei Tisch damit, sie in eine lesbare Form zu falten, während er sich von einem Artikel zum nächsten vorarbeitete. So wie jetzt klang es, wenn er die Zeitung schüttelte, bevor er sie faltete.

Sie wollte die Tür nicht öffnen und sich dem stellen müssen, was dadrinnen auf sie wartete. Es war mit Sicherheit nichts Gutes. Davon war sie überzeugt, auch wenn es keine Veranlassung gab, das zu denken. Es gab tausend verschiedene rationale Erklärungen, warum niemand auf ihr Rufen antwortete. Wieso, wenn das Haus verlassen schien, war jemand – oder etwas – offensichtlich dadrinnen. Ihr Drang zu fliehen war groß.

Sie biss die Zähne zusammen, drückte die Klinke hinunter und öffnete die Tür.

Die Vorhänge waren zugezogen. Sie konnte in der Dunkelheit nur schwer etwas erkennen. Sie ließ den Blick über die Umrisse schweifen. Das Rascheln wurde lauter. Es kam aus der Richtung des Sessels beim Kamin.

Da lag eine dunkle Gestalt. Allmählich fing sie an, Einzelheiten zu erkennen. Ein Kopf und ein Körper. Zuerst dachte sie, der Kopf sei vom Körper abgetrennt. Das war nicht der Fall. Doch bei all dem Blut und dem tiefen Schnitt war es nur schwer vorstellbar, dass er überhaupt noch am Körper befestigt war. Noch schwerer vorstellbar war, dass die arme Kreatur noch lebte.

Der Körper zuckte in regelmäßigen kurzen Abständen. Als würden ihm Elektroschocks verabreicht. Bei jeder Zuckung berührten die Beine die Zeitung, die daneben auf dem Boden lag.

Je näher sie kam, desto stärker wurde der Geruch. Hundekot und Blut vermischten sich mit dem perversen Gestank von chemischem Luftauffrischer. Sie fing an zu würgen und hielt sich die Hand vor Nase und Mund. Ein sinnloser Versuch, den aufsteigenden Magensaft, der in der Kehle brannte, zurückzuhalten.

Sie hatte keine Ahnung, warum sie zu dem sterbenden Hund gegangen war. Würde sie klar denken – überhaupt denken –, würde sie auf dem Absatz kehrtmachen und davonrennen. Aber wie der Hund sie anstarrte – das Flehen in den Augen, der Qual ein Ende zu bereiten –, sie konnte nicht einfach weggehen.

Sie hockte sich neben ihn und legte ihre Hand auf seinen Bauch. Er zuckte. Blieb still. Dann wieder ein starker Krampf. Seine Beine zuckten nach vorne, streiften das Zeitungspapier und lagen still. Ellen streichelte ihm über den Kopf. Der Hund wimmerte kurz. Ellens Hand berührte etwas neben dem Kopf des Hundes. Etwas Weiches. Cord.

Ein Bild. Adam Telford auf dem Stuhl in seinem Zimmer. Er las den *Sunday Telegraph*. Trug ein blassrosa Hemd und eine marineblaue Cordhose.

»Hallo?«

Er reagierte nicht. Sie wusste, dass er da war. In diesem Zimmer. Im selben Stuhl wie bei ihrem ersten Besuch. Sie hatte ihn zuvor nicht gesehen. Im Dunkeln war sein Körper nichts weiter als irgendein anderer Umriss gewesen. Sie hatte sich so auf den Hund konzentriert, dass sie auf nichts anderes geachtet hatte.

Sie ging zum Fenster und zog die schweren Vorhänge auf. Licht fiel in den Raum, brachte Farben und Klarheit. Ellen blinzelte. Ihre Augen gewöhnten sich an die Helligkeit. Der Hund zuckte noch. Obwohl die Abstände größer wurden. Hinter dem Hund saß Adam Telford aufrecht im Sessel. Sein Kopf war nach hinten geneigt, und er starrte Ellen an. Mund offen, als wolle er ihr etwas sagen.

Sie starrte zurück. Bemerkte den grauen Schleier in seinen Augen. Es drehte ihr den Magen um. Galle kam ihr hoch. Sie schluckte, war entschlossen, sich nicht zu übergeben.

Ein Sonnenstrahl blitzte in einem Stück Metall auf dem Boden neben dem toten Hund auf. Ellen beugte sich vor, Hand auf Nase und Mund wegen des Gestanks. Es war eine silberne Kette mit einem kleinen runden Medaillon. Sie wickelte die Kette um ihre Finger, hob sie auf. Das Medaillon pendelte hin und her, die Sonnenstrahlen ließen die Buchstaben aufleuchten und wieder verblassen, aufleuchten und verblassen.

Die Kette glitt ihr aus der Hand. Sie bemerkte es gar nicht. Sie bekam einen Brechanfall, rannte los. Kotze spritzte aus dem Mund an die Wände und auf den Linoleumboden.

Endlich draußen, erbrach sie sich weiter. Ihr ganzer Körper krampfte sich zusammen, wie die Todeszuckungen des Hundes, der langsam zu Füßen seines verstümmelten Herrchens starb.

NEUNUNDSECHZIG

Ein perfekter Herbstmorgen. Die grauen Wolken hatten sich verzogen; mit der Sonne kam auch Rajs Optimismus wieder. Er ging im Greenwich Park den Hügel hinauf. Der Ort war voller Farben. Grasgrün und satt vom Regen. Die Bäume wiegten sich im leichten Wind und trugen Bronze, Rot und Orange. Ein letztes Aufbäumen, bevor die Farben verblassten und die Blätter fielen.

Er hatte sich mit Abby im The Pavillion, der Teestube am oberen Ende des Parks, verabredet. Er war pünktlich auf die Minute, aber sie wartete bereits auf ihn. Saß draußen an einem Tisch, vor ihr eine Tasse Tee und ein Stück Kuchen. Natürlich war sie zuerst da. Solange er sie kannte, war sie noch nie zu spät gekommen

»Raj.« Sie sprang auf, rannte auf ihn zu und umarmte ihn. Er legte seine Arme um sie und hielt sie für den Bruchteil einer Sekunde zu lang. Er ließ sie los, sie lächelte immer noch. Dennoch entging ihm ihr besorgter Ausdruck nicht. Seine Schuld. Er hätte nicht zeigen sollen, wie verflucht froh er war, sie zu sehen. Besser, wenn er ihr nicht sagte, dass sie die Erste war, mit der er seit seiner Unterhaltung mit Ellen in seinem Appartement sprach.

Aidan war weg. Hatte Raj eine Nachricht auf dem Anrufbeantworter hinterlassen. Er habe es satt, ständig wie ein Stück Scheiße behandelt zu werden. Raj sollte sich nicht die Mühe machen anzurufen. Also rief Raj ihn nicht an. Blieb in seinem Appartement, trank Bier, ignorierte die Anrufe seiner Schwester und seiner Mutter und tat sich leid.

»Du siehst müde aus«, sagte Abby.

»Ich kann nicht schlafen«, erwiderte er. »Abgesehen davon geht es mir gut. Ich hab gehört, ihr habt Collier verhaftet?«

»Wolltest du mich darum sehen?«

Sie sah enttäuscht aus. Er wusste nicht, warum. Sie dachte doch nicht … Nee. Er verwarf den Gedanken so schnell, wie er gekommen war. Sie waren Freunde. Mehr nicht. Außerdem wusste Abby Bescheid. Sie waren sich einmal in einem Club in New Cross über den Weg gelaufen. Er hatte gerade mit jemandem geknutscht und erblickte plötzlich am anderen Ende des Raumes sie. Sie starrte ihn an. Zuerst hatte er sich erschrocken, doch dann hob sie ihr Glas, toastete ihm zu und zwinkerte. Seither hatten sie kein Wort darüber verloren – Gott sei Dank –, und sie hatte es niemandem erzählt. Sein Privatleben ging niemanden etwas an. Und so sollte es auch bleiben.

»Hast du ein Problem damit?«, fragte er.

Sie schüttelte den Kopf, runzelte die Stirn. »Es ist nur, du und Ellen … Ach, vergiss es. Egal. Komm, setzen wir uns, erzähl, wo drückt der Schuh?«

»Seid ihr euch mit Collier absolut sicher?«, fragte Raj.

Er setzte sich, beugte sich über den Tisch und stibitzte ein Stück von ihrem Schokoladenkuchen. Sie schob ihm den Teller rüber. »Willst du meinen Tee auch trinken?«

»Ach, Abs. Sei doch nicht so. Was ist mit Collier. Dann bin ich auch schon wieder weg.«

»Unglaublich«, murmelte sie. »Ja, er wurde angeklagt. Ja, wir glauben, dass er Chloë umgebracht hat. Und nein, wir suchen nach keinem weiteren Verdächtigen. Gut so? Oder soll ich die Akten für dich klauen und sie dir das nächste Mal mitbringen, damit du sie in Ruhe durcharbeiten und überprüfen kannst, ob wir auch alle unseren Job machen?«

»Was ist mit Carl Jenkins?«

»Er war es nicht«, sagte Abby. »Hör zu, Raj. Wir haben genug Beweismaterial, um Collier nachzuweisen, dass er der Mörder ist. Die Akte liegt der Staatsanwaltschaft bereits vor. Sie sind ziemlich überzeugt. Carl Jenkins war es nicht.«

»Tut mir leid«, sagte er. »Ich will dir gar nicht vorschreiben, wie du deinen Job zu erledigen hast. Ehrlich gesagt, Abs, glaube ich auch nicht, dass Jenkins es war. Ich muss aber immerzu darüber nachdenken, auf welche Weise Chloë umgebracht wurde. So brutal. Ich meine, ich kann mir vorstellen – irgendwie –, dass Collier die Beherrschung verloren hat. Aber den Draht zu besorgen mit der Absicht, sie umzubringen, das kann ich mir nicht vorstellen.«

»Vielleicht nicht«, sagte Abby. »Aber so ist es.«

»Er hat sie angehimmelt«, sagte Raj. »Würdest du das jemandem antun, den du anbetest?«

»Ich bin kein Psycho«, sagte Abby.

»Alles andere hat er zugegeben, stimmt's?«, sagte Raj.

Abby nickte. »Ins Haus eingebrochen zu sein, ja. Allerdings hat er kein klares Motiv. Hat seine Story ein paarmal abgeändert. Erst behauptete er, er wollte sie beschützen, dann wollte er, dass sie ihn bemerkt.«

»Und trotzdem leugnet er den Mord«, sagte Raj.

»Natürlich tut er das.« Abbys Handy klingelte. Sie stand auf und ging ein paar Schritte, bevor sie antwortete. Ausgeschlossen zu sein, war verletzend, aber sie konnte nicht anders, das wusste er.

Er beobachtete sie, während sie dem Anrufer zuhörte, erst aufmerksam, dann schockiert. Der Anruf dauerte nicht lang. Sie legte auf und kam eilig zum Tisch zurück.

»Ich muss los«, sagte sie. »Sorry.«

»Was ist?«

Sie schüttelte den Kopf. Er packte sie an der Hand. Sie sah ihn an, kreidebleich.

»Nathan Collier«, sagte sie. »Er ist tot.«

SIEBZIG

Ellen stand am Strand und betrachtete das kleine gelbe Boot, das über das Wasser tuckerte. An Deck ein Mann und eine Frau, beide in wasserfester Kleidung. Vom Strand aus konnte Ellen ihre Stimmen hören, nicht aber ihre Worte verstehen. Sie fragte sich kurz, wer sie waren und wohin sie fuhren.

Vinny hatte oft davon gesprochen, ein Boot anzuschaffen.

»Wir leben an einem Fluss«, hatte er gesagt. »Es ist doch verrückt, nicht das Beste daraus zu machen. Und die Kinder wären begeistert.«

Damals hielt Ellen die Kinder für zu klein. Sie dachte, es sei zu gefährlich, sie mit hinaus auf die wilde gefährliche Strömung der Themse zu nehmen. Sie hatte Vinny auf irgendwann später vertröstet, wenn die Kinder älter waren. Jetzt wünschte sie, sie hätte ja gesagt und ihm seinen Willen gelassen.

Sie holte ihr Handy heraus und öffnete das Foto, das ihr geschickt worden war. Starrte auf die schlafende Frau im Bett, hasste sich dafür, dass sie nicht aufgewacht war. Hasste noch mehr die Person, die das getan hatte. Es hing alles miteinander zusammen. Chloë, Adam, dieses Bild. Noch wusste Ellen nicht, wie und warum, aber sie würde es herausfinden.

Sie hörte Schritte hinter sich. Hastig schob sie das Handy zurück in die Tasche.

Eine vertraute Stimme. »Man hat mir gesagt, Sie wären hier unten.«

Ger Cox stellte sich neben sie.

»Wie geht es Ihnen?«

»Es ging schon mal besser«, sagte Ellen.

»Ich muss wissen, was Sie hier wollten«, sagte Ger.

»Er hat mich angerufen.«

»Woher hatte er Ihre Nummer?«, fragte Ger.

»Ich habe ihn aufgesucht«, sagte Ellen. »Ich wollte mit ihm reden, nachdem Monica behauptet hatte, er sei in ihr Haus eingebrochen.«

»Obwohl ich es Ihnen ausdrücklich untersagt hatte?«

»Ich habe es in meiner Freizeit getan«, sagte Ellen. »Aber ich hätte Sie in Kenntnis setzen sollen. Sorry.«

»Sorry ist nicht einmal annähernd genug«, sagte Ger.

»Da ist noch etwas«, sagte Ellen. »Das silberne Kettchen neben der Leiche gehört nicht Adam Telford.«

Ger rieb sich mit der Hand über das Gesicht und seufzte. »Fahren Sie fort.«

Sie sah Gers Blick. Sah in ihren blauen Augen Mitgefühl und Frustration gleichzeitig. Die Frustration konnte sie ihr nachsehen. Das Mitgefühl weniger.

»Es gehört Jim O'Dwyer«, sagte Ellen. »Es gehörte seinem Vater. Er legt es niemals ab.«

Eine Möwe schoss auf das Wasser hinab – weiß auf grau – und stieg einen Augenblick später mit einem Fisch im Schnabel wieder auf. Eine zweite Möwe flog herab und mit leerem Schnabel wieder davon. Ihr ärgerliches Krächzen erfüllte die Luft. Weiter draußen setzte das kleine Boot seine Reise in östlicher Richtung fort. Ellen blickte ihm so lange nach, bis es nur noch ein Punkt auf dem grauen, spiegelglatten Ozean war, der sich von hier bis nach Frankreich erstreckte und weiter um die ganze Welt.

Der Mord war in Canterbury geschehen, und der zuständige Detective Chief Inspector William Harvey gab Ellen und Ger unmissverständlich zu verstehen, dass sie nur als Beobachter zugelassen waren. Während der letzten Stunde hatten sie draußen herumgestanden, den Ermittlern, der Spurensicherung und dem Pathologen bei der Arbeit zugesehen.

Alles geriet außer Kontrolle. Ellen verlor die Übersicht, fand sich nicht mehr zurecht. Kontrolle war alles. Ohne Kontrolle war man den Umständen schutzlos ausgeliefert.

Sie hatte Ger noch nichts von dem Foto erzählt, war nicht bereit, irgendjemandem davon zu erzählen, solange sie nicht wusste, was es zu bedeuten hatte und von wem es stammte. Sobald sie es wusste, würde sie sich selbst darum kümmern. Sie hatte kein Vertrauen darein, dass irgendjemand es so handhaben würde wie sie. Dafür sorgen würde, dass die Person, die in ihr Haus eingedrungen war, dafür bezahlte. Sollte sich herausstellen, dass es Jim O'Dwyer gewesen war, dann Gnade ihm Gott. Er würde bereuen, dass er überhaupt geboren worden war.

Ger hatte eine Schachtel Zigaretten hervorgezaubert. Beide Frauen bedienten sich reichlich, während sie warteten.

»Ich kann es mir nicht leisten, noch jemanden zu verlieren«, sagte Ger. »Auf der anderen Seite sehe ich nicht, dass Sie länger an dem Fall arbeiten können.«

Gestern noch hatte sie gedacht, sie stünden kurz vor der Lösung des Falls. Jetzt war er ihnen komplett um die Ohren geflogen. Ein Shitstorm, und sie und Jim mittendrin. Er wurde in diesem Moment in Lewisham verhört. Konnte er nicht nachweisen, dass er heute nicht hier gewesen war, würde er für weitere Vernehmungen nach Canterbury überführt. In der Zwischenzeit wartete Ellen darauf, ihre Aussage zu machen.

Ger gab ihr eine weitere Zigarette. Nachdem sie beide ihre Zigaretten angezündet hatten, sprachen sie über Nathan Collier. Der Anruf war vor einer halben Stunde gekommen. Collier hatte sich mit seinem Bettlaken am vergitterten Fenster erhängt. Er hatte ein Ende des Lakens an die Gitter geknüpft, das andere um seinen Hals geschlungen. Dann hatte er sich hingekniet und sich mit seinem Körpergewicht nach vorne gelehnt, sich langsam stranguliert. Ein weiterer Fall für die Polizeistatistik über Gefängnisselbstmorde im Vereinigten Königreich.

»Hassen Sie es nicht auch, wenn die das vor dem Prozess machen?«, fragte Ger. »Chloës einzige Chance auf Gerechtigkeit. Verpufft. Es wird keinen Prozess geben. Ihre arme Mutter.«

»Das Wissen, dass er es nie wieder tun wird, muss ein gewisser Trost sein«, meinte Ellen.

»Selbstmord ist feige«, sagte Ger. »Zeigt doch, was für ein feiger Widerling er war. Was ist, Ellen? Sie sehen schockiert aus. Finden Sie, ich sollte Mitleid mit ihm haben?«

»Ich finde Selbstmord immer traurig«, sagte Ellen. »Egal unter welchen Umständen. Chloë war jedenfalls nicht die Einzige, die einen Prozess verdient hätte. Collier hat den Mord geleugnet. Manche Leute finden, er hätte die Chance haben müssen, seinen guten Ruf wiederherzustellen.«

»Sie klingen schon wie Roberts«, sagte Ger. »Sie scheint auf Sie abzufärben. Ich habe Sie für zynischer gehalten. Collier hat sie umgebracht. Wir beide wissen das. Im Prozess wäre es ihm nachgewiesen worden, ein für alle Mal. Nun wird Chloës Familie es nie erfahren. Das macht mich wütend. Das sollte Sie auch wütend machen. Es würde mich überraschen, wenn nicht.«

Der Detective Chief Inspector von Canterbury kam aus dem Haus und auf sie zu, ein kleiner, dürrer Typ mit krummen Beinen, der lief, als sei er gerade von einem Pferd abgestiegen.

»DCI Cox«, sagte er. »Auf ein Wort, wenn ich bitten darf.«

Ger warf die Zigarette auf den Boden und zwinkerte Ellen zu.

»Wünschen Sie mir Glück.«

Ellen beobachtete die beiden DCI. Sie diskutierten darüber, wie der Fall weiter zu handhaben war. Theoretisch wurde die Entscheidung an höherer Stelle gefällt. Praktisch: Sollten Ger und ihr Gegenüber aus Canterbury sich einigen, würden ihre Empfehlungen bei den entsprechenden Entscheidungsträgern ins Gewicht fallen, und der Fall würde auf eine Art und Weise behandelt, die alle zufriedenstellte.

Ger kam wieder auf sie zu, und Ellen entnahm ihrem Gesichtsausdruck, dass sie nicht das bekommen hatte, was sie wollte.

»Canterbury übernimmt den Fall«, sagte Ger. »Der Mord fällt in ihre Zuständigkeit, und bis jetzt haben wir rein gar nichts, was ihn mit unserem Fall in Verbindung bringt.«

»Was ist mit Monica?«, fragte Ellen. »Wir sollten sie vorladen. Sie hasste ihren Vater. Sie war es, Ger. Ich spüre es.«

»Ihr Urteilsvermögen ist getrübt«, sagte Ger. »Sie sind in keiner Position, mir zu sagen, was ich jetzt zu tun habe. Ist das klar? Sie haben sich von den Ermittlungen fernzuhalten.«

»Was ist mit seiner Freundin?«, fragte Ellen. »Bel.«

»Billy ist schon dran«, sagte Ger.

»Billy?«

»Das ist sein Name«, sagte Ger. »Haben Sie ein Problem damit?«

Sie hatte mit allem ein Problem. Der Art, wie Ger »Billy« Harvey die Ermittlung ohne Kampf überlassen hatte. Wie sie Ellen kaltgestellt hatte, obwohl Adam Telford ohne sie noch immer dadrinnen liegen würde, ohne dass jemand wusste, dass er tot war.

»Ich sollte dabei sein«, sagte Ellen. »Ich habe ihn gefunden. Ich bin die Einzige, die seine Freundin getroffen hat. Ich kann helfen. Mich mit einem Totalverbot zu belegen ist dumm.«

Obendrauf werde sie von der Person verfolgt, die Chloë ermordet hat, rutschte es beinahe aus ihr heraus. Sie hielt sich im letzten Moment zurück. Für Ger wäre es nur noch ein weiterer Grund zu behaupten, Ellens Urteilsvermögen sei »getrübt«.

»Überstrapazieren Sie nicht meine Geduld«, sagte Ger. »Sie tun, was ich Ihnen sage, DI Kelly. Sie sind raus, weil Sie mit unserem Hauptverdächtigen eine komplizierte Beziehung haben. Billy weiß, dass Sie wichtige Informationen für ihn haben. Ich habe ihm gesagt, Sie würden eine Aussage machen und ihm alles sagen, was Sie über Adam Telford, seine Tochter, seine Freundin und Jim O'Dwyer wissen. Sind Sie damit einverstanden.«

»In Ordnung«, sagte Ellen. Sie hatte keine andere Wahl.

Ger nickte. »Gut. Gehen wir.«

Ellen machte ihre Aussage, beantwortete DCI Harveys Fragen und erklärte sich einverstanden, zur Verfügung zu stehen, falls er noch etwas wissen wollte. Sie war erleichtert, als sie endlich in ihr Auto steigen und wegfahren konnte. Die Fahrt nach Hause war schwierig. Es herrschte dichter Verkehr, und die Sonne blendete. Vor ihr lag die Stadt im grellen Licht der untergehenden Herbstsonne, flimmerte im Dunst wie eine Fata Morgana. Unwirklich, unantastbar und unendlich schön.

EINUNDSIEBZIG

Ellen kam erst spät wieder in London an. Schuldgefühle nagten an ihr, als sie den Wagen vor dem Haus ihrer Eltern abstellte. Schuldgefühle ihren Eltern gegenüber, die den ganzen Tag auf ihre Kinder aufgepasst hatten, obwohl es doch in ihrem Alter viel zu anstrengend war. Schuld ihren Kindern gegenüber, für die sie an diesem Wochenende kaum Zeit gehabt hatte. Schuld, weil sie ihre Eltern gebeten hatte, die Kinder noch einmal bei ihnen übernachten zu lassen, denn sie hatte zu große Angst, es könnte ihnen etwas zustoßen, wenn sie in ihren eigenen Betten schliefen.

Sie stieg aus dem Auto und streckte sich. Ihr Körper schmerzte. Mit dem Kopf war sie noch immer in dem Haus in Whitstable. Sie hatte kurz überlegt, im Revier anzurufen. Doch selbst wenn Jim noch in Gewahrsam war, es wäre Wahnsinn, mit ihm zu reden.

Es war ihr ein Rätsel, wie sie ihre Energiereserven mobilisieren sollte, um noch ein paar schöne Abendstunden mit den Kindern zu verbringen. Sie fragte sich, ob Pizza und ein Film zu ein paar schönen Abendstunden gehörten. Wahrscheinlich schon, beschloss sie schnell.

Bevor sie ins Haus ging, rief sie Abby an.

»Monica hat ein Alibi«, sagte Abby. »Sie war den ganzen Tag mit ihrem Freund zusammen. Wir haben mit ihm gesprochen. Er hat bestätigt, dass sie seit gestern Nacht zusammen waren. Höchst unwahrscheinlich, dass sie heute Morgen da rausgefahren ist und ihren Vater umgebracht hat.«

»Es sei denn, ihr Freund lügt«, sagte Ellen.

»Natürlich«, erwiderte Abby. »Ich bleibe dran, Ellen, versprochen.«

Ellen hatte ihre eigenen Schlüssel zum Haus ihrer Eltern und schloss die Tür auf. Einen Moment lang stand sie im Flur, lauschte den Geräuschen. Aus dem Wohnzimmer drang die Stimme ihres Vaters. Er ahmte ein Monster nach. Das Spiel kannte sie aus ihrer Kindheit. Gleich darauf folgte das laute Gekreische ihrer Kinder. Sie sah es vor sich, musste die Tür nicht öffnen: Ihr Vater – Arme ausgestreckt, Hände wie Klauen – jagte die Kinder, trieb sie hinter das Sofa in die Ecke und stürzte sich für das Zu-Tode-Kitzeln auf sie. Pat tat vermutlich erst so, als sei er schon zu alt für dieses Spiel, aber irgendwann machte er doch mit.

Am Ende des Flurs stand die Tür zur Küche offen. Sie hörte Stimmen. Ihre Mutter und eine Frau. Das war sicher Marie Molloy, Bridget Flanagans beste Freundin und regelmäßiger Gast in der Fingal Street 10. Beide verbrachten Stunden in der Küche, tranken kannenweise Tee und brachten die Welt in Ordnung. Sie ging in Richtung Küche und änderte ihre Meinung. Marie Molloy stammte aus West Cork, und ihr Akzent war – für Ellen zumindest – so unverkennbar wie ausgeprägt.

Die Frau in der Küche hatte eine tiefere, vollere Stimme und ganz bestimmt keinen West-Cork-Akzent. Ellen hatte das Gefühl, diese Stimme schon einmal gehört zu haben. Sie konnte sie nicht zuordnen. Zunächst.

Sie trat in die Küche. Das Wiedererkennen war so plötzlich und unerwartet, zuerst dachte sie, sie leide an einer Halluzination.

»Ellen.« Ihre Mutter erhob sich, lächelnd, ahnungslos. »Wir haben auf dich gewartet. Wie war dein Tag?«

Unfähig, auch nur ein Wort herauszubringen, stand Ellen in der Tür und starrte die Frau an. Bilder stürzten auf sie ein. Jim, der mit der Faust gegen die Wand schlug; Monica, lächelnd, nur mit einem Handtuch umhüllt; Jims Kette auf dem Boden neben Adam Telfords Leiche; Monica, die im Wohnzimmer von Ellen das Foto von Vinny in die Hand nahm; das Blütenkonfetti im hinteren Garten. Und das Foto auf Ellens Handy.

Plötzlich war alles klar.

Monica erhob sich auch und sagte etwas. Ellen hörte die Worte nicht, wollte sie nicht hören. Sie bewegte sich auf sie zu und packte sie am Kragen.

»Raus aus meinem Haus.«

Monica lächelte. Ellen drückte ihre geballte Faust gegen Monicas Wange.

»Ellen. Hör auf!«

Ihre Mutter klang weit weg. Ellen konnte nicht aufhören, auch wenn sie gewollt hätte.

»Ruf die Polizei!«, sagte Ellen und ratterte die Nummer des Notrufdienstes herunter.

»Ellen?« Angst in der Stimme ihrer Mutter.

»Sofort, Mom.«

Sie wiederholte die Nummer und drückte ihre Faust fester in Monicas Gesicht.

»Ich weiß alles«, sagte Ellen. »Sie haben Chloë umgebracht. Und Sie haben Ihren Vater umgebracht. Ich weiß nicht, warum, aber ich weiß, dass Sie es getan haben. Ebenso gut weiß ich, dass Sie neulich Nacht in mein Haus eingedrungen sind. Sie halten sich für besonders clever. Das sind Sie nicht. Sie sind eine Psychopathin. Das ist ein himmelweiter Unterschied.«

Hinter sich konnte sie hören, wie ihre Mutter die Nummer des Notrufdienstes wählte, dann ihren Namen und die Adresse durchgab.

»Sie sind verrückt«, sagte Monica so leise, dass nur Ellen es hören konnte. »Jeder weiß es, und nun liefern Sie den Beweis. Ich habe nichts getan, Ellen. Ich habe Sie lediglich darum gebeten, mir zu helfen. Nicht meine Schuld, dass Ihre jämmerliche Eifersucht Sie daran hindert, Ihre Arbeit ordentlich zu machen.«

Sie hätte es in dem Moment spüren müssen. Die Angst, wenn man in Gefahr war. Vielleicht hätte sie sie gespürt, wenn ihre Wut sie nicht gefangen genommen hätte.

»Fünf Minuten«, sagte ihre Mutter.

Fünf Minuten konnte sie durchhalten.

»Du bleibst hier«, sagte Ellen zu ihrer Mutter. Dann zu Monica: »Sie. Vorne raus.«

Noch immer hielt sie Monica, am Kragen, zog sie aus der Küche den Flur entlang, am Gelächter und Gekreische und Grunzen im Wohnzimmer vorbei und in den Vorgarten.

Draußen versuchte Monica, sie abzuschütteln. Ellen hielt sie fest.

»Das ist irre«, sagte Monica. »Ich bin nur zum Plaudern vorbeigekommen. Was ist daran so schlimm? Wissen Sie, ich dachte wirklich, wir könnten Freunde werden, bis Sie das über Jim herausgefunden haben. Was ist los?«

Ellen antwortete nicht. Sie blickte die Straße entlang, wünschte sich das Notfallteam herbei. Jeder Detective hatte eine bestimmte Nummer, die er im Notfall anrufen konnte. Bis jetzt hatte Ellen diese Nummer noch nie gebraucht. In dieser Woche hatte sie sie schon zum zweiten Mal angerufen.

Sie war immer noch wütend, jetzt hatte die Wut eine Richtung. Es reichte nicht, dass sie Bescheid wusste. Sie musste es beweisen. Dafür musste sie vor allem eines tun: zeigen, dass dies keine Obsession war, die auf ihre unangebrachte Eifersucht zurückzuführen war. Monica wollte erreichen, dass jeder das dachte. Das war Ellen klar. Was sie nicht begriff – noch nicht –, war das Wieso.

Sie ließ Monica los, trat schnell beiseite, ertrug ihre Nähe nicht länger.

»Gehen Sie«, sagte sie.

»Einfach so?«, fragte Monica. Bildete sich Ellen das ein, oder klang Monica enttäuscht. »Sicher, dass Sie das Richtige tun, Ellen? Vor wenigen Minuten haben Sie mich noch eines Doppelmords und eines Einbruchs bezichtigt. Ich bin durcheinander.«

Ellen hörte Sirenen. Weit weg, doch sie kamen näher. Sie ahnte, wie es ablaufen würde. Monica beteuerte ihre Unschuld, behauptete, sie habe nichts falsch gemacht, erzählte von ihrer Beziehung zu Jim, Ellens erbärmlicher Eifersucht und ließ es so aussehen, als sei Ellen diejenige mit Problemen.

Monica machte einen Schritt vorwärts. Ein Bild schob sich vor Ellens geistigem Auge. Die Nacht in ihrem Wohnzimmer. Monicas Gesicht ganz nah vor ihrem. Der Duft ihres schweren Parfums in der Luft. Ellen widerstand dem Impuls, zurückzuweichen.

»Was ist?«, fragte Monica. »Was habe ich Ihnen getan?«

»Ich sagte, Sie sollen gehen«, sagte Ellen.

Monica nickte, und Ellen dachte, sie habe gewonnen. Dann lächelte Monica.

»Ihr Vater hat mir von seinem Garten erzählt«, sagte Monica. »Armer Mann. Er schien wirklich aufgebracht zu sein. Es gibt einem doch zu denken, nicht wahr, wozu manche Leute fähig sind?«

Die Sirenen wurden lauter. Ein Wagen bog mit quietschenden Reifen in die Fingal Street. Die Geräusche vermischten sich mit dem Rauschen in Ellens Kopf. Monicas Gesicht, lächelnd, auch noch, als Ellen auf sie losging, um ihr mit ihrer Faust das blasierte Grinsen auszutreiben.

Eine Hand schoss nach vorne, stoppte sie rechtzeitig. Eine männliche Stimme – ihr Vater – schrie, sie solle aufhören. Die Hände ihres Vaters auf ihren Schultern. Sie zogen sie weg. Das

Schlagen von Autotüren, laute Schritte, Uniformierte rannten auf sie zu, die Schlagstöcke in den Händen, abwartend und bereit, Schlimmes zu verhindern.

Sie hatten ja keine Ahnung, dass es dafür schon viel zu spät war.

ZWEIUNDSIEBZIG

Monica föhnte ihre Haare trocken. Mit dem neuen Haarschnitt war das schnell erledigt. Sie blickte in den langen Spiegel. Sie gewöhnte sich an ihren neuen Look. Das lange Haar war Geschichte, abgeschnitten und im Kaminfeuer gelandet. Bis zum letzten Rest verbrannt. Jetzt war ihre krönende Herrlichkeit kurz, eine Igelfrisur, und sehr blond. Die Farbe hob sich von ihrer dunklen Haut ab, akzentuierte die hohen Wangenknochen und die großen Augen. Sie sah gut aus. Anders, sicher, aber leicht, sich daran zu gewöhnen.

Im Schlafzimmer lief leise der Fernseher. Sie musste nicht hören, was im 24-Stunden-Nachrichtensender gesagt wurde. Sie wusste es sowieso schon. Noch mehr über die Leiche in einem Haus in Brighton. Die Polizei hatte sie noch nicht identifiziert. Doch das würde nicht mehr lange dauern. Bis dahin musste Monica über alle Berge sein.

Sie wäre schon auf und davon, wäre es vorhin nicht zu dieser unbedeutenden Ablenkung gekommen. Die Verzögerung hatte sich gelohnt: der Ausdruck in Kellys Gesicht, als Monica den Garten erwähnte. Ellen würde es ihr niemals nachweisen können, und das machte die Sache noch besser. Monica lächelte ihr neues Spiegelbild an. Kelly mochte sich für klug halten, aber Monica war sie nicht gewachsen.

Der Koffer lag geöffnet auf dem Bett. Sie packte die restlichen Dinge ein. Sie reiste immer mit leichtem Gepäck und packte schnell. Die Kleidung war sorgfältig gefaltet, Waschtasche und Make-up-Beutel. Obenauf das gerahmte Foto von Vinny Kelly. Sie betrachtete sein Gesicht, fragte sich, wie er gewesen war. Gutaussehend, fand sie, auf ungewöhnliche, eigentümliche Weise. Rotes Haar, es passte zu seinem blassen Teint. Starke Gesichtszüge und dunkle Augen. Sie schienen direkt in sie hineinzublicken.

Ihr verstorbener Mann. Armer Vincent. Ermordet, sechs Monate nach ihrer Hochzeit. Bevor sie die Kinder haben konnten, von denen sie geträumt hatten. Sie war natürlich schwanger gewesen, hatte das Baby aber nach dem Vorfall verloren. Die Trauer zerstörte alles.

Die Geschichte war so real, ihr stiegen Tränen in die Augen, während sie das Foto betrachtete und sich seine Beerdigung vorstellte. Die arme schwangere Ehefrau. Das wäre die Begründung für die neue Kurzhaarfrisur, sollte jemand fragen. Sie würde sagen, es war ein Neuanfang, sie wollte die Vergangenheit hinter sich lassen. Dabei würde sie tapfer lächeln. Sie kannte die Wirkung, die solche Sachen auf die richtige Person machten.

Sie schloss den Koffer und damit das Gesicht aus, das anfing, sie zu irritieren. Dieses ganze selbstgerechte Glück. Leute wie Ellen Kelly und ihr Ehemann. Reich, privilegiert mit glücklichen liebenden Familien – sie hatte ja keine Ahnung. Was wusste jemand wie Ellen Kelly schon von echtem Verlust? Davon, wie sich ein kleines Mädchen fühlte, wenn es seine Mutter verlor? So wie Monica. Ein Leben lang zu hoffen, dass die Mutter dich liebt, nur um schließlich herauszufinden, dass alles eine Lüge war. Wie es war, wenn die eigene Mutter einem ins Gesicht lacht und sagt, wie dämlich man ist. Dass du der eigentliche Grund für ihr Weggehen bist. Dich ein furchtbares, liebloses Ding nennt, das alles unmöglich macht.

Ihre Augen füllten sich erneut mit Tränen. Diesmal konnte sie sie nicht zurückhalten. Die schreckliche Ungerechtigkeit blieb. Das wusste sie. Wusste auch, sie musste – irgendwie – damit leben. Wenn es ihr doch nur nicht so schwerfallen würde.

Sie ging zum Fenster und blickte hinaus auf die Straße. Außer zwei Betrunkenen war niemand zu sehen. Harrys Haus war dunkel. Er war bestimmt da. Wahrscheinlich stand er am Fenster und sah zu ihr herüber. Beobachtete sie. Er beobachtete sie verflucht noch mal immerzu. Ab heute Abend musste er sich jemand anderen suchen.

Sie beobachtete die Betrunkenen, bis sie sie langweilten. Dann zog sie die Vorhänge zu und schnappte sich den Koffer. Zeit, zu gehen.

Ellen saß hinter der Glaswand, verfolgte, wie Ger Jim O'Dwyer in die Mangel nahm. Er sah erschöpft und verletzlich aus. Nicht wie ein Killer. Abby saß neben Ger und machte Notizen.

»Sie behaupten, Sie haben Monicas Vater nie getroffen«, sagte Ger. »Vielleicht haben Sie eine Erklärung dafür, was das neben seiner Leiche zu suchen hatte?«

Ger schlug die Mappe auf, die vor ihr lag, und nahm ein Plastiktütchen heraus, schob die Tüte samt Inhalt über den Tisch. Das Silberkettchen seines Vaters. Jim schüttelte den Kopf.

»Das verstehe ich nicht. Ich habe sie neulich verloren. Wie kam es …?«

Bisher wirkte er gefasst, doch jetzt konnte Ellen die Anspannung in seiner Stimme hören.

»Ich glaube, Sie wissen es sehr wohl«, sagte Ger. Sie lehnte sich zurück und faltete die Hände hinter ihrem Kopf. »Kommen Sie, Jim. Sagen Sie uns die Wahrheit. Sie haben Adam Telford getötet. Es hat keinen Sinn zu leugnen. Es bleibt nur noch eine Frage: Warum haben Sie es getan? Natürlich können wir darüber spekulieren. Vielleicht hat Monica Ihnen gesteckt, was er ihr angetan hat. Jahre des Missbrauchs. Das raubte Ihnen nachts den Schlaf. Sie konnten es nicht ertragen, dass dieser Mann ungeschoren davonkam. War es so? Oder vielleicht hat sie Ihnen erzählt, wie viel er wert war, was sie erben würde, wenn der Alte ins Gras beißt. Darum wollten Sie die Sache ein wenig beschleunigen? Oder gab es einen anderen Grund?«

»Ich habe ihn nicht umgebracht«, sagte Jim. »Ich bin Monicas Vater nie begegnet. Ich habe keine Ahnung, wo er wohnte und wie ihre Beziehung zueinander ist. Sie sagen, er hat sie missbraucht? Nun, das ist mir neu. Hören Sie, ich habe Ihnen schon gesagt, dass ich gestern Nachmittag in Bromley gearbeitet habe. Den Abend habe ich mit meinem Bruder verbracht, und gegen elf war ich im Bett. Heute Morgen war ich joggen – am Fluss, jede Menge Leute haben mich gesehen. Danach ein Job in Greenwich. Ich habe Adam Telford nicht ermordet.«

Ellen hielt den Atem an, sie konzentrierte sich mit jeder Faser auf das, was er sagte. Sie kannte ihn. Er sagte die Wahrheit. Ganz sicher.

»Sie sagen, Ihre Beziehung mit Monica Telford endete vor einem Jahr?«, sagte Ger.

»Das ist korrekt.«

»Seither hatten Sie keinen Kontakt?«

»Nein. Na ja, sie hat ein paarmal versucht, mich zu sehen. Hat mich angerufen und mir Textnachrichten geschickt. Aber ich habe ihre Anrufe nicht erwidert, und auf ihre Nachrichten habe ich auch nicht geantwortet. Ich will nichts mit ihr zu tun haben.«

Ellen fing an, sich zu entspannen. Ger ging jetzt die Formalitäten durch. Er hatte plausible Erklärungen dafür, wie er seine letzten vierundzwanzig Stunden verbracht hatte. Sie würden etliche Zeugen finden, die seine Aussage bestätigen konnten. Die Kette machte noch Sorge, aber auch dafür würde sich eine Erklärung finden.

Im Verhörraum machte es den Anschein, als käme Ger zu einem Ende. Sie packte die Plastiktüte in die gelbe Mappe und setzte sich wieder gerade hin.

»Noch eine Frage«, sagte sie. »Sie sagten, Sie hatten keinen Kontakt, seit Sie die Beziehung beendet haben.«

»Das ist richtig.«

»Können Sie mir erklären«, sagte Ger, »was Sie Dienstagnacht in ihrem Haus gemacht haben?«

Das hatte Ellen nicht kommen sehen. Nach Jims Gesichtsausdruck zu urteilen, er auch nicht. Sie rekapitulierte hastig, was in den letzten Tagen vorgefallen war. Dienstag. Sie hatte ihn am nächsten Tag getroffen. Sie waren spazieren gegangen und hatten über alles geredet. Einen Besuch bei Monica hatte er mit keiner Silbe erwähnt.

DREIUNDSIEBZIG

Ein starker Wind blies. Monica stopfte den Schal in die Jacke. Dabei überkam sie eine Erinnerung. Der Duft von Parfum. Der Geruch ihrer Mutter. Manchmal kam es ihr so vor, als duftete der Schal immer noch nach ihr, obwohl sie genau wusste, wie lächerlich das war. Wenigstens besaß sie den Schal noch. Sie liebte diesen Schal.

Sie lief den ganzen Weg bis nach New Cross. Sobald sie weit genug von ihrem Haus entfernt war, bestellte sie sich in einem Minicab-Büro ein Taxi nach King's Cross. Im Bahnhof blickte sie unentschlossen auf die Anzeigetafel für Abfahrtzeiten. Menschen rannten um sie herum, laut und ungestüm, während sich die letzten Stunden ihres Wochenendes dem Ende zuneigten. Sie fühlte sich ausgeschlossen, irgendwie isoliert, wie unter einer Glocke, die sie vor alledem bewahrte, sie aber auch daran hinderte, sich ihnen zu nähern. Sie überflog die Namen der Zielbahnhöfe für die nächste Stunde.

Wenn sie jetzt wegfuhr, gab sie Jim für immer auf. Doch hatte sie das nicht sowieso schon getan? Sie hatte ihm so viele Chancen gegeben. Jedes Mal – jedes einzelne Mal – hatte er sie ihr ins Gesicht zurückgeschleudert. So war es, seit diese Schlampe Louise aufgetaucht war.

Monica hatte ihn gewarnt, wieder und wieder, aber er wollte einfach nicht hören. Behauptete, die Schlampe sei eine Lesbe und es liefe nichts zwischen ihnen. Er war ein Lügner. Beide waren sie Lügner, und sie hatten es verdient. Wenn sie jetzt darüber nachdachte, bereute sie nur eins: dass sie nicht auch ihn in jener Nacht über den Haufen gefahren hatte. Dann hätte er ihr Herz nicht noch ein zweites Mal gebrochen.

Sie dachte an den Abend, an dem sie aus Brighton zurückgekommen war. Sie hatte nicht schlafen können und war am nächsten Morgen in den Park gegangen. Sie hatte das Gefühl gehabt, ihr wäre das Herz aus dem Leib gerissen worden. Leer und verloren hatte sie sich durch den Park bewegt, wie ein Geist.

Plötzlich hatte sie ihn gesehen.

Es war schon warm gewesen. Klarer blauer Himmel. Die Sonne hatte die Stadt bis zum Nachmittag in einen Schmelztiegel verwandelt. Mitten auf dem Hügel stand einsam und allein ein riesiger Ahornbaum. Sie hatte sich ihm genähert. Die Luft war geschwängert vom Duft von Sommer, es hatte nach frisch gemähtem Gras gerochen und irgendwie zitronig. Sie hatte diesen Duft eingeatmet, an den Saft gedacht, den sie im Pavillion am oberen Ende des Parks trinken wollte.

Er hatte am Baum gelehnt, die Augen halb geschlossen. Genauso wie beim allerersten Mal, an jenem anderen Sommernachmittag im Union-Biergarten. Etwas hatte sich in ihr geregt. Ihn hier zu sehen, so bald nach dem Vorfall in Brighton. Es war ein Zeichen, davon war sie überzeugt gewesen.

Er hatte die Augen geöffnet, als hätte er gespürt, dass sie da war. Er hatte gelächelt. Sie hatte gewusst, er fühlte es auch. Sie war auf ihn zugelaufen, als verbände sie ein unsichtbares Band.

Wie aus dem Nichts war ein Kind an ihr vorbeigestürmt. Hatte Monica leicht gestreift und sich auf Jim geworfen. Er hatte das Kind hochgehoben, gelacht, es in die Luft geschwungen. Dann noch ein Kind. Und eine große, unscheinbare Schlampe, die er in seine Arme genommen und geküsst hatte, als bedeute sie ihm etwas. Das war unmöglich, Monica war sich vollkommen sicher gewesen. Er hatte sich bei der Frau eingehakt und war direkt an Monica vorbeigelaufen. War so von Ellen Kellys Geplapper gefangen gewesen, dass er Monica gar nicht wahrgenommen hatte.

»Alles in Ordnung?« Die Stimme eines Mannes. Zu nah. Erschrocken sprang sie zur Seite.

Er lächelte. »Sorry. Na ja, um die Wahrheit zu sagen, Sie sahen aus, als könnten Sie Hilfe gebrauchen. Um diese Uhrzeit ist es hier nicht sehr angenehm. Ich wollte mich nur vergewissern, dass alles in Ordnung ist.«

Er trug einen dunklen, teuer aussehenden Anzug, hatte freundliche, haselnussbraune Augen und gepflegte Haut. Sein Haar war dunkel, an den Schläfen schon ergraut, aber das war okay. Verlieh ihm etwas Distinguiertes, was er wahrscheinlich gar nicht verdiente.

Da sie nicht sogleich antwortete, lächelte er ermutigend. Wie ein Vater oder eine Mutter, die ihr Kind dazu bringen wollten, etwas zu tun, wovor es sich scheute, dachte sie. Ah, so einer also. Der überbeschützende Typ, der nur eine Frau zu retten im Sinn hatte. Na ja, egal, ein bisschen gerettet werden konnte nicht schaden.

Sie schenkte ihm das Lächeln, das sie für Männer wie ihn in petto hatte. Warm und nur ein wenig verletzlich, als wolle sie ihm vertrauen, habe aber zu große Angst. Keine Angst vor ihm, natürlich nicht, mehr so eine generelle Angst vor der Welt an sich.

»Danke«, sagte sie. »Sie haben recht. Ich war mit meiner Schwägerin verabredet. Sie ist nicht gekommen, und ans Telefon geht sie auch nicht. Ich weiß nicht recht, was ich tun soll. Ich bin nur nach London gekommen, um sie zu besuchen, wissen Sie. Ich kenne sonst keine Menschenseele in der Stadt und habe meinen Zug verpasst.«

Sie dachte an Jim, an das, was sie verließ, und erlaubte sich einen Moment Selbstmitleid. Nur so viel, dass sich ihre Augen mit Tränen füllten.

»Sie armes Ding«, sagte er. »Bitte, wenn Sie gestatten, lade ich Sie auf einen Drink ein. Ich denke, wir können gemeinsam eine Lösung finden. Was meinen Sie? Ich heiße übrigens Leonard.«

Sie schüttelte seine Hand, bemerkte die weiche Haut und die sorgfältig manikürten Fingernägel. Sie konnte es schlimmer treffen, fand sie. Sie fragte sich, ob er verheiratet war. Als ob das eine Rolle spielte.

»Ellen«, sagte sie. »Freut mich, Leonard.«

Er fasste sie am Ellbogen und führte sie sanft, aber bestimmt zum Ausgang.

»Hier entlang, Ellen. Gegenüber gibt es eine kleine Bar, die lange geöffnet hat. Ich bin da sozusagen Stammgast. Sie haben auch anständiges Essen, falls Sie Hunger haben sollten.«

So war das Leben, stellte sie fest. An einem Tag ist man eine Person, und ehe man sich versieht, muss man sich neu erfinden. Nur weil Monica erst einmal nicht mehr da war, hieß das noch lange nicht, dass sie für immer verschwunden war.

Ihr Koffer wurde schwer. Leonard bot ihr an, ihn ihr abzunehmen, und sie ließ ihn gewähren. Sie dachte an das Foto im Koffer. Das Gesicht ihres früheren Mannes. Ellen Kelly hatte sie bezichtigt, in ihr Haus eingebrochen zu sein. Dumme Gans. Fast tat sie Monica leid. Die Polizistin hatte wirklich keinen blassen Schimmer. Monica ginge niemals ein solches Risiko ein. Dafür war sie viel zu clever.

Ellen zog eine Schachtel Zigaretten aus dem Automaten in der Kantine und ging nach draußen. Sie würde so viele rauchen, bis sie sich beruhigt hatte und nach Hause fahren konnte. Den Parkplatz, auf dem die Kollegen zusammen Nikotin inhalierten und den neuesten Klatsch austauschten, mied sie absichtlich. Sie konnte das Gefühl nicht loswerden, dass sie heute das Hauptthema in der Raucherecke sein würde.

Sobald das Wochenende zu Ende war, schien der Bahnhof von Lewisham die Anlaufstelle für jeden Rowdy, Trinker oder Kleinkriminellen in Southeast London zu sein. Vor dem Bahnhof war es auch nicht besser. Ellen rauchte Kette. Sie beobachtete die Gruppen marodierender Betrunkener, die auf den Straßen von London die letzten Momente aus ihrem Wochenende herauspressten.

Sie versuchte, nicht an Jim zu denken. Er war entlassen worden, stand aber weiterhin unter Verdacht. Er hatte schließlich zugegeben, dass er Dienstagabend bei Monica gewesen war. Behauptete, er wollte ihr nur sagen, sie solle Ellen in Ruhe lassen. Ger glaubte ihm nicht. Das war offensichtlich. Ellen redete sich ein, dass es ihr einerlei war.

Es gab nur eine Gewissheit. An der hielt sie fest, konzentrierte sich darauf, weil sie wusste, nur so kam sie weiter. Monica Telford war eine Mörderin. Das musste sie beweisen. Nur das allein zählte jetzt.

Eine Gruppe junger Leute hatte sich an einer Bushaltestelle in der Nähe versammelt. Sie sahen alle viel zu jung aus, um um diese Uhrzeit noch draußen sein zu dürfen, und mit Sicherheit zu jung, um betrunken zu sein. Die Mädchen waren für Oktober zu dünn gekleidet. Unter kurzen Röcken dünne weiße Beine. Ellen fror allein bei dem Anblick.

Eines der Mädchen schwankte zum Bordstein und übergab sich. Der Klang von Erbrochenem auf Zement, das Gewürge des Mädchens und das rauhe Gelächter ihrer Freunde, die sie anfeuerten. Endlich hatte sie sich ausgekotzt, richtete sich auf und wischte sich mit dem Handrücken über den Mund. Ihre Freunde applaudierten, sie verbeugte sich schwankend, bevor sie wieder zu ihnen zurücktaumelte.

Ellen warf die Zigarette auf den Boden und trat sie aus. Der Geruch von Erbrochenem folgte ihr auf dem Weg zurück um den Bahnhof herum zum Parkplatz.

Sie waren klargekommen, sie drei. Es war nicht einfach gewesen, aber hatten es geschafft. Und je länger sie es schafften, je mehr Tage und Wochen sie ohne Vinny gemeistert hatten, desto leichter wurde es. Oder nicht? Das Letzte, was sie gebrauchen konnten, war jemand, der dieses fragile Gleichgewicht störte. Ellen, Pat und Eilish. Eine geschlossene Einheit.

Die Kinder waren ihr Leben. Es war ein Glück, dass es sie gab. Noch mehr zu wollen wäre pure Gier.

Bevor sie es verhindern konnte, kam eine unerwünschte Erinnerung hoch. Ein Abend mit Jim. Eines der ersten Dates. Er hatte sie nach Vinny gefragt. Nicht, wie er gestorben war, sondern wie er gelebt hatte. Wie war er, hatte Jim wissen wollen. Was war so besonders an ihm gewesen?

Das hatte sie noch nie jemand gefragt. Solange Vinny gelebt hatte, hatte niemals jemand gefragt, warum sie zusammen waren. Sie waren ein Paar gewesen, und die Menschen hatten das akzeptiert. Danach hatten die Leute immer nur das wissen wollen, worüber sie nicht sprechen mochte: Wie kommst du klar? Wie gehen die Kinder mit allem um? Wird es leichter? Auf all die Fragen gab es nur ein und dieselbe Antwort: Ich weiß es nicht.

Ellen war von Jims Frage überrumpelt gewesen, deshalb hatte sie ihre Antwort nicht so gefiltert, wie sie es sonst tat. Die Worte waren aus ihr herausgesprudelt, während sie versucht hatte, das Wesen ihres Mannes zu schildern. Sie hatte erzählt, dass er mit Leidenschaft getanzt hatte, obwohl er der tollpatschigste Mensch gewesen war, den sie je getroffen hatte. Sie hatte von seinem Musikgeschmack erzählt – ein Fan von Nick Cave und Johnny Cash. Viel zu düstere Musik für einen Menschen voller Licht. Ein Mann, der mehr lachte als jeder andere, der ihr neurotisches Bedürfnis, den eigenen Kindern die Sicherheit zu geben, die sie selbst in ihren frühen Lebensjahren vermisst hatte, vollkommen verstand.

Nur mit Vinny, hatte sie gesagt, hatte die Welt einen Sinn ergeben. Seit dem Tod ihrer Schwester hatte Ellen sich von der Welt abgeschnitten gefühlt, als hätte nichts um sie herum mit ihr zu tun. Dann war sie Vinny begegnet, und alles war anders geworden. Sie hatten geheiratet, Kinder bekommen – zum ersten Mal hatte ihr Leben einen Sinn erhalten.

Irgendwann hatte Ellen angefangen zu weinen. Eigentlich hätte sie sich genieren, sich entschuldigen und weggehen müssen, bis sie sich wieder im Griff hatte. Jim hatte seinen Arm um sie gelegt und gesagt, es sei okay zu weinen. So, wie er es gesagt hatte, wie er sie gehalten hatte, sanft und beruhigend, hatte Ellen ihm geglaubt.

Sie hätte wissen müssen, dass Jim O'Dwyer nur Müll laberte.

VIERUNDSIEBZIG

Ellen hätte den Anruf nicht entgegennehmen sollen. Sie war früh ins Präsidium gekommen, um noch einiges zu erledigen, bevor sie mit Pat und Eilish Seilbahn fuhr. Pat war sauer, weil Jim nicht mitkam. Eilish ließ sich davon nicht die Laune verderben. Ellen hatte die Reißleine gezogen, sie ließ keinen Mordverdächtigen in die Nähe ihrer Kinder.

Außer ihr war nur noch Alastair im Büro. Einmal hatte Ellen ihn gefragt, was er in seiner Freizeit trieb.

»Wie meinen Sie das?«, hatte er gefragt.

»Wenn Sie nicht arbeiten«, hatte sie erwidert. »Was machen Sie dann?«

Er runzelte die Stirn. »Essen. Schlafen. Was sonst?«

An dem Punkt hatte sie die Unterhaltung beendet und das Thema nicht wieder aufgegriffen.

Sie ging noch einmal jedes Detail im Zusammenhang mit Chloës Ermordung durch, versuchte, eine Verbindung zu Monica herzustellen. Nach zwei Stunden hatte sie immer noch nichts gefunden. Frustriert klappte sie den Laptop zu und stand auf, war drauf und dran zu gehen.

Sie wollte sich gerade von Alastair verabschieden, da klingelte das Telefon. Sie wartete. Er ging an den Apparat, hörte einen Moment lang zu und bat den Anrufer zu warten.

»DCI Harvey«, sagte Alastair. »Canterbury. Will den Boss sprechen. Wollen Sie das Gespräch annehmen?«

Ellen nahm den Hörer und lauschte dem, was DCI Billy Harvey zu sagen hatte.

»Ich hasse dich!«

»Pat«, flehte Ellen ihn an. »Bitte. Wir fahren nächste Woche mit der Seilbahn. Das ändert doch nichts.«

»Du hast es versprochen.«

Ellen kniete sich vor ihn hin. »Hör mir zu. Es ist etwas sehr Schlimmes passiert. Eine Frau wurde umgebracht, und ich weiß vielleicht, wer das getan hat. Ich muss helfen, die Person zu finden. Das kann nicht bis morgen warten.«

Pat machte ein finsteres Gesicht. »Schwachsinn.«

»Pat! Rede nicht so mit mir.«

Er hörte sie nicht, hatte sich schon umgedreht und lief aus dem Zimmer, schlug die Tür hinter sich zu.

»Du kannst ihm keinen Vorwurf machen«, sagte Ellens Mutter. »Letztes Wochenende war es dasselbe. Kann das nicht bis morgen warten? Dann könntest du dein Versprechen einlösen. Danach setzt du sie wieder hier ab, wenn du Zeit für dich brauchst.«

Ellen seufzte. »Es geht nicht darum, Zeit für mich zu haben, Mom. Ich habe keine andere Wahl, fürchte ich.«

»Dann geh«, sagte ihre Mutter. »Mach schon. Wir kommen klar. Ich gehe später noch einmal mit ihnen in den Park und danach zurück zu uns. Ruf an, lass mich wissen, wann du kommst. Und ihr bleibt alle zum Tee, ja?«

Ellen war klug genug, nicht nein zu sagen.

Ellen fuhr den ganzen Weg nach Brighton mit Blaulicht. Jeder Verdacht gegen Monica hatte plötzlich Hand und Fuß. Am frühen Morgen hatte die Polizei von Brighton die Leiche der ermordeten Frau identifiziert. Sie war durch mehrere Schläge auf Kopf und Oberkörper getötet worden. Die Obduktion ergab, dass die Frau bereits seit einiger Zeit tot war. Der Pathologe meinte, der Todeszeitpunkt lag in der letzten Augustwoche. Vor zweieinhalb Monaten.

Die Tote war Annie Telford. Monicas Mutter. Brighton und Hove stellten die Verbindung zu Adam Telford her, kontaktierten die Polizei von Canterbury, die wiederum Lewisham informierte. Ellen hatte Glück. Sie war am richtigen Ort zur richtigen Zeit gewesen.

Die Polizeistation von Brighton, in einer Gegend, die Ellen an Lewisham erinnerte, war ein riesiges Nachkriegsgebäude aus Zement. An der Rezeption wurde sie von einem jungen Detective namens Victor Rowney empfangen.

»Canterbury hat Telfords Freundin ausfindig gemacht«, sagte er. »Sie wird gerade vernommen. Annies Vermieter hat uns kontaktiert. Sagt, er kannte sie ziemlich gut. Ich bin auf dem Weg zu ihm. Dachte, Sie wollen mich vielleicht begleiten?«

Ellen lächelte. »Sehr gerne.«

Carl Jenkins lag auf seinem Bett und sah Nachrichten. Eine Frauenleiche in einem Haus in Brighton. Die Frau von einem Typen, der einen Tag zuvor ermordet in Whitstable aufgefunden worden war. Er nahm die Fernbedienung in die Hand, hielt sie in Richtung Fernsehapparat, wollte ausschalten, da wechselte das Fernsehbild. Das Foto von einer attraktiven, dunkelhäutigen Frau mit großen Augen und sehr viel Haar. Laut Nachrichtensprecher hieß die Frau Monica Telford. Die Polizei wollte sie dringend sprechen. Am Ende des Berichts wurde eine Telefonnummer eingeblendet.

Sein Handy lag irgendwo auf dem Boden neben den Klamotten von letzter Nacht. Er war ausgegangen und hatte sich derart betrunken, dass er nicht mehr wusste, wie er nach Hause gekommen war. Als er das Handy endlich fand, war die Nummer auf dem Bildschirm verschwunden. Frustriert versuchte er zurückzuspulen, aber er hatte nur eine einfache Freeview Box ohne Rückspulfunktion. Er überlegte, ob er 999 wählen sollte – wenn das hier kein Notfall war, was dann? Doch plötzlich erinnerte er sich an etwas anderes. Die Karte von dem Asiaten, der ihn windelweich geprügelt hatte.

Er rannte hinunter in die Küche. Seine Mutter bereitete gerade das Mittagessen vor. Sie lächelte und sagte etwas, aber er ignorierte sie, zog die Schublade auf, in die er die Karte gelegt hatte, wühlte darin herum, warf Dinge heraus, bis er sie – endlich – gefunden hatte.

»Carl?« Seine Mutter schrie ihn an. Sie hatte genug. Er konnte es ihr nicht verübeln, doch jetzt hatte er keine Zeit für eine Auseinandersetzung. »Was, um alles in der Welt, tust du da? Komm auf der Stelle zurück und räum auf!«

Er hörte nicht hin. War schon wieder raus aus der Küche, stand in dem kleinen Garten und wählte die Nummer. Es klingelte ewig. Er war drauf und dran, eine Nachricht zu hinterlassen, dann eine Männerstimme.

»Hallo?«

»Detective Patel? Carl Jenkins am Apparat. Ich glaube, ich habe etwas für Sie. Etwas Wichtiges. Können Sie sich mit mir treffen?«

Schweigen. Vielleicht hatte er das Falsche getan. Sollte keinem vertrauen, der ihm bei ihrem letzten Zusammentreffen die Nase gebrochen hatte.

»Ja. Das kann ich«, sagte Patel. »Sagen Sie, wann und wo. Ich werde da sein.«

FÜNFUNDSIEBZIG

»Die Wohnung gehört einem Kerl namens Pete Dahne«, erklärte Rowney im Auto. »Eine von mehreren, die ihm in und um Brighton gehören.«

»Woher wissen wir, dass sie dort gewohnt hat?«, fragte Ellen.

»Die Kleider im Schrank, Make-up im Badezimmer«, sagte Rowney. »Dort lebte definitiv eine Frau. Zwei Paar Männerhosen im Schrank sind der einzige Hinweis auf die Anwesenheit eines Mannes. Hat ein paar Tage gedauert, bis wir ihn ausfindig gemacht haben. Darum konnten wir das Opfer auch erst nicht identifizieren. Niemand wusste, wer sie war.«

»Wie haben Sie ihn gefunden?«, fragte Ellen.

»Er hat uns gefunden«, sagte Rowney. »Hat die Nachrichten gesehen, das Haus erkannt und sich gemeldet.«

»Und wo war er in den letzten zwei Monaten?«, fragte Ellen.

Rowney lächelte. Wieder.

»Ich dachte, das wollen Sie ihn vielleicht lieber selbst fragen«, erwiderte er.

Pete Dahnes Haus war ein großes, allein stehendes viktorianisches Gebäude in einer langen, von Bäumen gesäumten Straße in einem hübschen Bezirk. Dahne selbst war ein kleiner, dürrer Mann in den Sechzigern mit zurückgegelten schwarzgefärbten Haaren und hervorstehenden gelben Zähnen. Ohne sich vorzustellen, führte Dahne Ellen und Rowney durch einen großen Flur mit dickem, blassrosa Teppich in ein geräumiges Wohnzimmer, das von einem grotesk hässlichen Kamin aus grünem Marmor beherrscht wurde.

»Nehmen Sie Platz.« Dahne deutete auf einige dick gepolsterte Sessel. »Darf ich Ihnen etwas zu trinken anbieten?«

»Danke nein«, sagte Ellen, während sie sich in einen der Sessel setzte.

»Mir auch nicht, danke«, sagte Rowney. »Und vielen Dank, dass Sie sich an einem Sonntag Zeit für uns nehmen, Mr. Dahne. Wir wissen das zu schätzen.«

Dahne zuckte mit den Schultern. »Tue nur meine Pflicht. Das habe ich doch schon gesagt, Detective.« Er lächelte und entblößte dabei noch mehr schiefe gelbe Zähne. »Wie kann ich Ihnen helfen?«

Irgendwo im Haus weinte ein kleines Kind. Eine Frauenstimme, sanft und tröstend, versuchte, das Kind zu beruhigen.

»Meine Schwester«, sagte Dahne. »Sie wohnt hier, seit sich ihr Mann aus dem Staub gemacht hat. Das ist ihr Sohn. Pete junior. Der Kleine zahnt. Erst zwei Jahre alt, und sein Vater verpisst sich mit einer anderen. Kein Wort von ihm, seit er weg ist. Hat Schiss, sein Gesicht zu zeigen. Weiß, was ihm blüht, wenn er aufkreuzt. Aber darum sind Sie nicht hier, oder? Sie sind wegen Annie hier.«

»Sie war ihre Mieterin?«, fragte Ellen. »Korrekt?«

»Nicht exakt«, sagte Dahne. »Na ja, sie hat dort gewohnt, ja. Miete hat sie nicht gezahlt.«

»Warum nicht?«

»Ich habe keine verlangt«, sagte Dahne. »Ich habe sie geliebt, wissen Sie? Ich hab gedacht, ich könnte sie retten. Dumm. Sie war weit davon entfernt. Weit von allem entfernt.«

Ellen sah Tränen in den Augen des kleinen Mannes, während er über Annie sprach. Eine Welle von Übelkeit überkam sie, und ihr wurde schwindelig. Noch ein Nathan Collier. Noch ein armseliger Mann, der eine arme Frau wie einen Gegenstand behandelte, den man besitzen und begaffen konnte und Gott weiß was noch alles. In solchen Momenten hasste sie alle Männer.

»Wie haben Sie sich kennengelernt?«, fragte sie.

»In einem Wetherspoon Pub«, sagte Dahne. Er schenkte ihr ein tränenumflortes Lächeln. »Nicht gerade der romantischste Ort, nicht wahr? Vielleicht hätte ich es als Omen verstehen sollen. Aber ich fühlte mich geschmeichelt, dass eine Frau wie sie an jemandem wie mir interessiert war.«

»Eine Frau wie sie? Wie meinen Sie das?«, fragte Ellen.

»Schön«, sagte Dahne. »Sogar in so einem beschissenen Etablissement strahlte sie. Gut gekleidet, sah aus wie ein Filmstar. Ich bemerkte sie schon beim Eintreten. Klar. Jeder Mann dort beobachtete sie. Sie war in den Fünfzigern. Das sah man ihr überhaupt nicht an.«

»Sie haben sie gesehen«, sagte Ellen. »Dann was?«

»Nichts«, erwiderte Dahne. »Ich wollte nur ein Bier trinken. Ist sonst nicht meine Art. Aber ich war gerade von Marley gekommen. Meiner Schwester. Die Situation war damals angespannt, und das war mir nachgegangen. Ich hatte ein Bier gebraucht.

Kaum hatte ich mich gesetzt, kam Annie herüber, fragte, ob sie mir Gesellschaft leisten dürfe. Ich dachte, sie macht sich lustig über mich. Ich blickte mich um, wollte sehen, ob jemand lachte. Es lachte keiner. Sie setzte sich, wir fingen an zu reden, und das war's. Wenn sie mich nach den ersten drei Drinks gefragt hätte, ob ich mit ihr zum Ende des Brighton Piers laufe und runterspringe, ich hätte es getan. Ohne nach dem Grund zu fragen. So war es zwischen ihr und mir.«

»Warum haben Sie ihr die Wohnung gegeben?«, fragte Victor. »Warum haben Sie sie nicht bei sich einziehen lassen?«

»Sie ist bei mir eingezogen«, sagte Dahne. »Zuerst. Aber dann ist Marleys Mann abgehauen. Sie kam nicht klar, und ich bot ihr an, bei mir zu wohnen. Annie hat das nicht ertragen. Sie ist total ausgeflippt. Die Wohnung in der Calvert Lane war nur eine Zwischenlösung.«

»Nicht gerade das ideale Liebesnest«, sagte Ellen. »Ich nehme an, die Sache ist nicht so gelaufen, wie Sie es sich vorgestellt haben?«

»Sie führte sich auf, als hasste sie mich«, sagte Dahne. »Sie schien mir die Schuld zu geben. Ich habe mein Bestes getan. Ich habe sie geliebt, verstehen Sie? Sogar, wenn sie richtig abscheulich war, kam ich zu ihr zurück. Es war wie eine Krankheit. Sie fing an, andere Typen zu sehen. Verspottete mich. Eines Nachmittags waren zwei Kerle bei ihr. Zwei junge Typen betatschten sie. Sie lag auf dem Bett, und sie konnten tun, wozu sie Lust hatten. Sie lachte mich einfach aus. Hörte auch nicht auf, als ich die Typen rausschmeißen wollte und sie auf mich losgingen. Ich konnte sie hören. Es brach mir das Herz. Und die beiden Schweine ließen nicht von mir ab. Ich ging nie wieder zu ihr zurück. Das war vor vier Monaten.«

Er sah Ellen die ganze Zeit an. Sie glaubte ihm, wusste aber, dass er wahrscheinlich auch ein guter Lügner war. Wusste ebenso, dass Brighton und Hove bereits sein Alibi überprüft hatten. Peter Dahne war zum Zeitpunkt von Annies Ermordung mit seiner Schwester und seinen kleinen Neffen auf einer zweiwöchigen Urlaubsreise in Spanien gewesen.

Sie blickte zu Victor hinüber, der nickte. Sie hatten genug erfahren. An der Haustür fiel Ellen noch etwas ein.

»Sie sagten, Annie hielt es mit Ihrer Schwester unter einem Dach nicht aus. Warum?«

»Nicht wegen Marley«, sagte Dahne. »Wegen Pete. Dem Kleinen. Er hat viel geweint, tut er immer noch, wie Sie hören. Annie hat das nicht ertragen. Eines Nachmittags fand ich sie im Wohnzimmer. Sie saß da und hielt sich die Ohren zu. Ich fragte sie, was los ist. Sie war total aufgelöst, fing an zu weinen, wie ein kleines Mädchen. Komisch, wissen Sie. In der ganzen Zeit, in der wir zusammen waren, habe ich sie nur das eine Mal weinen sehen. Wieso ist ihr das Kind so an die Nieren gegangen? Was glauben Sie?«

Eine Erinnerung überwältigte Ellen. Schwach, fast vergessen. Ihre kleine Schwester. Sie weinte, und Ellens Mutter hielt sie, sang sanft für ihr Baby. Die Worte verloren sich in Eilishs Gejammer. Das Weinen durchdrang alles in der kleinen gemeinsamen Wohnung. Egal, wohin man sich zurückzog, dem Weinen ihrer Schwester konnte man nicht entkommen. Nach Eilishs Tod war das Weinen eines Babys für immer mit ihrer toten Schwester verknüpft.

Zurück im Polizeirevier von Brighton, rief Ellen Alastair an.

»Sie müssen etwas für mich tun«, sagte sie. »Zu niemandem ein Wort. Okay?«

Ellen legte auf und ging nach draußen. Sie setzte sich auf eine Mauer, zündete sich eine Zigarette an und fragte sich, ob irgendetwas von dem, was sie heute erfahren hatte, den Beweis zutage fördern würde, den sie benötigte, um Monica des Mordes zu überführen.

SECHSUNDSIEBZIG

Raj traf Carl Jenkins im Ravenbourne Pub gegenüber dem Lewisham-Krankenhaus. Jenkins war schon da, trank Bier und sah beschissen aus. Er hatte abgenommen, und seine Haut hatte etwas Wächsernes, das Raj vorher nicht aufgefallen war. Seine dunklen Augen und die bandagierte Nase machten es keineswegs besser.

»Wollen Sie noch so eins?« Raj deutete auf das halb leere Glas.

»Stella«, sagte Jenkins. »Danke.«

Raj kam ein paar Minuten später mit zwei Halbliter-Gläsern zurück. Er stellte eins vor Jenkins und setzte sich ihm gegenüber. Wartete.

»Heute in den Nachrichten«, sagte Carl. »Die Frau im Fernsehen. Die Tochter von dem ermordeten Ehepaar. Der Typ in Whitstable und die Frau in Brighton, Sie wissen schon.«

Raj nickte. Er hatte die Story auch verfolgt. Adam Telford am Sonnabend. Seine Frau war am nächsten Tag identifiziert worden. War irgendwann Ende des Sommers in einer Wohnung in Brighton ermordet worden. Die Polizei bat jeden mit Informationen über die Tochter des Paares, sich zu melden.

»Was hat das mit Chloë zu tun?«, fragte er.

Carl runzelte die Stirn. »Weiß nicht. Vielleicht nichts. Aber es hieß, man soll anrufen, und ich konnte die Nummer nicht schnell genug abschreiben, darum habe ich Sie angerufen. Ist das ein Problem?«

»Selbstverständlich nicht«, sagte Raj. »Ich weiß aber immer noch nicht, was Sie mir sagen wollen.«

»Es geht um die Frau«, sagte Carl. »Die Tochter. Die Sache ist die. Ich habe sie schon mal gesehen. Sie ist eine Freundin von Chloë.«

Raj fiel fast das Glas aus der Hand.

»Sind Sie sicher?«

Er hatte Chloë gefragt. Geradeheraus: Kennen Sie Monica Telford? Sie hatte nein gesagt, und er hatte keinen Grund gesehen, ihr nicht zu glauben.

»Sicher«, sagte Carl. »Sie war da, als ich Chloë am Sonnabend abgeholt habe. Ich hab sie zur U-Bahn gefahren. Wenn Fettwanst noch leben würde, würde er Ihnen das bestätigen können. Er hat sie auch getroffen. Hat sich selbst zu einem Mädchenabend eingeladen, hat Chloë erzählt. Der

Idiot hat nicht geschnallt, dass sie ihn nicht dabeihaben wollte.«

»Chloë hat gesagt, sie kennt Monica nicht«, sagte Raj. »Ich habe sie gefragt.«

»Chloë konnte es nicht wissen«, sagte Carl. »Sie hat Chloë einen anderen Namen gesagt.«

»Wie bitte?«

Carl legte die Stirn in Falten. »Ich weiß nicht, ob ich mich noch an ihn erinnern kann. Anna vielleicht? Nein. Anne. Ja. Sie hat gesagt, sie heiße Anne. Warum?«

Es gab für Raj nur einen Grund. Monica hatte Chloë angelogen, weil sie nicht wollte, dass Chloë ihren echten Namen erfuhr. Er dachte über den Grund dafür nach. Wieder gab es nur eine Antwort.

Raj nahm einen großen Schluck Bier und zog sein Handy heraus.

»Warten Sie hier«, sagte er zu Carl. »Ich muss telefonieren.«

Meat bohrt ein Loch in meinen verfluchten Kopf. Ich versuche gar nicht erst, ihn abzuhalten. Es ist alles im Arsch. Ich versuche, einen Joint zu drehen. Hände zittern, es dauert eine Weile. Ich hab noch ihr Feuerzeug. Ein kupferfarbenes Zippo. Sie sagte, es gehöre ihrer Mutter. Ich lasse es aufschnappen, zünde den Joint an und ziehe.

Drei Züge, und ich spüre nichts. Sauge an dem Scheißding, weiß, das hält mich davon ab durchzudrehen. Stehe in der Küche. Weiß nicht mehr, was ich hier will.

Der Fernseher dröhnt in voller Lautstärke. Die Stimme des Nachrichtensprechers kann Meats Gebrülle nicht übertönen. Ihr Gesicht erscheint. Das ist wie ein Schlag in den Solarplexus. Die Puste bleibt mir weg, ich gehe in die Knie, röchele, umklammere meinen Hals. Ich werde sterben.

Später.

Auf der Straße. Brülle ihren Namen, trommele gegen ihre Tür.

Ein Name in meinem Kopf. Buchstaben schleichen um die Musik herum. Emma. Nein. Emily. Er fällt mir nicht ein.

In ihrem Garten ist ein Schuppen. Da ist ein Kanister mit Benzin. Ich nehme die Abkürzung durch die Gasse an der Hausseite. Über das Tor und in den Garten. Der Schuppen ist abgeschlossen, aber die Tür ist alt, und ich breche sie auf. Blut an den Händen. Scheiß drauf.

Schnapp mir den Kanister und renne raus. Zum Van.

»Paradise by the Dashbord Light«. Wörter und Stimmen und Musik hämmern in meinem Kopf. Trommeln gegen meine Schädeldecke. Vermischen sich mit allem, mit den Erinnerungen. Schließe die Augen, und da ist sie. »Bodies close and tight«, wie in dem Song. Dann fängt Ellen Foley an zu singen. Aber ich höre eine andere Stimme.

Ellen.

Ich öffne meine Augen. Das Zeug wirkt endlich. Kann mich endlich konzentrieren. Ellen Kelly. Die Schlampe.

Von irgendwoher kommt starker Benzingeruch. Ich blicke zur Seite, sehe den Kanister auf dem Sitz neben mir. Ein blutverschmierter Händeabdruck. Hände bluten. Beide. Weiß nicht, warum.

Schlüssel im Zündschloss. Ich drehe ihn, und der Motor erwacht zum Leben. Meat wird lauter. Die Stimme verschmilzt mit Ellens, lauter und lauter, blendet alles aus, und der Van rast los.

SIEBENUNDSIEBZIG

Bridget war verärgert. Manchmal benutzte Ellen ihren Kopf einfach nicht. Es war doch für jeden mit halb so viel Hirn offensichtlich, dass die Kinder Zeit mit ihrer Mutter verbringen mussten. Bridget bemühte sich redlich, die Entscheidungen ihrer Tochter nicht zu kommentieren. Manchmal fiel es ihr schwer.

Sie stand vor dem Spülbecken, sah den Kindern beim Spielen draußen im Garten zu. Michael saß im Wohnzimmer, las Zeitung und sah das Halbfinale der All-Ireland Senior Hurling Championship zwischen Cork und Tipperary. Eine Aufnahme vom Juli. Dass er es gerade jetzt sah, verriet Bridget genug über seine Laune. Die Sache mit dem Garten ging ihm immer noch nach. Sie hatte gedacht, sie wären darüber hinweg.

Die Sache mit dem Garten tat ihr leid. Natürlich. Das hatte sie ihm mehr als einmal gesagt. Sie wusste, wie ihn das aufregte und schmerzte, denn sie liebte ihren Mann, auch wenn das keine leichte Aufgabe war. Aber es war nur ein Garten. Je länger er es mit sich herumtrug, desto schwerer fiel ihr das Mitgefühl. Nach allem, was sie durchgemacht hatten, war es fehl am Platz, sich wegen eines Stückchen Lands so lange selbst zu bedauern. Überall in der Welt mussten Menschen leiden und sterben. Michael sollte sich lieber über diese armen Seelen Gedanken machen.

Pat schrie irgendetwas, und Eilish fing an zu weinen. Bridget nahm all ihre Kraft zusammen. Sekunden später flog die Hintertür auf, und Eilish rannte heulend in die Küche.

»Pat hat mich gehauen.« Sie weinte laut, zu laut für echte Tränen. Bridget umarmte ihre Enkelin und blickte über ihren

Kopf zu Pat. Er stand mit finsterer Miene in der Tür, das Gesicht erhitzt, bereit, sich eine Standpauke abzuholen. Sie hörte ihn schon seine Version der Geschichte erzählen, um zu beweisen, dass Eilish diejenige war, die angefangen hatte.

Sie war nicht in der Stimmung, weder für das eine noch für das andere.

Sanft löste sie sich von Eilish, nahm die Hand des kleinen Mädchens und ging mit ihr ins Wohnzimmer. Es waren zwei Erwachsene im Haus. Sie sah nicht ein, wieso sie sich allein um die beiden kümmern und ständig Schiedsrichter spielen sollte, wenn sie sich stritten. Und das schienen sie dieser Tage dauernd zu tun.

»Michael.«

Er schaute auf, schuldige Miene, als hätte sie ihn bei etwas Unerlaubtem erwischt.

»Schaust du dir einen Film mit Eilish an? Sie ist müde. Ich glaube, sie braucht ein wenig Gesellschaft von ihrem Großvater.«

Eilish fing an zu protestieren. Bridget hockte sich vor sie und flüsterte in ihr Ohr.

»Dein Opa hat schlechte Laune wegen seines Gartens, Eilish. Du weißt doch, du bist die Einzige auf der Welt, die ihn aufmuntern kann.«

Eilish dachte nach. Das war offensichtlich. Überlegte, ob das Kompliment die ungerechte Anschuldigung, sie sei müde, überwog. Nach einem Moment lächelte Eilish.

»Können wir ›Die Eiskönigin – Völlig unverfroren‹ sehen, Grandpa? Bitte. Das ist mein Lieblingsfilm, und du magst ihn doch auch, oder?«

Bridget verließ das Zimmer, bevor einer von beiden es sich anders überlegte. Sie schloss die Tür hinter sich und lächelte in sich hinein. Typisch Eilish. Ganz eindeutig Vinnys Tochter.

Konnte einfach nicht lange schlechte Laune haben. Nicht wie ihr Bruder.

Pat stand noch immer in der Tür der Küche. Schmollte noch immer.

»Ach, Pat.«

Die Unterlippe zitterte, das Kinn kräuselte sich, die Augen füllten sich mit Tränen. Sie ging zu ihm hin und nahm ihn in ihre Arme, flüsterte sanfte Worte in sein Ohr, sagte ihm, alles ist gut, alles wird gut.

»Ich will nach Hause«, sagte er, seine Stimme gedämpft von ihrem Wollpullover.

»Deine Mom ist bald wieder zurück«, sagte Bridget.

Sie blickte auf die Uhr an der Wand. Fünf nach drei. Ellen hatte versprochen, spätestens um drei wieder hier zu sein.

»Ich rufe sie an«, sagte sie.

Sie erreichte nur die Voicemail, eine Stimme bat sie, ihren Namen und ihre Nummer zu hinterlassen. Sie legte auf.

»Lass uns gehen«, sagte sie. »Eilish kann bei Michael bleiben, und wir warten auf Mom bei euch. Was meinst du?«

Er lächelte. »Danke, Gran.«

Sie antwortete nicht, war von seinem Lächeln abgelenkt. Das Lächeln seiner Mutter. Schade, dass beide nicht öfter lächelten. Vielleicht fänden sie das Leben dann ein wenig erträglicher.

Stau auf der Kidbrooke Park Road. Kurbele das Fenster runter. Zieh noch mal am Joint. Schlage mit der Hand aufs Lenkrad. Im selben Moment knallt das Zeug rein. Mein Kopf wird leicht, dreht sich, und kleine rote Punkte tanzen vor meinen Augen.

Die Hupe ist laut. Drücke meine Hand drauf, bis ich in dem Lärm ertrinke. Andere Autos fangen auch an zu hupen, und es ist wie ein Orchester, ein großes verfluchtes Wutorchester.

Der Joint ist durch. Schnipse den Stummel aus dem Fenster. Das Auto vor mir fängt an, sich zu bewegen. Handbremse loslassen und weiter geht's. Langsam. Aber wenigstens voran.

Eine Frau steht neben einem liegengebliebenen Wagen. Langes dunkles Haar. Herz schlägt, Magen tanzt. Dann beruhigt sich alles wieder. Ich sehe noch mal hin, aber sie ist weg. Vielleicht ist sie gar nicht da gewesen, denke ich.

Ellen Kelly.

Das Benzin schwappt im Kanister. Der Van ist voll von den Dämpfen. Kriecht in die Nase, und der Geschmack hängt in Mund und Kehle.

Ich klopfe auf meine Hemdtasche, checke, ob das Feuerzeug noch drin ist, obwohl ich es eigentlich weiß. Gleich neben dem Tabak und dem kleinen Klumpen Hasch.

Der Verkehr wird schneller.

Die elektrische Gitarre fängt an. Keyboard. Der Rhythmus wird schneller. Lauter. Er kommt langsam und leise rein. Dann legt er zu, nach und nach andere Stimmen. Und ich schwöre, man kann die Hitze im Van spüren.

Ich schreie die Worte jetzt hinaus. Heiße Straßen und dampfende Bürgersteige. Hand schlägt den Rhythmus aufs Lenkrad.

Vor mir die A2. Autos fliegen vorbei. Ich lenke nach links, reihe mich ein. Gebe Gas. Der Van springt nach vorne, dann rast er.

Zeit für ein Feuer.

ACHTUNDSIEBZIG

Vielleicht hatte es keine Bedeutung. Ein Zufall. Er hörte Ellens Stimme, das Mantra, das sie ihm eingehämmert hatte.

Kein Stein darf auf dem anderen bleiben. Kein Zufall ist unbedeutend.

Raj wählte ihre Nummer. Wieder die Voicemail. Er legte auf, wusste nicht, was er tun sollte. Monica und Chloë. Aus den Nachrichten wusste Raj, dass Monicas Mutter Annie hieß. Der Name, mehr oder weniger, mit dem sich Monica Chloë vorgestellt hatte. Raj hatte einmal mit einem Iren zusammengearbeitet. Patrick Stewart Maguire. Alle nannten ihn Stewart, obgleich auf seinem Dienstausweis klar und deutlich Patrick stand. Raj fragte ihn danach, und Maguire sagte, solange er denken könne, sagten alle Stewart zu ihm. Erzählte, er wurde nach seinem Vater benannt. Um Verwechslungen zwischen den beiden Patricks zu vermeiden, hatte man ihn immer bei seinem zweiten Namen gerufen.

Raj wünschte sich, die Erklärung sei ebenso simpel. Das war sie nicht, so viel war klar. Wenn sie sich als Anne vorstellte, wieso sagte sie dann Ellen und allen andern, dass sie Monica hieß? Und noch wichtiger, wieso hatte sie behauptet, sie kenne Chloë nicht?

Er saß in seinem Wagen, den er auf der anderen Seite vom Ravensbourne geparkt hatte. Jenkins war noch im Pub, trank sein drittes Bier. Raj hatte ihn damit sitzen lassen. Hatte zwei Zigaretten geraucht, während er versuchte, Ellen zu erreichen. War dann in seinen Wagen gestiegen und hatte nicht gewusst, was er denken sollte.

Zu viele sich widersprechende Ideen in seinem Kopf. Er verlor den Überblick. Mit dieser Unsicherheit kam das ungute Gefühl, dass er etwas übersah. Sie alle etwas übersahen.

Chloës Stalker war nicht der Mörder. Nathan Collier. Er war in Chloë verliebt. War besessen von ihr. Chloë fing etwas mit Carl an, Nathan verlor die Fassung und brachte sie um. Nur dass er sie nicht umgebracht hatte. Monica Telford. Sie kannte Chloë. Sie hatte Chloë über ihre wahre Identität angelogen. Sie hatte die Polizei angelogen, gesagt, sie kenne Chloë nicht. Schlussfolgerung: Sie hat Chloë umgebracht. Aber warum?

Raj tippte Ellens Nummer ein, hoffte, dass er sie diesmal erreichte und nicht wieder eine Ansage, die ihn bat, eine Nachricht zu hinterlassen.

Pats Stimmung hob sich proportional zur wachsenden Entfernung zwischen ihm und seiner Schwester. Vor dem Haus auf der Annandale Road war er überschwenglich.

Sie gingen gemächlich, Hand in Hand, und er erzählte von Minecraft. Bridget wusste nicht, was das war, und es war ihr auch einerlei. Sie war zufrieden, spazierte neben ihm her, seine Hand in ihrer, hörte seinem aufgeregten Geplapper zu.

Kurz bevor sie das Haus erreichten, fing es an zu regnen. Sie begannen zu laufen, an dem weißen Van vorbei, der vor dem Haus und der Einfahrt parkte. Unter dem Vordach blickte sich Bridget nach Ellens Wagen um, hoffte, dass ihre Tochter vielleicht vor ihnen zurückgekommen wäre. Kein Wagen. Bridgets Stimmung sank, während sie in der Tasche nach dem Schlüssel suchte.

Als sie ihn endlich ins Schloss gesteckt hatte, hatte sie schon die Standpauke im Kopf, die Ellen, sobald sie erschien, von ihr zu hören bekäme. Sie schloss auf, und sie traten ein. Sie machte die Tür zu und hatte das Gefühl, von irgendwo im Haus ein Geräusch gehört zu haben. Sie spitzte die Ohren. Doch da war nichts.

Der Flur war dunkler als gewöhnlich. Sie hatte zunächst keine Erklärung dafür. Dann bemerkte sie die geschlossene Küchentür. Ellen ließ sie eigentlich immer offen stehen, weil sie das Licht, das durch die französischen Fenster in den Flur fiel, so liebte. Es ließ alles größer und heller erscheinen.

Pat war schon auf und davon, rannte die Treppen rauf in sein Zimmer. Sein Zufluchtsort. Seit neuestem verbrachte er dort viel Zeit allein. Für einen Jungen in seinem Alter war es ganz und gar nicht gesund, Abgeschiedenheit der Geselligkeit und Unternehmungen vorzuziehen. Auch Ellen war ein einzelgängerisches Kind gewesen, introvertiert und unabhängig, hatte nur selten Gesellschaft gebraucht. Die einzige Ausnahme war Sean gewesen. Für ihn hatte sie immer Zeit gehabt.

Bridget hörte Pat in seinem Zimmer hin und her laufen. Das Trappeln seiner Füße, das Klackern von auf den Boden fallendem Plastik, Legosteine aus einer Kiste, mit denen er seit zwei Wochen ein Raumschiff zusammenbastelte. Dem allen folgte absolute Stille.

Sie schmunzelte, stellte ihn sich vor, wie er auf dem Boden hockte, das Gesicht vor Konzentration angespannt, während er die kleinen Steinchen zusammensetzte und etwas Großartiges aus beliebigen Legosteinen baute. Nachher ginge sie zu ihm nach oben, um nach ihm zu sehen und vielleicht zu helfen. Wenn er sie ließ.

Sie ging in Richtung Küche. Würde sich zuerst eine Tasse Tee genehmigen, sich ein paar Minuten allein gönnen. Sie drückte die Tür auf. Und sah sofort die Unordnung. Zuerst begriff sie nicht, was sie sah. Ellen war doch sonst so ordentlich. Sogar in Eile würde sie das Haus niemals so verlassen. Die Schubladen standen offen, der Inhalt lag auf dem Boden, die Stühle waren umgestoßen, lagen da wie Tote, alle viere von sich gestreckt.

Irgendetwas stimmte nicht. Bridget machte einen Schritt zurück, spielte alle Möglichkeiten durch und kam nur zu einem Schluss. Ein Einbruch. Ein Bild vor ihren Augen. Michaels Garten. Die Blumen, herausgerissen, Blütenblätter schwebten in der Luft wie Konfetti.

Pat.

Oben. Allein.

Sie drehte sich abrupt um, wollte seinen Namen rufen. Nichts. Sie konnte nicht sprechen. Ein Mann stand vor ihr. Messer in der Hand. Vinnys Messer. Der Mann packte sie am Handgelenk, zog sie ganz nah zu sich heran.

Ein blitzendes Licht, er hob das Messer hoch.

Noch nie da gewesene Angst. Ihre Beine gaben nach. Dennoch stand sie noch, weil er sie festhielt, während das Messer die Luft durchschnitt, um sie zu töten.

Auf dem Rückweg war der Verkehr zäh. Als sie endlich die Außenbezirke von London erreichte, hatte sie schon eine Stunde Verspätung. Ihr Handy hatte ein paarmal geklingelt. Sie hatte jedes Mal die Voicemail angehen lassen. Es war Raj. Was immer er wollte, es konnte warten, bis sie die Kinder abgeholt hatte.

Sie näherte sich Greenwich. Ellen rief zu Hause an, wollte ihre Eltern informieren, dass sie fast da war. Ihr Vater antwortete und sagte, dass Pat und ihre Mutter bei ihr zu Hause waren. Ellen beschloss, zuerst zu sich zu fahren und die beiden abzuholen.

Ein weißer Van parkte vor der Haustür, blockierte die Einfahrt. Irritiert legte Ellen den Rückwärtsgang ein und parkte ein wenig weiter weg.

Sie verriegelte gerade die Türen, da klingelte ihr Handy schon wieder. Raj, dachte sie. Sie nahm den Anruf an, ohne die Nummer zu checken.

»Sorry«, sagte sie. »Ich war unterwegs. Konnte nicht rangehen. Alles okay?«

»Ellen?«

Nicht Raj. Abby.

»Raj hat versucht, Sie zu erreichen«, sagte Abby. »Monica kannte Chloë. Raj glaubt, dass sie Chloë ermordet hat.«

Das wusste Ellen bereits. Aber sie wusste nicht, warum.

»Raj glaubt, Monica hat Chloë benutzt, um an Sie heranzukommen«, sagte Abby. »Wegen Jim. Sie hat sich die Story mit dem Stalker ausgedacht. Weil wir sie nicht ernst genug genommen haben, hat sie Chloë umgebracht. Sie wusste, dass sie dann unsere volle Aufmerksamkeit hat.«

Das ergab auf eine kranke Art und Weise Sinn. Ein paar Details fehlten. Die konnten sie später ergänzen. Zuallererst mussten sie Monica finden.

»Sprechen Sie mit Alastair«, sagte Ellen. »Er soll alle großen Bahnhöfe überprüfen, Flughäfen und Fährterminals. Ein Foto von Monica haben wir schon rausgegeben. Sie sollen alle Kameraüberwachungen der letzten vierundzwanzig Stunden durchgehen. Jemand muss sie gesehen haben. Malcolm hat schon mit anderen Polizeikräften Verbindung aufgenommen. Finden Sie heraus, wie weit er ist.«

Sie beendete das Gespräch mit Abby, wählte Rajs Nummer, nahm das Handy ans Ohr, während sie die paar Meter zur Haustür lief. Dann überlegte sie es sich anders. Sie brach den Anruf ab. Sie würde ihn später anrufen. Im Moment wollte sie einfach nur ihre Familie sehen.

NEUNUNDSIEBZIG

Das Messer sirrte durch die Luft. Für einen Augenblick glaubte sie, er würde ihr das Ohr abschneiden. Ihre freie Hand schoss in die Höhe. Fasste das Ohr an. Erleichterung. Er würde sie nicht töten. Er war nur ein Junge, der beim Einbrechen gestört worden war.

»Es ist okay«, sagte sie. »Ich werde keinem ein Sterbenswörtchen sagen. Versprochen. Gehen Sie einfach, und wir vergessen das alles.«

»Maul halten.« Er schrie, und sie zuckte zusammen, stolperte gegen ihn. Instinktiv wollte sie zurückweichen. Falsche Entscheidung. Das Messer, er drückte es ihr ins Gesicht, kalter Stahl auf der Wange, die Spitze des Messers ganz nah an ihrem Auge. Er würde ihr die Augen ausstechen. Damit sie ihn nicht wiedererkennen konnte.

»Nein. Bitte nicht.«

Sie flehte ihn nicht um ihretwillen an. Dafür war es zu spät. Sie flehte um des kleinen Jungen willen. Ein Kind, das schon seinen Vater verloren hatte. Der Griff des Mannes wurde fester. Er tat ihr weh. Ihre Knochen waren schwach, das hatte der Arzt gesagt. Nicht genug Kalzium. Wenn er nicht losließ, bräche er ihr das Handgelenk. Er stank. Nach Schweiß und Tabak und noch etwas anderem. Ein schwerer grasiger Geruch, der sie irritierenderweise an Sommer in der Stadt erinnerte.

Er drückte sie fest an sich, an sein feuchtes Hemd, so dass sie sein Gesicht nicht sehen konnte. Sie kannte nur seinen Geruch und den Herzschlag und seinen Atem. Er konnte jetzt gehen, und sie wäre nicht einmal in der Lage, der Polizei zu sagen, wie er aussah.

»Wo ist sie?«

»Wer?«

Er drehte ihr das Handgelenk um. Die Knocken knackten, und sie schrie auf vor Schmerz.

Er brüllte sie an. Sie musste ihn stoppen. Wenn Pat ihn hörte, würde er herunterkommen. Das durfte nicht passieren. Sie flehte ihn an, leise zu sein, aber er hörte nicht auf sie. Stattdessen zerrte er sie durch den Flur in Richtung Gästetoilette.

Ihr wurde bewusst, was er vorhatte, und sie versuchte erneut, sich von ihm zu befreien, ihn zu stoppen. Er war zu stark. Er zerrte sie weiter hinter sich her, machte die Tür auf, nahm den Schlüssel, bevor er sie stieß. Sie stürzte. Schmerz schoss ihr durch die Knie und in die Beine. Sie kroch vorwärts, weg von der Tür, weg von dem Mann. Erst da merkte sie, dass sie genau das Falsche tat.

Sie stand auf, stürzte zur Tür, es war zu spät. Sie hörte den Schlüssel im Schloss, dann seine Schritte, die sich fortbewegten. Sie stand im Dunkeln.

Plötzlich hielten die Schritte inne. Sie blieb wie versteinert stehen, glaubte für einen Augenblick, er käme zurück.

»Gran?«

Herrgott. Nein. Lieber Gott, bitte nicht.

»Was zum …?«, rief der Mann verwirrt. Und wütend.

Sie sah das Messer in seiner Hand. Stellte sich vor, was er damit anstellen würde. Wieder Schritte. Schneller jetzt. Die Treppe hinauf. Sie schrie, flehte, er solle dem Kind nichts antun, flehte, sie würde ihm Geld geben, ihm geben, was er verlangte.

Er war oben. Schritte über ihr. Pat schrie, rief sie, seine Stimme durchschnitt sie wie ein Messer, nur schlimmer. Schreie, als die Schritte schneller wurden. Beide rannten. Der Mann überschrie Pat, brüllte, er solle verdammt noch mal das Maul halten. Noch ein Schrei von Pat. Ein dumpfer Aufprall.

Dann Stille.

Ellen hatte nicht gerade erwartet, dass Pat ihr um den Hals fiel, aber irgendeine Art von Reaktion wäre nett gewesen. Stattdessen schien er sie absichtlich zu ignorieren. Ellen stand im Flur. Lauschte auf Geräusche aus dem Wohnzimmer. Normalerweise spielte ihr Vater dieses Spiel. Ihre Mutter zog die traditionelle Rolle der Scheinautorität vor. Insgeheim hatte Ellen ihre Mutter im Verdacht, dass sie diese Spiele genauso liebte. Wenn sie sich nur dazu herabließ.

»Hallo?«

Der Angriff kam von hinten. Vollkommen unerwartet. Sie fiel, die Hände ausgestreckt, um ihr Gesicht zu schützen. Zuerst dachte sie, es sei Pat. Dachte, er spiele irgendein Soldatenspiel, das außer Kontrolle geraten war.

Bis die Faust aus dem Nichts ihr in den Rücken schlug und ihr die Luft nahm. Sie versuchte, vorwärtszukrauchen, hatte nur einen Gedanken: weg. Irgendetwas fiel auf sie, ein schweres Gewicht. Sie konnte sich nicht bewegen. Noch ein Faustschlag in den Rücken, eine Hand an ihrem Haar, ihr Kopf wurde nach hinten gerissen, dann nach vorne gestoßen. Schmerz wie eine Explosion – hell, weiß, blendend.

Ihre Arme und Beine ruderten hilflos herum. Nutzlos. Ihre Faust konnte etwas greifen. Das Gewicht auf ihr wurde leichter, verlagerte sich. Sie machte einen Buckel, die Person fiel von ihr.

Das Klappern von Stahl auf dem Holzfußboden. Ein Messer schlitterte über den Boden durch den Flur.

Sie krabbelte auf allen vieren zum Messer, bekam es zu greifen, da packte eine Hand ihre Fessel. Sie schwang herum, stach mit dem Messer in eine schmutzige Jeans in den unteren Teil eines Beins.

Jemand schrie auf. Ein Mann. Nein. Monica. Ellen wollte noch einmal zustechen, doch er war schnell. Trat ihr in die Brust. Sie fiel gegen die Wand. Wollte aufstehen. Hatte das Messer noch. Hielt es vor sich, stach in die Luft, damit er ihr nicht zu nahe kam.

Weißes verschwitztes Gesicht. Sie kannte es, konnte es aber nicht einordnen. Er kam näher. Duckte sich vor dem Messer. Sie stand jetzt aufrecht. Es gab nur eins. Sie stürmte nach vorne, das Messer im Anschlag, zielte auf sein Herz. Traf seine Schulter. Das reichte. Er fiel zu Boden.

Sie warf sich auf ihn, schlug mit den Fäusten auf ihn ein, in sein Gesicht und seinen Magen. Sie drückte ihm die Hand auf Mund und Nase. Drückte fester. Der Körper unter ihr bewegte sich ruckartig. Ellen drückte fester zu, die flache Hand in seinem Gesicht.

Speichel und Rotz an ihrer Hand. Sie sah Panik in seinen Augen. Gut.

»Wo sind sie?«, fragte sie.

»Ellen?«

Die Stimme ihrer Mutter. Ellen ließ den Mann los. Drehte sich nach der Stimme um. Mehr Zeit brauchte er nicht. Sein Kopf schoss nach vorne und krachte in ihr schon versehrtes Gesicht. Sie fiel zur Seite, und er schlug auf sie ein. In den Magen, auf die Arme.

Sie rollte sich zusammen. Versuchte, sich vor dem Schlimmsten zu schützen. Die Schläge kamen. Irgendetwas Feuchtes rann in ihre Augen. Sie wischte es weg. Sah Blut an der Hand. Kroch, Finger in den Boden gekrallt, zum Messer.

Seine Fäuste schlugen auf ihre Schultern und auf ihren Hinterkopf ein. Helle weiße Lichter – Tausende – explodierten vor ihren Augen.

Die Lichter verschwanden, Dunkelheit legte sich auf sie. Sie versuchte, dagegen anzukämpfen, durfte nicht aufgeben. Pat. Er war hier, im Haus. Sie musste ihn finden. Doch der Sog war zu stark. Sie spürte, wie sie wegglitt, tiefer und weiter weg. Sie konnte nichts dagegen tun.

ACHTZIG

Rajs Telefon klingelte. Er fuhr an den Straßenrand. Ein verpasster Anruf von Ellen. Bevor er sie zurückrufen konnte, klingelte sein Telefon erneut. Abby. Beim Aussteigen aus dem Wagen antwortete er.

Er lief auf Ellens Haus zu und hörte Abby zu – sie hatte mit Ellen gesprochen, die Fahndung nach Monica war raus –, gleichzeitig kam eine Textnachricht. Nachdem er aufgelegt hatte, sah er, von wem die Nachricht war und was sie beinhaltete. Sein Herz machte Freudensprünge.

Heute Nachmittag in Greenwich. Hast Du Zeit? A x

Ein weißer Van blockierte Ellens Einfahrt. Raj blieb daneben stehen. Ellen war okay. Monica wurde gefunden und zur Vernehmung ins Präsidium gebracht. Alles wurde gut.

Er textete zurück, fragte, wo Aidan war, er würde in dreißig Minuten da sein. Top. Aidan antwortete umgehend. Raj las und grinste. Er kannte den Pub. Keine zehn Minuten mit dem Auto von hier. Er steckte das Handy ein, noch immer grinsend, und ging zurück zum Wagen.

Sie hätte still bleiben sollen. Ellen hatte ihn fast überwältigt gehabt. Sie hatte den ganzen Kampf gehört, mit dem Ohr an der Tür. Zuerst hatte sie zu große Angst gehabt, sich bemerkbar zu machen, falls Ellen verletzt wurde. Und dann, als sie dachte, es wäre vorbei, hatte sie geglaubt, es wäre okay, wenn sie ihre Tochter rief. Großer Fehler. Jetzt konnte sie Ellen überhaupt nicht mehr hören, nur den Mann, der in der Küche herumlärmte und Gott weiß was vorhatte,

Pat hatte in den vergangenen vier Monaten immer wieder um ein Handy gebettelt. Ellen hatte ihm eins zu seinem nächsten Geburtstag versprochen. Bridget war der Ansicht, dass Ellen zu nachgiebig war. Der Junge war erst elf Jahre alt. Wozu brauchte er ein Handy? Jetzt wusste sie, wie unrecht sie gehabt hatte.

Über die Jahre hatte sie viele Fehler gemacht. Manche bereute sie mehr als andere. In diesem Augenblick bereute sie am allermeisten, dass sie Ellen darin bestärkt hatte, nicht nachzugeben und ihm kein Handy zu kaufen.

Bridget hatte auch keins. Hatte erklärt, sie sei zu alt für solchen Unsinn. In Wirklichkeit wollte sie aus demselben Grund kein Handy haben, aus dem sie Pat eins vorenthielt. Sie hasste nämlich die mittlerweile jeden Aspekt des Lebens bestimmende Technologie. Wenn es so weiterging, gäbe es bald in dieser Welt keinen Platz mehr für Menschen wie sie. So, wie die Dinge lagen, hatte sie das Gefühl, stetig an Bedeutung in den Leben derjenigen zu verlieren, die für sie am wichtigsten waren.

Ihre Enkel wurden älter. Wenn sie bei ihr waren, drehte sich das Spielen um all diese Dinge, von denen sie nichts verstand, und sie hatte das Gefühl, ausgeschlossen zu sein. Michael sagte, sie sei albern. Sagte, die Kinder brauchten immer die Großeltern, ebenso wie Sean und Ellen immer ihre Eltern brauchten.

Das war typisch Michael. Seiner selbst immer sicher. Er zweifelte nie an etwas. Das war auch gut so. Ohne diese Unbeirrbarkeit hätten sie Ellen und Sean niemals zu sich genommen.

Er glaubte, sie wüsste es nicht. Sie würde es ihm gegenüber natürlich niemals zugeben, denn er würde ihr niemals verzeihen, dass sie mitgespielt hatte. Dass er mit dem, was er getan hatte, nur leben konnte, weil er sich einredete, er habe es zu ihrem Schutz getan. Dass sie ein besserer Mensch war als er, weil sie niemals zugestimmt hätte, hätte sie es gewusst.

Aber sie wusste es. Und hatte es trotzdem zugelassen. Die meiste Zeit redete sich Bridget ein – wie ihr Mann, nahm sie an –, sie hätten nur das Beste gewollt. Nur manchmal beschlich sie ein Grauen, eine Gefühl des Unbehagens, das sie nicht abschütteln konnte. In diesen Momenten wusste sie, dass sie unrecht getan hatten.

Sie hatte gebeichtet. Natürlich. Viele Male. Jedes Mal hatte ihr der Priester Absolution erteilt, hatte ihr vergeben, dafür und für ihre Sünden. Sie war sich nicht sicher, ob das genügte. Jetzt, eingesperrt in diesen dunklen Raum, wusste sie es. Was auch immer an diesem Nachmittag geschah, sie hatte es verdient.

Aber nicht Pat und Ellen.

Sie betete. Unsicher, ob Gott ihr zuhörte, doch was sonst sollte sie tun. Sie flüsterte das Gebet, das sie als Kind gelernt hatte. Die Lippen wiederholten die vertrauten Worte: »Darum bitte ich die selige Jungfrau und Gottesmutter Maria, alle Engel und Heiligen und euch, Brüder und Schwestern, für mich zu beten zu Gott, unserem Herrn. Erhöre mich, Herr«, bat sie. »Rette meine Familie. Lass sie nicht für die Sünden anderer büßen. Es ist nicht ihre Schuld.«

Das Gebet verlieh Bridget Kraft. Sie musste glauben. Er erhörte sie. Ihr Glaube ließ nichts anderes zu. Die Strafe galt ihr und nur ihr allein. Im Namen des Herren, sie würde Pat und

Ellen nicht leiden lassen. Sie würde sie retten. Sie wusste nicht wie, aber Er würde ihr den Weg zeigen. Sie musste nur glauben.

Sie hatte etwas Wichtiges verloren. Keine Sache. Einen Menschen. Ein Kind wurde vermisst. Pat. Sie wusste nicht, wo er war. Sie drehte sich um, blickte um sich. Sie stand inmitten einer Straße mit absolut identischen viktorianischen Reihenhäusern. Hinter einer der verschlossenen Türen hielt jemand ihren Sohn fest. Sie rannte zum ersten Haus, schlug mit den Fäusten gegen die Tür. Schlug gegen alle Türen von sämtlichen Häusern. Niemand antwortete. Offenbar waren alle Menschen in all den Häusern taub. Oder tot.

Sie schrie seinen Namen, immer und immer wieder, während sie die enge menschenleere Straße entlanglief. Je weiter sie rannte, desto enger wurde die Straße, bis die Häuser von jeder Seite so nah beieinander waren, dass sie die Hände ausstrecken und sie berühren konnte.

»Mommy!«

Seine Stimme kam von weit her. Sie blinzelte in die dunkle Lücke zwischen den Häusern, versuchte, ihn zu sehen. Er war irgendwo dahinten. Sie rannte schneller. Aber es schien keinen Unterschied zu machen. Egal, wie schnell sie rannte, sie kam nicht vom Fleck. Und dann fiel sie hin, ihr Gesicht landete auf dem harten Asphalt. Verwundert blieb sie liegen, wartete darauf, dass der erste Schmerz verflog.

Sie wachte auf.

Es war alles nur ein Traum. Nur ihr Gesicht schmerzte noch. Sie versuchte, sich aufzusetzen. Konnte sich nicht bewegen; Hände und Füße waren hinter ihrem Rücken gefesselt. Ihre Finger berührten die Wand.

Dann erinnerte sie sich.

Sie lag mit dem Gesicht nach unten auf dem Küchenboden. Wenn sie sich bewegte, hatte sie das Gefühl, dass jemand auf sie einstach. Eine gebrochene Rippe. Sie hatte sich schon mal eine gebrochen, kannte den Schmerz. Fast so schlimm wie Wehen.

Sie konnte das linke Auge nicht öffnen. Und ihre Nase fühlte sich an, als habe jemand sie mit einem Eisenrohr gebrochen. Sie stöhnte, versuchte, den Schmerz zu ignorieren, und schaffte es schließlich, sich aufzusetzen. Sie war erschöpft von der Anstrengung. Lehnte sich keuchend an die Wand.

Sie konnte seine Füße sehen. Sie bewegten sich durch die Küche. Er hielt etwas in der Hand, schüttelte es, verschüttete eine Flüssigkeit. Ihre Nase war vom Blut verstopft, und sie brauchte eine Weile, bis sie es roch. Die Angst war allumfassend. Zuerst konnte sie sich nur auf das Atmen konzentrieren.

Sie wollte kein Geräusch machen. Er musste gespürt haben, dass sie zu sich gekommen war, denn er kam zu ihr herüber, hockte sich neben sie, sah in ihr Gesicht und leerte den Rest über ihr aus.

Der Geruch und Geschmack waren überall. In ihrer Nase, in der Kehle, sie hustete, musste würgen, ihr Körper rutschte auf der schmierigen Flüssigkeit aus. Ihre Augen brannten, und sie konnte nicht deutlich sehen. Nur Formen durch einen grauen Film. Sie blinzelte, doch es half nichts.

Er bewegte sich wieder. Sie erstarrte. Fürchtete, er würde ihr wieder weh tun. Aber er setzte sich nur auf den Boden, rutschte nach hinten, bis er die Kochinsel erreicht hatte. Ließ sie keinen Moment lang aus den Augen.

Er atmete schwer, erschöpft vom Verschütten des Benzins.

»Ich werde dich töten.«

Seine Stimme war ruhig. Überraschend ruhig. Er sah nicht sehr ruhig aus. Er war im Begriff, etwas Furchtbares zu tun.

So verflucht müde. Gleich bin ich weg. Meine ganze Energie in mir wird abgeschaltet, Stück für Stück, so fühlt es sich an. Die Musik hat aufgehört, und alles ist ruhig. Ich bin weit weg. Als sähe ich das alles nur, bin aber nicht Teil davon. Als hätte ich eine bizarre außerkörperliche Erfahrung, und mein wahres Ich ist da oben irgendwo und sieht sich das hier unten alles an.

Ich versuche, mich daran zu erinnern, wie es so weit gekommen ist. Die ganze Wut ist verflogen. Als ob ich sie aus mir herausgeschlagen habe, während ich sie vermöbelte, und jetzt ist nichts mehr übrig. Als ob die Wut das einzig Lebendige in mir war. Und ohne sie ist nichts.

Ich weiß nicht, ob ich das jetzt hier wirklich will. Es gibt nur eines in der Welt, das ich wirklich will. Ich will bei ihr sein. Aber sie ist fort.

»Ich habe sie geliebt.«

Plötzlich rede ich. Erzähle der Frau von Mon und warum sie mir so viel bedeutet. Und warum ich so verdammt wütend bin. Weil ich nicht mehr bei ihr sein kann.

»Sie hatte solche Angst«, sage ich. »Sie hat gewusst, ihr würdet nicht aufhören.«

Die Frau auf dem Boden runzelt die Stirn. Gibt vor, nicht zu wissen, wovon ich rede. Das ist der Tropfen, der das Fass zum Überlaufen bringt. Ich merke, wie es sich in mir zusammenbraut. Die Müdigkeit weicht der wütenden Energie, die ich brauche, um das hier zu Ende zu bringen.

»Du hast sie gehasst, du verfluchte Hure. Du hast sie nicht in Ruhe gelassen. Schikane durch die Polizei. Davon hört man doch immer wieder. Du hattest es auf sie abgesehen. Du wolltest, dass sie leidet. Sie hat mir erzählt, was du ihr angetan hast. Sie so anzumachen, heimliche verfluchte Lesbe. Und weil sie nicht dasselbe für dich empfunden hat, bist du unangenehm geworden. Sie hatte Angst vor dir, wusstest du das? Jedes Mal,

wenn du aufgetaucht bist, war sie anschließend vollkommen aufgelöst.«

Und die dumme Fotze will mir weismachen, dass ich das alles in den falschen Hals gekriegt habe. Was soll sie auch sonst sagen? Ich nehme den leeren Kanister und wedele damit vor ihr herum. Dann sage ich ihr, was gleich passieren wird.

EINUNDACHTZIG

Über der Toilette befand sich ein kleines rechteckiges Fenster. Bridget zog sich die Schuhe aus, machte den Toilettendeckel zu und kletterte drauf. Sie hatte Schwierigkeiten, das Gleichgewicht zu halten, von der Anstrengung schmerzte ihre Hüfte. Das dumpfe Pochen kannte sie, es würde schlimmer werden, wenn sie sich nicht setzte und die Beine hochlegte.

Ellen hielt das Fenster verschlossen. Es gab keinen Schlüssel, das wusste Bridget. Das Glas war dick, es würde sicher nicht leicht brechen. Sie hielt einen Schuh in der Hand. Einen schweren Arbeitsschuh von Clarks. Die einzigen Schuhe, die sie je trug. Mit all ihrer Kraft zielte sie auf das Glas. Der Schlag war hart. Schmerz fuhr wellenartig durch den Arm. Beinahe fiel sie, sie konnte sich gerade noch am Fensterrahmen festhalten.

Noch einmal. Dasselbe. Ein schmerzender Arm, das Fenster intakt. Verzweifelt sah sie sich nach einem anderen Gegenstand um. Benzingeruch stieg ihr in die Nase. Zuerst dachte sie, das bilde sie sich ein, aber je länger sie dastand, desto stärker wurde der Geruch. Bis sie wusste, dass er echt war.

Neben der Toilette stand eine Chrombürste in einem Chrombehälter. Bridget bückte sich, nahm das Ensemble hoch. Es war schwer, schwerer als der Schuh. Nicht einfach zu handhaben. Wasser lief aus dem Behälter in ihren Ärmel, der Klodeckel wurde rutschig. Wasser drang in ihre Strumpfhose ein.

Sie nahm den Behälter samt Bürste hoch und schlug damit, begleitet von einem mächtigen Schrei, gegen das Fenster. Zerschlug es. Das Glas splitterte, das Geräusch vermischte sich mit ihrem Schrei, und sie konnte nicht aufhören zu schreien. Glasscherben fielen auf den Boden. Sie ließ den Behälter mit der Bürste fallen, hielt die Hände schützend vor ihr Gesicht.

Bei dem Krach hatte sie die Tür nicht gehört. Hatte ihn nicht bemerkt, bis er sie packte, von der Toilette zog und raus aus dem Raum. Ihr linker Fuß schrammte über eine Scherbe. Eine Blutspur folgte ihr von der Toilette durch den Flur bis in die Küche. Da lag ihre Tochter, das Gesicht blau und geschwollen, Hände und Füße hinter dem Rücken gefesselt.

»Tun Sie ihr nichts!«

Wie er ihre Mutter hielt, grob, als sei sie ein Ding und nicht eine zerbrechliche alte Dame. Ellen dachte, sie wusste, was Angst war. Aber das war etwas Neues. Ihre arme Mutter. Angst in jeder Falte ihres lieben Gesichts. Es war unerträglich.

Ellen blendete den Schmerz aus und manövrierte sich in eine Sitzposition. Für einen kurzen Augenblick wurde ihr schwarz vor Augen. Als sie wieder sehen konnte, drückte er ihre Mutter auf einen Küchenstuhl und fesselte sie mit einem dicken Seil.

Auf dem Boden war Blut. Eine rote Spur, die durch die vor ihren Augen tanzenden Regenbogenfarben hindurchschimmerte. Das Blut kam aus dem Fuß ihrer Mutter. Ellen hatte Glas brechen gehört. Sie hatte gedacht, jemand käme, sie zu retten. Vergebliche Hoffnung.

Ellen schluckte ein paarmal und fuhr sich mit der Zunge über die Lippen.

»Bitte«, sagte sie. »Ich verstehe, warum Sie wütend auf mich sind. Aber das hat nichts mit meiner Mutter zu tun. Bitte, Harry.«

Er drehte sich um, wütend, dass sie seinen Namen kannte. Sobald er angefangen hatte, von Monica zu reden, hatte sie sich erinnert. Der junge Freund. Dieser verführte Trottel.

»Wo ist Pat?« Die Frage galt ihrer Mutter, aber Harry antwortete zuerst.

»Um den habe ich mich schon gekümmert.«

Eine andere Marter diesmal. Schlimmer. Ellen schüttelte den Kopf. Sie wollte es nicht glauben. Konnte es nicht. Nicht für den Bruchteil einer Sekunde. Pat. Ihr Junge. Sie redete sich ein, Harry sei zu so etwas nicht imstande, obgleich sie nicht wusste, wozu er fähig war. Sie sagte sich, Pat war wie sie, ein Überlebenskünstler. Er würde einen Weg finden. Sie würde einen Weg für ihn finden.

»Wenn Sie dem Jungen etwas angetan haben«, sagte ihre Mutter, »werde ich Sie umbringen, das verspreche ich Ihnen.«

Harry lachte. Ein unechtes Lachen. Ellen hörte Angst heraus. Das machte ihr Hoffnung.

»Harry«, sagte sie. »Sprechen Sie mit mir. Bitte.«

Er war fertig mit ihrer Mutter und drehte sich zu ihr um.

»Ich habe genug geredet.«

»Wenn Sie weitermachen«, sagte Ellen, »ist das für Sie das Ende. Meinen Sie wirklich, dass Monica das will?«

Sie hatte das Falsche gesagt. In dem Moment, in dem sie die Worte aussprach, wünschte sie, sie könnte sie wieder hinunterschlucken. Sein Gesicht verzerrte sich vor Zorn, alle Weichheit war verschwunden. Seine Wangen röteten sich. Er kam auf sie zu, hockte sich vor sie hin. Sein Gesicht war jetzt ganz nah vor ihrem.

»Wag es nicht, wag es ja nicht, so zu tun, als wüsstest du, was sie will. Gar nichts weißt du über sie. Sonst hättest du sie nicht so dermaßen verletzt. Du hättest sie in Ruhe lassen sollen, aber das konntest du ja nicht. Und wegen dir, du dumme Schlampe, weil du dich einmischen musstest, ist sie nicht mehr da.«

Sie dachte, er würde sie wieder schlagen, und sie erstarrte. Nichts. Er stand einfach nur auf und ging weg. Fast so, als hielte er es nicht länger in ihrer Nähe aus. Monica hatte wirklich ganze Arbeit geleistet. Ellen schwor sich, wenn sie hier lebend wieder rauskam, würde sie Monica Telford finden und sie für das, was sie heute hier angerichtet hatte, bezahlen lassen.

Harry setzte sich an den Tisch, nahm das Päckchen Tabak aus seiner Hemdtasche und Papers. Zog drei heraus, um daraus einen Joint zu basteln. Er streute Tabak auf das Papier, kramte den kleinen schwarzen Klumpen Haschisch hervor.

Er zog ein Feuerzeug aus seiner Tasche. Ellen schrie, er solle das lassen.

»Glaubst du, ich mach das hier drinnen?«, fragte er. »Ich bin doch nicht blöd.«

Er machte das Feuerzeug an. Sie musste sich auf die Lippe beißen, damit sie nicht anfing zu schreien. Der Geruch von Haschisch vermischt mit dem Geruch von Benzin, die Luft schwanger von Gerüchen, die nicht in ihr Haus gehörten.

Angst, Abscheu und Wut stiegen in ihr auf.

»Wo ist sie?«, fragte Ellen.

Er drehte den Joint, steckte ihn sich in den Mund, war kurz davor, ihn anzuzünden. Landete auch nur ein bisschen brennende Asche auf dem benzingetränkten Boden, war alles vorbei.

»Keine Ahnung.«

»Warum nicht?«

»Sie will nicht, dass irgendjemand weiß, wo sie ist«, sagte er. »Sie hat Angst. Kapierst du das nicht? Angst vor Cops, Angst vor allem. Am meisten Angst hat sie vor ihrem Alten.«

»Sie hat ihn umgebracht«, sagte Ellen. »Das wissen Sie doch. Sie hat ihn umgebracht, und dann ist sie abgehauen und hat Sie sitzenlassen. Wieso, wenn Sie ihr so viel bedeuten, Harry? Warum ist sie ohne Sie gegangen?«

Er schüttelte den Kopf. »Sie hat ihn nicht umgebracht.«

»Woher wollen Sie das wissen?«

»Weil sie nicht so ist«, schrie er. »Sie ist freundlich und sanft. So etwas würde sie niemals tun.«

»Hat sie aber.«

»Halt dein Maul!« Er hielt sich die Ohren zu, sein Gesicht schmerzverzerrt. »Sie hat niemanden umgebracht! Ich war's. Ich habe ihn umgebracht, du dumme Kuh.«

Er log. Sie wollte, dass er es zugab. Aber er schob nur den Stuhl zurück. Sie zuckte zusammen, angsterfüllt. Er stand, den Joint im Mundwinkel, das Feuerzug in der Hand. Er spielte damit. Ließ es auf- und zuschnappen. Sobald eine Flamme aufleuchtete, zuckten Ellen und ihre Mutter zusammen.

Er lief zur Tür, drehte sich um und sah Ellen noch einmal an.

»Denk dran«, sagte er. »Das ist für sie.«

Er ließ die Tür offen stehen und verschwand.

Zuerst geschah nichts. Ellen wartete, traute sich kaum zu atmen.

»Pat«, sagte ihre Mutter. »Ellen, er ist oben.«

Ellen zwang sich auf die Knie, jede Bewegung war eine Tortur, doch kein Schmerz konnte sie daran hindern, zu ihrem

Sohn zu gelangen. Sie schob sich vorwärts. Der Messerhalter stand neben dem Spülbecken. Drei scharfe Messer. Das vierte hatte Harry genommen.

Sie wusste nicht, wie sie die Messer von der Arbeitsplatte herunterholen sollte. Aber sie würde einen Weg finden. Sie hatte sie fast erreicht, da hörte sie Harry brüllen. Erst dachte sie, er sei zurück und sah, was sie vorhatte. Sie drehte sich um, war bereit, sich zu verteidigen.

Doch er stand nicht in der Küche. Sie hörte ihn hinfallen, sein Körper krachte auf den Boden.

Dann plötzlich das Zischen von Benzin, das in Flammen aufging.

ZWEIUNDACHTZIG

Raj war gerade dabei, die Wagentür zu öffnen, da hörte er das Geräusch. Zu laut für einen Sonntagnachmittag. Er wollte es ignorieren. An einem anderen Tag hätte er es auch getan. Aber heute, nachdem schon so viel geschehen war, musste er der Sache nachgehen.

Der Klang von splitterndem Glas. Das konnte von Bedeutung sein. Aber bestimmt nur irgendjemand, der in seinem Garten ein altes Möbelstück für die Entsorgung im Müll zerkleinerte.

Er rannte zurück zu Ellens Haus. Kein Anzeichen für einen Einbruch. Er würde noch das Terrain der umliegenden Häuser sondieren und es dabei belassen. Schob seine Reaktion auf seine lebhafte Phantasie und widmete sich dem, was Vorrang hatte: ein Nachmittag mit Aidan.

An der Vorderseite des Hauses war nichts zu entdecken. Er entspannte sich und ging um das Haus herum. Ein Tor, das in ihren Garten führte. Er lief darauf zu, wollte darüber hinwegklettern und sich schnell einen Überblick verschaffen, bevor er abfuhr.

Plötzlich knirschte es unter seinen Schuhen. Dicke Glasscherben, wie von einer Scheibe einer Eingangstür oder eines Badezimmerfensters. Er sah das zerbrochene Fenster. Man musste kein Genie sein, um zu erkennen, dass es von innen zerschlagen worden war. Kein Einbruch. Jemand versuchte herauszukommen.

Handy in der Hand. Raj rief im Revier an. Forderte zwei Streifenwagen an. Danach rannte er wieder zur Vorderseite des Hauses. Er hatte sie fast erreicht, da hörte er die Schreie.

Hab keine Kontrolle über meine Hand. Das Feuerzeug ist an, aber meine Finger lassen nicht los. Warum musste er mich auch so ansehen? Ich bin doch kein Monster oder so was. Wie mein Alter.

Ich habe versucht, nicht daran zu denken, aber jetzt ist es da. In meinem Kopf. Egal, wie sehr ich mich auch anstrenge, da sind einfach nur wir drei. Ich, mein alter Mann und der Junge mit den großen angsterfüllten Augen.

Ich will mich konzentrieren. Daran denken, warum ich hier bin. Aber sie ist nicht da, und es fällt mir schwer, so verflucht schwer ohne sie. Die Cop-Frau hätte ihren Mund halten sollen. Wollte mich verwirren. All die Dinge, die sie über Mon gesagt hat. Ich weiß, dass sie lügt. Trotzdem muss ich immerzu daran denken. Mein Kopf ist in Aufruhr, als würde er gleich explodieren, von meinem Hals fliegen und in tausend Stücke zerspringen, an die Wand spritzen, auf die Treppe und den Fußboden.

Ich wirbele herum, halte das Feuerzeug noch in der Hand, brülle gegen die Geräusche an, will sie ausblenden.

Auf einmal rutsche ich aus. Die Füße rutschen unter mir weg, und ich falle. Das Feuerzeug fliegt aus der Hand. Und die Flamme geht einfach nicht aus. Es fliegt auf den Boden zu, und der Krach in meinem Kopf lässt nach.

Ich rolle mich auf die Seite, will ausweichen. Doch es scheint zu wissen, was ich tue, und folgt mir. Für einen kurzen Augenblick steht alles still. Dann fängt eine Gitarre an zu spielen. Ich kenne die Akkorde. Jemand singt von einem Herz aus Gold und von verlorenem Stolz. Dave Grohl. Fängt langsam und sanft an. Ein trauriger Song über Tod und Verlust. Die Flamme erreicht mein Hemd. Das Hemd ist getränkt von Benzin.

Und plötzlich stehe ich in Flammen.

Flammen züngelten an den Vorhängen im Wohnzimmer empor. Dicke Rauchschwaden krochen unter der Haustür hindurch. Im Haus kreischte jemand. Ein rauher, unmenschlicher Ton. So etwas hatte Raj noch nie gehört.

Er warf sich gegen die Tür aus massivem Holz. Unmöglich, sie aufzubrechen. Die Streifenwagen waren unterwegs. Doch das Feuer breitete sich schnell aus. Sie würden zu spät eintreffen.

Er hatte zwei Mülltonnen auf Rollen gesehen. Rannte, holte die schwarze, zog sie vor das Wohnzimmerfenster, überlegte es sich jedoch anders. Zog sie um das Haus herum, stellte sie vor sich hin, rammte sie durch das Holztor.

Hinten. Große französische Fenster. Er stellte die Tonne vor die Fenster, ging ein paar Schritte zurück, damit er genug Anlauf hatte, und lief los. Eine Glasexplosion, als die Tonne in das Doppelfenster krachte.

Das Feuer griff schnell um sich. Dicker Rauch in der Luft, in seinen Augen, seiner Luftröhre. Er erstickte fast. Er packte Ellen.

»Meine Mutter!« Sie schrie, zog an jemandem. Eine ältere Frau. Raj kümmerte sich zuerst um die Frau, brachte sie hinaus. Drehte sich nach Ellen um. Wollte nicht wieder da hinein, doch er hatte keine andere Wahl. Konnte sie nicht sehen. Jetzt war der Qualm noch dichter. Der Krach des Feuers um ihn herum ohrenbetäubend.

»Ellen!«

Er rannte in das Inferno. Das Feuer nahm ihm die Sicht. Er hustete, würgte. Hand auf dem Mund und auf der Nase. Er stolperte über etwas, fiel beinahe hin. Ellen. Die Flammen nur Zentimeter von ihr entfernt. Er packte sie an den Fesseln und zog sie weg.

Sie schrie ihn an, schrie Pats Namen, wehrte sich augenscheinlich dagegen, von ihm gerettet zu werden. Fast geschafft. Feuer züngelte auf sie zu, aber er war schneller. Sie war schwer, er stark.

Sie trat nach ihm, kickte ihm gegen das Schienbein.

»Pat!«

Herrgott, nein.

»Wo?«

»Oben!«

Ellen kämpfte gegen ihn an. Er versetzte ihr eine Ohrfeige. In ihrer momentanen Verblüffung konnte er sie hinausschaffen.

Sirenen. Nah, aber nicht nah genug.

Ellens Hände und Beine waren müde. Sie schrie, schlug nach ihm, wiederholte immerzu Pats Namen. Sie konnte sich nicht bewegen. Er hielt sie immer noch fest. Ließe er sie los, würde sie umfallen.

Er hielt sie an den Schultern und schüttelte sie heftig.

»Ellen!«

Sie hörte auf zu schreien.

»Sie werden nicht rechtzeitig hier sein«, flüsterte sie. Er nickte. »Warte hier.«

Er setzte sie behutsam auf den Boden neben ihre Mutter, drehte sich um und rannte wieder ins Haus.

Noch nie da gewesene Schmerzen. Ich renne, will fliehen, aber es gibt keinen Ausweg. Der Schmerz bin ich. Ich bin der Schmerz. Dave Grohl singt immer noch, laut schreit er seine Wut heraus, ich schreie vor Schmerzen.

Dave fragt, hast du je an mich gedacht? Er schreit sie beinahe an. Das mache ich auch. Ein letzter langgezogener Schrei. Dann Stille.

Im Rauch verlor er die Orientierung. Zwei Sekunden im Haus, und er konnte die Tür nicht finden. Ellen sagte, Pat sei oben. Er hatte seinen Sweater ausgezogen, ihn sich um den Kopf gewickelt, wollte seine Lungen vor dem Schlimmsten bewahren.

Er rumste gegen etwas. Wollte sich zur Seite bewegen, daran vorbei, aber es war zu groß. Die Kochinsel in der Mitte der Küche. Er wirbelte herum, suchte nach der Tür, durch die er gekommen war. Nichts. Rauch, zu schwarz und dick, er konnte nichts erkennen.

Angst und Panik erfüllte ihn. Er vermochte es nicht. Konnte Pat nicht retten. Er würde sterben. Und wenn er starb, würde Aidan nie erfahren, was er wirklich für ihn empfand.

Dieses Bedauern trieb ihn an. Er wickelte den Sweater fester um Mund und Nase, tastete sich an der Kochinsel entlang und stolperte vorwärts, die Hände ausgestreckt.

Hier war das Schreien noch schlimmer. Der Klang eines Tieres in Todesqual. Unmenschlich und unerträglich.

Jede Zelle seines Körpers leistete Widerstand gegen das, was er tat. Er musste all seine Reserven aktivieren, sich zwingen weiterzugehen, tiefer in das Feuer und in den Rauch und die Dunkelheit, dem Schreien näher und näher. Die Hitze war intensiv, unerträglich, sein Blut fing an zu kochen, die Feuchtigkeit in Mund und Augen verdampfte, seine Kehle brannte.

Sein Fuß blieb an irgendwas hängen, er fiel hin. Versuchte aufzustehen. Sinnlos. Er konnte nichts mehr sehen oder hören, er konnte auch nicht atmen. Er konnte nichts mehr tun.

VIER MONATE SPÄTER

Monica schreckte auf. Traumschnipsel im Kopf. Neben ihr lag Leonard und murmelte etwas in seinem Schlaf. Er drehte sich auf die Seite. Sein Arm landete auf ihrem Bein: heiß, schwer, unangenehm. Sie schob ihn weg.

Schlafend sah er älter aus. Schlaffe Haut um seinen offenen Mund. Er schnarchte. Das ekelte sie an. Sie dachte an Harry, konnte nicht anders, musste die beiden miteinander vergleichen. Leonard hielt dem Vergleich nicht stand, und das machte sie traurig. Harry hatte sie angebetet, hätte alles für sie getan. Hatte alles für sie getan.

Sie musste es nicht einmal aussprechen. Er hatte es auch so kapiert. Wusste, was sie wollte, und setzte es in die Tat um. Brach in Kellys Haus ein, stahl das Foto von dem Ehemann, fotografierte Kelly in ihrem Bett … Monica las in der Zeitung, dass er sogar zugegeben hatte, ihren alten Vater umgebracht zu haben. Um ehrlich zu sein, das störte sie ein bisschen. Sie hatte es so präzise geplant. Jim sollte für das, was er ihr angetan hatte, büßen. Fast hatte es funktioniert, wäre nicht der liebestrunkene Harry gewesen. Dummer Junge. Die Schuld für etwas auf sich zu nehmen, was er nicht getan hatte. Alles für die

Liebe. Das hatte er gesagt. Sie hätte gar nicht von ihm erwartet, dass er so weit ging.

Jim hatte die Kette in jener Nacht bei ihr verloren. Er hatte furchtbare Dinge gesagt, sie hatte die Beherrschung verloren, ihm den Wein ins Gesicht geschüttet. Er hatte sich das Hemd heruntergerissen und dabei die Kette mitgegriffen. Sie hatte nichts gesagt, weil sie gewusst hatte, dass sie ihr eines Tages nützlich sein konnte.

Vier Tote. Ihre Mutter. Der Deutsche. Ihr Vater. Chloë. Monica rollte die Schultern, dehnte die Muskeln der Oberarme. So viel Kraft. Arme, dumme Chloë. Sie hatte es als Einzige nicht verdient zu sterben. Aber es hatte gewirkt. Kaum war die blöde Ziege tot, nahmen alle Notiz von Monica.

Das zufällige Zusammentreffen in der Polizeistation war ein Geschenk. Monica hatte Chloës Story in der Zeitung gelesen. Sie wusste sofort, dass sie über sie an Kelly herankommen konnte. Was sie sich in ihren kühnsten Träumen nicht ausgemalt hätte, war, Chloë an der Rezeption anzutreffen. Sie hatte dort auf einen Beamten gewartet. Monica hatte sie sofort erkannt. Ihre Freundin zu werden war für sie ein leichtes Spiel gewesen. Chloë hatte sich nach einer Freundin gesehnt, und die liebe Anne war perfekt für diese Rolle geeignet gewesen.

Den Draht hatte sie absichtlich benutzt. Sie hatte genügend miese Polizeiserien gesehen und wusste, dass sie sich mit Vorliebe über die Methode des Killers ausließen. Nur jemand ohne jegliches Quentchen Phantasie würde immer wieder auf die gleiche Weise morden. Das machte ja auch keinen Spaß, oder?

Seit einer Woche wohnten sie in einem gemieteten Haus. Noch immer fühlte es sich nicht wie ein Zuhause an. Und wahrscheinlich würde es das auch nie, glaubte Ellen. Davor waren sie bei ihren Eltern untergekommen. Ihre Mutter wollte, dass sie blieben, doch Ellen brauchte unbedingt ihre eigenen vier Wände. Das große alte Haus auf dem King William Walk war perfekt. Die Miete war maßlos teuer, aber, wie ihre Mutter nicht müde wurde zu wiederholen, Vinny hatte Ellen ein gutes Polster hinterlassen. Die Kinder schienen hier glücklich zu sein. Das allein zählte. Wenn glücklich überhaupt das passende Wort war.

Die Nächte waren am schlimmsten. Am Tage war es okay. Für jemanden, der den Jungen nicht kannte, gab es keinerlei Anzeichen für ein erst kürzlich erlebtes Trauma. Die Alpträume nachts bewiesen das Gegenteil. Er schlief bei Ellen, weigerte sich, allein zu sein. Es störte sie nicht. Mehr konnte sie nicht tun. Sie bestand auch nicht darauf, dass Eilish in ihrem eigenen Bett schlief, wenn sie sich in den langen Nächten nicht sicher fühlte.

Briony, Ellens Therapeutin, hatte einen Kinderpsychologen empfohlen. Nach den letzten Sitzungen war Ellen vorsichtig optimistisch, dass sie halfen. Es war eine Frage der Zeit.

Sie war sich nicht sicher, wie sie mit allem klarkam. Ganz bestimmt nicht so gut wie ihre Mutter. Sie machte einfach weiter. Von Zeit zu Zeit hatte Ellen versucht, mit ihr zu sprechen. »Was passiert ist, ist passiert«, war die einzige Antwort, die Ellen zu hören bekam.

»Was passiert ist, ist passiert«, schien auch Ger Cox' Sicht auf die Dinge zu sein. Ihrer Ansicht nach war der Fall abgeschlossen. Harry Shields hatte vor seinem Tod gestanden und so den Mord an Adam Telford für die Polizei in Canterbury zufriedenstellend gelöst. Die Ermittlungen im Mordfall Annie Telford in Brighton liefen weiter. Ellen glaubte nicht an eine baldige Lösung. Alleinstehende Frau, Alkoholikerin, keine Familienangehörigen, die sich um sie kümmerten. Sie stand auf der Prioritätenliste der vielbeschäftigten Brightoner Polizei sicher nicht an oberster Stelle.

An dem Tag in Brighton hatte Ellen Alastair gebeten, Annies Krankenakte zu besorgen. Ihr Verdacht hatte sich bestätigt. Monica war nicht Annies erstes Kind. Vor Monica hatte sie schon einmal eins gehabt. Einen Jungen, der mit achtzehn Monaten gestorben war. Plötzlicher Kindstod. Ellen wusste nichts mit dieser Information anzufangen, also behielt sie sie für sich. Vielleicht, so dachte sie, war das eine Erklärung für Annie Telfords Unfähigkeit, Liebe für ein Kind zu empfinden, ihr eigenes eingeschlossen. Vielleicht irrte sie sich auch. Viele Frauen verloren ein Kind und konnten trotzdem lieben. Sie würde den wahren Grund für das, was Monica getan hatte, wahrscheinlich niemals erfahren.

Chloë Dunbars Akte hatte Ger Cox ebenfalls geschlossen. Die Beweise gegen Nathan Collier waren ausreichend, die Schlussfolgerung naheliegend, dass er Chloës Mörder war. Untermauert wurde das in Gers Augen durch die Tatsache, dass Chloë und Monica sich kannten. Das erklärte, so Ger, warum Monica auf die gleiche Weise gestalked wurde. Ging sogar so weit zu meinen, Monica habe Glück gehabt, davongekommen zu sein. Ellen wusste, ein abgeschlossener Fall war gut für das Image ihrer neuen Chefin. Ger schien zu glauben, das sei wichtiger, als die Wahrheit zu ergründen. Ellen deprimierte das.

Sie nahm ihr Handy, scrollte die Nachrichten durch, suchte nach der, die ihr zugeschickt worden war, kurz bevor sie Adam Telfords Leiche entdeckt hatte. Sie wollte die Nummer zurückverfolgen. Eine – welch Überraschung – Prepaid-Karte. Kein Name.

Ellen musste den Namen nicht kennen. Sie wusste, wer ihr die Nachricht gesendet hatte. Hatte nicht den geringsten Zweifel. Jedes Mal, wenn sie das Bild betrachtete, wusste sie auch, mit wachsender Überzeugung, dass Monica Telford eines Tages für ihre Taten büßen würde.

Monica stand auf, brauchte Abstand zwischen sich und ihm. Sie ging zum Kleiderschrank, öffnete ihre Tasche und zog das Handy heraus, das sie sich vor einer Weile zugelegt hatte. Sie schaltete es ein und setzte sich ans Fenster.

Das Appartement befand sich in Cambridge. Eine neue Wohnanlage in einer ruhigen Gegend im Süden der Stadt. Seit vier Monaten war sie hier. Es fühlte sich an wie vier Leben. Sie hatte gedacht, er wäre verheiratet. Er hatte irgendwie so ausgesehen. In Wahrheit hatte das blöde Schwein niemanden auf der Welt. Außer Monica. Oder besser Ellen. So nannte sie sich jetzt. Ellen O'Dwyer. Es war das einfachste auf der Welt gewesen, in jener Nacht mit ihm mitzugehen. Zu bleiben erwies sich als ein wenig komplizierter. Doch im Moment hatte sie nicht sehr viele Alternativen.

Draußen auf der Straße war alles ruhig. Sie war versucht, sich anzuziehen und auszugehen. Um diese Zeit an einem Freitagabend würde sie mit Sicherheit eine Bar finden, die noch geöffnet hatte. Und jemanden, der ihr Gesellschaft leistete.

Sie klappte das Handy auf und scrollte durch die Bildergalerie. Öffnete das Foto von Kelly nackt in ihrem Bett. Der gute Harry. Er hatte sich wacker geschlagen. Sie vermisste den Jungen.

Leonard hatte versprochen, am Wochenende mit ihr zu seinem Boot in Norfolk Broads zu fahren. Ende des Monats planten sie einen Trip zu seinem Landhaus in den Yorkshire Dales. Eine Woche am Ende der Welt. In ihrer Vorstellung gab es nichts Unerträglicheres.

»Ellen?«

Sie zwang sich zu einem Lächeln, drehte sich zu ihm um.

»Hey«, sagte sie. »Es ist schon spät. Schlaf weiter.«

Leonard klopfte auf die leere Stelle im Bett neben ihm. »Nicht ohne dich. Komm, Liebling. Ich warte.«

Lächelnd, obgleich es weh tat, kletterte sie ins Bett neben ihn. Er schlang seine Arme um ihren Körper. Sie wehrte sich nicht. Sie wusste, er war ihr Ticket. Die Chance, sich neu zu erfinden. Sobald sie zurück waren aus Yorkshire, würde sie ihn verlassen, das stand fest. Bis dahin blieb sie die schüchterne, gefügige Ellen. Das war das mindeste, was sie tun konnte.

Ellen sah oben noch einmal nach Eilish. Danach ging sie in ihr Zimmer. Sie legte das Handy auf den Nachttisch und legte sich neben Pat. Zum Ausziehen war sie zu müde. Sie versuchte zu entspannen, versuchte, im selben Rhythmus zu atmen wie ihr Sohn. Versuchte, den Kopf freizumachen.

Doch jedes Mal, wenn sie fast eingeschlafen war, überkam sie Panik. Sie setzte sich auf, Hand auf dem Mund, damit sie nicht losschrie. Langsam ließ das Herzklopfen nach. Ihr Atem wurde ruhiger, die Welt hörte auf, sich zu drehen. Pat war noch da.

Sie war schweißgebadet, fror jetzt, aber wenigstens war die Panikattacke vorüber. Sie zog die Knie an und schlang die Arme um die Beine. Auf dem Nachttisch blinkte das Telefon. Sie hatte eine ungelesene Nachricht.

Sie war von Raj. Wollte sich nur mal kurz melden, schrieb er. Sie lächelte und antwortete, er solle sich mit Aidan amüsieren und sie in Ruhe lassen. Erst vor zwei Wochen hatte er seinen Dienst wieder angetreten, hatte sich lange von der Rauchvergiftung erholen müssen. Er wäre beinahe gestorben. Wurde in letzter Minute von einem Feuerwehrmann gerettet.

Pat hatte mehr Glück gehabt. Wenn man es Glück nennen konnte. Harry hatte den Jungen im Kleiderschrank eingeschlossen. Im oberen Geschoss war er Feuer und Rauch weniger ausgesetzt gewesen. Dafür musste man dankbar sein, dachte Ellen.

Pat und ihre Mutter. Beide am Leben. In den Tagen gleich nach dem Brand hatte sich Ellen pausenlos gesagt, welches Glück sie gehabt hatte, und sich geschworen, nie wieder irgendetwas – oder jemanden – als selbstverständlich anzusehen.

Der Nachttisch war eines der wenigen Möbelstücke, die Ellen aus den Ruinen ihres Hauses hatte retten können. Sie zog die Schublade auf, wollte das Handy hineinlegen. Ein gefalteter Zettel fiel ihr ins Auge. Sie hatte ihn fast vergessen. Sie nahm ihn in die Hand, machte die Nachttischlampe an, faltete den Zettel auseinander, strich ihn glatt. Erstaunlich, dass er das Feuer überstanden hatte.

Noreen McGrath, Hope House, Middle Road, Shilbottle, Alnwick, Northcumberland, NE66 2 TH.

Sie wusste, was sie zu tun hatte. Es war ein Zeichen, sie konnte es nicht ignorieren. Das war es, was sie wollte, hatte es schon immer gewollt, und es gab keinen Grund, es noch weiter auf die lange Bank zu schieben.

Unter Noreens Namen stand eine Telefonnummer. Elf Ziffern trennten Ellen von ihrer leiblichen Mutter. Jetzt oder nie.

Sie nahm das Handy und wählte. Erst Funkstille, dann ein Klick. Die Verbindung war hergestellt. Freizeichen. Ellen schloss die Augen und wartete.

DANKE!

Dieses Buch wäre nichts ohne die Hilfe meiner wunderbaren Lektorin Rachel Pierce. Ihre Offenheit, ihre Geduld und ihr Humor haben mir über sehr mühsame Monate hinweggeholfen. Ich danke dir, Rachel.

Andere, die wesentlich dazu beigetragen haben, diesem Buch eine Form zu geben, waren Chris Curran, J.J. March, Gillian Hamer, Svetlana Pironko, Lorraine Mace. Ihnen allen ausdrücklichen Dank. Ein sehr großes Dankeschön geht an Aidan Cunningham für den Hinweis auf den »Crack unter den Pizzen«.

Meiner Familie: Seán, Luke und Ruby, meinen Eltern (auch bekannt als das ortsansässige Verkaufsteam) sowie Tom.

All meinen Freunden: Ich kann sie nicht alle aufzählen, aber ihr wisst schon, wer gemeint ist. Ich hoffe, wir werden noch lange Spaß miteinander haben und uns ebenso lange danebenbenehmen. Auf euch wartet immer ein Glas Wein in Eastbourne.

Gewaltiger Dank geht wie immer an das großartige Team von The O'Brien Press. Bei Brandon zu erscheinen ist eine Ehre.

Wenn aus einem Spiel tödliche Gefahr wird …

SHEILA BUGLER

NEBELSPIEL

THRILLER

London: Ein zehnjähriges Mädchen wird entführt. Es gibt keine Zeugen, keine heiße Spur. Die Polizei verfolgt einen Schatten, und die Zeit läuft stetig ab für die kleine Jodie Hudson. Allen ist der Fall Molly York noch lebhaft in Erinnerung, die vor drei Jahren auf gleiche Weise verschwand und nur noch tot gefunden werden konnte. Für Detective Inspector Ellen Kelly, Londons toughe Starermittlerin und Spezialistin für Entführungsfälle, beginnt ein Wettlauf gegen die Zeit, der sie bis an die nebelverhangene Moorlandschaft der englischen Südostküste führt.

»Eine wahre Glanzleistung!« *Ken Bruen*

KNAUR

Ein neuer Fall für Carol Jordan und Tony Hill!

VAL MCDERMID

SCHWARZES NETZ

THRILLER

Eine Serie von mysteriösen Selbstmorden erschüttert England. Stets sind es Frauen, die mitten im Leben stehen, mit ihren prononcierten Meinungen jedoch einen Shitstorm von Internet-Trollen hervorgerufen und diesen offenbar nicht verkraftet haben. Merkwürdig nur, dass sie alle den Freitod berühmter Schriftstellerinnen wie Sylvia Plath, Virginia Woolf oder Anne Sexton imitieren und sich deren Werke jeweils in der Nähe der Toten finden. Was steckt dahinter? Für Profiler Tony Hill und DCI Carol Jordan wird die rätselhafte Serie von Suiziden zur Nagelprobe …

KNAUR

Wer diesen Sommer nachts ruhig schläft, ist selber schuld.

TERESA PÜTZ (Hrsg.)

AUSGEZEICHNETE MORDE

Was haben Sebastian Fitzek, Val McDermid, Friedrich Ani, Judith W. Taschler, Mechtild Borrmann, Nina George, Tatjana Kruse, Judith Merchant, Wolfram Fleischhauer, Thomas Kastura und Harald Gilbers gemeinsam?
Sie garantieren Spannung. Sie wurden vielfach ausgezeichnet. Sie sind Wiederholungstäter. Und sie sind alle in dieser Best-of-Crime-Anthologie mit neuen und prämierten Geschichten versammelt.

»Mal eiskalt und brutal, dann wieder hintersinnig. Ungemein spannend und abwechslungsreich.« *Rhein-Neckar-Zeitung*

DROEMER

Psychologisch tiefgründig und mitreißend. Gänsehaut ohne Ende!

JUTTA MARIA HERRMANN

SCHULD BIST DU

PSYCHOTHRILLER

Schuld bist du! Mit Blut ist diese Botschaft an eine Fensterscheibe geschmiert, als der Journalist Jakob Auerbach von einer Dienstreise in seine leergeräumte Wohnung zurückkehrt. Von seiner Lebensgefährtin Anne und der kleinen Tochter Mia fehlt jede Spur. Auf der Suche nach ihnen hetzt er durch die nächtlichen Straßenschluchten von Berlin, ohne zu ahnen, dass er selbst der Gejagte ist.

»Prädikat besonders lesenswert!«

Krimizeitschrift.de über Hotline

»Ein eindrucksvolles Debüt, bei dem man eine Fortsetzung ebenso fürchtet wie erhofft!«

Ostthüringer Zeitung über Hotline